b

Felix Francis

Verzockt

Ein Sid-Halley-Roman

ROMAN

Aus dem Englischen von
Malte Krutzsch

Diogenes

Titel der 2013 bei Michael Joseph, London,
erschienenen Originalausgabe: ›Refusal‹

Covermotiv: Foto von cquigley (Ausschnitt)

80/16/852/1
ISBN 978 3 257 30039 0

Für meinen Enkel Samuel Richard Francis
und wie immer mit besonderem Dank an Debbie

1

Nein«, sagte ich. »Ausgeschlossen.«

»Es muss sein, Sid.«

»Warum?«

»Zum Wohl des Galopprennsports.«

Die Taktik kannte ich.

»Ich bin doch in Rente«, erwiderte ich. »So was mache ich nicht mehr.«

Sir Richard Stewart, Vorsitzender der obersten britischen Rennsportbehörde BHA, hatte sich nicht vom Regalauffüller zum Geschäftsführer der größten Supermarktkette auf der Insel hochgearbeitet, indem er »Nein« als Antwort gelten ließ.

»Ach, kommen Sie, Sid«, sagte er mit einem schlauen Lächeln. »Jeder weiß, dass Sid Halley immer noch zu den Besten gehört.« Sir Richard knuffte mich in den Arm. »Und Sie wollen es doch auch.«

Wollte ich das?

Privatdetektiv war ich seit knapp sechs Jahren nicht mehr. Inzwischen hatte ich mich als einigermaßen erfolgreicher unabhängiger Investor etabliert, hauptsächlich im Handel mit Blue Chips auf den großen Märkten, zunehmend aber auch mit der Finanzierung junger Unternehmer, die gute Ideen hatten, aber knapp bei Kasse waren.

Sechs relativ stressfreie Jahre, in denen niemand darauf aus gewesen war, mich zu verprügeln oder Schlimmeres.

»Nein«, wiederholte ich entschieden. »Ich möchte wirklich nicht, weder jetzt noch überhaupt.«

Das hörte Sir Richard offensichtlich gar nicht gern.

»Sid«, und er zog den Namen ein paar Sekunden in die Länge, »darf ich Ihnen etwas im Vertrauen sagen?«

»Selbstverständlich.«

Er beugte sich zu mir vor, als hätte er Angst, belauscht zu werden, dabei saßen wir allein im Wohnzimmer meines Hauses in Oxfordshire.

»Ich befürchte ernsthaft, dass die ganze Zukunft unseres Sports auf dem Spiel steht.« Mit hochgezogenen Augenbrauen und zusammengepressten Lippen nickte er mir zu, als wollte er das Gesagte unterstreichen. »Der Rennsport lebt von seiner Integrität. Klar, natürlich kann fast jeder von verschobenen Rennen und gedopten Pferden erzählen, aber im Großen und Ganzen ist der Rennsport eine saubere Sache. Sonst wäre das Vertrauen nicht da, das die Leute zum Wetten brauchen, und wo kämen wir da hin?«

Ich schwieg.

»Deshalb investieren wir von der BHA so viel Zeit und Geld in Dopingkontrollen und ahnden Verstöße so streng. Es macht uns nicht gerade Spaß, jemandem die Lebensgrundlage zu entziehen, aber andere müssen abgeschreckt werden.«

Ich nickte. All das war mir bekannt.

»Weshalb dann die Panik?«, fragte ich.

»Ich bin überzeugt, dass jemand dabei ist, das System

auszuhebeln. Durch Wettmanipulation. Deshalb brauchen wir Sie.«

»Und der Sicherheitsdienst der BHA?«, fragte ich. »Können die dem nicht nachgehen?«

»Ich habe sie dazu angehalten«, seufzte er. »Es sei alles in Ordnung, und ich sei im Irrtum, hieß es. Aber ich weiß, dass ich recht habe.«

»Und woher?«

»Ich weiß es einfach.«

Schlüssig klang das nicht gerade, aber Sir Richard hatte schon oft für gewagte Überzeugungen eingestanden und sich noch selten geirrt.

»Es tut mir leid«, sagte ich im Aufstehen, »ich kann Ihnen trotzdem nicht helfen.«

Sir Richard sah mich an. »Können oder wollen Sie nicht?«

»Beides. Und wahrscheinlich wäre ich ohnehin nicht zu gebrauchen. Ich habe das Detektivspielen verlernt.«

»So ein Quatsch!« Sir Richard erhob sich ebenfalls. »Haben Sie auch das Atmen verlernt? Der Sid Halley, den ich kannte, hat mit geschlossenen Augen mehr erfasst als die ganze Londoner Polizei mit offenen.«

Ich schaute ihn aus fünfundzwanzig Zentimetern Entfernung an.

»Ich bin nicht mehr der Sid Halley, den Sie kannten.«

Er sah mir in die Augen, bis ich mich nach ein paar Sekunden abwandte.

»Das ist wirklich schade«, meinte er seufzend.

Mir war jämmerlich zumute, aber mehr konnte ich dazu nicht sagen.

»Dann gehe ich wohl besser.« Sir Richard nahm seine Aktentasche vom Sofa. »Hier verschwende ich offensichtlich meine Zeit.«

Jetzt war er nicht nur enttäuscht, sondern obendrein verärgert.

»Ich finde selbst hinaus«, brummelte er mit einem Rest an Höflichkeit. Er wandte sich zum Gehen.

»Sir Richard.« Ich legte ihm die Hand auf den Arm. »Es tut mir sehr leid, aber ich mache so was nicht mehr.«

»Das hat mir der gute Admiral Roland vorige Woche auch gesagt, bloß war ich etwas skeptisch.« Er hielt inne und sah mir wieder in die Augen. »Sid, ich bin fest überzeugt, dass der Rennsport, wie wir ihn kennen und lieben, in Gefahr ist.«

Er hat Angst, dachte ich. Richtig Angst.

»Was für Beweise haben Sie?«, hörte ich mich fragen.

Verdammt. Nicht doch. Ich durfte mich da nicht reinziehen lassen.

Sir Richard klappte die Aktentasche auf und zog eine durchsichtige Plastikmappe mit einigen Bogen Papier hervor. »Ich habe eine Liste der Rennen zusammengestellt, deren Ausgang mir manipuliert worden zu sein scheint.«

»Was für faktische Beweise haben Sie denn?«, fragte ich.

»Glauben Sie mir nicht?« Sir Richard schnaubte durch die Nase und richtete sich zu voller Größe auf, so dass er mich gut und gern um einen Kopf überragte.

»Ob ich Ihnen glaube, spielt keine Rolle«, ging ich über seine Entrüstung hinweg. »Aber stichhaltige Beweise möchte ich schon gerne sehen.«

»Heißt das, Sie helfen mir doch?« Er schöpfte wieder Hoffnung.

»Nein«, sagte ich. »So habe ich das nicht gemeint. Aber wenn Sie möchten, werfe ich mal einen Blick auf Ihre Liste.«

Er gab mir die Mappe. »Behalten Sie sie. Ich habe Kopien davon.«

»Mit wem haben Sie sonst noch darüber gesprochen?«, fragte ich.

»Wie meinen Sie das?«

»Mit wem außer dem BHA-Sicherheitsdienst haben Sie darüber gesprochen? Hat sonst noch jemand Ihre Liste gesehen?«

Meine Fragen schienen ihn zu überraschen. »Ja, schon.«

»Wer denn?«, hakte ich nach.

»Einige Kollegen vom BHA-Vorstand. Und meine Sekretärin natürlich. Die hat sie mir abgetippt.« Er lächelte.

»Sonst noch jemand?«

»Der eine oder andere in meinem Club. Der Admiral zum Beispiel. Ihn wollte ich überreden, sich an Sie zu wenden.«

Ich seufzte innerlich, sagte aber nichts.

»Ist das ein Problem?«, fragte er.

»Es wäre vielleicht klüger, Ihre Sorge für sich zu behalten. Wenigstens, bis etwas bewiesen ist.«

»Beweise scheint ja niemand suchen zu wollen«, entgegnete er gereizt. »Alle glauben, ich spinne mir da was zusammen.«

»Trotzdem sollten Sie Ihren Verdacht vielleicht nicht so herumtragen. Es könnte an die falschen Ohren dringen. Wenn tatsächlich was läuft, sollen die Täter ja nicht dahinterkommen, dass Sie ermitteln.«

»Wo ermittle ich denn?«, gab er verärgert zurück. »Und wenn ich mit ein paar Leuten aus dem Club rede, ist das ja wohl noch kein Herumtragen.«

Ich hielt lieber den Mund, aber wenn ich aus zehn Jahren Detektivarbeit etwas gelernt hatte, dann, dass man mit Geheimhaltung und Überraschung normalerweise am besten fuhr.

Und die Zugehörigkeit zu Sir Richards Club wies nicht jeden gleich als vorbildliches Mitglied der Gesellschaft aus. Seit Jahrhunderten durchläuft ein steter Strom von Schwindlern, Hochstaplern, Dieben und Mördern die britischen Gefängnisse, und nicht wenige davon waren Mitglieder der angesehensten Londoner Herrenclubs.

»Sid, helfen Sie mir?«, fragte Sir Richard. »Zum Wohl des Rennsports.«

»Ich sehe mir Ihre Liste an.«

»Gut.«

»Aber ermitteln werde ich nicht«, schob ich schnell nach. »Das habe ich, wie gesagt, aufgegeben.«

»Ihre Einschätzung bekomme ich aber?«

»Ja. Ich sehe mir die Liste an und sage Ihnen, was ich davon halte.«

Er nickte, als genügte ihm das. »Dann gehe ich jetzt mal, sonst verpasse ich den Zug.«

»Fahren Sie nach London zurück?«, fragte ich.

Er schüttelte den Kopf. »Nein, zu meinem Haus bei Winchester. Von Banbury aus geht da jede Stunde ein Zug.«

»Soll ich Sie zum Bahnhof bringen?«

»Nein danke.« Er lächelte. »Ein Taxi wartet auf mich.«

Wir traten in den Märzsonnenschein hinaus, und ich ging mit ihm zum Wagen. Als sie losfuhren, winkte ich. Bildete er sich das ein, oder stimmte wirklich etwas nicht mit dem britischen Rennsport? Und wenn nicht ging mich das noch etwas an?

Ich stand noch mit erhobenem rechten Arm auf der Straße, als Marina mit unserem Range Rover den Berg herunterkam und durchs Tor bog.

»Wer war das?«, rief sie im Aussteigen. Sie hielt eine leuchtend grüne Tragetasche in der Hand.

»Sir Richard Stewart«, sagte ich.

»Und wer soll das sein?«

»Der Vorsitzende der Britischen Rennsportbehörde.«

»Was wollte er denn?«

»Er möchte, dass ich irgendwelchen krummen Machenschaften im Rennsport nachgehe.«

Steif blieb sie vor mir auf dem Kiesweg stehen.

»Und was hast du gesagt?«

»Dass ich keine Ermittlungen mehr anstelle.«

Sie entspannte sich ein wenig, besonders in der Hals- und Schulterpartie.

»Gut.«

»Was hast du gekauft?«, wechselte ich das Thema.

Sie lächelte. »Etwas für Sassy. Ich konnte nicht widerstehen.« Sie griff in die Tasche und zog ein rosafarbenes Kinderkleid mit blauen Streifen und gelber Stickerei auf dem Leibchen hervor. »Ist das nicht süß? Und es war im Angebot.«

»Hübsch«, sagte ich.

Sassy war unsere Tochter. Saskia, genau gesagt. Kessy

hätte auch zu ihr gepasst. Sechs Jahre war sie alt, angehende sechzehn, und wurde schneller groß, als mir lieb war.

»Das kann sie zu Annabels Geburtstag anziehen.«

Annabel war Sassys beste Freundin in der Schule.

»Hübsch«, sagte ich noch einmal.

Wir gingen in die Küche, und Rosie, eine unserer beiden roten Setterhündinnen, kam zu uns und schmiegte sich in der Hoffnung auf ein Leckerli an mein Bein.

»Was für krumme Machenschaften?«, fragte Marina ohne Betonung.

»Ach, nichts.« Ich winkte ab. »Sir Richard spinnt sich was von manipulierten Rennergebnissen zusammen. Sein eigener Sicherheitsdienst sagt aber, da ist nichts dran, und das sind keine Hohlköpfe.«

»Und du hast ihm gesagt, es interessiert dich nicht?«

»Ja. Keine Sorge. Es liegt mir fern, irgendwelche Ermittlungen anzustellen. Er möchte, dass ich mir eine Liste von Rennen ansehe, die seiner Ansicht nach nicht ganz koscher waren.«

»Und das machst du?«

»Ich werfe nachher mal einen Blick drauf.«

Sie war nicht glücklich damit. Ich sah es ihr an.

Marina und ich waren aus London weggezogen, als sie im siebten Monat mit Saskia schwanger war. Es sollte ein Neuanfang sein – in ländlicher Ruhe.

Sie hatte mir zwar nicht direkt ein Ultimatum gestellt, aber doch ziemlich auf den Tisch gehauen. Sie liebe mich und habe versucht, meinen Beruf positiv zu sehen, aber ein Leben, bei dem sie an jeder Ecke auf Ganoven mit Schlagringen oder schallgedämpfter Pistole gefasst sein müsse, könne sie nicht mehr führen. Die dauernde Angst zehre zu sehr an ihr, und mit dem Baby werde alles nur noch schlimmer.

Entweder sie oder der Beruf, hieß das.

Die Entscheidung war mir leichtgefallen.

Als Jockey hatte ich seinerzeit den Beruf über meine erste Frau gestellt, und rückblickend war das ein Fehler gewesen.

Marina konnte ich keinen Vorwurf machen. Man hatte sie angeschossen, zusammengeschlagen und immer wieder bedroht, um mich von meinen Ermittlungen abzubringen.

Denn in Verbrecherkreisen hatte sich herumgesprochen, dass es kontraproduktiv war, sich an Sid Halley selbst zu vergreifen. Der schlug dann nur umso heftiger und entschlossener zurück.

Also hatten sich die krummen Hunde, mit denen ich es berufshalber in schöner Regelmäßigkeit zu tun bekam, darauf verlegt, meine Freundin anzugreifen und sie als Druckmittel gegen mich einzusetzen.

Letztlich hatten sie damit Erfolg gehabt.

Auch das Streben nach Wahrheit und Gerechtigkeit muss im Verhältnis stehen. Ich kam zu dem Schluss, dass die Welt ohne das Eingreifen Sid Halleys ihren gerechten oder ungerechten Lauf nehmen sollte.

So wurde ich zum liebenden Ehemann und vernarrten Papa.

Aber mein früherer Beruf blieb gespenstisch präsent – schwer zu ignorieren, selten angesprochen und doch immer da.

Nur gelegentlich rückte das Gespenst so in den Vordergrund wie jetzt und ließ Marina erschauern.

Ich nahm die Plastikmappe mit, als ich Sassy von der Schule abholen fuhr.

»Bring auch Annabel mit«, rief Marina mir durchs Küchenfenster zu. »Sie übernachtet heute bei uns.«

»Etwas ungewöhnlich für Mitte der Woche, oder?«

»Tim und Paula sind für heute Abend nach London gefahren. Ein formelles Essen oder so was.«

»Gut, ich denke dran.«

Meine Tochter täglich von der Schule abzuholen war mir ein echtes Vergnügen. Sie strahlte immer übers ganze Gesicht, wenn sie herauskam, und brannte so sehr darauf, mir zu erzählen, was sie alles erlebt hatte, dass sie beinah das Luftholen vergaß.

Ihre Schule lag nur anderthalb Kilometer entfernt im Nachbardorf, aber meistens kam ich zu früh hin und musste erst noch zehn Minuten auf Sassy warten. Heute war ich extra früh losgefahren, weil ich in Ruhe Sir Richards Listen durchsehen wollte.

Wie üblich parkte ich den Range Rover gegenüber dem Schuleingang, dann nahm ich die Plastikmappe vom Beifahrersitz.

Neun Rennen waren auf den beiden Seiten verzeichnet, aber wie sie zu der Ehre kamen, ging nicht daraus hervor. Auf den ersten Blick war nichts Auffälliges an ihnen und nichts, was sie unmittelbar verband.

Drei Hürdenrennen, sechs Jagdrennen. Alle hatten in den vergangenen sechs Monaten stattgefunden, zur Hauptzeit der Hindernissaison, immer an den wichtigen Renntagen, aber keines der neun war ein Hauptrennen gewesen. Nur zwei hatte der Favorit oder der zweite Favorit gewonnen, und alle hatten Siegquoten von mindestens 6:1 erzielt.

Dennoch fiel mir nichts Merkwürdiges oder Ungewöhnliches an ihnen auf.

Warum standen sie also auf der Liste?

Sir Richard Stewart hatte bei seinem Verdacht vielleicht etwas zu viel Phantasie entfaltet, aber er war nicht dumm. Er musste einen Grund für das Zusammenstellen der Liste gehabt haben und hatte offensichtlich erwartet, dass der sich mir erschloss. Bis jetzt war das allerdings nicht der Fall. Vielleicht musste ich mir erst die Videos von den Rennen anschauen.

»Guten Tag, Mr. Halley«, rief jemand.

Ich sah nach rechts zum Schultor hinüber.

»Tag, Mrs. Squire«, grüßte ich durchs offene Fenster zurück.

Mrs. Squire war die Rektorin und hatte die Angewohnheit, sich ans Tor zu stellen, wenn die Schule aus war.

»Sie sollen heute auch Annabel Gaucin mitnehmen, glaube ich.«

»Stimmt.«

Mrs. Squire nickte mir zu und widmete sich dann einer Gruppe von Müttern, die am Tor wartete, zum Teil mit Kinderwagen, in denen die Lernbegierigen der Zukunft saßen.

Die Kinder stürzten aus dem Gebäude und jagten wie üblich holterdiepolter über den Schulhof. Ich stieg aus dem Range Rover und ging über die Straße. Sassy war immer als eine der Ersten am Tor – sie hatte ja den Rennsport im Blut –, aber die offenbar damenhaftere Annabel ließ anderen den Vortritt, so dass Sassy und ich ein paar Augenblicke warten mussten, bis sie bei uns war.

»Hallo, Papa«, rief Sassy und winkte wild.

Von diesem *Papa* konnte ich nicht genug bekommen.

»Hallo, Schätzchen«, rief ich zurück.

Mrs. Squire ließ sie durchs Tor, und sie kam zu mir gerannt und griff nach meiner Hand, nach der rechten, der echten Hand, nicht nach dem Gegenstück aus Plastik und Stahl an meinem linken Arm.

Kurz darauf ließ Mrs. Squire auch Annabel durch, und sie kam zu uns.

»Nimm Saskias linke Hand«, sagte ich ihr, und indem wir ständig nach beiden Seiten schauten, überquerten wir nebeneinander die Straße. Von den Autos der anderen Eltern abgesehen, herrschte zwar kaum Verkehr, aber man konnte nicht vorsichtig genug sein.

Saskia, mein ganzer Stolz, war auf den Tag genau neun Monate nach meiner Heirat mit Marina zur Welt gekommen.

»Ein Hochzeitsnachtbaby«, hatte ein Freund mal mit einem Augenzwinkern zu mir gesagt. »Gut, dass sie nicht früher gekommen ist.«

Ich hatte zurückgegrinst und bei mir gedacht, gut, dass sie mit Verspätung gekommen ist. Marina war definitiv schon in anderen Umständen gewesen, als sie vor dem Altar »Ja« sagte.

Es schien alles so einfach. Wir hatten die Verhütung sein lassen, und Marina war im Handumdrehen schwanger geworden. Umso frustrierender war es dann, dass sie seit Saskias Geburt nicht mehr hatte empfangen können. Wir hatten sämtliche anerkannten Spezialisten aufgesucht, und alle meinten, medizinische Gründe lägen nicht vor. Wir sollten uns entspannen, dann ginge es schon. Tja, wir hatten uns entspannt, aber in sechs Jahren war nichts passiert, und allmählich fanden wir uns damit ab, dass Sassy wohl unser einziges Kind bleiben würde.

Allerdings war Marina noch jung, und wir versuchten es mit Freuden weiter.

Während Marina mit den beiden Mädchen und den Hunden einen Spaziergang durchs Dorf machte, sah ich mir im Arbeitszimmer die Videos von den neun Rennen auf der Website der *Racing Post* an.

Den schriftlichen Details hatte ich nicht entnehmen können, dass keines dieser Rennen knapp entschieden worden war. Der Sieger hatte jeweils klar in Front gelegen, kaum bedrängt von den anderen.

Das war an sich noch nicht ungewöhnlich. Viele Jagdrennen werden durch gutes Springen über die ganze Strecke gewonnen, nicht durch einen Sprint auf den letzten zweihundert Metern.

War Sir Richard also misstrauisch, weil er dachte, die anderen hätten sich nicht bemüht?

Ich ging die einzelnen Jockeys durch.

Viele von ihnen waren in mehr als einem der fraglichen Rennen gestartet. Aber ein durchgehendes Muster – etwa, dass jedes Mal derselbe Jockey gesiegt hätte – war nicht zu erkennen.

Ich sah mir erneut die Liste an. Zu den Daten der einzelnen Rennen gab es Anmerkungen und Kommentare, die vermutlich von Sir Richard stammten.

Zu einem Rennen in Sandown hatte er notiert: »Eventualquote 8:1, am Toto nur £ 5,60 für den Sieg.« Und zu einem in Newbury: »Sieger 10:1, am Toto nur £ 7,20.«

Die meisten anderen Kommentare lauteten ähnlich. Das Toto zahlte in allen Fällen weniger, als man es bei den Eventualquoten hätte erwarten können.

Der Totalisator setzt Quoten anders fest als die Buchmacher.

Bietet ein Buchmacher einen Kurs von 8:1 an und das Pferd siegt, zahlt der Buchmacher für jedes gesetzte Pfund acht Pfund aus, unabhängig davon, wie viele Leute die Wette eingegangen sind. Und die Eventualquote ist ein aus den Buchmacherquoten beim Start errechneter Durchschnittswert.

Das Toto hingegen geht vom Wettumsatz aus, das heißt, der gesamte auf die Teilnehmer eines Rennens gesetzte Betrag wird schlicht durch die Anzahl der Gewinnscheine geteilt, und daraus ergibt sich der Gewinn. Die Totoquote entspricht daher selten der Eventualquote, mal liegt sie drüber, mal drunter, aber dass sie so viel niedriger ausfällt wie bei den Rennen auf der Liste, ist sehr ungewöhnlich.

Dieser niedrige Totogewinn ließ sich nur damit erklären, dass am Totalisator ungleich höhere Beträge auf die Siegpferde gesetzt worden waren als bei den Buchmachern.

Vielleicht war das der Grund für Sir Richards Argwohn.

Einen solchen Wirbel brauchte man darum aber eigentlich auch nicht zu machen.

Jeder im Rennsport weiß, dass hohe Wetteinsätze am Totalisator kontraproduktiv sein können, da sie auf die Gewinnquote drücken. Man gewinnt lediglich das Geld zurück, das man gesetzt hat, abzüglich der vierundzwanzig Prozent, die der Totalisator einbehält, um seine Unkosten zu decken und etwas zu verdienen.

Was hatte man davon? Es war verrückt. Erst recht, wenn man bei den Buchmachern bessere Quoten bekam.

Totowetten sind allerdings viel anonymer als Wetten beim Buchmacher, der einen Stammkunden mit dicker Brieftasche leicht wiedererkennt. Und Buchmacher sind die Ersten, die Betrug wittern, wenn ein hoch gewetteter Außenseiter mit Weile gewinnt, denn dann zahlen sie drauf. Dem Toto jedoch ist egal, welches Pferd gewinnt. Es kassiert seine vierundzwanzig Prozent und schaut nur danach, wie viel Geld insgesamt auf die Starter gesetzt wurde. Je höher der Einsatz, desto mehr Kasse. Über unverhältnismäßig hohe Wetten auf den Sieger könnten sich höchstens die anderen Gewinnscheininhaber beklagen, aber sie werden es als Pech abtun, wenn ihr Totogewinn bescheidener als erwartet ausfällt. Wer hadert auch schon, wenn er gerade auf einen Sieger gesetzt und bares Geld gewonnen hat? Da feiert man doch lieber.

Bei den großen Meetings sind buchstäblich Hunderte Wettschalter geöffnet, und das gestresste Personal achtet wenig bis gar nicht darauf, von wem das Geld kommt. Wer es darauf anlegt, kann im Laufe eines Nachmittags viele tausend, wenn nicht zigtausend Pfund auf ein bestimmtes Pferd setzen, ohne Aufmerksamkeit zu erregen.

Ich sah mir die Liste nochmals an.

Alle neun Rennen hatten in der zweiten Hälfte des Tagesprogramms stattgefunden, und sieben waren entweder das letzte oder vorletzte Rennen des Tages gewesen.

Reichlich Zeit, das Geld zu setzen.

Und an einem gutbesuchten, wichtigen Renntag ist der Gewinnpool im Allgemeinen so groß, dass einer massiven Wette kein »Verdünnungseffekt« zukommt; eine Quote von 5:1 oder 6:1 kann man nicht direkt schlecht nennen.

Schon gar nicht, wenn, wie Sir Richard angedeutet hatte, jemand den Ausgang der Rennen im Vorhinein kennt.

2

»Papa, Papa, komm, spiel mit uns.«

Sassy und Annabel kamen in mein Büro gelaufen.

»Wo ist denn Mami?«, fragte ich.

»Die bügelt«, antwortete Sassy ironisch. »Sie sagte, wir sollten dich fragen.«

Ich schmunzelte. Marina bügelte sehr ungern.

»Bitte«, quengelte Sassy.

»Okay«, sagte ich. »Was wollt ihr spielen?«

»Fangen«, rief Annabel, aufgeregt auf der Stelle hüpfend.

Nein, dachte ich, nicht Fangen. Nicht mit nur einer richtigen Hand.

»Was haltet ihr von Pingpong?«

»Au ja«, riefen die Mädchen begeistert.

Also gingen wir in die Garage, wo die Tischtennisplatte stand, und ich spielte eine halbe Stunde lang gegen die beiden, wenn der Ball auch meistens am Boden oder unterm Tisch landete.

»Wollt ihr ein Eis?«, fragte ich.

Schon waren die Tischtennisschläger passé, und wir labten uns in der Küche an Vanille-Erdbeer-Eis mit bunten Zuckerstreuseln.

»Onkel Sid«, sagte Annabel auf einmal.

»Ja, Annabel?«

»Was ist mit deiner linken Hand?« Sie wies mit dem Löffel darauf.

Die Unschuld sechsjähriger Kinder, dachte ich.

»Er hat keine«, antwortete ihr Sassy schlicht. »Die ist aus Plastik.«

Ich blickte besorgt zu Annabel, weil ich dachte, sie sei über die Auskunft vielleicht bestürzt, aber sie schien nicht im mindesten beunruhigt.

»Darf ich sie mir mal ansehen?«, fragte sie.

Widerstrebend legte ich meine Linke auf den Küchentisch.

Sassy knöpfte meine Manschette auf und schob den Hemdsärmel bis über meinen Ellbogen zurück. Mit großem Vergnügen weihte sie Annabel in das myoelektrische Wunderwerk ein.

»Das ist die Batterie.« Sie wies auf einen rechteckigen Block von siebeneinhalb mal zweieinhalb Zentimetern in dem Unterarm aus Fiberglas. »Damit funktioniert die Hand.«

»Wie denn?«, fragte Annabel.

»Los, Papa«, befahl Sassy, »mach auf.«

Ich konzentrierte mich, und mit einem kaum hörbaren Surren glitten die künstlichen Finger- und Daumenglieder auseinander, und die Plastikhand öffnete sich.

»Wow«, sagte Annabel. »Cool.«

Als cool hätte ich das nicht bezeichnet.

Sensoren im Plastikarm fingen die Nervenimpulse meiner Haut auf und setzten winzige verborgene Motoren in Gang, die die latexverkleideten Stahlfinger bewegten.

So raffiniert das war, cool war es nicht.

Im Gegenteil, ich fand das Ding eher lästig, und es ging mir zunehmend auf die Nerven. An manchen Tagen legte ich es gar nicht an, aber Marina hielt es für besser, wenn Saskia einen Vater hatte, der »normal« aussah.

Inzwischen benutzte ich fast nur noch die rechte Hand.

Das war nicht immer so gewesen. Früher hatte ich zwei Hände gehabt und mit ihrer Hilfe viermal den Titel als bester Jagdrennreiter gewonnen. Dann hatte ein Rennunfall meiner Karriere ein Ende gesetzt und meine linke Hand unbrauchbar gemacht. Ein Sadist mit einem Schürhaken hatte die versehrte Hand dann endgültig zerstört. Das war jetzt rund vierzehn Jahre her, aber ich hatte mich nie ganz daran gewöhnt.

Im Traum hatte ich immer noch zwei Hände.

»Jetzt mach sie wieder zu«, sagte Sassy.

Erneut konzentrierte ich mich, und die Finger schlossen sich. Das sah vielleicht ganz echt aus, aber ich *spürte* es nicht. Ich merkte nicht, ob sich die Hand um etwas schloss, oder wie fest. Ein Weinglas konnte mir aus der Hand fallen oder unter meinem Griff zerbrechen, ohne dass ich es mitbekam.

»Darf ich auch mal?«, fragte Annabel.

»Du spinnst wohl«, meinte Sassy zu ihr. »Dafür muss doch erst dein Arm ab sein.« Sie ließ die rechte Hand wie ein Hackebeil auf ihren linken Unterarm niedersausen.

Annabel schwieg, aber ihrem enttäuschten Gesicht nach überlegte sie, ob sich für so eine Plastikhand das Abhacken nicht lohnte.

»Jetzt raus mit euch beiden«, sagte ich, zog mir den Ärmel wieder übers Handgelenk und knöpfte mit den flinken

Fingern meiner rechten Hand die Manschette zu. »Spielt im Garten. Ich habe zu tun.«

Von der Spüle aus sah ich ihnen eine Weile durchs Fenster zu. Sie warfen sich auf dem Rasen einen Tennisball zu, und die Hunde flitzten von einer zur anderen in der Hoffnung, dass der Ball runterfiel, was auch oft genug passierte.

Ich grinste.

Kinder machen so viel Freude.

Gegen fünf rief ich Sir Richard zu Hause an.

»Ich habe mir Ihre Liste angesehen«, sagte ich.

»Das ging ja schnell«, erwiderte er. »Und was halten Sie davon?«

»Wie Sie auf Unregelmäßigkeiten bei den Wetten kommen, vielleicht mit hohen Wetteinsätzen am Totalisator, das verstehe ich zwar, aber nicht, warum Sie daraus schließen, dass die Rennen abgesprochen worden sind. Dafür können ja andere hohe Totowetten geplatzt sein.«

»Es sind aber doch Muster zu erkennen«, beharrte er. »Immer die großen Renntage.«

»An denen wird nun mal am meisten gewettet«, sagte ich. »Unser Toto-Vielsetzer hat vielleicht eine Vorliebe dafür. Und wie sollen die Rennen denn abgesprochen worden sein?«

»Das weiß ich nicht«, antwortete er.

»Die Pferde wurden getestet, nehme ich an.«

»Ja, alle platzierten Pferde wurden routinemäßig einem Dopingtest unterzogen, und alle waren negativ.«

»Und die anderen?«, fragte ich.

»Bei nichtplatzierten Startern werden ja Stichproben gemacht, darüber weiß ich hier aber nichts Genaues. Allerdings weiß ich, dass dieses Jahr noch überhaupt kein Springer positiv getestet worden ist.«

»Haben Sie die Jockeys befragt?«

»Der Chef des Sicherheitsdienstes hat auf meinen Verdacht hin mit einem oder zweien geredet, aber ohne Ergebnis. Mir wurde vorgehalten, ich hätte Wahnvorstellungen und mir das Ganze ausgedacht.«

»Jetzt übertreiben Sie aber«, sagte ich.

»Nein«, widersprach er, und sein Unmut war nicht zu überhören. »Ich weiß, dass sich das ganze Amt über mich lustig macht und meint, ich sei zu alt für den Posten und nicht mehr ganz richtig im Kopf, aber glauben Sie mir, die irren sich.«

Er hielt inne, und ich schwieg.

»Deshalb sollen Sie untersuchen, was da vorgeht, Sid, und dem ein Ende bereiten, ehe der Rennsport irreparablen Schaden nimmt.«

»Ich führe wie gesagt keine Ermittlungen mehr durch, Sir Richard. Wenn Ihr eigener Sicherheitsdienst Ihnen sagt, dass da nichts läuft, sollten Sie vielleicht auf ihn hören. Peter Medicos ist nicht dumm, und wenn er auch nur den leisesten Hauch von Betrug wittert, bleibt er mit der Nase dran.«

Peter Medicos leitete den Sicherheitsdienst der BHA, seit er vor sieben Jahren als Chef der Kripo Lancashire aus dem Dienst geschieden war.

»Hm«, schnaubte Sir Richard laut durch die Leitung. Offensichtlich teilte er meine Zuversicht nicht. »Ich bin doch sehr enttäuscht von Ihnen, Sid. Wieso erkennt bloß niemand, was da vorgeht?« Viel Frust, aber auch eine ganze Portion Angst klang aus der Frage. »Na, ich gedenke jedenfalls herauszufinden, was da gespielt wird. Und ich finde es heraus, ob Sie mir dabei helfen oder nicht.«

Er legte unvermittelt auf, und es piepte aus dem Hörer.

War da etwas im Gang, oder bildete er es sich nur ein?

Interessierte es mich überhaupt?

Ja, vielleicht schon.

Ich suchte Marina und fand sie im Wohnzimmer, wo sie sich mit Sassy und Annabel einen Disney-Trickfilm im Fernsehen anschaute.

»Ich fahre zu Charles«, sagte ich. »Nur kurz. Zum Abendessen bin ich wieder hier.«

Marina sah mich vom Sofa aus an und war sichtlich nicht erfreut. Sie wusste genau, warum ich mit Charles sprechen wollte.

»Papa, Papa, du musst uns nachher bitte noch was vorlesen«, flötete Sassy.

»Gut«, sagte ich. »Um halb acht bin ich wieder hier und lese euch eine Geschichte vor. Aber dann müsst ihr im Bett sein.«

Plötzlich war sie gar nicht mehr so wild darauf. »Annabel übernachtet doch bei uns. Darf ich da nicht länger aufbleiben?« Sie sah mich traurig an.

»Nein«, sagte ich entschieden. »Das ist erst recht ein Grund, früh ins Bett zu gehen. Dann habt ihr Zeit, euch vor dem Einschlafen zu unterhalten.«

Das munterte sie ein kleines bisschen auf. Sassy ins Bett

zu kriegen war ein täglich wiederkehrender Kampf, und sie besaß einen starken Willen.

»Ich nehm das Fahrrad«, sagte ich zu Marina. »Und bin schnell wieder da. Versprochen.«

Marina und ich hatten uns hauptsächlich nach einem Haus im westlichen Oxfordshire umgesehen, um in der Nähe von Charles zu sein, und wunderbarerweise hatten wir das Gewünschte in einem Dorf gefunden, das nur drei Kilometer von Charles' Wohnort Aynsford entfernt lag.

Admiral a.D. Charles Roland hatte ein väterliches Verhältnis zu Marina und mir, obwohl wir beide nicht mit ihm verwandt waren. Er war vielmehr mein Exschwiegervater, aber das »Ex« kümmerte mich wenig, und unsere Freundschaft hatte das stürmische Ende meiner Ehe mit seiner Tochter nicht nur überdauert, sondern sich von Jahr zu Jahr gefestigt. Er hatte Marina auf Anhieb gemocht und genoss es, Saskias Opa h.c. zu sein, da seine beiden Töchter ihm keine eigenen Enkel geschenkt hatten.

Inzwischen war er weit über achtzig, doch das sah man ihm nicht an. Eins dreiundachtzig groß, volles schwarzes Haar und der Rücken noch genauso gerade wie bei seinem Eintritt in die Offiziersschule Dartmouth vor fünfundsechzig Jahren.

Er erwartete mich im Wohnzimmer. In seiner weinroten Lieblingshausjacke aus Samt und Seide stand er vor dem Kamin, zwei großzügig mit bestem Scotch gefüllte Gläser in Bereitschaft.

»Ich dachte, das könntest du vielleicht gebrauchen«, sagte er und gab mir eins.

»Wie kommst du darauf?«

»Du warst schon lange nicht mehr ohne Marina oder Saskia hier.« Er nippte an dem bernsteinfarbenen Getränk. »Und ich kenne dich, Sid, ich kenne dich sehr gut. Wo liegt denn das Problem?«

Er kannte mich wirklich gut.

Charles' Haus in Aynsford war seit jeher meine Zuflucht, mein Unterschlupf. Hier kam ich her, wenn etwas schieflief oder ich einen kompetenten Rat brauchte. So wie jetzt.

»Sir Richard Stewart«, sagte ich.

»A-*ha!*«, rief er und warf mit einem Lachen den Kopf zurück. »Dacht ich's mir doch. Er hat mich vorige Woche auf dich angesprochen.«

»Ja, das hat er mir gesagt.«

»Dann hat er dir vermutlich seine Theorie von den manipulierten Rennen unterbreitet.«

»Allerdings«, sagte ich. »Glaubst du ihm?«

Charles ließ sich in seinen tiefen, chintzbezogenen Sessel sinken. »Ich glaube, dass er es glaubt.«

»Das bezweifle ich nicht.« Ich nahm den Sessel gegenüber. »Aber Sir Richard zufolge hält Peter Medicos ihn für verrückt.«

»Ich kenne Sir Richard seit über zwanzig Jahren, und mir kam er noch nie verrückt vor.«

»Aber man wird älter«, sagte ich, »und das Alter macht komische Sachen mit einem.«

»Gut, was glaubst du denn selbst?«, fragte Charles. »Peter Medicos' Meinung kannst du nicht so ganz teilen, sonst wärst du nicht hier.«

»Ich habe mir Sir Richards Liste angesehen und stimme ihm zu, dass die Totoauszahlungen zu Misstrauen Anlass geben könnten, aber er hat weder Beweise, noch auch nur eine Vorstellung, wie die Rennergebnisse manipuliert worden sein sollen. Entweder irrt er sich, oder da ist eine Riesenverschwörung im Gang.«

»Verschwörung von wem?«, fragte Charles.

»Ich weiß es nicht«, sagte ich. »Aber die Jockeys müssten beteiligt sein.«

»Gehst du der Sache nach?«

»Nein«, wehrte ich ab. »Sicher nicht. Damit habe ich nichts mehr zu tun.«

»Warum bist du dann hier?«

Vielleicht kannte er mich *zu* gut.

Ich schwieg einen Moment und trank einen Schluck Whisky.

»Nur mal angenommen, er hat recht«, sagte ich. »Da kann ich doch nicht die Hände in den Schoß legen. Vor einer Stunde habe ich ihm gesagt, er müsse sich irren, aber er hörte sich richtig wütend an und auch etwas beunruhigt. Und ich habe großen Respekt vor Sir Richard.«

»Dann sprich doch mal mit Peter Medicos. Hör, was er sagt, statt nach dem zu gehen, was er laut Richard gesagt haben soll.«

»Wieso bin ich darauf nicht selbst gekommen?« Ich lachte. »Gleich morgen früh rufe ich ihn an.«

Wir tranken friedlich unseren Whisky und unterhielten uns über die jüngsten Neuigkeiten und Ergebnisse aus dem Rennsport.

Er begleitete mich zur verglasten Veranda.

»Wieso bist du kein Sir?«, fragte ich. »Ich dachte, alle Admirale werden in den Ritterstand erhoben.«

»Ich war ja nur Konteradmiral«, antwortete Charles. »Das reicht nicht.«

»Der Konteradmiral steht hinten?«

»Ganz hinten.« Er grinste breit. »Im sechzehnten und siebzehnten Jahrhundert kommandierte der Konteradmiral die Flottenreserve, den Teil des Verbands, der sich im Hintergrund hielt, bis er gebraucht wurde. Aber heutzutage haben alle Admirale ihr Büro an Land. Der letzte Admiral, der auf See kommandiert hat, war Sandy Woodward im Falklandkrieg. Da hatten wir noch eine richtige Marine. Verdammte Politiker. Die haben derart den Etat gekürzt, dass jetzt bald auf jedes Schiff ein Admiral kommt.«

Offensichtlich hielt er von den Politikern so wenig wie von den Kürzungen.

Das wusste ich. Ich hatte es schon öfter gehört.

Obwohl ich heftig in die Pedale trat, war es ein paar Minuten nach halb acht, als ich mein Rad in der Garage abstellte, das Licht abschaltete und ins Haus eilte.

»Da bin ich wieder«, rief ich auf der Treppe nach oben. »Kann's losgehen mit der Geschichte?«

Zum Glück lag auch Marina etwas hinter dem Zeitplan, und die Mädchen plantschten noch im Bad und bewarfen sich gegenseitig mit Schaum. Ohne Gnade!

»Los, ihr beiden«, rief Marina durch das Geschrei. »Raus jetzt!«

Schon waren sie in flauschige weiße Handtücher gehüllt,

und in kunterbunten Schlafanzügen hüpften sie dann in die beiden Betten in Sassys Zimmer.

»Erzähl uns was, Papa«, quiekte Sassy aufgeregt. Sie saß kerzengerade im Bett. »Was vom Pferderennen.«

Sassy war erst lange nach meiner Jockeyzeit zur Welt gekommen, wollte aber immer wieder davon hören.

Ich setzte mich an ihr Bettende.

»Es war einmal eine Zeit«, sagte ich, »da ritt ich im Grand National.«

»Hast du gewonnen? Hast du gewonnen?«, rief Annabel.

»Warte doch mal ab«, sagte ich. »Wo war ich stehngeblieben? Ah ja, ich ritt also im Grand National. Das Pferd hieß Noss Boy und war ein großer, starker Schimmel, der sprang, als hätte er Sprungfedern unter den Hufen.«

Ich schilderte, wie ich in Aintree das erste Mal um die Bahn gegangen war, und wippte dabei wie im Galopp auf der Bettkante.

»Hör mal, Sid«, sagte Marina, die aus dem Bad hereinkam, »die beiden sollten jetzt schlafen.«

»Mami, sei doch nicht so ein Spielverderber«, protestierte Saskia. »Das Rennen ist noch nicht vorbei.«

»Dann beeilt euch.« Marina las ein paar Kleidungsstücke vom Boden auf und ging hinaus.

Ich wippte schneller und bewältigte Becher's Brook und den Canal Turn mit einem einzigen Sprung.

»Ach, es ist so weit vom letzten Hindernis zum Ziel«, sagte ich keuchend. »Komm, alter Junge, du schaffst das. Die paar Meter. Los, Junge, mach!«

Meine rechte Hand ging auf und ab wie bei einem scharfgerittenen Endspurt.

»Gesiegt!«, rief ich, und die Mädchen hüpften begeistert auf den Betten herum. »Jetzt aber ab in die Heia«, sagte ich, damit die beiden zur Ruhe kamen, »sonst seid ihr morgen früh zu müde für die Schule.«

Ich deckte sie zu und gab jeder einen Kuss auf die Stirn. »Gutnacht, gutnacht.« Ich schaltete das Licht aus und ließ die Tür angelehnt, damit es nicht ganz dunkel war.

Marina war schon nach unten gegangen, und ich fand sie in der Küche.

»Was hast du?«, fragte ich.

»Wieso?«

»Du bist unleidlich.«

»Überhaupt nicht«, fuhr sie mich an.

Ich trat zu ihr und nahm sie in die Arme. »Was ist los?«

»Nichts.« Sie stieß mich weg.

»Ich ermittle nicht«, sagte ich. »Das habe ich dir versprochen, und ich tu's auch nicht.«

»Warum warst du denn dann bei Charles?«

»Ich wollte ihn um Rat fragen.«

»Weswegen?«

»Ich habe ihn gefragt, was ich wegen des Rennmanipulationsverdachts unternehmen sollte, von dem mir der Mann heute Nachmittag erzählt hat.« Ich schwieg. »Ermitteln werde ich da nicht, aber ich kann auch nicht einfach stillhalten, oder?«

Sie sagte nichts, doch ich nahm an, genau das erwartete sie von mir.

»Charles empfahl mir, mit dem Chef der Rennsport-Sicherheit zu reden und alles Weitere ihm zu überlassen. Den rufe ich morgen an. Und damit hat es sich.«

Sie beruhigte sich ein wenig, doch es blieb den ganzen Abend etwas angespannt zwischen uns. Allen Beschwichtigungsversuchen zum Trotz war Marina offenbar entsetzt über die Aussicht, ich könnte wieder zu ermitteln anfangen. Das war zum Schreckgespenst für sie geworden, in ihrer Vorstellung viel beängstigender als in Wirklichkeit.

Zumindest dachte ich das damals.

Ich rief Peter Medicos auf seinem Handy an, sobald ich die Mädchen am nächsten Morgen zur Schule gebracht hatte.

»Hallo, Sid«, sagte er im breiten Lancashire-Dialekt.

»Haben Sie einen Augenblick Zeit?«, fragte ich.

»Nur kurz. Ich habe wirklich zu tun, aber schießen Sie los.«

»Es geht um Sir Richard Stewart.«

»Ja, ich weiß«, sagte er. »Schrecklich, nicht?«

»Wie bitte?«

»Das mit Sir Richard«, wiederholte er. »Schrecklich.«

Ich fragte mich, ob ich in eine Parallelwelt geraten war.

»Peter«, sagte ich langsam. »Was ist schrecklich in Bezug auf Sir Richard?«

»Dass er tot aufgefunden wurde«, antwortete er ebenso langsam. »Rufen Sie nicht deswegen an?«

»Tot!«, rief ich aus. »Wann denn?«

»Heute Morgen«, sagte er. »Vor ein paar Stunden. In einem seiner alten Wagen. Möglicherweise hat er sich umgebracht.«

3

Am späten Vormittag war Sir Richards mutmaßlicher Selbstmord die Topmeldung im Radio, doch dem, was Peter Medicos mir schon erzählt hatte, fügten die Berichte wenig hinzu.

Anscheinend hatte sein Gärtner ihn in einer verschlossenen Garage bei laufendem Motor auf dem Vordersitz seines klassischen Jaguars Mark IV aufgefunden. Der Aussage seines erschütterten Sohns nach hatte sich Sir Richard allein im Haus der Familie in Hampshire aufgehalten, während Lady Stewart zu Besuch bei ihrer Schwester in London war. Er konnte sich nicht erklären, warum sein Vater aus dem Leben geschieden sein sollte.

Ich auch nicht.

Sir Richard hatte sich Lichtjahre von einem Selbstmord entfernt angehört, als er am Nachmittag zuvor einfach aufgelegt hatte.

Na, ich gedenke jedenfalls herauszufinden, was da gespielt wird. Und ich finde es heraus, ob Sie mir dabei helfen oder nicht.

Das klang mir nicht nach jemandem, der sich wenige Stunden später umbringt.

Wenn es also kein Selbstmord war, was war es dann?

Wenn in geschlossenen Räumen Fahrzeuge gestartet werden, kommt es immer wieder einmal zu tödlichen Unfällen, weil die schnelle und verheerende Wirkung des freigesetzten Kohlenmonoxids nicht bedacht wird. Eine Konzentration von weniger als einem halben Prozent bringt einen erwachsenen Menschen um, und das ohne Vorwarnung.

Aber so gut wie jeder kennt die Risiken, und Sir Richard als Oldtimer-Sammler hatte sie mit Sicherheit auch gekannt.

War es weder Selbstmord noch ein Unfall, sondern Mord?

Vielleicht lag es an meinem vorherigen Beruf, aber ein Tod mit unklarer Ursache erschien mir bis zum Beweis des Gegenteils immer verdächtig.

Sir Richard Stewart lässt verlauten, dass er glaubt, jemand manipuliert den Ausgang von Pferderennen, und dass er demjenigen auf die Spur kommen will, und am nächsten Morgen wird er in einer Situation, die auf Selbstmord hindeutet, tot aufgefunden.

Wunderte nur mich dieser Zufall?

Ich rief Peter Medicos noch einmal an.

»Ja, Sid?« Der Anruf kam wohl etwas ungelegen. »Was gibt's noch?«

»Es tut mir leid, Sie noch mal zu stören, Peter, Sie haben's ja bestimmt nicht leicht heute, aber ich kam vorhin gar nicht dazu, Ihnen zu sagen, worum es mir ging.«

»In Bezug auf Sir Richard?«, fragte er.

»Ja. Er war gestern Nachmittag bei mir und sagte, er befürchte, dass jemand Rennen manipuliert.«

»Ach, das«, meinte er hörbar ungehalten. »Damit ging er schon seit Cheltenham hausieren.«

»Stimmt es denn?«

»Nicht dass ich wüsste.«

»Sind Sie seinen Behauptungen nachgegangen?«

»Ich habe mich mit ein paar älteren Jockeys unterhalten, und sie fanden, das sei völliger Blödsinn.«

Das war natürlich zu erwarten, besonders, wenn sie selbst die Finger drin hatten.

»Meinen Sie, sein Tod könnte etwas damit zu tun haben?«, fragte ich.

Es war still in der Leitung. »Inwiefern?«, sagte er. »Wollen Sie damit andeuten, dass er sich umgebracht hat, weil ich seine Vorwürfe nicht ernst genommen habe?« Er war offensichtlich nicht erfreut.

»Steht denn fest, dass er sich umgebracht hat?«, fragte ich. »Gibt es einen Abschiedsbrief?«

»Sid, ich schlage vor, Sie überlassen alle Ermittlungen den Profis von der Polizei und dem BHA-Sicherheitsdienst. Wir sähen es nicht gern, wenn sich ein Amateur da einmischt.«

Ich verzichtete darauf, ihm zu sagen, dass ich in Ermittlungsfragen keineswegs ein Amateur war und dass seinerzeit der Sicherheitsdienst des BHA regelmäßig bei mir angeklopft und mich um Unterstützung gebeten hatte.

»Ich versichere Ihnen, jede Einmischung liegt mir fern«, sagte ich. »Ich denke aber, die Frage muss gestellt werden. Sir Richard war fest überzeugt, dass etwas im Argen liegt, und nachdem er jetzt plötzlich unter ungeklärten Umständen ums Leben gekommen ist, sollte jemand seinem Verdacht nachgehen.«

»Natürlich«, sagte Peter. »Dafür sorge ich auch.«

»Sie verständigen also die Polizei?«, fasste ich nach.

»Ja«, sagte er knapp.

Wieso glaubte ich ihm nicht recht?

Den Donnerstagmorgen verbrachte ich weitgehend am Schreibtisch und versuchte, mich auf Börsentrends und Rentenerträge zu konzentrieren, kehrte aber immer wieder zu Sir Richard und seinem Jaguar Mark IV zurück.

Mein Telefon klingelte. Es war Charles.

»Das kommt mir alles sehr spanisch vor«, sagte er ohne Umschweife. »Ich hätte Sir Richard nie als Selbstmörder eingestuft. Er hatte viel zu viel Mut.«

»Gehört denn kein Mut dazu, sich umzubringen?«

»Natürlich nicht«, erwiderte er scharf. »In Bedrängnis gehört Mut dazu, am Leben zu bleiben.«

Und mit Mut in bedrängter Lage kannte Charles sich aus. Mit neunzehn war er als Fähnrich auf der *HMS Amethyst* unter Beschuss der chinesischen Kommunisten den Jangtse hinuntergefahren und hatte einunddreißig seiner Kameraden sterben sehen.

»Was heißt das für dich?«, fragte ich.

»Mord«, antwortete er rundheraus. »Ganz sicher.«

»Du siehst zu viel fern«, sagte ich lachend, aber irgendwie gab ich ihm auch recht.

»Es liegt auf der Hand«, erwiderte Charles. »Einen Selbstmord halte ich für ausgeschlossen, und wer sich mit Autos so auskennt wie Richard, stirbt nicht durch das versehentliche Einatmen von Abgasen. Es muss also Mord sein.«

»Wir kennen noch nicht alle Umstände«, sagte ich. »Und

Kohlenmonoxid als Todesursache ist ja nur eine Vermutung. Es könnten auch andere natürliche Ursachen vorliegen.«

»Vorige Woche kam er mir kerngesund vor.«

Mir am vorangegangenen Nachmittag ebenso, aber ein Herzanfall kann auch jemanden niederstrecken, der wie das blühende Leben aussieht.

»Weißt du, ob er herzkrank war?«

»Sid«, sagte er in herablassendem Ton, »wir wissen doch beide, dass es Mord war, also kümmere dich drum.«

Das hörte sich so einfach an.

»Die Polizei wird sich drum kümmern«, sagte ich.

Sein Seufzer klang durch die Leitung. »Vor langer Zeit, als du mit dem Rennreiten aufhörtest, musste dir jemand einen ordentlichen Tritt in den Allerwertesten geben, damit du wieder in Gang kamst. Vielleicht ist es mal wieder so weit.«

»Charles!«, protestierte ich gequält.

»Tut mir leid«, sagte er obenhin. »Aber es stimmt.«

»Nein«, verteidigte ich mich. »Ich habe mich ganz bewusst entschieden, die Detektivarbeit aufzugeben, und bin mit dem, was ich jetzt mache, sehr zufrieden.«

»Und was war das noch mal?«

»Du weißt ganz genau, was ich mache.«

»Geld schiebst du hin und her.« Er schnaubte. »Das ist doch kein richtiger Beruf.«

Ich wollte nicht mit ihm diskutieren, das hätte doch nichts genützt. Der Admiral war von seinen Ansichten und Meinungen so schwer abzubringen wie die Flugzeugträger, die er befehligt hatte, von ihrem Kurs.

»Ich gebe deine Überlegungen an die Polizei weiter«, sagte ich ruhig. »Und Peter Medicos will Sir Richards Verdacht nachgehen.«

»Ist das nicht der Mann, der ihn für verrückt gehalten hat?«

»Doch.«

»Dann erwarte ich davon nicht viel.«

Das ging mir auch so.

Ich wandte mich wieder meinen Geldgeschäften zu und fragte mich, ob Charles recht hatte.

War das ein richtiger Beruf?

Eine einträgliche Beschäftigung auf jeden Fall. In den vergangenen sechs Jahren hatte ich vom Schreibtisch aus wesentlich mehr Geld verdient als mit der Hatz durch nasse Gräben und dem Stöbern in fremden Mülleimern. Aber getan oder geschaffen hatte ich eigentlich nichts. Ich hatte einfach richtig vorhergesehen, wann bestimmte Aktien und Obligationen im Wert stiegen oder fielen, und sie entsprechend gekauft oder verkauft.

Ähnlich, wie man beim Pferderennen auf Pferde setzt und anderen dann die Arbeit überlässt, sie zum Sieg zu führen.

Wieder unterbrach das Telefon meine Gedanken.

»Hallo«, meldete ich mich.

»Ist da Mr. Halley?«, fragte jemand mit ausgeprägtem nordirischen Akzent, »Mr. Sid Halley?« Er betonte das »Ha« im Namen.

»Ja«, sagte ich.

»Mr. Halley«, wiederholte er, »Sie müssen etwas für mich tun.«

»Wer spricht da?«, fragte ich.

»Das lassen wir mal«, sagte er mit einem drohenden Unterton. »Sie sollen etwas für mich ermitteln, okay?«

»Tut mir leid. Ich stelle keine Ermittlungen mehr an.«

Ich legte auf.

Sofort klingelte das Telefon wieder.

»Mr. Halley«, sagte dieselbe Stimme. »Das ist keine Bitte, sondern eine Aufforderung. Sie ermitteln für mich. Habe ich mich klar ausgedrückt?« Der Ton war wirklich bedrohlich.

»Wer spricht denn da?«, fragte ich verärgert noch einmal. »Was fällt Ihnen ein, so mit mir zu reden?«

»Was mir einfällt?« Er lachte beinah. »Mr. Halley, mir fallen noch ganz andere Sachen ein. Und Sie *tun*, was ich sage, verlassen Sie sich drauf.«

»Nein«, sagte ich kurz und legte wieder auf.

Ich wählte umgehend die 1471, um die Nummer des Anrufers zu erfahren, doch er hatte sie unterdrückt. Das überraschte mich nicht.

Ich schaute auf das Telefon und wartete auf das nächste Klingeln, aber es kam keins mehr.

Die Anrufe hatten mich ziemlich irritiert.

Es war längst nicht das erste Mal, dass mir jemand telefonisch mitteilte, ich hätte nach seiner Pfeife zu tanzen, aber zum ersten Mal verlangte jetzt jemand, dass ich Ermittlungen anstellte. Bisher war es immer darum gegangen, sie einzustellen.

Ich wollte mich wieder meiner Arbeit widmen, konnte mich aber nicht konzentrieren. Stattdessen ging ich zu Marina.

Marina von der Meer, so ihr Mädchenname, war Biologin. Ihre Arbeit bei der Britischen Krebsgesellschaft hatte sie aufgegeben, als wir einen Monat vor Saskias Geburt aus London weggezogen waren, aber jetzt, wo unsere Kleine in der Schule war, arbeitete Marina in Teilzeit von zu Hause aus als Redakteurin und Sachverständige für wissenschaftliche Veröffentlichungen.

Wie üblich saß sie umringt von dicken Wälzern über Zellbiologie am Küchentisch und tippte auf ihrem Computer.

»Kennst du das zentrale Dogma?«, fragte sie, als ich hereinkam.

»Ist das was Theologisches?«

»Nein. Das zentrale Dogma der Molekularbiologie.«

»Ich habe keinen Schimmer«, sagte ich.

»Der Autor dieses unnützen Papiers anscheinend auch nicht.« Sie seufzte und reckte die Arme in die Luft.

»Was ist denn damit?«, fragte ich. »Mit dem Dogma?«

»Das ist ein Prinzip des Lebens. Es besagt, dass genetische Information in einer Nukleinsäure gespeichert und übertragen werden kann, dass aber der Informationstransfer in ein Protein unumkehrbar ist.«

Ich wünschte, ich hätte nicht gefragt, und hielt den Mund.

»Wer hat denn angerufen?«, wechselte Marina das Thema, nach wie vor auf ihren Bildschirm konzentriert.

»Erst Charles und dann jemand, den ich nicht kenne.«

»Was wollte Charles?«

»Es ging um meinen Besuch von gestern.«

»Den Mann von der Rennsportbehörde?«

»Ja«, sagte ich. »Er ist heute Morgen tot aufgefunden worden.«

Sie fuhr auf ihrem Stuhl herum und sah mich mit tiefen Sorgenfalten auf der Stirn an.

»Hatte das mit dem zu tun, weshalb er bei dir war?«

»Ich weiß es nicht«, antwortete ich, »Aber ich bezweifle es. Er hat offenbar Selbstmord begangen.«

»Ach, wie furchtbar.«

»Er war ein Freund von Charles. Sie gehörten demselben Club an.«

»Armer Charles«, sagte Marina.

Armer Sir Richard, dachte ich.

»Und was wollte Charles von dir?«, fragte Marina.

»Gar nichts«, log ich. »Er wollte nur mit jemandem darüber reden.«

»Die Polizei sollte vielleicht erfahren, dass der Mann gestern hier war, und auch, worüber ihr gesprochen habt.«

»M-hm, da magst du recht haben. Vielleicht rufe ich sie an.«

Sollte ich ihr dann auch von dem Nordiren erzählen, der mir am Telefon gedroht hatte?

»Was gibt's zu Mittag?«, fragte ich.

»Worauf hast du denn Lust? Ich habe noch Thaisuppe mit Huhn und Curry im Kühlschrank.«

»Prima.«

Wir setzten uns an den Tisch und aßen die Suppe mit frisch aufgebackenem Baguette.

»Ach, du hast Post bekommen«, sagte Marina und hielt mir einen Brief hin.

Absender war das Queen-Mary-Krankenhaus in Roehampton.

»Wahrscheinlich eine Erinnerung an meinen Kontrolltermin nächsten Dienstag«, sagte ich. »Wie jedes Jahr.« Ich hielt meine Handprothese hoch.

Marina kehrte zu ihrem Lektorat am Computer zurück, und ich ging in mein Büro und riss den Brief auf.

Es war tatsächlich die Terminerinnerung, aber nicht nur. Ein Brief von einem gewissen Harold Bryant lag bei.

Sehr geehrter Mr. Halley,

mir ist bekannt, dass Sie vor geraumer Zeit durch einen Unfall beim Pferderennen und ein weiteres Trauma die linke Hand verloren haben, und mir wurde mitgeteilt, dass Sie seit vierzehn Jahren mit einer myoelektrischen Prothese leben, die Mr. Alan Stephenson vom Reha-Zentrum Roehampton für Sie angefertigt hat.

Wie Sie vielleicht aus der Presse wissen, hat die Queen-Mary-Klinik sich im Rahmen eines Forschungsprogramms auf komplette Hand- und Handgelenktransplantationen spezialisiert, und meiner Überzeugung nach sind Sie ein geeigneter Kandidat für eine solche Maßnahme.

Sollten Sie sich näher darüber informieren wollen, bin ich anlässlich Ihres Kontrolltermins in der Klinik gern zu einem Gespräch mit Ihnen bereit.

Mit freundlichen Grüßen,

Harold Bryant, FRCS, Leiter des Transplantationsteams

Ich schaute auf den Brief und las die Worte immer wieder: *komplette Hand- und Handgelenktransplantationen*.

Ich suchte »Handverpflanzung« im Internet und verbrachte die nächsten beiden Stunden damit, mir Videos von Leuten mit verpflanzten Händen anzusehen. Es waren erstaunliche Aufnahmen dabei und sogar ein Film von einem Mann, der mit seinen zwei neuen Händen Klavier spielte, wenn auch nur mit je einem oder zwei Fingern.

Was wollte ich?

Ich hatte mich zwar daran gewöhnt, fast alles einhändig zu erledigen, doch es gab auch Dinge, die ich einfach nicht hinbekam. Schnürsenkel hatte ich längst aufgegeben, ich trug nur Slipper, aber Socken, die ich nicht anziehen, Krawatten, die ich nicht binden, und Hosen, die ich nicht zuknöpfen konnte, machten mir das Leben sauer. Wollte ich wirklich die Tortur einer solchen Operation auf mich nehmen, nur um mich leichter anziehen zu können?

Und die Immunsuppressiva, die ich mein Leben lang einnehmen müsste, damit mein Organismus die Hand nicht abstieß? War ich dazu bereit?

Vielleicht schon.

Ich hasste meine Prothese, das »Wunder« aus Stahl und Plastik, das meinen linken Unterarm ergänzte. Sie war zwar erstklassig, die beste künstliche Hand auf dem Markt, aber eben *künstlich*, kalt und empfindungslos in jeder Hinsicht. Ich konnte kein Geldstück damit aufheben und keine Gabel halten.

Die Verpflanzungsrecherche nahm mich so gefangen, dass ich darüber die Zeit vergaß.

»Holst du Sassy ab oder ich?«, fragte Marina an meiner Bürotür und schaute demonstrativ auf die Uhr.

»Ach Gott, entschuldige«, sagte ich. »Bin schon unterwegs.«

Ich eilte hinaus zum Range Rover, ließ die Räder auf der Kieseinfahrt rotieren und kam bei der Schule an, als die Kinder gerade herausströmten.

»Tag, Mr. Halley«, sagte Mrs. Squire, die Rektorin, als ich zum Tor gelaufen kam. »Was tun Sie denn hier?«

Ich sah sie verwirrt an. »Ich wollte Saskia abholen.«

»Aber Saskia ist doch schon weg.« Mrs. Squire machte eine betretene Miene.

»Weg?« Mir schwante nichts Gutes. »Wohin denn?«

»Ihre Schwester und Ihr Schwager haben sie vor einer halben Stunde abgeholt.«

Jetzt ging mein Puls nach oben, und Adrenalin schoss mir durch die Adern.

Ich hatte weder eine Schwester noch einen Schwager.

4

Es tut mir so leid.« Mrs. Squire weinte. »Sie hatten einen Brief von Ihnen dabei mit der Bitte, Saskia wegen einer Familienfeier heute früher gehen zu lassen. Es solle eine Überraschung für Mrs. Halley sein, deshalb dürfe ich nicht anrufen.«

Wir waren in ihrem Büro im Hauptgebäude der Schule.

»Haben Sie den Brief noch?«, fragte ich mit trockenem Mund.

»Nein, den haben sie wieder mitgenommen.«

»Ich rufe die Polizei«, sagte ich, doch als ich nach meinem Handy griff, klingelte es, ehe ich noch wählen konnte.

»Mr. Halley«, kam die Stimme mit dem nordirischen Akzent. »Tun Sie jetzt, was ich sage?«

»Wo ist meine Tochter?«, schrie ich ihn an.

»Na, zu Hause«, antwortete er und lachte. »Wo alle kleinen Mädchen um diese Tageszeit sein sollten.«

»Zu Hause?«, fragte ich verwirrt.

»Ja. Zu Hause bei ihrer Mutter.«

Ich hielt den Hörer zu. »Mrs. Squire, rufen Sie bitte bei mir zu Hause an.« Ich gab ihr die Nummer, und sie rief von ihrem Bürotelefon aus an.

»Mrs. Halley«, sagte sie. »Mrs. Squire von der Schule. Ihr Mann möchte Sie sprechen.«

Sie reichte mir den Hörer über den Schreibtisch.

»Sid«, sagte Marina aufgeregt, »was ist denn los? Saskia ist gerade allein heimgekommen. Wo bist du?«

»Bleib im Haus, und schließ alle Türen ab«, sagte ich.

»Aber …«

»Jetzt sofort«, sagte ich. »Und mach niemandem auf. Ich komme gleich.« Ich gab Mrs. Squire den Hörer zurück. »Saskia ist zu Hause«, teilte ich ihr mit.

»Gott sei Dank«, sagte sie.

Gott hat damit nichts zu tun, dachte ich.

Ich nahm mein Handy wieder ans Ohr, aber die Verbindung war weg.

»Was ist mit der Polizei?«, fragte Mrs. Squire.

»Die rufe ich von zu Hause an«, erwiderte ich. »Ich muss zurück. Wie lange sind Sie noch hier?«

»Mindestens eine Stunde«, sagte sie.

»Ich melde mich.«

Ich lief hinaus zum Wagen, gab Gummi bis zu uns nach Hause und verspritzte Kies nach allen Seiten, als ich in der Einfahrt bremste.

»Was ist denn bloß los?«, empfing mich Marina mit angstgeweiteten Augen.

»Das weiß ich auch nicht«, sagte ich. »Jemand anders hat Saskia in der Schule abgeholt und nach Hause gebracht.«

»Wer denn?«

»Ich weiß es nicht«, sagte ich noch einmal.

»Und wieso hat die Schule sie gehen lassen, verdammt noch mal?«

»Die Abholer haben sich als meine Schwester und mein

Schwager ausgegeben. Sie hatten ein fingiertes Schreiben von mir dabei. Das haben sie Mrs. Squire gezeigt.«

»Mein Gott!« Marina taumelte ein wenig.

»Wo ist Sassy jetzt?«, fragte ich.

»In ihrem Zimmer. Sie weint. Ich habe so mit ihr geschimpft. Ich dachte, sie sei von sich aus nach Hause gekommen.«

Ich lief nach oben in Saskias Zimmer, und Marina folgte mir.

Unser Töchterchen lag zusammengerollt auf dem Bett und umklammerte ihr Kopfkissen. Ich setzte mich ans Bettende und streichelte ihr den Rücken.

»Es tut mir leid, Papa«, sagte sie, ohne den Kopf zu heben.

»Schon gut, Schätzchen«, erwiderte ich. »Erzähl uns, was passiert ist.«

»Mrs. Squire sagte mir, ich müsse mit den Leuten mitgehen.«

»Kanntest du sie?«, fragte ich sanft.

»Nein«, antwortete sie leise.

»Und was haben wir dir gesagt?«, fuhr Marina auf. »Du sollst nie mit Fremden mitgehen!«

Saskia brach wieder in Tränen aus. »Die haben doch gesagt, ihr hättet sie geschickt.«

»Schon gut, Schätzchen.« Ich drückte sie. »Mami meint es nicht so.« Über Saskias Kopf hinweg schleuderte ich Dolchblicke auf Marina.

»Mrs. Squire hat's mir doch gesagt«, wiederholte Saskia schluchzend.

»Hat Mrs. Squire gefragt, ob du die Leute kennst?«

»Nein. Sie kam in die Klasse und sagte mir, ich müsse heute früher nach Hause, und da bin ich mit ihr zu den Leuten gegangen.«

»So, Schätzchen, das ist jetzt wichtig«, betonte ich. »Weißt du noch, was die Leute zu dir gesagt haben? Und zu wievielt sie waren?«

»Zu zweit, ein Mann und eine Frau. Die Frau sagte, es sei schön, mich mal wiederzusehen. Das fand ich blöd, weil ich nicht wusste, wer sie war, aber das sagen ja alle möglichen Leute zu mir, die mich mal gesehen haben, als ich klein war, und an die ich mich nicht erinnern kann.«

»Hat sie sich komisch angehört?«

»Wie meinst du das?«

»Hat sie Dialekt gesprochen?«

Saskia sah mich an und legte den Kopf schräg, als denke sie nach.

»Ich weiß es nicht«, sagte sie.

»Und der Mann?«, fragte ich. »Hat der auch was gesagt?«

»Er hat gesagt, ich soll aussteigen.«

»Wo denn?«, fragte ich.

»Auf der Straße.«

»Hier vorm Haus?«

»Ja«, sagte sie. »Nur ein Stück weiter unten.«

Nach und nach erzählte Saskia uns alles, was von dem Moment, als Mrs. Squire sie aus dem Unterricht holte, bis zu ihrem Nachhausekommen geschehen war. Der Mann und die Frau hatten nichts mehr zu ihr gesagt, aber der Mann war eine halbe Stunde umhergefahren, ehe er Saskia vor dem Haus absetzte. Wir baten sie, das Paar zu beschreiben, aber sie konnte eigentlich nur sagen, dass beide weiß und ziemlich alt waren, beinah so alt wie Mami und Papi, und dass die Frau eine blaue Jeans und rotweiße Turnschuhe angehabt hatte.

»Tut mir leid, Mami«, sagte sie.

»Ist nicht schlimm, Schätzchen«, sagte Marina, drückte sie und gab ihr einen Kuss. »Aber mach's nicht noch mal.«

Saskia blieb zusammengerollt auf dem Bett liegen, und wir gingen nach unten.

»Was hat das zu bedeuten, Sid?«, fuhr Marina mich wieder an. »Wieso hast du gefragt, ob die Frau Dialekt gesprochen hat?«

»Ich hielt es eben für möglich.«

»Wieso denn?«

Ich würde es ihr sagen müssen, aber ich wusste, es würde ihr nicht gefallen. Und so war es auch.

»Warum hast du mir das nicht schon heute Mittag gesagt?«, fragte sie scharf.

»Es schien mir nicht wichtig«, erwiderte ich. »Mich haben im Lauf der Jahre schon alle möglichen Spinner angerufen. Ich dachte, das wäre auch so einer.«

»Die haben Sassy entführt«, sagte sie gereizt. »Wir müssen die Polizei verständigen.«

Ich sah auf die Uhr. Seit Mrs. Squire und der Schule war fast eine halbe Stunde vergangen.

»Was ist, wenn die sich noch ein Kind schnappen«, drängte Marina, »es dann aber nicht zu Hause absetzen?«

»Du hast recht«, sagte ich. »Ich rufe die Polizei und auch Mrs. Squire an.«

Nur änderte ich die Reihenfolge, um zu sehen, ob

Mrs. Squire die Jungs in Blau schon verständigt hatte, was aber nicht der Fall war.

»Saskia geht's gut«, teilte ich ihr mit. »Aber wir müssen die Polizei verständigen.«

»In Ordnung«, sagte Mrs. Squire müde. »Ich warte hier, bis sie sich meldet.«

Die Polizei traf in Gestalt eines Chefinspektor Watkinson von der Thames Valley Constabulary und eines Detektivsergeants ein, der von seinem Chef umgehend zur Befragung von Mrs. Squire in die Schule geschickt wurde.

»Kindesentführung ist ein schwerwiegendes Vergehen«, sagte der Chefinspektor, »darauf stehen Freiheitsstrafen bis zu lebenslänglich.«

Ein dringender Handlungsbedarf war bei ihm allerdings nicht zu erkennen, nachdem, wie er hervorhob, das Entführungsopfer Miss Saskia Halley innerhalb von dreißig Minuten wohlbehalten zu Hause abgeliefert worden war.

»Waren das bestimmt auch nicht die Eltern einer Klassenkameradin?«, fragte der Chefinspektor, als wir alle um den Küchentisch versammelt saßen. »Vielleicht wollte man Ihnen nur einen Gefallen tun.«

»Bestimmt nicht«, sagte ich. Ich erzählte dem Kriminalbeamten von den Anrufen des Iren, und seine buschigen Augenbrauen kletterten leicht in die Höhe.

»Haben Sie eine Ahnung, wer das gewesen sein könnte?«, fragte er.

»Nein. Das lässt sich anhand des Telefonregisters aber doch sicher feststellen.«

»Das bezweifle ich«, sagte er. »Kriminelle benutzen heutzutage meistens Prepaid-Handys, die sie bar bezahlen. Die SIM-Karte ersetzen sie regelmäßig durch eine neue, die man in jedem Telefonladen für ein paar Pfund kaufen kann. Wir finden vielleicht ungefähr heraus, wo die Anrufe getätigt wurden, aber nicht, von wem.«

Wäre schon mal ein Anfang, dachte ich.

»Dürfte ich Ihrer Tochter ein paar Fragen stellen?«, fragte Chefinspektor Watkinson. »Ich hatte gehofft, eine Polizeibeamtin mitbringen zu können, doch es war keine frei. Wenn Sie möchten, lasse ich aber eine kommen.«

»Das geht schon«, sagte Marina, »wenn ich dabei sein kann.«

»Natürlich.«

Saskia setzte sich auf Marinas Schoß und wiederholte alles, was sie uns erzählt hatte, während sich der Chefinspektor Notizen in sein schwarzes Notizbuch machte.

»Welche Farbe hatte das Auto?«, fragte er leise.

»Blau«, rief sie, ohne zu zögern.

»Hellblau oder dunkelblau?«

»Dunkelblau.«

»Hatte es zwei oder vier Türen?«

»Vier«, sagte Saskia. »Und es roch nach Hunden, wie das Auto von Papa.«

»War es auch ein Range Rover, wie das Auto von deinem Papa?«

»Nein.« Sie grinste. »Es war so klein wie unser altes Auto.«

Der Chefinspektor blickte zu mir.

»Vor dem Range Rover hatten wir einen Golf.«

»War es dieselbe Marke wie Papas altes Auto?«, fragte er wieder Saskia.

Sie hob die Schultern und drehte die Handflächen nach oben.

»Das heißt, sie weiß es nicht«, sagte Marina.

Der Chefinspektor lächelte. »Ich habe selbst zwei Kinder, ein Junge und ein Mädchen, die sind zwar schon älter, aber die haben das auch immer gemacht, besonders, wenn es darum ging, wer was zerdeppert hatte. Es hieß nicht unbedingt, dass sie's nicht wussten, sondern, dass sie's nicht sagen wollten.«

»Ich glaube, Saskia würde es sagen, wenn sie's wüsste«, verteidigte Marina ihre Tochter. »Sie kennt sich mit Autos nicht so aus.«

»War der Türgriff zum Aussteigen gleich?«, fragte er.

Saskia legte den Kopf schräg und verzog den Mund, als versuche sie, sich zu erinnern. »Glaub schon«, sagte sie schließlich. »Und das Auto hatte eine große Delle an der Seite.«

Er schrieb etwas in sein Notizbuch. »Rufen Sie mich bitte an, wenn ihr noch was einfällt.« Er gab mir seine Visitenkarte mit der Durchwahl für sein Büro. »Wir geben eine Suchmeldung nach einem dunkelblauen vw Golf raus. So viele mit einer Delle werden nicht herumfahren.«

In dem Moment kam der Sergeant zurück, und der Chefinspektor unterhielt sich draußen mit ihm. Schließlich kamen beide wieder herein.

»Die Rektorin Mrs. Squire konnte uns das Paar ungefähr beschreiben«, sagte der Sergeant. »Weiß, Mitte dreißig bis Mitte vierzig, und der Mann war eher klein und schlank.

Haare kurz und dunkelbraun, die der Frau halblang und hellbraun. Leider war es Mrs. Squire wichtiger, wie die Schule aussah. Anscheinend hatte sich kurz vorher ein Schulkind auf dem Gang übergeben. Jedenfalls hält sie's für möglich, dass sie sie wiedererkennt. Wir lassen sie auf der Wache noch ein digitales Fahndungsfoto machen.« Seinem Tonfall nach versprach er sich nicht allzu viel davon.

»Haben sie mit irischem Akzent gesprochen?«, fragte ich.

»Das ist Mrs. Squire nicht aufgefallen.«

»Könnte Ihr Anrufer den Akzent aufgesetzt haben?«, fragte der Chefinspektor. »Zur Verstellung?«

Es war denkbar. »Beim nächsten Anruf frage ich ihn.«

»*Wenn* er noch mal anruft.«

»Er ruft noch mal an«, sagte ich mit Bestimmtheit. »Er hat mich noch nicht wissen lassen, was ich für ihn ermitteln soll.«

»Die Polizei ist doch eingeschaltet. Meinen Sie nicht, dass ihn das abgeschreckt hat?«

»Nein«, erwiderte ich.

»Aber wieso bringt er Sassy nach Hause, wenn er dich in der Hand haben will?«, warf Marina ein. »Wieso hat er sie nicht bei sich behalten?«

»Ich soll nur wissen, was er machen *könnte*. Es ist eine Drohung, weiter nichts.«

»Für mich ist das mehr«, sagte Chefinspektor Watkinson.

»Für mich auch«, stimmte Marina bei.

Am Abend um Viertel vor zwölf, als Marina und ich uns fürs Bett fertig machten, rief der Mann übers Festnetz wieder an. Ich nahm den Hörer auf dem Nachttisch ab.

»So, Mr. Halley«, sagte er mit seinem ausgeprägten Belfaster Akzent. »Tun Sie jetzt, was ich sage?«

»Ist Ihr Akzent aufgesetzt, oder sind Sie wirklich Nordire?«, fragte ich, ohne auf seine Frage einzugehen.

»Ich bin Ulsteraner«, antwortete er. »Und stolz darauf.«

»Na, ich bin Waliser und ebenfalls stolz darauf, aber ich laufe nicht rum und entführe kleine Mädchen.«

»Entführen? Seien Sie nicht albern. Ich hab die Kleine bloß nach Hause gebracht.«

»Ich habe die Polizei verständigt«, sagte ich.

»Das glaube ich sofort.«

»Und sie wird diesen Anruf zurückverfolgen.«

»Meinen Sie, ich bin in 'ner Luftblase den Lagan hochgekommen?« Er lachte.

»Was wollen Sie?«, fragte ich.

»Sie sollen, wie gesagt, für mich ermitteln.«

»Und ich habe Ihnen schon erklärt, dass ich das nicht mehr tue.«

»Ich glaube, für mich machen Sie eine Ausnahme.«

»Das glaube ich nicht.«

»Jetzt hören Sie mal zu, Mr. Halley« – seine gute Laune war wie weggeblasen –, »Sie haben gesehen, was passieren könnte, oder nicht? Wollen Sie Ihr Töchterlein nächstes Mal in einer Kiste zurückkriegen?«

»Hauen Sie ab«, sagte ich und knallte den Hörer auf.

Marina hatte mitgehört.

»Was soll das denn?«, schrie sie mich an.

»Scht! Du weckst Sassy auf. Ich weiß, was ich tue.«

»Ach ja? Es geht hier um das Leben deiner Tochter.«

»Vertrau mir«, sagte ich und umfasste ihre Hände. »Bei so einem Fiesling hilft nur eins: selbst fies sein. Wenn wir uns von ihm einschüchtern lassen und ihm nachgeben, werden wir ihn nie los.«

Das Telefon klingelte wieder.

»Nicht«, sagte ich, doch Marina hatte sich bereits den Hörer geschnappt.

»Hör zu, du Scheißkerl«, rief sie hinein. »Lass unsere Tochter in Ruhe. Lass uns alle in Ruhe.«

»Ah, Mrs. Halley.« Ich verstand jedes Wort von ihm, obwohl Marina den Hörer ans Ohr gedrückt hielt. »Bringen Sie Ihren Mann mal zur Vernunft. Er soll ja nur eine Sache für mich erledigen.«

»Was denn?«, fragte Marina und stieß meine Hand weg, als ich ihr den Hörer abnehmen wollte.

»Er soll Sir Richards Rennmanipulationsvorwürfen nachgehen.«

Mit vor Überraschung offenstehendem Mund saß ich auf der Bettkante. Ich nahm Marina den Hörer ab.

»Wie war das?«, fragte ich.

»Sie sollen Stewarts Vorwürfen nachgehen und feststellen, dass sie unbegründet sind.«

»Sind sie denn unbegründet?«

»Zu dem Ergebnis werden Sie kommen.«

Danach hatte ich nicht gefragt, aber es genügte als Antwort.

»Tut mir leid«, sagte ich. »Für Ermittlungen stehe ich nicht mehr zur Verfügung.«

Ich legte auf.

»Bist du verrückt?«, schrie mich Marina an. »Du musst tun, was er sagt.«

»Nein«, widersprach ich entschieden. »Er will, dass ich ermittle, sagt aber gleich dazu, was ich herausfinden soll. Wenn Sid Halley sagt, da läuft nichts, glauben die Leute, dass da nichts läuft. Aber offensichtlich läuft was, sonst wäre er nicht so darauf erpicht, dass ich das Gegenteil behaupte. Er will was übertünchen. Wo bliebe also meine Glaubwürdigkeit, und wo bliebe der Rennsport?«

»Was ist denn wichtiger? Der scheiß Rennsport oder deine Tochter?«

Ich war überzeugt, dass es für Saskia letztlich gefährlicher und nicht ungefährlicher wäre, wenn ich tat, was der Mann verlangte, aber Marina dachte nur an die unmittelbaren Folgen.

»Erst willst du, dass ich nicht ermittle, und jetzt denkst du, ich bin verrückt, wenn ich's sein lasse.«

»Ich weiß nicht, was ich will.« Marina setzte sich auf die Bettkante und barg den Kopf in den Händen. »Ich habe einfach Angst.«

Ich legte ihr den Arm um die Schultern.

»Vertrau mir«, sagte ich noch einmal. »Ich weiß, was am besten ist. Ich passe auf dich und Sassy auf, das verspreche ich dir.«

Und ich fange an zu ermitteln, dachte ich.

Ich würde herausfinden, wer uns das antat, und ihm das Handwerk legen.

Am Freitagmorgen brachten Marina und ich Saskia gemeinsam zur Schule, nachdem Marina im zweiten Bett in Saskias Zimmer übernachtet hatte und wir das Flurlicht angelassen hatten.

Es war kein Anruf mehr gekommen und auch sonst nichts passiert, aber Marina wollte Saskia zuerst gar nicht in die Schule lassen. Sie wollte, dass wir uns zu Hause einsperrten und die Polizei vor den Türen Wachtposten aufstellte.

»So können wir doch nicht leben«, hatte ich eingewandt. »Wir müssen normal weitermachen.«

»Normal!«, schrie Marina mich an. »Sid, es ist nicht normal, dass man dein Kind entführt.«

Die Polizei hatte den Ausschlag gegeben. Chefinspektor Watkinson rief um halb acht an und verabredete sich mit uns zu einem Gespräch in der Schule. Er und seine Leute wollten dort noch andere Eltern befragen und ihnen versichern, dass ihre Kinder nicht gefährdet seien.

Ich dachte bei mir, dass die Polizeipräsenz eher beunruhigend wirken könnte, und das bestätigte sich auch, denn viele Mütter nahmen ihre Kinder gleich wieder mit nach Hause.

»Haben Sie den Anruf zurückverfolgt?«, fragte ich den Chefinspektor. Marina hatte darauf bestanden, dass ich der Polizei erlaubte, unsere Gespräche mitzuhören und zu orten.

»Nein, nicht direkt«, gab er zu. »Unser Freund hat den Anruf über eine Reihe von SIM-Karten offenbar mehrfach umgeleitet, zum Teil übers Ausland.«

»Meinen Sie, ich bin in 'ner Luftblase den Lagan hochgekommen?«, murmelte ich vor mich hin.

»Bitte?«, fragte der Chefinspektor.

»Meinen Sie, ich bin in ’ner Luftblase den Lagan hochgekommen?«, wiederholte ich laut. »Das hat der Mann geantwortet, als ich ihm sagte, die Polizei würde den Anruf zurückverfolgen.«

»Und was heißt das?«

»Es läuft auf *Bin ich vielleicht von gestern?* hinaus. Der Lagan ist der Fluss, der durch Belfast fließt. Unser Freund, wie Sie ihn nennen, ist schlauer, als wir denken.«

»So schlau auch wieder nicht«, sagte der Chefinspektor, »wenn es stimmt, was man so hört.«

»Was hört man denn?«

»Dass es zwecklos ist, Sid Halley herumkommandieren zu wollen, weil man damit genau das Gegenteil erreicht.« Er grinste. »Wer ihn abschrecken will, hat ihn erst recht auf dem Hals.«

»Und wo haben Sie das gehört?«

»Im Flurfunk.«

»Was sagt der Kripo-Flurfunk denn noch so über mich?«

»Dass Sie nichts dagegen haben, das Gesetz selbst in die Hand zu nehmen.«

»Das ist ja kein Handicap«, sagte ich grinsend.

Er grinste zurück. »Ich habe auch gehört, dass Sie Ihre Kunsthand manchmal als Keule einsetzen.«

»Glauben Sie nicht alles, was man sich erzählt.« Ich lachte, obwohl ich wusste, dass es zutraf. »Wenn ich unseren Freund finde, könnte es schon sein, dass ich ihm eins überbrate.« Ich schlug mit dem linken Unterarm in die Luft.

»Ja, es war wie gesagt nicht gerade klug von ihm, ohne

Not Sid Halley einzuschalten. So ein bisschen, wie wenn man in einem Wespennest stochert. Beknackt.«

»Haben Sie mit den Beamten gesprochen, die Sir Richards Tod untersuchen?«, wechselte ich das Thema.

»Nur heute Morgen kurz«, erwiderte der Chefinspektor. »Die scheinen ziemlich überzeugt zu sein, dass es Selbstmord war.«

»Nun, mein Schwiegervater glaubt, es war Mord, und ich neige dazu, ihm recht zu geben.«

»Was spricht denn dafür?«

»Nicht so viel. Mein Schwiegervater war Admiral und mit Richard Stewart befreundet, und für ihn war er nicht der Typ, der Selbstmord begeht.«

»Gibt es da einen Typus?«

»Wer weiß«, sagte ich. »Aber kommt es Ihnen nicht auch ziemlich verdächtig vor, dass Sir Richard mich am Mittwochmorgen auf Rennmanipulationen anspricht und dann am Donnerstag tot aufgefunden wird, am selben Tag, an dem ein irischer Spinner meine Tochter entführt und will, dass ich diese Rennmanipulationen untersuche?«

»M-hm, ich verstehe. Etwas merkwürdig sieht das schon aus.«

»Etwas merkwürdig!«, wiederholte ich ironisch. »Ich finde das überaus merkwürdig. Was wollen Sie also unternehmen?«

»Vielleicht spreche ich noch mal mit der Polizei Hampshire.« Er maß den Ansichten eines Militärs a. D. und eines Exjockeys offensichtlich nicht allzu viel Bedeutung bei. »Tun Sie denn jetzt, was unser Freund verlangt?«

»Ja und nein«, sagte ich. »Ja, ich werde den Vorwürfen

der Rennmanipulation nachgehen, und nein, unter den Teppich kehren werde ich nichts. Ich werde herausfinden, wer wem was tut, und dem ein Ende machen.«

»Wenn Sie die Leute finden, die Ihre Tochter entführt haben, überlassen Sie die bitte mir«, sagte er plötzlich in ernsterem Ton. »Die Polizei schätzt es nicht, wenn Bürger ihr dazwischenfunken.«

Wenigstens hatte er mich nicht wie Peter Medicos als Amateur bezeichnet.

»Sie sagten doch, es sei kontraproduktiv, mich wegdrängen zu wollen.«

»Ich meine es ernst«, sagte er und zeigte mit dem Finger auf meinen Brustkorb.

Mir war es auch ernst. Dem Mann, der hinter Saskias Entführung stand, hätte ich gern eins übergebraten.

5

Wo sollte ich mit der Suche nach dem Mann mit dem nordirischen Akzent anfangen?

Er sei stolzer Ulsteraner, hatte er gesagt.

Ich sah nach, wie viele Einwohner Ulster hatte – etwas über zwei Millionen. Waren es zur Hälfte Frauen und zu einem Viertel Kinder, standen mir noch rund siebenhundertfünfzigtausend Männer zur Auswahl.

Ich dachte an die Stimme am Telefon zurück. Es war mit ziemlicher Sicherheit weder ein ganz junger Mann noch ein Greis gewesen. Das verringerte die Zahl erneut, aber eine halbe Million konnten es immer noch sein.

Vielleicht musste ich andersherum anfangen.

Ich nahm die Mappe mit Sir Richards Unterlagen aus der Schublade. Wenn ich herausfand, ob tatsächlich Rennen manipuliert worden waren und wer dahintersteckte, dann hatte ich dort vielleicht meine Verbindung nach Irland.

Ich sah mir nochmals die verdächtigen Rennen an und listete die beteiligten Jockeys und Trainer auf. Zwei Jockeys waren in allen neun Rennen gestartet und einer immerhin noch in sieben.

Da würde ich ansetzen. Im Internet sah ich die Rennveranstaltungen vom nächsten Wochenende nach.

Hindernisrennen werden in England vorwiegend im

Winter ausgetragen, die wichtigsten Jagd- und Hürdenrennen alle zwischen November und April. Das Cheltenham Festival als Höhepunkt des Springkalenders hatte in der Vorwoche stattgefunden, und bis zum Grand National waren es noch vier Wochen, danach lief die Jagdrennsaison langsam aus.

Nicht dass es gar keine Hindernisrennen mehr gegeben hätte. Viele kleinere Rennbahnen hielten noch Hindernismeetings ab, während sich die größeren mit Ausnahme von Cheltenham bis zum Spätherbst auf Flachrennen konzentrierten.

Im Juni und Juli bekamen viele Steepler, auch die echten Stars unter ihnen, eine Pause und durften auf der Koppel frisches Gras fressen und sich die Beine vertreten.

Den Jockeys jedoch war ein solcher Luxus nicht vergönnt, sie kurvten weiter durchs Land, um die Jüngsten, die Anfänger und die Sieglosen zu reiten, aus denen manches Feld jetzt bestand, die Stars von morgen, wenn sie viel Glück hatten. Im Sommer auf Sieglosen gewonnene Rennen konnten zu Meisterschaftsteilnahmen in kommenden Wintern führen. Aber das war alles noch einige Wochen hin.

Auf der Website der *Racing Post* sah ich, dass am nächsten Tag in Newbury drei Jagd- und vier Hürdenrennen auf dem Programm standen, bei denen die zwei Jockeys, die in allen neun suspekten Rennen gestartet waren, zum Einsatz kamen, und einer, der in vier gestartet war.

»Morgen fahre ich zum Pferderennen«, sagte ich, als ich zu Marina in die Küche kam, um mir einen Schnellkaffee zu machen.

Sie sah mich erschrocken an. »Und Sassy und ich?«

»Ihr könnt gern mitkommen.«

»Sid.« Sie stemmte die Hände in die Hüften. »Denk mal an unsere Sicherheit. Hast du vergessen, dass draußen ein Irrer herumläuft, der Kinder entführt?«

»Natürlich nicht«, sagte ich. »Aber wenn wir hier hinter verschlossenen Türen hocken, finden wir nicht raus, wer er ist. Auf der Rennbahn unter all den Leuten seid ihr sicher, sonst bleibt hier, und schließt euch ein.«

Sie starrte mich an, und ich wusste nicht, was in ihr vorging. »Hast du sie noch alle?«, fragte sie. »Natürlich kommen wir mit. Ich bleib doch hier nicht allein, auch nicht bei verriegelten Türen.«

»Gut«, sagte ich. »Wir fahren um elf.«

Sassy saß hinten auf ihrem Kindersitz, als wir drei mit dem Range Rover nach Newbury fuhren.

Von »unserem Freund« hatten wir seit den Anrufen am späten Donnerstagabend nichts mehr gehört, und das machte mir allmählich Sorgen. Was heckte er aus? Keine Sekunde nahm ich an, er habe seine Pläne aufgegeben.

Deshalb war ich beim Einbiegen auf den Parkplatz der Rennbahn besonders wachsam. Auf der Bahn selbst würde kaum etwas passieren, weil man mit einem entführten Kind da nicht so schnell rauskam, aber der Parkplatz war eine andere Geschichte.

Den Anweisungen des Parkwärters folgend, stellte ich mich in eine wachsende Reihe von Fahrzeugen auf dem Rasen. Wir warteten, bis die vier jungen Männer im nächsten Wagen ausstiegen, und gingen sicherheitshalber mit ihnen zusammen zum Rennbahneingang.

»Sind Sie nicht Sid Halley?«, sprach mich einer von ihnen an. »Der Jockey?«

»Der war ich mal«, sagte ich lächelnd. »Jetzt bin ich zu alt dafür.«

»Geht uns allen so«, meinte der Mann. »Ich bin früher Marathon gelaufen, aber sehen Sie mich jetzt an.« Er fasste sich an den stattlichen Bauch und lachte schallend.

Mir war eher nicht zum Lachen.

In letzter Zeit fing ich an, mein Alter zu spüren. Ich sprang morgens nicht mehr aus dem Bett und konnte lange Nächte oder einen Kater nicht mehr einfach abschütteln.

Der Bewegungsmangel und die Schreibtischarbeit der letzten Jahre hatten auch meiner Fitness geschadet, und meine Sechsjährige und ihre Freundinnen liefen mir jetzt regelmäßig davon. Ums Dorf zu joggen machte keinen Spaß mehr, es war eher lästig.

Demnächst wurde ich siebenundvierzig, und die grauen Haare, die vor zehn Jahren zunächst an meinen Schläfen aufgetaucht waren, verteilten sich langsam über den ganzen Kopf. Inzwischen war es zutreffender, von dunkelbraunen Stellen in einer einheitlich grauen Landschaft zu reden. Aber immerhin hatte ich noch Haare. Einige meiner früheren Jockeykollegen sahen mit ihrer Fast- oder Vollglatze noch älter aus als ich.

Außerdem holten mich die jahrelangen Stürze ein, und in meinen regelmäßig schmerzenden Fußgelenken saß die Arthritis. Eine rosige Zukunft verhieß das nicht gerade.

Ich fragte mich, ob Mr. Harold Bryant aus Roehampton auch komplette Fuß- und Fußgelenkverpflanzungen vornahm.

»Na, Sid, wer siegt denn heute im Hauptrennen?«, fragte der Marathonmann mit dem Bierbauch. »Sie als Insider wissen das doch sicher.«

Auf Tipps angesprochen zu werden war der Fluch jedes Jockeylebens. Dabei taugen Jockeytipps bekanntlich gar nichts. Als ich noch ritt, hatte ich die eigenen Chancen immer viel zu optimistisch eingeschätzt und aller Welt geraten, auf mich zu setzen.

Zu Beginn meiner Laufbahn hatte ich erwartet, aus jedem Rennen als Sieger hervorzugehen. Und ich merkte, dass die Enttäuschung, wenn ich verlor, größer war als meine Freude über einen Sieg. Mit der Erfahrung änderte sich diese Einstellung, und das war auch gut so. Sonst wäre ich vielleicht auf dem besten Weg zu Depression und Selbstmord gewesen. »Ehrlich gesagt«, ich wandte mich dem Marathonmann zu, »ich weiß nicht mal, wer läuft.«

»Damit wollen Sie doch jetzt nur die Quote schützen.« Er legte vielsagend den Finger an die Nase und zwinkerte mir zu.

Ich stritt das gar nicht erst ab. Er hätte mir doch nicht geglaubt.

Alle sieben kamen wir ungefährdet und unbehelligt zum Rennbahneingang, und die vier Jungs peilten den nächsten Ausschank an, während Marina und ich geradewegs zur Waage gingen. Bis zum ersten Rennen war noch weit über eine Stunde Zeit, und ich hatte zu tun.

»Ihr könnt ja ein bisschen herumlaufen«, sagte ich zu Marina. »Ich muss mit ein paar Leuten reden.«

Marina hatte Saskia fest an der Hand. »Wir bleiben bei

dir.« Die Anspannung der letzten beiden Tage war ihr deutlich anzusehen.

»Es wird schon nichts passieren«, sagte ich beruhigend. »Hier auf der Rennbahn seid ihr sicher.«

Ihrem Gesichtsausdruck nach war sie anderer Meinung. »Ich bleibe trotzdem lieber bei dir. Aber du kannst dich ungestört mit den Leuten unterhalten.« Es gefiel ihr nicht. Sie wollte nicht, dass ich ermittelte, sah aber ein, dass wir keine andere Wahl hatten.

»Mami, darf ich mir die Pferde ansehen?« Sassy zog kräftig am Ärmel ihrer Mutter.

»Nein«, sagte Marina entschieden. »Wir bleiben bei Papa.«

»Bitte!«, quiekte Sassy und zog noch fester, so dass ihr Körper einen Winkel von fast fünfundvierzig Grad bildete.

Marina lächelte mich entsprechend schief an. »Was meinst du?«

»Haltet euch an andere Leute. Da passiert schon nichts.«

Marina ließ sich langsam zu den Pferden im ersten Führring schleifen, aber glücklich sah sie dabei nicht aus.

»Seid rechtzeitig vorm ersten Rennen wieder hier«, rief ich ihr nach.

Ich war eigens nach Newbury gekommen, um mit Jimmy Guernsey und Angus Drummond zu sprechen, den beiden Jockeys, die in allen neun suspekten Rennen auf Sir Richards Liste gestartet waren, und mit Tony Molson, der in vier gestartet war, aber der Tag bot wesentlich mehr.

Ich hatte seit fast zwei Jahren kein Pferderennen mehr besucht, seit dem vorletzten Grand National nicht, zu dem der Sponsor – eine Brauerei – alle noch lebenden Grand-National-Siegreiter eingeladen hatte. Und wie lange vorher nicht, war mir entfallen. Ohne meine Detektivarbeit hatte es mich nicht mehr interessiert.

Ich wünschte mir immer noch, einer der waghalsigen jungen Männer in ihren leuchtenden Farben zu sein, die mit fünfzig Stundenkilometern über Hindernisse flogen und dabei Kopf und Kragen riskierten. Aber ich hatte einmal eine Hand zu viel riskiert, und seitdem machte es mir wenig Spaß, anderen bei dem Abenteuer zuzusehen, nach dem ich mich sehnte.

Deshalb war ich nicht mehr zum Pferderennen gefahren. Es tat nicht so weh.

»Hallo, Sid.« Ein Trainer, für den ich früher geritten hatte, legte mir die Hand auf die Schulter. »Lange nicht gesehen.«

»Hallo, Paul.« Ich lächelte ihn an.

»Sid«, rief ein anderer Trainer im Vorbeilaufen, »hast du deinen Sattel dabei? Ich brauch einen Jockey fürs Vierte. Meiner ist krank.«

»Führ mich nicht in Versuchung«, sagte ich lachend.

Und sah im Rennprogramm nach, um welchen Jockey es sich handelte. Verdammt! Es war Tony Molson, ausgerechnet einer von denen, die ich sprechen wollte.

Die nächsten fünf bis zehn Minuten hindurch grüßte ich alte Bekannte und fühlte mich im Rennsportleben wieder ganz zu Hause. Alles stimmte, und das Bedauern, nicht unmittelbar beteiligt zu sein, ließ ein wenig nach. Ich nahm mir vor, meiner großen Liebe nicht noch einmal so lange fernzubleiben.

Die ganze Zeit hielt ich nach Jimmy Guernsey und Angus Drummond Ausschau, und schließlich sah ich sie beide munter miteinander plaudernd vom Parkplatz herüberkommen. Da ich sie lieber einzeln sprechen wollte, hielt ich sie auf dem Weg zur Waage und zur Jockey-Umkleide nicht auf. Laut Programm hatte Jimmy einen Start im zweiten Rennen, Angus erst einen im dritten.

»Sid, alter Kumpel, wie geht's denn noch so?« Ich bekam einen Patscher auf den Rücken, drehte mich um und sah Paddy O'Fitch vor mir, Exjockey wie ich, wandelnde Enzyklopädie des Rennsports und bis vergangenen Donnerstag der einzige mir bekannte Mensch, der breiten Belfaster Dialekt sprach. »Ich dachte, du wärst tot.«

»Nicht ganz, Paddy, nicht ganz.« Ich grinste. »Und du so?«

»Ach, na ja«, sagte er. »Mein Arztikus hält mir dauernd vor, ich würde zu viel Guinness trinken. Meine Antwort darauf ist, wenn ich weniger trink und mehr ess, geht mein Cholesterin hoch wie eine Rakete. Kann man nix machen, oder?«

Insgeheim hatte ich gehofft, Paddy in Newbury anzutreffen. Wobei er eigentlich nicht Paddy hieß, sondern Harold Fitch, und aus Liverpool stammte, doch er war irischer als die Iren und stand auf alles Grüne – nur sein Bier trank er lieber schwarz, mit weißem Schaum.

»Darf ich dir einen ausgeben?«, fragte ich.

Er sah sich schuldbewusst um, vielleicht nach seinem »Arztikus«.

»Lieber nicht«, sagte er. »Wenn ich anfange, bevor die Pferde überhaupt auflaufen, bin ich heute Abend stockbesoffen. Später vielleicht?«

»Nach dem Vierten? In der Sektbar.«

»Kriegt man da Guinness?«

»Du bestimmt«, sagte ich. »Sonst gehen wir woandershin.«

»In Ordnung. Nach dem Vierten dann.« Er blickte auf die Uhr. Ganz glücklich sah er nicht aus. »Geht's auch nach dem Dritten? Ich weiß nicht, ob ich bis zum Vierten durchhalte.«

»Okay. Nach dem Dritten, aber trink nicht schon vorher.«

»Ich? Trinken? Wie kommst du denn auf die Idee?«

»Bis nach dem Dritten also«, sagte ich. »In der Sektbar.«

»Geht klar, Sid. Aber was willst du eigentlich?«

»Warum sollte ich etwas wollen?«, fragte ich.

»Komm, komm. Natürlich willst du was. Niemand gibt mir einen aus, weil es so schön ist.«

Ich lachte. »Bis nach dem Dritten.«

Mit festen, geraden Schritten und erhobenem Kopf ging er davon. Wenn das mal so blieb. Nach seiner aktiven Zeit hatte Paddy O'Fitch seinen Lebensunterhalt mit dem Schreiben kurzer Rennsportchroniken verdient, die er auf Rennbahnparkplätzen verkaufte. Das Geschäft lief glänzend und entwickelte sich zu einem millionenschweren Unternehmen, das Paddy dann für ein Vermögen an einen internationalen Medienkonzern verkauft hatte. Ohne die Geschäftstätigkeit war Paddy der Langeweile verfallen, und jetzt schien er entschlossen, die Erträge aus dem Verkauf restlos zu vertrinken. Aber es ging ihm ganz gut dabei, und ich konnte mir ein schlimmeres Rentnerdasein vorstellen. Außerdem wusste niemand besser als er über alles und jedes Bescheid, was auf einer Rennbahn vorging. Jedenfalls, wenn er nüchtern war.

Mit Hilfe eines vor der Tür der Jockeystube postierten Rennbahnfunktionärs gelang es mir, Angus Drummond zwischen dem ersten und zweiten Rennen auf dem Weg zur Waage abzupassen.

»Angus«, sagte ich, »erinnerst du dich an den Ritt auf Leaping Gold im Februar in Sandown? Einen Tag vor dem Mercia Gold Cup?«

»Klar«, antwortete er. »Natürlich. Jagdrennen für Sieglose, oder?«

Angus Drummond hatte von seinem Großvater zwar einen schottischen Namen geerbt, war aber Westengländer durch und durch und redete auch so.

»Ja«, sagte ich. »Vorletztes Rennen im Programm.«

»Und was ist damit?«

»Weißt du noch, warum Leaping Gold so schlecht gelaufen ist? Er trat als Favorit an, wurde aber abgeschlagen nur Siebter.«

»Er hat das dritte Hindernis berührt«, erklärte Angus. »Krachbumm. Ist ihm durch Mark und Bein gegangen. Danach wollte er nicht mehr.«

»Und Enterprise im Viertausend-Meter-Hürdenrennen für Sieglose in Ascot in der Woche danach?«, fragte ich.

»Was wird das?«, fragte er zurück. »In zwanzig Fragen um die Welt?« Er lachte.

»Ein Kunde von mir möchte sich ein anständiges Pferd zulegen, und ich soll diese Starts für ihn mal durchgehen, bevor er Geld ausgibt.«

»Ach so«, meinte er. »Ja, dann sag deinem Kunden, ich kann reiten, falls er einen guten Jockey sucht.«

»Enterprise in Ascot hast du aber nicht so gut geritten, oder?«

»Was soll das heißen?« Plötzlich war er sehr ernst.

»Du hast vom Start weg zu viel Tempo gemacht, und das Pferd war lange vor dem Einlauf außer Puste. Du wurdest abgehängt und bist am letzten Sprung stehengeblieben.«

»Das Pferd hat nicht durchgehalten«, sagte Angus erbost und schob das Kinn vor.

»Dazu bekam es gar nicht die Möglichkeit«, provozierte ich ihn bewusst. »Mich wundert, dass dich die Rennleitung nicht aufgefordert hat, deinen Reitstil zu erklären.«

»Hat sie doch«, sagte er kleinlaut, und das wusste ich auch. »Aber sie waren sich einig, dass ich nichts dafür konnte, weil mir das Pferd am Start durchgegangen war.«

Das stimmte. Ich hatte mir das Video angesehen. Aber Angus Drummond war ein erfahrener Berufsrennreiter, und dem sollte ein Pferd so nicht durchgehen. Hatte er es also mit Absicht durchgehen lassen?

Ich entschied mich, Angus diese Frage nicht zu stellen.

Jedenfalls vorläufig nicht.

Paddy erwartete mich nach dem dritten Rennen an einem Stehtisch in der Sektbar und war etwas überrascht, dass ich nicht alleine kam.

»Paddy«, stellte ich vor, »das sind meine Frau Marina und unsere Tochter Saskia.«

Er wischte sich die Hände an der Hose ab und bot Marina die Hand. »Freut mich, Sie kennenzulernen, Mrs. Halley«, sagte er, und mich amüsierte, wie nervös er dabei war.

»Ebenso«, erwiderte Marina, ohne sich den Schreck über seinen Belfaster Akzent anmerken zu lassen.

»Ein Guinness gefällig?«, fragte ich Paddy.

»Ja, natürlich, gern«, erwiderte er. »Bloß kriegt man hier keins, deshalb war ich so frei, mir aus der Bar unter der Tribüne eins mitzubringen. Dachte ich doch, dass du mir das spendierst.« Er hielt einen noch halb mit dem dunklen Bier gefüllten Plastikbecher in die Höhe.

»Ist das auch wirklich dein erstes?«, fragte ich gespielt vorwurfsvoll.

»Aber ja!« Lächelnd hob er den Becher an die Lippen und nahm einen ordentlichen Schluck.

Ich hörte zwar eher ein »Aber nein!« heraus, hielt mich aber nicht damit auf, sondern bestellte ein Glas Sekt für Marina und zwei Cola für Saskia und mich. Frau und Tochter wanderten zum Nebentisch, während ich mich näher zu Paddy stellte und ihm direkt ins Ohr sprach.

»Erzähl mal, Paddy, wer redet auf der Rennbahn denn sonst noch breiten Belfaster Dialekt? Einer, der was reißt. Der sich wichtigmacht und gewohnt ist, seinen Kopf durchzusetzen.«

»Herr Jesus!« Paddy wich ein paar Schritte zurück. »Tickst du noch richtig? Willst du dich umbringen?«

Seine Reaktion auf meine Frage machte mich sprachlos.

Er wurde so blass, dass ich dachte, er würde in Ohnmacht fallen. Ich wollte ihm ein Glas Wasser holen, aber er behalf sich mit einem weiteren Schluck Guinness und hielt sich am Tisch fest.

»Warum fragst du mich denn so was? Hab ich dir jemals was getan?«

»Paddy«, sagte ich scharf. »Jetzt krieg dich mal ein.«

»Nein«, erwiderte er mit immer noch weit aufgerissenen Augen. »Krieg du dich ein. Wenn du hinter dem her bist, an den ich denke, musst du verrückt sein. Verrückt oder einfach saublöd.«

»Wer ist es?«, sagte ich ihm direkt ins Ohr.

»Weißt du das nicht?«

»Sonst würde ich doch nicht fragen, Paddy.«

»Du warst zu lange nicht mehr auf der Rennbahn, Sid.«

»Das kann schon sein, aber wer ist es denn nun?«

»Ich sag dir das nicht.« Jetzt stand Furcht in den weitgeöffneten Augen. »Ich nicht.«

»Dann schreib es auf«, sagte ich und schob ihm mein Rennprogramm und einen Stift hin.

Er blickte sich um, als wolle er sich vergewissern, dass ihm niemand über die Schulter sah. Als er sicher war, dass uns die anderen Gäste nicht beobachteten, schrieb er den Namen auf den Rand des Programms: BILLY MCCUSKER.

»Und wer ist das?«, fragte ich ahnungslos.

Paddy blickte wieder erst um sich.

»Der ist brutal«, flüsterte Paddy. »Leg dich nicht mit ihm an.«

Ich wusste nicht, ob mir da eine andere Wahl blieb.

»Wer ist das denn?«

»Der neue Mann«, sagte Paddy. »Mitte vierzig. In West-Belfast während der Unruhen aufgewachsen. Sein Vater hatte ein großes Bauunternehmen und wurde von der IRA umgebracht, weil er für die britische Armee gebaut hat. Mit zwanzig führte Billy schon eine protestantische Extremistengruppe an, die Shankill Road Volunteers, und hatte kein anderes Ziel, als Katholiken umzubringen, weil die seiner Ansicht nach fehl am Platz waren. Von Protestanten, die etwas mit den Katholiken zu tun hatten, hielt er auch nichts. Unbewiesen zwar, aber es steht ziemlich fest, dass McCusker über ein Dutzend Morde und zig Prügelattacken auf dem Konto hat.«

»Hübsch«, sagte ich.

»Geht so«, meinte Paddy. »1996 bekam er lebenslänglich für den besonders brutalen Mord an einem jugendlichen Protestanten, der nichts getan hatte, außer mit seiner katholischen Freundin ein Kind zu zeugen, aber im Rahmen des Nordirland-Friedensabkommens kam Billy bald wieder auf freien Fuß. Nicht dass er geläutert gewesen wäre oder so; Erpressung und andere dunkle Geschäfte sind immer noch sein Ding. Und nach wie vor hasst er alle Katholiken, da er sie für den Tod seines Vaters verantwortlich macht.«

»Und wann ist er nach England gekommen?«

Paddy vergewisserte sich noch einmal, dass niemand mithörte. »Vor sechs Jahren ungefähr. Anscheinend überwarfen sich die Shankill Road Volunteers des Geldes wegen mit einer anderen Protestantenmiliz, und ein Revierkampf entbrannte. Billy verlor, und er und seine Leute wurden prompt aus West-Belfast vertrieben. Angeblich mussten sie so schnell weg, dass sie nur mitnehmen konnten, was sie am Leib trugen. Sie verzogen sich nach Manchester, aber ihre Abscheulichkeit hatten sie trotz der überstürzten Flucht im Gepäck.«

»Und wie kam McCusker zum Rennsport?«, fragte ich.

»Über eine in Manchester sitzende Buchmacherfirma mit dem unpassenden Namen Honest Joe Bullen. Entweder hat er den ehrlichen Joe ausgekauft oder die Firma mit Gewalt an sich gerissen. Jedenfalls führt er sie jetzt und vergrößert sie zusehends, indem er unabhängige Buchmacherbüros in und um Manchester und Liverpool aufkauft.«

»Oder in die Knie zwingt«, sagte ich.

»Das ist viel wahrscheinlicher«, räumte Paddy ein.

»Wie kommt den ein verurteilter Terrorist überhaupt zu einer Buchmacherlizenz?«, fragte ich.

»Vielleicht sind im Rahmen des Friedensabkommens Taten aus religiöser Überzeugung amnestiert worden, oder er besitzt die Lizenz nicht selbst. Keine Ahnung, aber Billy McCusker hat bei Honest Joe definitiv das Sagen, und Freunde macht er sich bestimmt nicht.«

»Aber warum hast *du* solche Angst vor ihm?«

»Weil ich Katholik bin. *In nomine Patris et Filii*«, er bekreuzigte sich plötzlich, *»et Spiritus Sancti.«* Im Anschluss an das Kreuzzeichen richtete er den dünnen Zeigefinger auf meine Brust. »Und du solltest auch Angst vor ihm haben. Jeder. Auf der Straße erzählt man sich, dass er Katholikenbabys zum Frühstück verspeist. Wie gesagt, leg dich mit Billy McCusker nicht an.«

Das wollte ich ja auch gar nicht.

Aber legte er sich vielleicht mit mir an?

6

Marina, Saskia und ich warteten nach dem letzten Rennen vor der Waage, und ich fing Jimmy Guernsey ab, als er herauskam, um nach Hause zu fahren.

»Bravo, Jimmy«, sagte ich und passte mich seinem Tempo an, während Marina und Saskia hinter uns herhasteten. »Guter Sieg im Letzten.«

»Na, danke, Sid«, erwiderte er wie nebenbei. »Ich hätte auch die Dreitausendzweihundert gewonnen, wenn der verdammte Podcast springen könnte. Blöder Sack Hundefutter. Hat das Rennen im Kasten und fällt am letzten Sprung.«

»War aber ein glimpflicher Sturz«, sagte ich in Erinnerung daran, wie Jimmy sich zweimal auf dem Rasen überschlagen hatte und gleich wieder aufgesprungen war. Zu seinem Glück war ihm kein nachfolgendes Pferd mit Muskel, Knochen und Sehne zerschneidendem Huf auf der augestreckten linken Hand gelandet wie mir beim letzten Rennen meiner Laufbahn.

»Mein Stolz hat mehr gelitten als mein Körper«, pflichtete er bei. »Was führt dich denn hierher? So oft sieht man dich ja nicht.«

»Eigentlich bin ich hier, weil ich dich sprechen wollte.«

»Sieh an.« Er schien überrascht. »Schon mal was vom Telefon gehört?«

»Lieber persönlich«, sagte ich.

»Weswegen denn?«

»Red Rosette.«

»Was ist damit?«

»Es geht um seinen Start in Sandown vorigen Monat. Im Sieglosenrennen. Am selben Tag wie der Mercia Gold Cup.«

Er schüttelte kurz den Kopf. »Weiß ich nicht mehr. Ich reite viele Pferde. Bloß gesiegt hat er nicht. Das wüsste ich.«

»Nein«, bestätigte ich. »Er hat nicht gesiegt. Das letzte Hindernis vermasselt. Du hast ihn zu einem Zwischenschritt aufgefordert, für den aber kein Platz war. Er kam zu nah dran und ist mittendurch gebrettert. Erinnerst du dich jetzt?«

»Klar, dummer Fehler von mir. Ich dachte, er wäre zu müde, um voll drüberzugehen, und habe mich im Abstand verschätzt.«

»Klar«, sagte auch ich. »Und Martian Man im Sieglosen-Hürdenrennen hier in Newbury am Tag des Hennessy? War das auch ein dummer Fehler?«

Jimmy blieb stehen.

»Was unterstellst du mir?«, fragte er, ohne mich anzusehen.

»Ich unterstelle gar nichts«, bestritt ich das Offensichtliche. »Ich dachte nur, du hättest vielleicht eine Theorie, warum ein Pferd, das bei allen vorherigen Starts an der Spitze gegangen ist und keinen nennenswerten Spurt gezeigt hat, auf einmal so lange hinten gehalten wird, dass ihm keine Chance bleibt, auf der Geraden an den Führenden vorbeizugehen.«

»Ich hab nichts falsch gemacht«, behauptete er.

»Nein?«, fragte ich betont.

»Lass mich in Ruhe«, erwiderte er und ging umso schneller wieder los.

Ein paar Schritte blieb ich hinter ihm, aber dann rief ich ihm nach: »Hast du das auch Billy McCusker gesagt?«

Nur für den Bruchteil einer Sekunde stockte fast unmerklich sein Gang, aber es entging mir nicht. Schon fing er sich und lief, ohne sich noch einmal umzudrehen, zum Ausgang.

»Wer ist Billy McCusker?«, wollte Marina wissen.

»Ich glaube, das ist der Anrufer mit dem nordirischen Akzent.«

»Ruf die Polizei«, verlangte Marina.

»Mach ich«, sagte ich, »wenn ich sicher bin, dass er es ist.«

Wir saßen im Range Rover, nachdem wir uns auf dem Parkplatz glücklich zu ihm durchmanövriert hatten.

»Aber wer ist der Mann überhaupt?«

»Ein paramilitärischer Gangster aus Belfast, der sich jetzt in Manchester als Buchmacher betätigt.«

Das war nicht die Antwort, die Marina hören wollte oder erwartet hatte.

»Mein Gott!«, sagte sie. »Das hat uns noch gefehlt, dass ein scheiß Terrorist hinter uns her ist.«

»Mami!«, rief Sassy von der Rückbank. »Das ist ein böses Wort.«

»Scht, Schätzchen«, sagte ich.

Aber nicht das böse *scheiß* von Marina fand ich beunruhigend, sondern das Wort Terrorist. Ich wollte gerade den Motor anlassen, da gingen mir plötzlich Bilder von Sprengfallen und Autobomben durch den Kopf.

»Was soll das denn jetzt?«, fragte Marina gereizt, als ich ausstieg und unter die Motorhaube des Wagens schaute. Ich sah ihn mir von allen Seiten an und warf auch einen Blick unters Fahrgestell, konnte aber nichts Ungewöhnliches feststellen.

»Nur zur Sicherheit«, sagte ich lächelnd, als ich wieder einstieg, aber ganz wohl war mir trotzdem nicht, als ich schließlich den Startknopf drückte.

Es passierte nichts. Natürlich passierte nichts, außer, dass der BiTurbo v6 Dreiliter-Dieselmotor schnurrend ansprang.

Ich rügte mich im Stillen für mein Theater. Die Lage war schon angespannt genug.

Dennoch sah ich auf der achtzig Kilometer langen Rückfahrt über die A34 fast so oft in den Rückspiegel wie auf die Straße, aber wenn uns ein Wagen folgte, konnte ich ihn nicht entdecken.

Auch als wir nach Hause kamen, war ich vorsichtig und ließ Marina und Saskia erst einmal im verriegelten Wagen sitzen, während ich nachsah, ob sich unerwünschter Besuch im Gebüsch versteckt hielt.

»So geht das doch nicht weiter«, sagte Marina verzweifelt, als wir alle wohlbehalten im Haus waren und ich die Tür wieder abgeschlossen hatte. »Du kannst nicht jedes Mal erst den Garten absuchen, wenn ich mit den Hunden loswill.«

»Nein«, gab ich zu, »aber die Hunde schlagen ja an, wenn sie was hören.«

»Und was unternimmst *du* jetzt?«, fragte sie.

»Was kann ich denn tun?«

»Die Polizei soll dafür sorgen, dass dieser McCusker aufhört, uns zu terrorisieren. Sie kann ihn zum Beispiel dafür festnehmen, dass er Sassy aus der Schule gekidnappt hat. Komm, ruf sie an.« Es war keine Bitte, sondern eine Aufforderung.

»Okay.«

Ich ging in mein Arbeitszimmer, und Marina kam mir nach. Ich wählte die Nummer auf der Visitenkarte des Chefinspektors.

»DCI Watkinson bitte«, sagte ich zu der Person, die den Anruf entgegennahm.

»Er ist nicht im Dienst«, kam die Antwort.

»Richten Sie ihm bitte aus, er soll Sid Halley anrufen?«

»Ach so, Mr. Halley. Hier ist Detektivsergeant Lynch, ich war am Donnerstagnachmittag mit dem Chefinspektor bei Ihnen zu Hause. Kann ich Ihnen helfen?«

»Ich weiß möglicherweise, wer der Anrufer war, der Mann mit dem nordirischen Akzent.«

»Wer denn?«, fragte Sergeant Lynch.

»Ein gewisser Billy McCusker aus West-Belfast.«

»Sie sagten, möglicherweise. Möglicherweise auch nicht?«, fragte der Sergeant.

»Genau wissen kann ich es nicht.«

»Und ich kann nicht jemanden festnehmen, nur weil Sie meinen, er *könnte* ein Kind entführt haben, oder? Welche Beweise haben Sie?«

Hatte ich welche? Nur Paddy O'Fitchs bierberauschte Ausführungen und ein kurzes Stocken in Jimmy Guernseys Gang, als ich den Namen Billy McCusker genannt hatte. Ich sah selbst ein, dass das nicht viel war.

»Wenig«, gab ich zu, »aber dem Namen lohnt sich doch wohl nachzugehen?«

»Ich notier's mir und bespreche das am Montag mit dem Chefinspektor.«

»Und was ist mit uns?«, protestierte ich. »Dieser Mann bedroht meine Familie, und die Polizei kümmert sich nicht ernsthaft um unsere Sicherheit. Er hat meine Tochter aus der Schule entführt, und ich möchte unter keinen Umständen, dass sie ihm noch mal in die Hände fällt. Wir brauchen polizeilichen Schutz.«

Marina nickte beifällig neben mir.

»Auch darüber werde ich mit dem Chefinspektor sprechen.«

»Und was ist mit dem Wochenende?«, fragte ich.

»Es tut mir leid, Mr. Halley, aber wir haben einfach nicht genügend Leute, um Ihnen eine persönliche Leibwache zu stellen. Halten Sie Ihre Türen verschlossen, und rufen Sie mich an, falls dieser McCusker mit Ihnen Kontakt aufnimmt. Der Chefinspektor meldet sich auf jeden Fall am Montag bei Ihnen.«

Ich fühlte mich abgewimmelt und hatte den Eindruck, meine ehrliche Sorge um unsere Sicherheit würde unterschätzt oder einfach weggewischt. Aber das überraschte mich nicht. Ich hatte im Lauf der Jahre viel mit der Polizei zu tun gehabt, und immer war es mir vorgekommen, als ob sie lieber Verbrechen untersuchte, als sie nach Möglichkeit zu verhüten – siehe die Zahl der Gewaltverbrechen von Leuten, die auf Kaution frei sind, während sie auf ihren Prozess wegen vorheriger Gewaltverbrechen warten.

»Und?«, fragte Marina, die nur meinen Teil des Gesprächs mitbekommen hatte.

»Der Sergeant will mit Chefinspektor Watkinson darüber sprechen, und sie geben uns am Montag Bescheid.«

»Am Montag!«, rief sie. »Bis dahin sind wir vielleicht alle tot.«

»Marina, beruhige dich«, versuchte ich, ihre Angst zu lindern. »Notfalls tu ich, was der Mann verlangt – wenigstens bis Montag.«

Den größten Teil des Abends verbrachte ich damit, am Computer in meinem Büro den Nordirlandkonflikt allgemein und speziell Billy McCusker zu recherchieren.

Zu meiner Überraschung erfuhr ich, dass bei den Unruhen in Nordirland mehr britische Soldaten umgekommen waren als im Irak und in Afghanistan zusammen. Über siebenhundert verloren zwischen 1969 und 2001 ihr Leben im Kampf gegen irische Terroristen, doch keiner dieser Tode ließ sich Billy McCusker zur Last legen.

Laut Paddy hatte Billy die Sicherheitskräfte ganz in Ruhe gelassen und sich darauf konzentriert, Angehörige der katholischen Minderheit in der Stadt umzubringen.

Trotz der Informationsflut zu den Unruhen fand ich nur zwei kurze Hinweise auf einen Billy McCusker. Der erste war ein knapper amtlicher Bericht über den Ausgang eines Mordprozesses am Crown Court in Belfast, wo McCusker wegen der Tötung eines gewissen Darren Paisley verurteilt worden war, den er in einem verlassenen Fabrikgebäude am Bretterfußboden festgenagelt und verdursten lassen hatte. Dem Bericht zufolge behauptete McCusker, er habe Paisleys Vater mitgeteilt, wo sich sein Sohn befand, doch Paisley senior bestritt, eine solche Nachricht erhalten zu haben.

Zu dem Bericht gehörte eine kleines Bild, ein Polizeifoto von McCusker nach seiner Festnahme. Ich sah es mir genau an. Die Gesichtszüge auf der knapp zwanzig Jahre alten Aufnahme waren sehr ausgeprägt – hohe Wangenknochen und eine niedrige, vorgewölbte Stirn, die ihm etwas Hohläugiges gab.

Der zweite war eine Liste von Häftlingen, die aufgrund des Karfreitagsabkommens aus dem Maze-Gefängnis entlassen worden waren. Billy McCusker war nach nur zweieinhalb Jahren seiner lebenslangen Haftstrafe freigekommen, weil er der damaligen Regierung irgendwie weismachen konnte, der Mord an einem protestantischen Glaubensgenossen sei religiös motiviert gewesen.

Mehr fand ich nicht. Ich durchsuchte die Online-Archive sämtlicher nordirischer Zeitungen, vom *Belfast Telegraph* bis zum *Carrickfergus Advertiser*, aber ein Billy McCusker kam nirgends vor. Offensichtlich hatte er seinen Namen sehr erfolgreich aus der Presse herausgehalten.

Honest Joe Bullen tauchte verschiedentlich in Tageszeitungen aus Manchester und Liverpool auf, besonders im Zusammenhang mit der Übernahme von Wettbüros, aber nie wurde Billy McCusker als Inhaber der Firma genannt.

Konnte Paddy O'Fitch sich geirrt haben?

Ich bezweifelte es. Paddy war eine wandelnde Enzyklopädie in Sachen Rennsport, und seine Angst vor McCusker war ohne Zweifel echt gewesen.

Das Telefon auf meinem Schreibtisch klingelte.

Ich sah auf meine Uhr. Viertel vor zwölf – wie sonst auch.

»Was wollen Sie?«, meldete ich mich.

»Ah, Mr. Halley«, sagte die mittlerweile vertraute Stimme. »Wie nett, dass Sie rangehen. Hat's Ihnen gefallen beim Pferderennen in Newbury?«

»Das geht Sie nichts an«, sagte ich.

»Ach, das glaube ich aber doch«, antwortete er in seinem herablassend-belustigten Ton. »Alle Ihre Angelegenheiten gehen mich jetzt etwas an.«

»Und umgekehrt?«, fragte ich. »Gehen *Sie* mich jetzt auch etwas an?«

Es war einen Moment still. »Mr. Halley« sagte er ohne jeden Rest von Humor, »wenn Sie nicht tun, was ich sage, werden Sie schnell merken, *wie sehr* ich Sie etwas angehe.«

»Warum sollte ich tun, was ein Kidnapper und Mörder von mir verlangt?«

»Wer behauptet, dass ich ein Mörder bin?«

»Der Vater von Darren Paisley würde mir da sicher zustimmen.«

Diesmal war es viel länger still in der Leitung. Ich fragte mich, ob es klug gewesen war, meine Karten so früh auf den Tisch zu legen. Vor langer Zeit einmal hatte ich einem besonders brutalen Verbrecher nur beikommen können, weil er mich als Gegner unterschätzt hatte. Diese Aussicht bestand jetzt nicht mehr.

»Ich schicke Ihnen einen Bericht. Unterschreiben Sie den.«

»Nein«, sagte ich. »Ich unterschreibe nur Berichte, die ich selbst geschrieben habe.«

»Machen Sie's sich nicht so schwer. Unterschreiben Sie gleich, und Sie ersparen sich eine Menge Kummer. Am Ende unterschreiben Sie doch.«

»Im Gegenteil«, widersprach ich, »Sie ersparen *sich* eine Menge Kummer, wenn Sie mich in Ruhe lassen und heim nach West-Belfast gehen.«

»Ich warne Sie, Mr. Halley.«

»Und ich warne Sie, Mr. McCusker.«

Ich legte auf. Es hatte keinen Zweck, ein Gespräch fortzuführen, das doch nur in Beschimpfungen ausarten würde.

Ich blieb vor dem Telefon sitzen, und prompt klingelte es wieder.

»Jetzt hören Sie mal zu, Sie Dreckskerl«, empfing ich ihn, aber er war es nicht. Eine andere Stimme unterbrach mich.

»Mr. Halley, hier ist DS Lynch.«

»Bitte?«

»Detektivsergeant Lynch, Mitarbeiter von Chefinspektor Watkinson. Ich habe Ihr Gespräch mitgehört.«

Daran hatte ich nicht mehr gedacht.

»Wenn der Mann noch mal anruft, lassen Sie sich von ihm bestätigen, dass er wirklich Billy McCusker ist. Dann können wir einen Haftbefehl gegen ihn erwirken.«

»Reicht es dafür noch nicht?«, fragte ich. »Er hat's ja nicht bestritten.«

»Das würde er wahrscheinlich aber auch nicht, wenn Sie falschlägen. Um uns irrezuführen.«

»Dann gehen Sie aus der Leitung, falls er noch mal anruft.«

Noch über eine Stunde behielt ich das nicht klingelnde Telefon im Auge, ehe ich nach oben ging.

Da Marina wieder in Saskias Zimmer schlief, lag ich allein in unserem Bett und überlegte im Dunkeln, was als Nächstes zu tun sei.

Den Worten des Chefinspektors nach hatte unser Freund in ein Wespennest gestochen, als er mich in seine Machenschaften hineinzog. Jetzt hatte ich das Gefühl, selbst in ein Wespennest gestochen zu haben.

Ich musste an Darren Paisley denken, am Fußboden festgenagelt bis zum Verdursten. Mich schauderte.

Vielleicht handelte es sich weniger um einen Stich ins Wespennest als um einen Griff in einen Sack voll Vipern – mit der echten Hand, versteht sich.

Chefinspektor Watkinson rief am Montagmorgen um elf an.

»Wie läuft die Suche nach dem blauen Golf mit der Delle?«, fragte ich.

»Nicht so gut«, antwortete er. »Dunkelblau scheint die Lieblingsfarbe beim Golf zu sein, und es tummeln sich immer noch zigtausend von den Dingern auf Britanniens Straßen.«

»Auch welche auf den Namen Billy McCusker?«, fragte ich.

»Fehlanzeige. Und es war auch nicht sonderlich klug von Ihnen, ihm zu sagen, dass Sie wissen, wer er ist.«

»Was soll ich denn machen? Mich auf den Rücken werfen und ergeben?«

»Nein«, sagte er. »Es wäre aber vielleicht sicherer gewesen, es für sich zu behalten.«

»Ich hatte gehofft, gerade wenn er weiß, dass ich seinen Namen kenne, sind meine Familie und ich sicherer. Er wird uns ja wohl nichts tun, wenn er dann sofort mit Polizeibesuch rechnen muss.«

»Nachdem ich heute Morgen eine Stunde lang mit meinen Kollegen in Nordirland über Billy McCusker gesprochen habe, würde ich mich darauf nicht verlassen. Er ist zwar nur wegen *eines* Mordes verurteilt worden, man weiß aber, dass er weit mehr begangen hat, abgesehen von diversen anderen Verbrechen. In letzter Zeit scheint er Strafanzeigen allerdings unerhört geschickt aus dem Weg zu gehen.«

»Haben Sie auch mit der Polizei Manchester gesprochen?«, fragte ich.

»Auch das«, antwortete er. »Bisher ist er dort aber wohl nicht mit der Justiz aneinandergeraten. Auch wenn allerhand Gerüchte in Umlauf sind – Erpressung, Geldwäsche, na ja, Sie wissen schon.« Es hörte sich beinah gleichgültig an.

»Bekommen wir jetzt also Schutz von Ihnen?«

»Ich sorge dafür, dass in regelmäßigen Abständen ein Streifenwagen bei Ihnen vorbeifährt. Mehr kann ich nicht tun. Heute nach Mitternacht kann ich nicht mal mehr Ihr Telefon abhören, ohne den Antrag zu erneuern, und ich glaube nicht, dass das Budget meiner Dienststelle das zulässt.«

»Was muss McCusker tun, damit Sie uns einen bewaffneten Polizisten vor die Tür stellen?«

»Mr. Halley«, sagte der Chefinspektor, »ich habe keinen Grund anzunehmen, dass Sie oder Ihre Familie unmittelbar gefährdet sind.«

»Haben Sie seinen Anruf von gestern Abend gehört?«, fragte ich beinah ungläubig. »Er hat mir doch praktisch gesagt, dass er mir weiter Kummer macht, wenn ich seinen Bericht nicht unterschreibe.«

»Dann unterschreiben Sie ihn doch, und teilen Sie der Rennsportbehörde mit, dass der Bericht nicht zählt, da Sie ihn unter Zwang gezeichnet haben.«

»Das liefe ja nun auf dasselbe hinaus wie keine Unterschrift, zumindest für ihn. Außerdem habe ich auch meinen Stolz.«

»Hochmut vor dem Fall?«, meinte der Chefinspektor. »Vielleicht sollte man doch mal pragmatisch sein und tun, was er sagt.«

»Sie glauben doch nicht im Ernst, dass McCusker aufhört, wenn ich seinen blöden Bericht unterschreibe«, sagte ich. »Mit Leuten wie ihm hatte ich schon öfter zu tun, und Sie dürfen mir glauben, da geht's nicht ums Unterschreiben, sondern vielmehr darum, Sid Halley zu besiegen.«

»Das bilden Sie sich ein.«

»Könnte man meinen, aber ich habe das schon allzu oft erlebt. Deswegen habe ich mit der Ermittlungsarbeit aufgehört. Ich bin ja nicht die Polizei, und immer wieder haben Leute ihr Mütchen an mir persönlich gekühlt. Ich kann Ihnen die Narben zeigen. Einmal dachte sogar jemand, wenn er mich umbringt, steht er im Knast groß da als der Mann, der Sid Halley getötet hat.«

»Er hat Sie aber nicht getötet.«

»Nicht ganz, nein.« Aber ich wusste noch, wie erschreckend wenig da gefehlt hatte. Und die Erkenntnis, dass die schweren Jungs Schlange standen, um mich zu beseitigen, hatte mir die Entscheidung, mit dem Ermitteln aufzuhören, so leicht gemacht. Folglich hatte ich der Welt verkündet, dass Sid Halley sich von der Verbrecherjagd zurückgezogen habe und Kriminelle fortan nichts mehr von ihm zu befürchten hätten, sofern sie meine Familie und mich in Ruhe ließen.

Offenbar war die Kunde bei Billy McCusker nicht ganz angekommen.

Jetzt blieb mir kaum etwas anderes übrig, als mich zu wehren. Und wehren würde ich mich.

7

Am Dienstagmorgen nahm ich zu Marinas großer Bestürzung den Zug von Banbury nach London, um, wie jedes Jahr, meine myoelektrische Hand prüfen und warten zu lassen.

»Du solltest hierbleiben und dich um Sassy und mich kümmern«, sagte Marina verärgert beim Frühstück.

»Sassy ist in der Schule gut aufgehoben«, hatte ich erwidert. »Ein neuer Wachmann sorgt dafür, dass die Kinder das Schulgelände nur verlassen, wenn ein Elternteil oder ein Vormund sie abholt. Ich musste ihn gestern erst minutenlang überzeugen, dass ich wirklich Saskias Papa bin, weil ich keinen Pass dabeihatte und er mich sicher für zu alt hielt.«

Marina hatte es trotzdem nicht gepasst. »Und ich?«

»Komm doch mit nach London. Du könntest shoppen, während ich in der Klinik bin.«

Normalerweise hätte Marina sich einen Einkaufstag in London nicht entgehen lassen, doch sie wollte den Tag lieber mit ihrer besten Freundin Paula Gaucin verbringen, der Mutter von Annabel, die gleich neben der Schule im Nachbardorf wohnte.

»Dann kann ich da sein, wenn Sassy mich braucht«, hatte sie gesagt, obwohl wir beide wussten, dass Sassy sich von uns dreien am wenigsten Sorgen machte. Sie war fröhlich wie immer zur Schule gefahren, als hätte die unabgesprochene Sonderfahrt in der Vorwoche nie stattgefunden.

Ich nahm ein Taxi vom Bahnhof Paddington zur Roehampton Lane, betrat das mittlerweile vertraute Queen-Mary-Krankenhaus und lief durch den Gang zur Prothetik-Station.

Meine derzeitige linke Hand war die dritte in vierzehn Jahren und Ersatz für die zweite, die ich bei dem Versuch, mich von einem Paar Handschellen zu befreien, hoffnungslos beschädigt hatte. Die Experten in der Klinik fanden das nicht lustig, und mir war der Abschied von ihr schwergefallen. Die Prothese hatte mir das Leben gerettet.

Eine künstliche Hand, die sich durch Gedanken und Nervenimpulse bewegen ließ, war zweifellos ein geniales Stück Technik, aber eine Möglichkeit, die Finger mit sinnlicher Empfindung auszustatten, mussten die Mediziner erst noch entdecken. Von daher war das Ding mir nicht viel nützlicher als Käpt'n Hooks Piratenhaken in *Peter Pan*.

Jetzt zog ich den Stumpf meines linken Unterarms aus dem engsitzenden Fiberglasschaft und übergab das Kunstteil einem der Techniker. Über die kleine Buchse neben dem Batteriefach schloss er es an einen Computer an.

»Scheint alles okay zu sein.« Er blickte auf den Bildschirm. »Die Motoren laufen einwandfrei.« Ich fand es etwas unheimlich, wie meine von mir losgelöste linke Hand sich auf dem Tisch des Mannes von selbst öffnete und zur Faust ballte. »Haben Sie Probleme mit der Bedienung?«

»Eigentlich nicht«, antwortete ich. »Aber ehrlich gesagt,

ich benutze sie kaum. Ich trage sie eher der Optik wegen, wie ein Kleidungsstück.«

»Ein ziemlich teures Kleidungsstück.«

Wem sagte er das! Die Versicherung hatte sich rundweg geweigert, für den Schaden an meiner vorherigen Hand aufzukommen, da sie gegen den Einsatz als Brechstange nicht versichert war und derlei auch nicht als normaler Verschleiß zählte. Die neue hatte ich aus eigener Tasche bezahlen müssen.

»Gefühl können Sie da wohl nicht reinbringen?«, fragte ich den Techniker.

»Leider nicht. In den Staaten experimentiert man mit Drucksensoren an den Fingern, die über Elektroden mit dem Hirn des Patienten verbunden sind, aber das steht noch am Anfang. Hier gibt's das nicht.«

»Schade.«

»Ihre Hand wird jetzt gereinigt und geschmiert. Das dauert rund zwanzig Minuten. Wenn Sie wollen, können Sie drauf warten.« Das hieß, er legte keinen gesteigerten Wert darauf, dass ich ihm bei der Arbeit über die Schulter sah. Aber ich kannte die Prozedur ohnehin schon.

»Ich habe einen Termin bei Mr. Harold Bryant«, sagte ich.

»Ah, Hände-Harry.« Der Techniker lächelte. »Hat er Sie im Visier?«

»Im Visier?«

»Für eine Handverpflanzung. Da ist er ganz wild drauf. Aber er kann auch was. Tolle Erfolge bisher. Man muss abwarten, aber noch bringt er meinen Job nicht in Gefahr, glaube ich.« Er lachte.

So komisch war das vielleicht gar nicht.

»Wie viele Transplantationen hat er gemacht?«, fragte ich.

»Eine erst«, erwiderte der Techniker. »Jedenfalls hier. Aber er hat auch mit einem Transplantationsteam in Amerika gearbeitet – in Kentucky, soweit ich weiß.«

Eine einzige Transplantation kam mir etwas wenig vor.

Wollte ich wirklich Hände-Harrys zweites Versuchskaninchen sein?

»Bis Sie mit Harry gesprochen haben, bin ich mit dem Teil fertig – falls Sie's dann noch brauchen.«

Der Techniker lachte über seinen kleinen Scherz, und ich ging geradewegs zu einem Sprechzimmer in der Ambulanz hinüber, wo Mr. Harry Bryant alias Hände-Harry mich mit ausgefahrenem Visier erwartete.

»Mr. Halley«, sagte er erstaunlich leise für einen Mann von so kräftiger Statur, »schön, Sie endlich kennenzulernen.« Er stand auf und beugte sich über seinen Schreibtisch vor, um mir fest die Hand zu drücken. »Nehmen Sie bitte Platz.«

Ich setzte mich ihm gegenüber.

»So«, er lehnte sich zurück, »dann erzählen Sie mal, warum Sie eine neue Hand möchten.«

Hände-Harry und ich unterhielten uns fast eine Stunde lang, doch irgendwie nahm das Gespräch nicht den erwarteten Lauf.

Entweder war er sehr geschickt, oder ich stellte mich dumm an, oder es lag daran, dass er genau das zu bieten hatte, was ich haben wollte, jedenfalls brauchte er mich keineswegs zu überreden, sein Versuchskaninchen Nummer zwei zu sein, sondern ich setzte alles daran, mich ihm als Kandidat zu empfehlen.

»Wie sähe das denn zeitlich aus?«, fragte ich. »Wann könnten Sie die Transplantation durchführen?«

»Vorab müssen wir einige Untersuchungen machen und uns Ihren Unterarmstumpf anschauen, um zu sehen, ob es mit Ihnen auch wirklich geht, und der Rest ist Schicksal – wir müssen auf einen geeigneten Spender warten.«

Spender. Das Wort benutzte er jetzt zum ersten Mal.

Spender.

Plötzlich bekam das Ganze auch eine psychologische Dimension. Es ging beileibe nicht nur darum, etwas Verlorenes zu ersetzen; eine fremde Hand sollte der Ersatz sein.

»Garantien gibt es nicht«, sagte Harry. »Während meiner Zeit in den Staaten hatten wir verschiedentlich mit Abstoßungsproblemen zu tun, und zwar nicht nur mit physischer Abstoßung durch das körpereigene Immunsystem. In einem Fall kam der Empfänger einfach nicht damit zurecht, dass das neue Körperglied nicht von ihm selbst stammte.«

»Und dann?«, fragte ich.

»Wir mussten die verpflanzte Hand wieder entfernen.«

»Die Verpflanzung kann also rückgängig gemacht werden?«

»Mit der Einstellung sollten Sie da nicht rangehen. Die Hand lässt sich zwar wieder abnehmen, und gelegentlich war das auch notwendig. Aber die Wahrscheinlichkeit ist groß, dass Ihr Arm dabei nicht in der bisherigen Form erhalten bleibt.«

»Sondern?«

»Wir müssten den Arm wahrscheinlich weiter oben amputieren, vielleicht sogar oberhalb des Ellbogens.«

»Oh«, machte ich.

»Man sollte aber auch die Vorzüge sehen. Meine Erfahrung hat gezeigt, wie gut eine Hand- und Handgelenkverpflanzung gelingen kann. Patienten, die sich vor zehn Jahren dem Eingriff unterzogen haben, führen jetzt ein völlig normales Leben.«

»Ich weiß«, sagte ich. »Ich habe mir die Videos auf YouTube angesehen.«

Ich verließ das Queen-Mary-Krankenhaus mit neuem Elan. Die Aussicht, Stahl und Plastik gegen eine lebendige, fühlende linke Hand einzutauschen, begeisterte mich jetzt doch sehr.

Nach dem Gespräch mit Harry hatte mich jemand für die Voruntersuchungen abgeholt. Blutabnahme, Röntgenbilder, Vermessung meiner rechten Hand wegen Größe und Farbton, dazu ein langer psychologischer Fragebogen, den ich auszufüllen hatte.

Ich sah mir meine frisch gewartete Prothese an.

»Deine Tage sind gezählt«, sagte ich laut zu ihr, so dass mich eine Frau, die mit mir auf den Bus nach Hammersmith wartete, ziemlich komisch ansah. Auf mein Lächeln hin ging sie ein paar Schritte weg.

Die ganze Transplantationsgeschichte hatte mich so in Anspruch genommen, dass meine Probleme mit Billy McCusker glatt in den Hintergrund getreten waren – zumindest, bis mein Handy klingelte, als ich im Bus saß.

»Mr. Halley«, hörte ich die mittlerweile vertraute Stimme, »haben Sie den Bericht bekommen?«

»Nein.« Die Post war vor meiner Abfahrt noch nicht da gewesen. »Das wäre aber auch egal. Ich unterschreibe nicht und mache Ihr blödes Spielchen nicht mit.«

»Das ist kein Spielchen, Mr. Halley.«

»Na, jedenfalls mache ich nicht mit.«

Ich brach die Verbindung ab.

Was hatte der Mann von der Kripo noch gesagt: Vielleicht sollte man pragmatisch sein und tun, was er verlangt.

Nicht mit mir.

Marina holte mich um drei am Bahnhof Banbury ab, und wir fuhren gleich zu Saskias Schule.

»Alles gut?«, fragte Marina. »Ist deine Hand durch den TÜV?«

»Ja«, antwortete ich, »Hand gut, alles bestens.« Ich hielt inne. »Ich habe mit einem Chirurgen gesprochen, der Hände verpflanzt.«

»Was wollte der?«

»Er will mir eine neue Hand verschaffen.«

»Was?«, rief Marina und wäre beinah einem stehenden Bus draufgefahren. »Das ist nicht dein Ernst!«

»Es ist mein voller Ernst«, sagte ich. »Er glaubt, ich kann wieder eine funktionsfähige Hand mit Gefühl bekommen.«

»Es ist doch bestimmt zu lange her, dass du deine verloren hast.«

»Anscheinend nicht. Ihm sind sogar Patienten lieber, deren Hand seit mehreren Jahren fehlt.«

»Und wann?«

»Sie müssen erst noch feststellen, ob mein Arm geeignet ist, und das Gewebe typisieren. Dann heißt es auf einen geeigneten Spender warten.«

»Mein Gott!«, sagte Marina. »Wie makaber.«

»Harry Bryant, der Chirurg, meint, es sei wichtig, dass ich die Hand als meine eigene betrachte und nicht als die von einem, der gestorben ist.«

»Trotzdem etwas seltsam, sich zu wünschen, dass jemand stirbt, oder?«

Ich dachte daran, was Hände-Harry gesagt hatte, als ich sein Sprechzimmer verließ. »Wir werten die Tests aus, und dann müssen Sie abwarten und auf Regen hoffen.«

»Wieso Regen?«, hatte ich ihn gefragt.

»Weil es bei Regen mehr Spender gibt.«

»Wieso?«

»Motorradfahrer«, antwortete er. »Wenn es nass ist, verunglücken viel mehr Motorradfahrer.«

Noch im Nachhinein ließ der Dialog mich schaudern.

Marina hatte recht: Es war wirklich seltsam, auf den Tod eines andern zu hoffen, damit man ein Stück von ihm haben konnte.

Sassy kam zum Tor gelaufen, musste aber warten, bis sie an der Reihe war und der Wachmann sie durchließ.

»Tag, Schätzchen«, sagte ich, als sie in den Range Rover sprang. »Was habt ihr heute gelernt?«

»Gar nichts«, verkündete Sassy überzeugt, »aber Annabel und ich haben in der Pause Himmel und Hölle gespielt, und ich hab gewonnen, Mami.«

»Toll, Schätzchen«, lobte Marina.

Ich schmunzelte auf den paar Kilometern nach Hause und bog in unsere Einfahrt.

»Wo sind denn die Hunde?«, fragte ich. Das Schmunzeln war mir vergangen.

»Die hab ich im Zwinger gelassen«, erklärte Marina, aber den Zwinger sahen wir vor uns, und die Zwingertür stand offen. »Ganz bestimmt. Um zwei hab ich nach ihnen gesehen. Da waren sie noch drin.«

»Wartet hier«, sagte ich und ließ den Wagen in der Einfahrt stehen. »Ich seh mal nach. Riegelt euch ein.«

Marina und Saskia sahen mich mit großen, erschrockenen Augen an.

Ich ging zum Zwinger hinüber. Es war ein abgezäunter Bereich mit einem Grasstreifen und einer Hundehütte aus roten Ziegeln in der Ecke. Ich hatte ihn gleich nach unserem Einzug gebaut, damit wir die Hunde tagsüber allein lassen konnten und sie nicht im Haus einsperren mussten. Im Zwinger hatten sie ein Dach, wenn es regnete, und konnten in der Sonne liegen, wenn es schön war.

»Hierher, Mädchen«, rief ich, aber die beiden Setter ließen sich nicht blicken. »Mandy, Rosie, wo seid ihr?«

Ich trat durch die offene Tür in den Zwinger, aber sie hatten sich nirgends versteckt. Das hatte ich auch nicht erwartet. Beide erschienen immer sofort an der Zwingertür, wenn wir nach Hause kamen, stellten sich auf die Hinterbeine, die Vorderpfoten auf dem Zaun, und wedelten begeistert. Sich vor uns zu verstecken, sah ihnen überhaupt nicht ähnlich.

Mit einem mulmigen Gefühl ging ich zum Haus hinüber,

konnte aber keine Einbruchsspuren entdecken. Trotzdem war ich sehr auf der Hut, als ich es von oben bis unten absuchte. Im Geist sah ich Lieblingskaninchen in Kochtöpfen blubbern und blutverschmierte Pferdeköpfe zwischen Seidenlaken, aber da war nichts.

Ich kehrte in den Garten zurück und suchte alles ab, bis ins hinterste Gebüsch.

Umsonst. Die Hunde waren nicht auf dem Grundstück.

Ich ging wieder zum Range Rover.

»Was ist los, Sid?«, fragte Marina besorgt. »Wo sind die Hunde?«

»Ich weiß es nicht.«

»Hat sie jemand mitgenommen?«, fragte Sassy.

»Vielleicht haben sie es irgendwie geschafft, rauszukommen und sind weggelaufen.«

Sassy machte ein tieftrauriges Gesicht. »Warum sollten sie denn weglaufen? Sind sie nicht gern bei uns?«

»Natürlich, Schätzchen«, sagte Marina. »Mach dir keine Gedanken. Wir finden sie schon.«

Ich wünschte, ich hätte Marinas Zuversicht teilen können, aber das sprach ich nicht aus.

»Können wir sie suchen gehen?«, fragte Sassy unglücklich. »Ich will Rosie und Mandy wiederhaben.« Sie fing an zu weinen, und Marina versuchte, sie zu trösten.

Ich glaube, uns allen war nach Weinen zumute. Rosie und Mandy gehörten fast genauso zur Familie wie Saskia, und mir war klar, wer hinter ihrem Verschwinden steckte.

Billy McCusker hatte recht. Das war kein Spiel. Es war Krieg.

»Hundediebstahl ist leider gang und gäbe. Haben Sie ein Schloss an Ihrem Zwinger?«

»Das ist kein Diebstahl«, sagte ich. »Das ist Entführung.«

»Hundeentführung meinen Sie. Haben Sie eine Lösegeldforderung bekommen?« DS Lynch war keine große Hilfe. »Und woher wollen Sie wissen, dass Billy McCusker mit ihrem Verschwinden zu tun hat?«

»Ich weiß es einfach«, sagte ich.

Mir fiel ein, dass Sir Richard Stewart bei seinem Besuch in der Vorwoche genauso gereizt mit genau diesen Worten auf meine Frage reagiert hatte, ob er im Ernst glaube, es würden Rennergebnisse manipuliert.

Jetzt stand das für mich außer Zweifel.

»Was unternehmen Sie wegen unserer Hunde?«, fragte ich.

»Da kann ich nichts machen«, erwiderte DS Lynch.

»Sie könnten doch den Zwinger auf Fingerabdrücke untersuchen lassen oder einen Suchtrupp organisieren.«

»Mr. Halley, selbst wenn ich genau wüsste, dass Ihre Hunde gestohlen worden und nicht von selbst losgezogen sind, könnte ich für die Suche nach ihnen keine Leute abstellen. Hunde gelten als Eigentum. Für die Polizei wiegt der Diebstahl eines Haustiers nicht schwerer, als wenn zum Beispiel ein Fahrrad oder ein Gartentisch geklaut wird, und dafür würde ich ja auch keinen Suchtrupp losschicken, oder?«

»Ich dachte, im Wilden Westen sind Pferdediebe mal gehängt worden.«

»Mag sein, und Schafdiebstahl war hier bei uns auch mal

ein Kapitalverbrechen, aber in den letzten zweihundert Jahren haben wir zum Glück Fortschritte gemacht.«

»Die Hunde gehören aber zur Familie.«

»Ja, gut«, sagte er, »trotzdem sind's nur Hunde.«

Nur Hunde!

Für uns waren sie das nicht. Für uns waren sie wie Kinder.

»Was kann ich denn dann tun?«, fragte ich.

»Wenden Sie sich an das zuständige Tierheim. Da sollten alle gefundenen Hunde abgegeben werden. Tragen sie Steuermarken?«

»Am Halsband, ja. Und sie sind gechipt.«

»Dann sollten Sie dem zuständigen Provider mitteilen, dass die Hunde verschwunden sind, und die Daten abgleichen. Ansonsten können Sie nur warten.«

Auf Billy McCuskers Anruf warten, dachte ich. Und dann? Lösegeld zahlen? Noch mehr unterschreiben? Ihm seine Sünden vergeben? Mich im Boden verkriechen?

Ich wollte mich unbedingt wehren, aber wie, wenn ich den Gegner nicht vor mir hatte?

Es war höchste Zeit, nach ihm zu suchen.

8

Marina fuhr mit Saskia im Range Rover los, um die Hunde zu suchen, während ich zu Hause auf den unvermeidlichen Anruf von Billy McCusker wartete.

Ich nahm die Post aus dem Korb unterm Briefschlitz an der Haustür. Der sogenannte Bericht lag zwischen den Rechnungen und Wurfsendungen, ein dünner brauner Umschlag mit nichts als meiner gedruckten Anschrift auf einem weißen Klebeetikett.

Den Umschlag fasste ich nur am Rand an. Ich glaubte zwar keine Sekunde, dass er irgendwelche Fingerabdrücke außer denen des Briefträgers aufwies, aber vielleicht war McCusker ja unvorsichtig gewesen.

Ich schlitzte das Kuvert mit einem Tranchiermesser auf. Es enthielt lediglich einen Bogen normales weißes Kopierpapier mit einem computergetippten kurzen Absatz unter der Überschrift: *Gutachten zu den Vorwürfen Sir Richard Stewarts. Von Sid Halley.*

> *Sir Richard Stewart teilte mir mit, dass ihm die Ergebnisse bestimmter Pferderennen verdächtig erschienen und dass bei diesen Rennen irreguläre Wettmuster aufgetreten seien. Ich habe die Rennen eingehend untersucht und mehrere daran beteiligte Jockeys befragt.*

Nach meiner Überzeugung lagen bei diesen Veranstaltungen keine auffälligen oder ungewöhnlichen Wettmuster vor, und soweit ich feststellen konnte, entbehren die Annahmen Sir Richards jeder Grundlage.

Unter dem Absatz war Platz für meine Unterschrift und das Datum.

Lächerlich. Der Mann war dümmer, als ich gedacht hatte.

Ein echtes Gutachten von Sid Halley wäre zum Beispiel auf vernünftigem Briefpapier mit Kopf abgefasst gewesen und hätte genaue Angaben zu Wann, Wo und Mit wem sämtlicher durchgeführter Befragungen enthalten, vor allem aber eine Detailanalyse der einzelnen Vorwürfe, Rennen für Rennen, und eine verlässliche, auf konkreten Beweisen gründende Schlussfolgerung.

Auf keinen Fall würde ich meine Unterschrift unter diesen Wisch setzen, ob er stimmte oder nicht. Er war unter meinem Niveau.

Marina und Saskia kamen gegen acht ohne die Hunde zurück. Ich hatte nicht geglaubt, sie würden sie finden. Ich befürchtete viel mehr, unsere Hunde würden nie wieder auftauchen.

McCusker war ein Totschläger. Er war wegen eines grässlichen Mordes verurteilt worden und hatte offenbar noch viele andere auf dem Kerbholz. Ein paar Hunde hätte er ohne sonderliche Gewissensbisse erledigt. Wahrscheinlich hätte es ihm Spaß gemacht.

Die kleine Saskia war untröstlich und weinte sich auf Marinas Armen aus, als die mit ihr in die Küche kam.

»Zeit fürs Bett«, sagte Marina und brachte Saskia in ihr Zimmer hinauf.

Ich sah mir noch einmal das Gutachten an.

Ich habe mehrere an diesen Rennen beteiligte Jockeys befragt.

Das hatte ich ja wirklich, und zwar am Samstag in Newbury. Aber woher wusste das McCusker?

Hatte er mich beobachtet, oder hatte Jimmy Guernsey oder Angus Drummond es ihm erzählt?

Ich ging in mein Büro und sah noch einmal meine Listen durch, die Aufstellung sämtlicher Jockeys und Trainer der über hundert Pferde, die in Sir Richards verdächtigen Rennen gestartet waren.

Insgesamt waren sechsunddreißig verschiedene Jockeys in den neun Rennen gestartet. Zwölf hatten nur jeweils ein Rennen absolviert, acht jeweils zwei, die übrigen sechzehn mindestens drei, darunter auch Angus Drummond und Jimmy Guernsey, die in allen neun am Start waren.

Ich konzentrierte mich zunächst auf die mit drei oder mehr Starts. Die meisten kannte ich wie Guernsey und Drummond ganz gut, bis auf ein paar jüngere, die erst seit kurzem dabei waren.

Auf der Webseite des *Directory of the Turf* sah ich ihre Privatadressen nach. Elf von den sechzehn wohnten im Umkreis von zehn Kilometern um Lambourn, das Dorf in Berkshire, das ein Trainingszentrum für Rennpferde und insbesondere Steeplechaser geworden ist. Da konnte ich vielleicht mehreren am selben Tag einen Besuch abstatten, aber auch nur, wenn kein Hindernismeeting anstand und sie zu Hause waren.

Ich sah die Termine nach, und wie befürchtet gab es in der kommenden Woche keinen Tag ganz ohne Hindernisrennen. Übermorgen, am Donnerstag, fand allerdings nur ein Meeting in Weatherby statt. Die wenigsten Jockeys aus Lambourn würde es wohl mitten in der Woche so weit nach Norden ziehen.

Als Nächstes nahm ich mir die Trainerliste vor, doch dabei unterbrach mich Marina, die, nachdem Saskia beruhigt war, wieder nach unten kam.

»Sid, was ist denn bloß los? Wo sind die Hunde?«

»Was los ist, weißt du«, antwortete ich. »Und wo die Hunde sind, kann ich dir nicht sagen.«

»Du weißt aber doch, wer es war.«

»Ich nehme es an. Wenigstens glaube ich zu wissen, wer das arrangiert hat. Nämlich der Mann, der am Donnerstag Sassy aus der Schule hat abholen lassen. Der Mann, der dauernd anruft und will, dass ich ein völlig hirnrissiges Gutachten unterschreibe. Der Mann mit dem nordirischen Akzent.«

»Billy McCusker?«, sagte sie. »Der Terrorist?«

»Ja.«

»Was will der von uns?« Eine rhetorische Frage. Marina wusste, was er wollte. »Kannst du sein blödes Gutachten denn nicht unterschreiben, damit wir ihn los sind?«

»So jemanden wird man durch eine Unterschrift nicht los«, sagte ich.

»Ja wie denn dann, verdammt noch mal«, rief Marina.

»Scht, du weckst Sassy«, sagte ich, aber das schien Marina nicht zu kümmern. Sie war verängstigt und wütend, und ich war der Einzige, auf den sie losgehen konnte.

»Tu gefälligst, was er verlangt!«, schrie sie mich an. »Ich hänge an den Hunden.« Sie fing an zu weinen. Ich stand auf und wollte den Arm um sie legen, doch sie stieß mich weg. »Tu, was er verlangt!«, schluchzte sie.

Hatte ich eine andere Wahl?

»Okay«, sagte ich. »Ich unterschreib ihm den Wisch, aber du wirst sehen, dass es damit nicht vorbei ist.«

Wie aufs Stichwort klingelte das Telefon auf meinem Schreibtisch, und wir schauten beide hin.

»Willst du nicht rangehen?«, fragte sie.

Ich nahm den Hörer ab. »Hallo?«

»Ist dort Halley?« Eine unbekannte Stimme und eindeutig nicht nordirisch.

»Ja«, sagte ich einigermaßen erleichtert.

»Mein Name ist Philip York«, fuhr er fort. »Ich bin Tierarzt und habe einen Hund von Ihnen versorgt. Ihr Name und Ihre Rufnummer stehen auf seiner Marke.«

»Ja«, sagte ich aufgeregt, »wir vermissen seit heute Mittag unsere beiden Hündinnen.«

»Tja, hier ist nur eine«, erwiderte Philip York, »und leider habe ich keine gute Nachricht für Sie.«

»So?«

»Sie lief auf der Fernstraße herum und wurde offenbar von mindestens einem Wagen angefahren.«

»Oh.« Ich drängte meine Gefühle zurück. »Wie geht's ihr?«

»Nicht gut. Überhaupt nicht. Ich rufe eigentlich nur an, um Ihnen mitzuteilen, dass ich sie einschläfern werde.«

»Nein«, sagte ich unwillkürlich. »Irgendwas wird doch zu machen sein.«

»Tut mir leid, Mr. Halley, aber es geht nicht anders.« Er sprach als Fachmann. »Ihr Rückgrat ist gebrochen.«

Marina weinte wieder neben mir. Auch wenn sie nur mich hörte, wusste sie genau, wovon die Rede war.

»Welche Hündin ist es denn?«, fragte ich, und jetzt klang mein Kummer doch durch.

»Mandy steht auf der Marke.«

»Wo ist sie gefunden worden?«

»Auf der Fernstraße«, sagte er erneut.

»Auf welcher?«

»Der M6«, sagte er.

»Auf der M6? Wo denn?«

»Oberhalb von Stafford. Meine Praxis ist in Creswell, Anschluss 14. Die Polizei hat Ihren Hund vor zwanzig Minuten vorbeigebracht.«

Auf meiner Schreibtischuhr war es halb zehn.

»Aber ich wohne in Oxfordshire, bei Banbury«, sagte ich.

»Banbury liegt hundertdreißig Kilometer von hier«, erwiderte er. »Die Eltern meiner Frau wohnen da. Wann sind Ihre Hunde noch mal verschwunden?«

»Heute Nachmittag. Um zwei hat meine Frau noch nach ihnen gesehen, also irgendwann zwischen zwei und halb vier.«

Schweigend machten wir uns beide klar, was das hieß.

»Mandy ist also nicht einfach weggelaufen«, sagte der Tierarzt.

»Nein«, stimmte ich zu.

»Haben Sie die Polizei verständigt?«

»Ja, aber die ist nicht so hilfsbereit. Gesetzlich gelten

Hunde wohl nur als Eigentum. Wie ein Gartentisch, wurde mir gesagt.« Wieder konnte ich vor Kummer über den Verlust des lieben Tiers kaum sprechen. »Ein Witz, das Gesetz.«

»Es tut mir leid.« Ihm als Tierarzt war natürlich klar, dass Hunde für ihre Besitzer viel mehr als bloßes »Eigentum« sind.

»Haben Sie irgendwas über die andere Hündin gehört?«, fragte ich.

»Die Polizei hat mir von einem zweiten Hund nichts gesagt. Da sollten Sie vielleicht mal anrufen.«

»Ja, das werde ich tun.«

»Was soll ich mit der toten Hündin machen? Ich kann sie hier ohne weiteres entsorgen, wenn Sie …« Er brach ab.

»Kann ich sie morgen abholen?«, fragte ich.

»Selbstverständlich.« Er gab mir seine Adresse durch. »Es tut mir sehr leid.«

»Danke. Auch dafür, dass Sie mich angerufen haben.«

»Gut, dann mach ich jetzt mal weiter. Bis morgen.«

»Bis morgen«, sagte ich. »Ach nein, warten Sie. Eins noch.«

»Ja?«

Ich war den Tränen nahe. »Bitte streicheln Sie Mandy noch mal zum Abschied von uns, bevor …«

»Natürlich«, sagte er. »Sie ist schon stark sediert und schläft. Sie wird nichts spüren.«

Ein kleiner Trost war es vielleicht.

Ich hielt Marina in den Armen, während der Kummer ihren ganzen Körper schüttelte. Sechs Jahre lang hatte Mandy zu uns gehört, seit wir sie als zwei Monate altes rothaariges Freudenknäuel begeistert beim Züchter gekauft hatten.

»Es muss nicht alles zu spät sein«, sagte ich. »Rosie läuft vielleicht auch frei herum. Wir müssen sie nur finden.«

»Wie denn?«

»Als Erstes rufen wir mal die Polizei Staffordshire an«, schlug ich vor.

»Staffordshire?«

»Mandy lief oberhalb von Stafford auf der M6 herum.«

Die M6, dachte ich, war der direkte Weg von uns nach Manchester.

Weit entfernt von etwaigem Mitgefühl, ärgerte sich die Polizei Staffordshire darüber, dass wir unseren Hund auf der Fernstraße hatten herumlaufen lassen, wo er einen schweren Verkehrsunfall hätte verursachen können.

Ich versuchte klarzustellen, dass es nicht unsere Schuld war, aber das nützte nichts, und die Auskunft, dass noch ein zweiter Hund unterwegs sein könnte, kam auch nicht gut an. Ganz im Gegenteil.

»Wann wird's morgen früh hell?«, fragte Marina, als ich auflegte.

»Gegen sechs.«

»Dann fahren wir hier um fünf los.« Keine Frage. Es war eine Anweisung.

Billy McCusker rief wieder eine Viertelstunde vor Mitternacht an.

»Sie Dreckskerl«, sagte ich über den Anschluss im Schlafzimmer.

»Aber, aber, Mr. Halley, so was sagt man doch nicht.«

»Diesmal sind Sie zu weit gegangen.«

»Ihr Engländer habt euch immer so mit euren Tieren. Tun Sie, was ich sage, und ich bin weg.«

Glaubte ich ihm?

»Wo sind meine Hunde?«

Er überging die Frage. »Haben Sie den Bericht bekommen?«

»Ja.«

»Gut.« Es klang zufrieden und sehr selbstgewiss. »Den unterschreiben Sie und schicken ihn an den Chef des BHA-Sicherheitsdienstes.«

»Und wenn nicht?«

»Ach, Mr. Halley, Sie machen das schon. Ihre Frau hat so ein schönes Gesicht. Es wäre doch schade, das in Gefahr zu bringen.«

»Dreckskerl«, sagte ich noch einmal.

»Tun Sie, was ich Ihnen sage, Mr. Halley.«

Er legte auf.

Ich saß auf der Bettkante und fragte mich, wie ich in diesen Schlamassel hineingeraten war, vor allem aber, wie ich da wieder rauskam.

War die Unterschrift unter dem Gutachten wirklich so wichtig? Vielleicht nicht. Warum war ich dann so darauf fixiert, sie zu verweigern? Aus Stolz vermutlich. Aber Chefinspektor Watkinson hatte das mit Hochmut vor dem Fall gleichgesetzt. *Seien Sie pragmatisch,* hatte er mir empfohlen.

Sei pragmatisch, riet ich mir jetzt selbst, und beschütze Marina.

Ich ging hinunter in mein Büro und unterschrieb.

9

Knapp fünf Stunden, nachdem wir mit der Suche angefangen hatten, wollte ich Marina klarmachen, dass wir unsere Zeit verschwendeten, aber es nützte wenig. Sie war entschlossen dranzubleiben, bis wir unsere Rosie wiederhatten.

Marina hatte versucht, Sassy möglichst schonend beizubringen, was mit Mandy passiert war, aber unsere Kleine reagierte trotzdem vollkommen verstört und war ganz außer sich.

»Aber warum denn, Mami?«, heulte sie immer wieder. »Warum hat sie jemand mitgenommen? Warum kommt Mandy nicht wieder? Warum? Warum? Warum?«

Ich fragte mich, ob ich irgendwie schuld an diesem Alptraum war. Hatte ich das ganze Unglück zu verantworten, weil ich nicht früher getan hatte, was McCusker wollte?

Ich fühlte mich jämmerlich.

Aber nicht ich hatte die Hunde entführt. Nicht ich hatte sie schutzlos auf der Fernstraße laufen lassen. Ich war mit meinen Aktien, Obligationen und Wertpapieren glücklich gewesen. Ohne den unerwünschten McCusker. Ich hatte nichts von ihm gewollt. Er hatte sich aus heiterem Himmel in mein Leben gedrängt.

Nein, die Schuld lag eindeutig bei ihm, nicht bei mir.

Aber wie konnte ich ihn dafür büßen lassen?

Wir waren kurz vor fünf im Dunkeln aufgebrochen, mit Saskia in einer Wolldecke auf dem Rücksitz. Ich hatte kaum vier Stunden geschlafen, war aber hellwach, als wir uns Ausfahrt 14 auf der M6 näherten und die Sonne schon ein bisschen über den Horizont spitzelte.

Wo fingen wir an?

Die Polizei hatte mir am Abend gesagt, Mandy sei knapp einen Kilometer vor der Ausfahrt auf der Fahrbahn Richtung Norden gefunden worden. Das war also ein Ansatz, aber auf dem Bankett durfte man wohl nur im Notfall halten.

Ich entschied, dass es sich um einen Notfall handelte, und fuhr an die Seite.

Ein steter Strom von LKWs donnerte bereits in einem Höllentempo über die Fahrbahn. Wie schnell der Verkehr auf einer Fernstraße ist, merkt man erst, wenn man ein paar Schritte danebensteht, genau wie einem das Tempo eines Jagdrennens erst bewusst wird, wenn man direkt an einem Hindernis steht, über das die Pferde kommen.

Es hatte sich so einfach angehört, als Marina und ich es auf der Fahrt besprochen hatten. Wir würden abwechselnd nach Rosie rufen, und sie würde aus dem Unterholz hervorkommen.

Ganz so war es leider nicht.

Im ununterbrochenen Lärm der vorbeidonnernden Lastwagen konnten wir uns kaum selbst hören, während wir Seite an Seite hinter dem Wagen standen.

Wir stiegen wieder ein und fuhren an Ausfahrt 14 von der Fernstraße herunter.

Die M6 führte hier durch intensiv für den Gesteinsabbau genutztes Land. Man sah mehrere stillgelegte, jetzt mit Wasser gefüllte große Kiesgruben, und quer durch die ganze Gegend verliefen die Eisenbahnschienen der West Coast Main Line zwischen Birmingham und Crewe.

Mir dämmerte langsam, was für eine Herkulesaufgabe es war, in einem so großen Areal nach unserem vermissten Hund zu suchen, selbst wenn man davon ausging, dass er an derselben Stelle wie Mandy ausgesetzt worden war.

Aber Marina war nicht davon abzubringen, und so fuhr ich immer wieder in irgendwelche alten Kieswerke hinein, bis der Weg an einem Maschendrahtzaun oder einem verschlossenen Tor endete. Dann ging Marina dazu über, sich bei offenem Verdeck auf den Beifahrersitz zu stellen und aus vollem Hals nach Rosie zu rufen, während Saskia und ich ihren Namen durch die Seitenfenster schrien. Nur trugen unsere Stimmen nicht weit. Zu stark war der Verkehrslärm auf der nahen Fernstraße, er schluckte alle anderen Geräusche. Wir hätten einen Hund nicht Antwort bellen hören, wenn er mehr als einen Steinwurf entfernt gewesen wäre.

Ich fuhr unter der Fernstraße durch und von der anderen Seite zurück bis zu einem um ein paar Baggerseen herum angelegten Landschaftspark.

Wieder riefen Marina und Saskia nach Rosie, und wieder kam keine Antwort, so dass ich schließlich einen der Einheimischen ansprach, die im Park ihre Hunde spazieren führten.

»Haben Sie hier irgendwo vielleicht einen frei laufenden Irish Setter gesehen?«

»Leider nicht.« Er hielt seinen Golden Retriever direkt am Halsband fest. »Wann ist er denn weggelaufen?«

»Gestern Nachmittag«, sagte ich.

Er schüttelte den Kopf. »Rote Setter spinnen. Die laufen dauernd weg. Na, immerhin besser als Afghanen. Die kommen nämlich nicht wieder.«

Ich nahm mir vor, nie einen Afghanen anzuschaffen.

»Komm«, sagte ich zu Marina. »Wir verschwenden unsere Zeit.«

»Nur noch ein bisschen«, bat sie. »Ein bisschen suchen wir noch.«

Wir fanden sie auf dem endgültig letzten Sandweg, den ich noch entlangzufahren bereit war. Gerade überlegte ich, wie ich Marina und Sassy beibringen könnte, dass wir jetzt nach Hause mussten, da kam unsere liebe kleine Rosie schwanzwedelnd zum Wagen gelaufen, als wäre es nicht weiter ungewöhnlich, uns hundertdreißig Kilometer von zu Hause anzutreffen.

Marina und Sassy heulten drauflos, und auch ich vergoss mehr als ein paar Tränen, während wir sie in die Arme schlossen.

Nur Hunde! Ha! So ein Blödsinn.

Marina tanzte vor Freude neben dem Wagen, während Saskia und ich Rosie je einen Napf mit Wasser und Hundekuchen hinstellten. Normalerweise wurde sie um fünf gefüttert, und gestern hatte sie gar nichts bekommen.

Kurz nach zwölf fuhren wir zu Philip York, dem Tierarzt.

Marina und ich hatten überlegt, was am besten sei, vor allem für Saskia. Mein erster Gedanke war gewesen, Mandy mitzunehmen und sie zu Hause zu begraben, aber nachdem ich eine Weile darüber nachgedacht hatte, schien mir das nicht mehr so gut. Wir mussten darüber hinwegkommen, vielleicht mit Hilfe eines neuen Welpen, und ein Grab im Garten als ständige Erinnerung an das Vergangene wäre kontraproduktiv.

Philip York verstand das voll und ganz.

»Ich kann die Überreste entsorgen«, sagte er leise, nur zu mir. »Kein Problem.«

»Wie denn?«, fragte ich. Mandy sollte nicht irgendwo auf einer Müllkippe liegen und von Krähen behackt werden.

»Im Krematorium. Die kommen sie abholen. Ein guter Service.«

»Einverstanden«, sagte ich.

Wir bekamen Mandy gar nicht zu sehen.

Der Tierarzt untersuchte Rosie kurz, erklärte sie für gesund und wollte von Bezahlung nichts wissen, als wir uns verabschiedeten. »Ich bekomme eine jährliche Pauschale für die Zusammenarbeit mit der Polizei, und darüber rechne ich Ihre Mandy ab, die Polizei hat sie mir ja schließlich auch gebracht.«

»Und Rosie?«, fragte ich.

»Dass Ihr Hund gesund ist, sage ich Ihnen gratis.« Er lächelte, und wir gaben uns herzlich die Hand. »Ich erinnere mich an Ihre Rennen. Eine Schande, Ihr Unfall.« Er sah kurz auf meine linke Hand, wie die meisten Leute. »Ich war mal Bahntierarzt in Haydock. Rennen sehe ich immer noch gern, am liebsten Hindernisrennen, aber die Praxis nimmt mich so in Anspruch, dass ich kaum noch dazu komme.«

»Wer gut zu tun hat, soll nicht klagen«, sagte ich.

»Nein«, stimmte er bei.

Wir fuhren mit Rosie heim nach Oxfordshire, wo sie hilflos und verwirrt schien ohne ihre ältere Schwester, sich hinlegte und gleich wieder wie suchend im Garten und im Haus herumlief. Ich wünschte, sie hätte sprechen und uns sagen können, was passiert war.

Marina hatte Mrs. Squire Bescheid gesagt, dass Saskia heute nicht zum Unterricht käme, aber nach Schulschluss fuhr sie mit unserer traurigen Kleinen zu den Gaucins, damit sie mit Annabel spielen konnte. Vielleicht tat sie es auch sich selbst zuliebe. Marina war von Mandys Tod so mitgenommen, dass sie ein wenig Aufmunterung durch Paula gebrauchen konnte.

Jemanden aus dem Ausland zu heiraten hat den Nachteil, dass Familienangehörige meistens weit weg sind. Es wäre gut gewesen, wenn Marina sich an Mutters Schulter hätte ausweinen können, doch ihre Eltern, Herr und Frau van der Meer, lebten in Fryslân, einer nördlichen Provinz der Niederlande; sie besuchten uns zwar öfter, waren aber eben nicht schnell greifbar, wenn einen das Heulen ankam.

Als Marina und Saskia fort waren, starrte ich auf das unterschriebene Gutachten, das noch auf meinem Schreibtisch lag. Widerwillig nahm ich ein Kuvert aus der Schublade und adressierte es an: Peter Medicos, Leiter des Sicherheitsdienstes, Britische Rennsportbehörde, 75 High Holborn, London WC1V 6LS.

Ich steckte das Gutachten ins Kuvert und klebte es zu, aber erst, nachdem ich es fotokopiert hatte. Dann klebte ich eine Briefmarke oben rechts in die Ecke.

Ich sah mir den Umschlag an.

Tat ich das Richtige?

Die Antwort war schlicht und einfach nein. Aber hatte ich eine andere Wahl? McCusker hatte gedroht, Marinas Gesicht zu entstellen, und diese Drohung nahm ich ernst. Wenn ich eines über Billy McCusker in Erfahrung gebracht hatte, dann, dass er sich nicht im mindesten scheute, anderen Menschen Schmerzen und Verletzungen zuzufügen. Er schien kein moralisches Bewusstsein zu besitzen, und das machte ihn zu einem wahrhaft gefährlichen Feind.

Der Briefkasten an der Dorfwiese wurde um vier geleert.

Um fünf vor vier ging ich los, schob das Kuvert in den Schlitz des knallroten Kastens und ließ es nach nur kurzem Zögern fallen.

Es ist passiert, sagte ich mir und ging wieder ins Haus.

Rosie kam zu mir und sah mich mit ihren traurigen Augen an, als wollte sie sagen: Wo ist Mandy? Ich streichelte ihr über den Kopf, und sie ging zu ihrem Bett im Flur zurück.

Wir würden beide lernen müssen, mit dieser neuen Situation zurechtzukommen.

Am Donnerstagmorgen fuhr ich, nach einem Blick in die *Racing Post*, um zu sehen, welche Jockeys an dem Tag in

Weatherby antraten, zeitig nach Lambourn hinunter, um ein paar Daheimgebliebene zu besuchen.

Den ganzen Abend hatte ich überlegt, was zu tun sei.

Vielleicht sollte ich mich einfach nur wieder um meine Wertpapiere kümmern, um die Finanzierung aufgeweckter, aber mittelloser Unternehmer, damit Billy McCusker sich jemand anderen zum Terrorisieren suchte. Aber würde er mich auch wirklich in Ruhe lassen?

Würde er es jetzt, wo er mich dazu gebracht hatte, so einen Quatsch zu unterschreiben, nicht noch mal versuchen?

Mit noch ein paar Jockeys zu reden, die in den suspekten Rennen gestartet waren, war bestimmt kein Fehler.

Marina war über meinen Entschluss zwar nicht froh gewesen, aber zurzeit war sie ohnehin nicht gerade glücklich.

»Ich fahre mal für ein paar Tage zu meinen Eltern«, hatte sie beim Abendessen gesagt. »Und ich nehme Saskia mit. Am Freitag fangen die Osterferien an. Wir fahren Samstagfrüh und sind rechtzeitig zu Annabels Geburtstagsfeier am Mittwochnachmittag zurück. Ich glaube, ich brauche mal ein bisschen Abstand von hier.«

Von mir?, fragte ich mich.

»Gute Idee«, hatte ich möglichst unbekümmert gesagt.

»Ich buche den Flug nach Groningen. Da kann Papa uns abholen.«

Als Erstes besuchte ich Robert Price. Er gehörte seit gut acht Jahren zu den zehn besten Hindernisjockeys.

Dem Turfverzeichnis zufolge wohnte er in einem kleinen Bauernhaus bei Lambourn an der Straße nach Hungerford.

»Hallo«, sagte die Mittzwanzigerin, die an die Tür kam. »Kann ich Ihnen helfen?«

»Ich suche Robert Price«, antwortete ich. »Ich dachte, er wohnt hier.«

»Stimmt«, sagte die Frau. »Ich bin seine Freundin.«

»Sid Halley«, stellte ich mich vor und bot ihr die Hand. »Ich war auch mal Jockey.«

»Sie kenne ich doch.« Ihr Blick streifte meinen linken Arm. »Ich bin Judy Hammond.« Sie gab mir die Hand. »Sie sind früher für meinen Vater geritten.«

»Brian Hammond?«

»Ja. Manchmal kamen Sie zum Trainingsreiten bei uns vorbei. Wir fanden es sehr aufregend, dass der Champion-Jockey bei uns reitet.«

»Sie ziehen mich auf.«

»Nein, es stimmt. Einmal hab ich sogar die Schule geschwänzt, um Sie reiten zu sehen. Magie war das.« Sie wurde rot.

Auch ich war verlegen – und freute mich. Mein Reiten hatte jetzt schon so lange nichts mehr mit Magie zu tun, dass es guttat, an damals erinnert zu werden, als ich noch zwei Hände hatte, mit Fingern, die die Zügel spürten.

»Ist Robert da?«, wechselte ich das Thema.

»Er schult die Sieglosen bei Dad, müsste aber bald wieder hier sein. Sie können gern schon mal reinkommen.«

»Danke«, sagte ich und trat ins Haus. »Reitet er viel für Ihren Vater?«

»Ständig. Bob ist seit Jahren sein Stalljockey.«

Ich fragte mich, wie das bei den Hammonds ankam. Dass der Stalljockey mit der viel jüngeren Tochter des Hauses zusammenwohnte, sah die Frau des Hauses selten gern – es hatte etwas vom Schlafen mit der Dienerschaft.

»Einen Kaffee?«, fragte Judy über ihre Schulter. »Ich mach mir gerade selbst einen.«

»Sehr gern«, sagte ich und folgte ihr in die Küche. »Hübsch hier.«

»Wir arbeiten dran.« Sie lächelte. »Bob und ich wohnen jetzt zwei Jahre hier.« Sie goss kochendes Wasser aus dem Kessel in zwei Becher. »Milch?«

»Ja, danke. Ohne Zucker.«

Sie gab mir den dampfenden Becher, und wir setzten uns am Küchentisch einander gegenüber.

Mir tat es schon fast leid, dass ich nicht zuerst woandershin gegangen war, da hörte ich die Haustür.

»Hallo, Schatz«, rief ein Mann vom Flur her, »wem gehört denn das Auto …« Er brach ab, als er in die Küche kam. »Sid Halley. Da bin ich aber baff. Freut mich, Sid. Muss ja eine Ewigkeit her sein.« Seine Körpersprache war nicht so einladend wie seine Worte.

»Tag, Robert«, erwiderte ich und sah ihm direkt in die Augen. Er schaute schnell weg. Zu schnell, dachte ich.

»Was führt dich in meine bescheidene Hütte?«, fragte er mit einem Lachen und setzte sich ans Kopfende des Tischs. So locker er sich gab, mich überzeugte es nicht. Irgendetwas machte ihm zu schaffen, und meine Anwesenheit schürte das Feuer.

»Ist Maine Visit ein Pferd von Judys Vater?«, fragte ich. Robert schwieg. »Und vielleicht auch Tender Whisper und Lobsterpot?« Das waren die drei Pferde, die er in den verdächtigen Rennen geritten hatte.

Maine Visit war am Tag des Hennessy Gold Cup Zweiter in einem Hürden-Handicap geworden und hätte dem Sieger meiner Meinung nach viel näher kommen müssen als die sieben Längen, die im amtlichen Ergebnis standen.

»Ja«, sagte er schließlich ernst. »Alle drei.«

»Kennst du einen Iren namens Billy McCusker?«

Die Farbe verschwand aus seinem Gesicht, als wäre ein Licht ausgegangen.

»Was ist denn los?«, rief Judy, sichtlich bestürzt über die Reaktion. »Alles in Ordnung, Bobby?« Sie stand auf und holte ihm ein Glas Wasser. »Hier, trink das.«

Er trank das Wasser, und sein Gesicht nahm wieder etwas Farbe an.

»Alles klar«, sagte er, ohne sich danach anzuhören. »Mir geht's gut.«

»Was ist da passiert?«, wollte Judy wissen. »Und wer bitte ist Billy McCusker?«

Ein Moment lang dachte ich, er würde erneut die Fassung verlieren, aber er trank noch einen Schluck und fing sich.

»Jemand, den Robert und ich kennen«, sagte ich. »Stimmt's, Bob?«

Er nickte kaum merklich, den Kopf in die Hände und die Ellbogen auf den Tisch gestützt.

»Ich glaube, Sie sollten jetzt gehen«, wandte sich Judy an mich und ließ von schulmädchenhafter Heldenverehrung nichts mehr erkennen. Mit in die Hüften gestemmten Händen stand sie neben mir.

»Okay.« Ich stand auf und trat hinaus in den Flur. »Aber

sagen Sie Robert, er soll mich anrufen. Wir stehen vielleicht auf derselben Seite.«

»Und welche wäre das?«, fragte sie streitlustig.

»Die Seite der Engel«, war meine Antwort.

Mit denen wollte ich nur vorerst keine Bekanntschaft schließen.

10

Nur einen Jockey auf meiner Liste konnte ich noch sprechen, ehe es Zeit war, nach Hause zu fahren und Saskia von der Schule abzuholen.

Ich erwischte David Potter zu Hause in Upper Lambourn, als er gerade zum Golfplatz fahren wollte. Ich parkte meinen Range Rover in der Einfahrt, direkt hinter seinem Jaguar.

David war seit rund zwanzig Jahren als Jockey unterwegs, ritt immer irgendwo, ohne jemals einem bestimmten Rennstall verbunden zu sein. Doch er war gut und hatte überdurchschnittlich viele Siege eingefahren, allerdings nie den großen Durchbruch geschafft. Wir waren öfter gegeneinander angetreten, als er noch jung und ganz neu war, hatten uns aber nicht angefreundet. Den Daten auf der Webseite der *Racing Post* zufolge ritt er längst nicht mehr so viel, mitunter nur zwei- oder dreimal die Woche. Nichts, wovon man gut leben kann, dachte ich, aber offenbar genug, um Jaguar zu fahren.

»Verdammt noch mal, Sid«, rief er mir zu, als er mit seiner Golftasche über der Schulter aus dem Haus kam. »Fahr deine Karre da weg, ja? Ich komm zu spät zum Grün.«

»Klar«, sagte ich, »ich hab nur schnell ein paar Fragen.«

»Was denn für Fragen?«

»Was weißt du über einen gewissen Billy McCusker?«

»Nie gehört.« Ruhig legte er seine Schläger in den Kofferraum.

»Er ist Ire«, sagte ich, »aus West-Belfast.« Nerv getroffen. Jetzt hatte ich Davids volle Aufmerksamkeit. »Und er versteht sich auf Drohungen und Gewalttätigkeiten.«

David sah mich ein paar Sekunden an, als überlege er, was zu tun sei.

»Dann komm mal rein«, sagte er.

Zum Golfspielen kam David nicht mehr.

In seinem Fall war der Druck über seine verwitwete alte Mutter ausgeübt worden. Erst die Drohungen, dann hatte ihr jemand mitten in der Nacht sämtliche Fenster im Erdgeschoss eingeschlagen. Davon war die arme Frau so traumatisiert, dass sie acht Tage in einer Nervenklinik verbringen musste.

»Was sollte ich machen?«, sagte David. »Es war bloß ein Rennen, und Siegchancen hatte ich mir sowieso nicht ausgerechnet. Aber dann kam noch ein Rennen und ein drittes und ein viertes. Jetzt hab ich dauernd Angst, dass das Telefon klingelt.«

»Vier Rennen?«, fragte ich. »Bei mir sind's nur drei mit dir.«

Wir unterhielten uns in der Küche, während Joyce, Davids Frau, uns ausgiebig wischend und blankputzend umschwirrte.

Das vierte Rennen stand nicht auf Sir Richards Liste. Es war ein Steher-Hürdenrennen über 5600 Meter im Januar in Sandown gewesen.

»Ganz seltsames Ding«, sagte David. »Anscheinend wollte kein Jockey gewinnen. Ich weiß noch, wie wir unten um die Kurve zum vorletzten Sprung kamen und Jimmy Guernsey, der in Front lag, sich dauernd umsieht, ob noch einer mithält. Es war richtig lustig.«

»Und wie ging's aus?«

»Jimmy hat gesiegt. Als er sah, dass keiner angriff, hat er sich reingehängt und ein ganz starkes Finish hingelegt. Mindestens zehn Längen Vorsprung.«

»Können wir das im Internet nachsehen?«, fragte ich.

David holte einen Laptop, und wir gingen auf die Homepage der *Racing Post*.

Es waren zwölf Starter gewesen, und Jimmy Guernsey hatte sogar mit fünfzehn Längen gesiegt, auf einem Pferd namens Le Champagne bei einer Eventualquote von 5:1.

»Der Vorsprung war schmeichelhaft«, sagte David. »Glaub mir, die anderen wollten nicht.«

Ich glaubte ihm.

Laut Webseite zahlte das Toto zehn Pfund und zwanzig Cent für Le Champagne, entsprechend einer Quote von über 9:1. Kein Wunder, dass das Rennen nicht auf Sir Richards Liste stand. Er hatte nach Rennen mit Auszahlungen weit unter der Eventualquote gesucht, nicht weit darüber.

Ich sah mir die ausführlichen Anmerkungen zu dem Rennen an. Drei der zwölf Starter waren nicht am Ziel angekommen. Einer war im zweiten Durchgang an der letzten Hürde der Gegengeraden gestürzt und hatte die beiden anderen zu Fall gebracht.

Zu Fall gebracht zu werden ist die schlimmstmögliche

Art und Weise, ein Rennen zu verlieren – man springt gut und stolpert dann über ein bereits am Boden liegendes Pferd. Das kommt immer unverhofft und ohne Vorwarnung. Ich erinnerte mich nur allzu gut an einige krachende Stürze nach diesem Muster.

»Vielleicht war der vorgesehene Sieger einer von den Dreien«, sagte David. »Und als Jimmy dann merkte, dass der nicht mehr im Rennen war, hat er sich den Sieg geholt.«

»Moment mal«, sagte ich, »das würde aber bedeuten, dass Jimmy im Vorhinein wusste, welches Pferd gewinnen sollte.«

»Allerdings.« David dachte darüber nach. »Mir ist nur gesagt worden, dass ich nicht gewinnen soll.«

»Wer hat dir das gesagt?«

»Der Ire. Am Telefon, am Abend vorher.«

Geräuschvoll schob er seinen Stuhl auf den Steinfliesen der Küche nach hinten, lehnte sich zurück und verschränkte die Hände auf dem Kopf.

»Was machst du denn jetzt?«, fragte er.

»Inwiefern?«

»Gehst du zum Sicherheitsdienst?«

»Sollte ich?«

»Ich streite alles ab.«

»Warum hast du's mir dann erzählt?«

»Keine Ahnung.« Er setzte sich gerade. »Vielleicht hast du mich einfach überrumpelt.«

»Eine unterschriebene Aussage bekäme ich also nicht von dir?«

»Du machst wohl Witze«, sagte er mit einem Lachen.

»Du wärst den Mann aber doch bestimmt gern los?«

»Und ob«, erwiderte David. »Aber nicht auf Kosten meiner Jockeylizenz, und die verliere ich nun mal, wenn ich zugebe, dass ich in vier Rennen Pferde zurückgehalten habe, auch wenn's mildernde Umstände gibt. Du kennst die Typen von der BHA. Zwei Jahre Sperre, mindestens. Und die vergeben und vergessen nichts.«

Er hatte recht. Wir wussten es beide.

»Ich werde alt, Sid. Wenn's hochkommt, hab ich noch ein, zwei Jahre. Und wenn ich mit Reiten aufhöre, will ich Trainer werden, dafür brauche ich auch eine Lizenz. Das werfe ich jetzt nicht alles weg.«

Dann hätte er die Pferde nicht zurückhalten sollen, dachte ich, aber er war ja nicht der Einzige, der wegen Billy McCuskers Drohungen etwas getan hatte, was er nicht tun wollte. Zu dem Club gehörte ich auch.

Marina und Saskia brachen am frühen Samstagmorgen auf. Sie hatten ein Taxi zum Flughafen Birmingham bestellt.

»Ich kann euch doch fahren«, hatte ich protestiert.

»Lass mal, Sid. Sassy ist immer noch so mitgenommen wegen Mandy, und es ist besser, wenn wir kurz und schmerzlos mit dem Taxi fahren.«

Besser für wen?

Sie fehlten mir, kaum dass sie fort waren, und ich lief durchs Haus und fühlte mich jämmerlich. Ich wusste, dass Marina mir die Schuld daran gab, dass die Hunde entführt worden waren. Auch wenn sie es nicht direkt sagte. Sie dachte, wenn ich McCuskers Forderungen gleich erfüllt hätte, wäre das alles nicht passiert, und Mandy würde noch leben.

Möglich war's. Dennoch lag die Schuld doch wohl nicht bei mir?

Ich rief den Admiral an.

»Darf sich einer mit dir zusammen die Rennsportübertragungen ansehen?«, fragte ich.

»Nur einer?«

»Ja. Ich bin heute allein. Muss was für die Laune tun.«

»Dann komm doch zum Mittagessen.«

»Ich will dir keine Umstände machen.«

»Woher denn? Mrs. Cross lässt sich schon was einfallen.«

Mrs. Cross war Charles' Haushälterin, seit ich ihn kannte, also seit sich vor knapp dreißig Jahren seine Tochter Jenny holterdiepolter in einen aufstrebenden jungen Jockey verliebt hatte – in mich.

»Das hört sich gut an«, sagte ich. »Dann bis um eins.«

Den übrigen Morgen verbrachte ich mit Büroarbeit – Rechnungen bezahlen und E-Mails beantworten.

Gegen elf kam mit der Post ein Brief vom Queen-Mary-Krankenhaus, und den sah ich mir eine Weile an, ohne ihn zu öffnen.

Was wollte ich hören?

Wäre ich froh oder enttäuscht, wenn eine Verpflanzung für mich in Frage kam? Froh oder enttäuscht, wenn nicht?

Komm, du Feigling, sagte ich mir. Mach das verdammte Ding auf.

Ich schlitzte das Kuvert auf und nahm den einzelnen Bogen Papier heraus. Es war ein Brief von Hände-Harry.

Lieber Mr. Halley,

unser Gespräch am Dienstag hat mich sehr gefreut.

Mein Team und ich haben uns Ihre Testergebnisse angesehen und Ihren psychologischen Fragebogen eingehend ausgewertet.

Zu meiner großen Freude darf ich Ihnen mitteilen, dass wir Sie als vorzüglichen Kandidaten für eine vollständige Hand- und Handgelenkverpflanzung erachten.

Ich wäre Ihnen sehr verbunden, wenn wir so bald wie möglich einen weiteren Termin hier im Haus vereinbaren könnten, um die nötigen präoperativen Vorkehrungen zu treffen.

Mit freundlichen Grüßen,

Harold Bryant FRCS, Leiter des Transplantationsteams.

Wow, dachte ich, jetzt kann es schnell gehen – sehr schnell.

»Wo ist Marina?«, fragte Charles beim Mittagessen.

»Heim zu Muttern«, flapste ich, »und sie hat Saskia mitgenommen.«

Charles sah von seinem Räucherlachs auf. »Für immer?«

»Nein. Hoffe ich mal.«

»Probleme?«, fragte Charles, dem Drumherumreden nicht lag.

»Geht so«, antwortete ich.

»Hat es was mit Richard Stewart zu tun?«

Ich nickte. »Genau. Warum hat er bloß seinen Verdacht nicht für sich behalten?« Apropos, dachte ich. Wie hatte Billy McCusker überhaupt erfahren, dass Sir Richard Verdacht schöpfte? Durch jemanden aus dem Club? Wohl kaum. Aber wie dann?

»Jetzt glaubst du ihm also?«, fragte Charles eine Spur selbstzufrieden.

»Ja. Unbedingt.«

Ich erzählte Charles alles – von den Anrufen, den Drohungen, von den Fremden, die Saskia in der Schule abgeholt hatten, von unserer Fahrt zur Rennbahn Newbury, um mit Jimmy Guernsey und Angus Drummond zu sprechen, vom Diebstahl der Hunde, von Mandys Tod, meiner Fahrt nach Lambourn zu den anderen Jockeys, und ich ließ nichts aus. Auch nicht das dumme Gutachten, das mir zugegangen war und das ich unterschrieben hatte.

»Das kann man Probleme nennen«, meinte er. »Was sagt denn die Polizei dazu?«

»Sie untersucht Sassys Entführung aus der Schule, aber ich glaube nicht, dass das für sie hohe Priorität hat. Dieser McCusker wusste schon, warum er sie zu Hause abgeliefert hat, bevor wir ihr Verschwinden überhaupt bemerkt hatten.«

»Und die Hunde?«, fragte Charles.

»Ha! Dass ich nicht lache«, erwiderte ich. »Der Hundediebstahl interessiert sie ungefähr so sehr wie ein Fahrraddiebstahl. Eher noch weniger. Das haben sie mir selbst gesagt.«

»Das ist doch unerhört.« Der Admiral ärgerte sich für mich.

»In den Augen der Polizei sind Hunde schlicht Eigentum.«

»So ein Unfug.«

Wir aßen eine Zeitlang schweigend unseren Lachs.

»Was willst du also gegen diesen McCusker unternehmen?«, fragte Charles und trank einen Schluck vorzüglichen Chablis.

»Ich weiß es nicht«, antwortete ich. »Die Drohungen nehme ich sehr ernst. Ich habe getan, was er verlangt hat. Vielleicht verzieht er sich ja jetzt und lässt mich in Frieden mein Leben leben.«

»Und du legst die Hände in den Schoß und lässt ihm das durchgehen?«

»Was schlägst du denn vor?«, fragte ich. »Ich habe überlegt, wie ich's ihm zeigen könnte, aber darf ich, um mich für den Tod eines Hundes zu rächen, wirklich Marinas Gesundheit oder das Leben von Saskia aufs Spiel setzen?«

»Warum warst du denn dann noch bei Robert Price und David Potter, obwohl du das Gutachten schon unterschrieben und abgeschickt hattest?«

Ja, warum?

»Vielleicht habe ich ein unstillbares Verlangen nach der Wahrheit.«

Wir sahen uns die Rennsportübertragung von der Allwetterbahn Kempton Park an und auch die von der Rennbahn Meydan in Dubai, aber ohne große Begeisterung.

»Flachrennen reißen mich nie so mit wie Hindernisrennen«, sagte Charles. »Wahrscheinlich, weil die Pferde praktisch nur ein oder zwei Jahre laufen. Man kann sie nicht so kennenlernen wie die Springer.«

Auf dem Bildschirm sah ich Peter Medicos, den Sicherheitschef der BHA. Im für ihn typischen Tweedanzug und dem verbeulten Filzhut stand er in Kempton am Führring und sah sich die Pferde an. Was er wohl von dem eine Seite langen Gutachten hielt, das ihm vermutlich am Donnerstagmorgen auf den Schreibtisch geflattert war?

Meine Ermittlungsberichte für die Rennsportbehörde hatten seinerzeit immer entschieden anders ausgesehen, Begründung, Belege, Begleitbrief und transkribierte Zeugenaussagen.

Er dürfte sich also über mein jüngstes Machwerk gewundert haben. Irgendwie wollte ich nicht, dass er es für echt hielt. Vielleicht sollte ich ihm sagen, dass es das auch nicht war.

»Wann kommen Marina und Saskia wieder?«, fragte Charles.

»Am Mittwoch. Das Flugzeug landet gegen Mittag. Saskia fährt dann gleich zum Geburtstag einer Klassenkameradin.«

»Und was machst du in den nächsten vier Tagen?«

»Traust du mir nicht zu, dass ich mich beschäftigen kann?«

»Du kannst gern bei mir bleiben«, sagte Charles. »Ich würde mich über deine Gesellschaft freuen.« Er hörte sich ziemlich geknickt an.

»Charles, bist du einsam?«

»Ein bisschen vielleicht schon«, sagte er. »Jill und Jenny leben im Ausland, du und Marina habt euer eigenes Leben … Ach, ich weiß auch nicht. Meine Freunde geben so schnell hintereinander den Löffel ab, dass ich nur noch auf Beerdigungen bin. Wahrscheinlich komme ich bald selbst dran.«

»Quatsch«, widersprach ich. »Du hast noch ein paar Jahre in dir.«

»So? Ich weiß gar nicht, ob ich die haben will.« Er seufzte. »Wie gern bin ich immer nach London gefahren und hab ein paar Tage in meinem Club gewohnt – Essen mit den Spezis, ein Glas Portwein zur Entspannung, schwätzen, die Weltprobleme lösen und so weiter. Das war wie früher in der Offiziersmesse. Aber letztes Mal hab ich dort kaum noch ein bekanntes Gesicht gesehen. Sogar Jack, der alte Barmann, ist in Rente gegangen. Da wimmelt's jetzt von jungen Citytypen, deren Handys im Speiseraum um die Wette klingeln.« Offenbar empörte ihn das. »Nachdem nun auch noch Richard Stewart weg ist, zieht's mich da nicht mehr hin.«

»Ich wusste nicht, dass du mit Sir Richard so gut bekannt warst.«

»War ich auch eigentlich nicht. Ich habe ihn immer nur im Club gesehen, aber mit der Zeit haben wir uns angefreundet. Auf jeden Fall fehlt er mir.« Er seufzte wieder.

»Jetzt komm, Charles«, sagte ich. »Du sollst mich doch aufmuntern, nicht deprimieren.«

»Wein«, meinte er lächelnd. »Der macht's.« Und er holte noch eine Flasche Chablis aus dem Kühlschrank.

Wir schauten die Live-Übertragung des Worldcup-Rennens aus Dubai, dessen Sieger, ein in Amerika gezüchteter Hengst, Eigentum eines irischen Millionärs, geritten von einem französischen Jockey, als großer englischer Erfolg gefeiert wurde, weil ihn ein italienischer Einwanderer in

Newmarket trainierte. So erdballumspannend ist der Galopprennsport.

»Was hältst du davon, wenn ich mir eine neue Hand zulege?«, fragte ich Charles

»Warum? Funktioniert die da nicht mehr?« Er sah auf meine Prothese.

»Nein«, sagte ich, »ich meine eine echte Hand. Empfindungsfähig. Ein Transplantat.«

»Ich verstehe nicht ganz.«

»Man hat mir angeboten, mir eine neue Hand samt Handgelenk anzunähen«, sagte ich. »In den Vereinigten Staaten wird diese Operation offenbar schon erfolgreich durchgeführt.«

»Aber wo kommt die Hand denn her?«

»Von einem Spender. Zu jeder Transplantation gehört ein Spender.«

»Heißt das, sie kommt von einem Toten?«

»Natürlich.« Ich lachte. »Man wird wohl kaum einem Lebenden die Hand abhacken, damit ich sie kriege.«

Charles verzog das Gesicht. »Ich weiß nicht, ob mir das gefällt.«

»Was meinst du denn, wo die Herzen oder Nieren für Transplantationen herkommen?«

»Ja, schon«, sagte er. »Aber die kommen … von innen. Beim Anblick eines Herzens kann niemand sagen: ›Das sieht aus wie das Herz von Fred‹, aber bei einer Hand schon. Du hättest sogar fremde Fingerabdrücke.« Er fröstelte.

»Jetzt wünschte ich, ich hätte es dir nicht erzählt.«

»Willst du dich im Ernst darauf einlassen?«

»Charles«, sagte ich entschieden, »hast du auch nur die leiseste Ahnung, was es heißt, nur eine Hand zu haben? Etwas zuzuknöpfen ist für mich ein Kampf. Ich kann keine Zeitung auseinanderfalten, keinen Knoten binden und tausend andere Sachen nicht, für die man zwei Hände braucht, wie ein Blatt Klopapier abreißen. Bekommst du eigentlich mit, dass Mrs. Cross mir netterweise mein Essen in mundgerechte Portionen schneidet, weil ich Messer und Gabel nicht gleichzeitig gebrauchen kann? Noch nicht mal klatschen kann ich.«

»Und mit einem Transplantat könntest du das alles?«

»Ja.«

»Aha«, sagte er. »Dann solltest du es vielleicht machen lassen.«

Ja, dachte ich, vielleicht.

11

Am Sonntag fuhr ich zum Pferderennen nach Uttoxeter, und den Admiral nahm ich mit.

Von Freitag auf Samstag hatte ich nicht wie gewünscht bei ihm übernachtet, weil ich nach Hause musste, um Rosie zu füttern.

»Du könntest sie auch mitbringen«, hatte Charles gesagt. »Hier war schon lange kein Hund mehr im Haus.«

»Das wär doch vielleicht was, damit du nicht so einsam bist«, regte ich an, aber er schüttelte den Kopf.

»Ich bin zu alt für lange Spaziergänge, und die braucht ein Hund.«

Da hatte er recht. Im letzten Tageslicht war ich mit Rosie über die Felder hinterm Haus gelaufen, als ich aus Aynsford zurückkam.

Es waren erst ein paar Tage, aber sie schien Mandys Abwesenheit gut zu verkraften, auch wenn sie mir im Haus nachlief, statt auf ihrem Bett im Flur liegen zu bleiben wie sonst immer.

Aufgeregt war sie durch die Felder mit dem Winterweizen getollt, der im schönen Wetter der letzten Zeit halb hoch aufgeschossen war, und ich musste schmunzeln, weil sie alle paar Schritte hochsprang, um zu schauen, ob ich noch da war, und nur ihr Kopf aus den Halmen auftauchte.

Mein Kopf kehrte allerdings immer wieder zu der einen Frage zurück, die mich die ganze Woche über beschäftigt hatte: Sollte ich etwas gegen Billy McCusker unternehmen?

Die moralische Antwort war ja. Aber welcher Preis war hinnehmbar?

Ich hatte im Leben schon viele Schrammen abbekommen, meist durch Stürze beim Pferderennen, doch nicht selten hatten sich auch meine Mitmenschen auf mich gestürzt.

Hindernisjockeys verletzen sich, und zwar oft. Das ist eine Tatsache. Wer damit nicht klarkommt, darf eben kein Hindernisjockey werden. Aber ich war auch zusammengeschlagen, zusammengeschossen, niedergestochen und bei lebendigem Leib halb gehäutet worden.

Es hört sich vielleicht verrückt an, aber all diese Verletzungen waren ein gerechter Preis dafür, dass ich getan habe, was ich für richtig hielt, und dass man mit dem Messer auf mich losgeht oder auf mich schießt, hatte ich eben nicht vorausgesehen. Doch jetzt, bei Billy McCusker, wusste ich genau, womit zu rechnen war – er hatte es mir gesagt.

Beim Pferderennen rechnet kein Jockey damit, dass sein Pferd stürzt und ihn aus einer Höhe von über einem Meter achtzig bei fünfzig Stundenkilometern in der Vorwärtsbewegung abwirft. Stürze tun unweigerlich weh, sie führen manchmal zu äußerst schmerzhaften Knochenbrüchen und ausgerenkten Schultern, und Jockeys reiten Tag für Tag in dem Bewusstsein, dass sie im Durchschnitt alle zwölf bis vierzehn Rennen mit Karacho im Gras landen werden.

Doch bei keinem Rennen ist der Sturz garantiert. Jeder

Jockey geht davon aus, dass er trotz aller Unwägbarkeiten heil über die Runden kommt.

Gegen Billy McCusker anzutreten wäre so, als ob feststünde, dass mein Pferd am allerersten Hindernis einen fatalen Knochenknackersturz hinlegt.

Ist man dann so heiß auf den Start?

Die Rennbahn Uttoxeter quoll an diesem sonnigen Ostersonntagmorgen von Besuchern über, die nicht nur aus der Stadt, sondern auch aus Stoke, Derby und Lichfield gekommen waren.

»Sind wir aus einem besonderen Grund hier?«, fragte Charles auf dem Weg vom Auto zu den Zuschauerbereichen.

»Was meinst du damit?«

»Ich habe nur überlegt, ob du vielleicht vorhast, noch mit anderen Jockeys zu sprechen.«

»Kann sein.«

Charles lächelte. »Du änderst dich eben nicht, Sid. Innerlich. Einmal Detektiv, immer Detektiv. Auch wenn du zehnmal sagst, dass du gegen den Mann nicht vorgehst – dafür kenne ich dich zu gut.«

Hatte er recht?

»Mit Angus Drummond will ich auf jeden Fall noch mal reden«, sagte ich. »Er hat hier heute Nachmittag drei Starts, und zu ihm runter nach Tiverton zu fahren ist viel umständlicher.«

Hier mit Angus zu reden schien mir auch deshalb günstig, weil Jimmy Guernsey zweihundertfünfzig Kilometer entfernt in Fontwell Park vier Pferde zu reiten hatte.

Es war ein kalkulierter Schritt, aber ein potentiell gefährlicher.

Ich war mir ziemlich sicher, dass Jimmy Guernsey zum Kreis von McCusker gehörte, denn er hatte offensichtlich gewusst, welches Pferd in Sandown in dem von David Potter geschilderten Rennen siegen sollte. Und Robert Price zählte möglicherweise auch dazu. Aber Angus Drummond war wie David vielleicht eher Opfer als Täter.

Irrte ich mich, würde er McCusker natürlich stecken, dass ich immer noch herumfragte, und ich hätte die Konsequenzen zu tragen. Lag ich aber richtig, hätte ich einen weiteren möglichen Verbündeten im Kampf.

Mir schwebte so etwas wie ein doppelter Deal mit der BHA und einer genügend großen Zahl von Jockeys vor. Die BHA sollte ihnen Straffreiheit und völlige Sanktionsfreiheit zusichern, und sie würden dafür gegen McCusker und Guernsey aussagen, damit die beiden Rennbahnverbot auf Lebenszeit bekämen.

Leicht würde es nicht. Das hatte mir David Potter hinreichend klargemacht. Er hatte vor Billy McCusker noch mehr Angst als vorm Sicherheitsdienst der BHA, und davor graute ihm.

Wie aufs Stichwort fanden Charles und ich uns am Eingang neben Peter Medicos wieder.

»Tag, Sid«, sagte er.

»Hallo, Peter«, grüßte ich zurück. »Meinen Schwiegervater kennen Sie?«

»Admiral«, grüßte Peter und lüftete kurz seinen Filzhut. »Wie steht's in Aynsford?«

»Alles bestens, danke«, sagte Charles.

Es gab nur wenige Stammgäste auf britischen Rennbahnen, die Peter Medicos nicht kannte. Man sagte ihm unter anderem ein fabelhaftes Gedächtnis für Gesichter nach.

»Ich wusste gar nicht, dass Sie auch sonntags Dienst tun«, sagte ich. »Jagen Sie hier jemand Bestimmten?«

»Ich tue sieben Tage in der Woche Dienst, Sid«, erwiderte er lächelnd. »Keine Rast für die Gerechten. Gestern war ich in Kempton, und ich schaue immer, ob Böses geschieht oder Unheil gestiftet wird. Aber hier steht auch mein Wochenendhäuschen, daher habe ich eine Schwäche für Uttoxeter.«

»Hat sich zum Tod Sir Richard Stewarts etwas Neues ergeben?«, fragte ich.

»Die Polizei scheint sich recht sicher zu sein, dass es Selbstmord war.«

Ich merkte, dass Charles etwas einwenden wollte, warf ihm einen Blick zu und schüttelte unauffällig den Kopf. Er begriff. Meiner Meinung nach wusste Peter Medicos schon zu viel über uns, da brauchte er nicht auch noch zu wissen, dass mein Schwiegervater mehr als zwanzig Jahre mit Sir Richard bekannt gewesen war.

»Danke auch für die Stellungnahme zu seinen absurden Verdächtigungen, die Sie mir vorige Woche geschickt haben. So sehe ich das auch. Nicht dass ich eine Prüfung in Auftrag gegeben hätte – kommen Sie also nicht auf die Idee, dafür ein Honorar zu verlangen.«

»Habe ich nicht vor«, sagte ich.

Wie gern hätte ich ihn gebeten, auf das Gutachten zu pfeifen, ihm erklärt, dass es nur ein Haufen Lügen war und Sir Richard ganz recht hatte, aber das hätte zu viele neue

Fragen nach sich gezogen, die zu beantworten ich nicht bereit war.

Jedenfalls noch nicht.

Mit Angus Drummond zu reden erwies sich als unerwartet schwierig, da er mir bewusst auswich und sich fast den ganzen Nachmittag in der Jockey-Umkleide verschanzte. Kam er zum Reiten raus, flitzte er zu schnell von der Waage zum Führring, als dass ich ihn hätte erwischen können.

So hatte das keinen Zweck. Nach den Rennen würde er an mir vorbei zu seinem Wagen flitzen, ohne tschüs zu sagen. Ein renntauglicher Jockey von einunddreißig gegen einen Exkollegen von knapp siebenundvierzig, der doch um einiges korpulenter war als zu seiner aktiven Zeit: In einem Wettlauf zu den Wagen wie beim Start in Le Mans würde Angus mit Leichtigkeit siegen.

Also beschloss ich zu mogeln.

Sein letzter Start war das sechste Rennen, das vorletzte des Tages, und so spritzte er denn auch vorher von der Waage zum Führring und hinterher wieder rein, ohne dass ich ihn hätte ansprechen können.

Ich wartete vor der Tür darauf, dass er nach dem Umziehen herauskam.

Er kam, sah mich und rannte an mir vorbei zum Ausgang. Er ahnte ja nicht, dass er sich umsonst beeilte. Er würde nicht weit kommen, jedenfalls nicht mit seinem Wagen.

Ich lief hinter ihm her zum Parkplatz, und da stand er frustriert neben seinem BMW.

»Ist kein Loch drin«, sagte ich. »Nur platt.«

»Warst du das?«, schrie er mich an und zeigte auf seinen rechten Vorderreifen.

»Ja«, sagte ich. »Aber ich habe eine Pumpe dabei.«

»Bist du bekloppt? Wer ist denn so blöd und lässt andern die Luft aus dem Reifen?«

»Wer ist denn so blöd«, konterte ich, »und hält Pferde zurück?«

»Ich weiß nicht, wovon du redest«, sagte er, aber seine Körpersprache erzählte etwas anderes. Er hatte Angst.

»O doch, Angus«, war meine Antwort. »Das weißt du.«

»Jimmy sagt, ich soll nicht mit dir reden. Er sagt, du machst nur Ärger.«

»Dann ist Jimmy dumm. Ich bin vielleicht der einzige Freund, den du hast.«

Das überraschte ihn. »Freund?«

»Ja, Freund. Und du brauchst mir nur zu sagen, warum.«

Er sah sich um, als suchte er nach einem Ausweg. »Das würdest du nicht verstehn.«

»Wetten, dass? Ich bin auch bedroht worden.«

Angus Drummond sah mich noch mal an. »Ich hatte keine Wahl«, sagte er. »Er sagte, er würde den Bauernhof meiner Eltern anzünden.«

»Der Ire?«

Jetzt wirkte er völlig überrascht, nickte dann aber. »Er hat eine Scheune voller Heu in Brand gesteckt und mir gedroht, den ganzen Hof abzufackeln, wenn ich nicht mitspiele. Was sollte ich machen?«

Das letzte Rennen war vorbei, und die Zuschauer strömten hinaus zu den Parkplätzen, alle entschlossen, der Hektik zuvorzukommen, alle mittendrin.

»Ich hol die Pumpe«, sagte ich. »Warte hier.«

Er nickte ergeben.

Ich ging zum Range Rover, öffnete den Kofferraum und holte die batteriebetriebene Luftpumpe aus dem Fach unter der Bodenwanne.

»Was ist denn los?«, fragte Charles, der gerade zum Wagen kam.

»Angus Drummond hat einen Platten.«

»Durchstich?«

»Nein, jemand hat ihm die Luft rausgelassen.«

Charles zog fragend die Augenbraue hoch, und ich lachte.

»Gut, dann warte ich hier auf dich«, sagte er und stieg auf der Beifahrerseite ein.

Die Pumpe blies den Reifen problemlos wieder auf, und währenddessen erzählte mir Angus Näheres von seinen unerfreulichen Begegnungen mit Billy McCusker, auch wenn er seinen Namen da noch nicht gekannt hatte.

»Zuerst hab ich ihm gesagt, er kann mich mal. Er war nicht der erste Anrufer, der wollte, dass ich ein Pferd zurückhalte, und ich habe ihn genauso kurz abgefertigt wie die anderen. Aber er sagte, wenn ich nicht mitspielte, würde ich das bereuen. Ich hab ihn gefragt, was er damit meint, und bekam zur Antwort, das würde ich schon sehen. In der Nacht darauf ging die Scheune mit unserer gesamten Heuernte in Flammen auf. Drei Tage hat das gebrannt und den Nachthimmel kilometerweit im Umkreis erhellt. Hat meiner Mutter das Herz gebrochen nach der vielen Arbeit mit dem Mähen und Einlagern.

Erst dachten wir, es sei ein Unfall – bei Heu muss man

wirklich aufpassen, dass es gut trocken ist, denn es kann tief im Ballen eine starke Hitze entwickeln und sich von selbst entzünden. So erklärten wir uns das, aber dann rief der Ire an und sagte, er hätte das Feuer gelegt und der übrige Hof käme auch noch dran, wenn ich nicht spurte.«

»Wissen deine Eltern von dem irischen Anrufer?«

»Wo denkst du hin? Er sagte, wenn ich irgendwem davon erzähle, und seien es nur sie, dann brennt der Hof.« Auf einmal schien ihm mulmig zu sein, weil er mit mir gesprochen hatte.

»Und die Polizei?«, fragte ich.

»Die hat sich die Reste der Scheune angesehen mit dem von der Hitze verbogenen Metall, aber die Anrufe habe ich verschwiegen. Ich hatte zu viel Angst. Die Polizei hat nichts von Brandstiftung oder so was gesagt, und Dad hat die Versicherung beansprucht.«

»Und du hast das Pferd zurückgehalten?«

»Ja«, antwortete er zögernd. »Aber dann ruft er wieder an und sagt, ich soll noch eins zurückhalten. Und noch eins. Und so weiter.« Er sah unglücklich aus.

Ich zog das Pumpenkabel aus dem Zigarettenanzünder und rollte es zusammen. »So gut wie neu«, grinste ich und gab dem Reifen einen Tritt.

»Was hast du jetzt vor?«, fragte Angus. »Gehst du zum Sicherheitsdienst?«

»Nein«, antwortete ich. »Noch nicht. Ich erzähle es vorerst keinem, und du erzählst bitte auch keinem, dass du's mir erzählt hast.«

»Spinnst du? Natürlich nicht.«

»Und vor allem nicht Jimmy Guernsey.«

»Jimmy?« Wieder wunderte er sich. »Warum sollte ich es Jimmy erzählen?«

»Sagt er dir denn nicht, welches Pferd du zurückhalten sollst?«

»Nein, ich bekomme meine Anweisungen direkt von dem Iren.«

»Warum hat dir Jimmy dann gesagt, du sollst nicht mit mir reden?«

»Weiß ich nicht«, sagte Angus. »Als wir dich vorige Woche in Newbury gesehen haben, meinte er jedenfalls, Sid Halley bringt nur Ärger, bleib auf Abstand und halt den Mund.«

»Weißt du, ob Jimmy auch Pferde zurückgehalten hat?«, fragte ich.

»Ich dachte mir so was. Er war in allen Rennen dabei, in denen ich eins zurückgehalten habe, und hat da nie gesiegt, obwohl er es der Form nach hätte reißen müssen. Aber ich hab mich nicht getraut zu fragen.«

Es ist unglaublich, dachte ich.

McCusker hatte so viele Jockeys terrorisiert, dass er den Verlauf ganzer Rennen bestimmen konnte, und keiner wagte, mit den anderen darüber zu reden, weil sie die Konsequenzen fürchteten, sei es Rennbahnverbot, ein Brand auf dem elterlichen Hof, nächtliche Angriffe aufs Haus, die die verwitwete alte Mutter halb um den Verstand bringen, oder beliebig viele andere Grässlichkeiten.

Es war übel. Aber wie sollte ich dem ein Ende bereiten? Besser gesagt, wie konnte ich dem ein Ende bereiten, ohne McCuskers Zorn auf mich und meine Familie oder überhaupt auf jemanden zu lenken?

Wir schwiegen die meiste Zeit, als ich den Admiral zurück nach Aynsford brachte, aber schließlich übermannte ihn die Neugier doch.

»Was hat er denn nun gesagt?«

»Er hat mir erzählt, McCusker habe eine Scheune auf dem Hof seiner Eltern angezündet und gedroht, das ganze Gehöft abzubrennen, wenn er die Pferde nicht zurückhielte.«

»Mein Gott«, sagte Charles. »Du musst zur Polizei gehen.«

»Meinst du? Was bringt das denn?«

»Die kann McCusker festnehmen.«

»Aber tut sie das auch?«, fragte ich. »Mit welcher Begründung? Angus hat erst durch mich erfahren, wie der Mann heißt. Für ihn war es bloß ein Anruf von irgendeinem Iren. Und selbst wenn sie McCusker festnehmen, was dann? Für ein paar Tonnen verbranntes Heu wird er wohl kaum lange einsitzen müssen. Er käme sowieso gleich wieder auf Kaution frei, und wie soll ich dann den Hof der Drummonds schützen, nicht zu reden von Marina und Saskia? Dem Mann muss endgültig das Handwerk gelegt werden, nicht bloß für die Dauer einer polizeilichen Vernehmung.«

»Und wie willst du das machen?«, fragte Charles.

»Ich denke darüber nach.«

Ich dachte noch die restlichen Kilometer bis Aynsford darüber nach, aber es kam herzlich wenig Brauchbares dabei raus.

Billy McCusker umzubringen schien die einzige zufriedenstellende Langzeitlösung zu sein. Dann würde er seine

Drohungen nicht wahr machen können, höchstens als Spukgespenst. Die Methode hatte jedoch einen gravierenden Nachteil – ich wollte nicht die nächsten zwanzig Jahre in den Haftanstalten ihrer Majestät zubringen. Ich hatte andere Pläne.

Vielleicht konnte ich jemanden überreden, ihn zu töten, war mein nächster Gedanke, aber Anstiftung zum Mord wird genauso bestraft wie der Mord selbst. Und ich wusste nicht mal, wo das potentielle Opfer zu finden war, von einem Auftragsmörder ganz zu schweigen.

»Willst du mit reinkommen?«, fragte Charles, als ich in seine Einfahrt bog.

»Danke, Charles, aber ich fahr mal nach Hause. Rosie war den ganzen Nachmittag draußen im Zwinger und braucht was zu fressen.«

»Ich hoffe, du hast ein Schloss drangemacht«, sagte er.

»Aber sicher. Ein dickes, glänzendes Vorhängeschloss. Und am Freitagmorgen habe ich ein Dach draufschweißen lassen, jetzt ist es also ein richtiger Käfig.«

Erfreulicherweise ließ Charles das gute alte Sprichwort vom zu spät zugedeckten Brunnen stecken.

Am Montagmorgen fuhr ich zu Tony Molson, dem Jockey, der am Renntag in Newbury krank gewesen war.

Tony war um die dreißig und trat ziemlich erfolgreich vorwiegend auf den Rennbahnen der Midlands für dort ansässige Trainer an, die zu wenig Pferde hatten, um einen eigenen Stalljockey zu beschäftigen. Er hatte als Jockeylehrling in Newmarket auf der Flachen angefangen, war aber früh auf Hindernisrennen umgestiegen, als er zu schwer wurde. Ich war, als er anfing, schon lange nicht mehr dabei, hatte ihn im Lauf der Jahre jedoch des Öfteren gesehen, und er war in vier von Sir Richards zweifelhaften Rennen gestartet.

Er wohnte nördlich von Banbury in Chipping Warden, und ich fand sein Haus nicht auf Anhieb. Es lag versteckt an einem Weg hinter der Kirche, und ich hatte mir Rose Cottage als uriges altes Landhaus vorgestellt, vielleicht mit Strohdach, bestimmt aber mit Rosen im Vorgarten.

Nichts da.

Rose Cottage stand als neuzeitlicher Kasten auf dem Grundstück eines viel größeren Hauses neben der Kirche, und seinen Vorgarten ersetzte ein betonierter Parkplatz.

Auf dem Parkplatz stand ein einzelner Wagen: ein dunkelblauer viertüriger Golf mit einer großen Delle in der Seite.

War das jetzt ein Zufall, oder was?

12

Ich klingelte bei Tony Molson und klopfte obendrein an die Haustür.

Irgendwo im Haus bellte ein Hund los, und schließlich öffnete Tony ein Stück weit die Tür. Als er sah, wer davorstand, hätte er sie gern wieder zugedrückt, aber ich war zu schnell für ihn und stellte einen meiner schnittigen Halbschuhe zwischen Tür und Pfosten.

»Gehen Sie weg«, rief Tony und stemmte sich vergebens gegen die Tür.

»Wussten Sie, dass die Höchststrafe für Kidnapping Lebenslänglich ist?«

»Ich weiß nicht, wovon Sie reden«, rief er.

»Doch, ich glaube, das wissen Sie, Tony«, sagte ich ruhig. »Und die Rektorin von Saskias Schule dürfte Sie wiedererkennen.«

»Gehen Sie weg«, rief er mit aufsteigender Panik.

»Wenn ich jetzt gehe, Tony, komme ich mit der Polizei wieder. Die sucht Ihren Wagen seit zehn Tagen.« Er drückte weiter gegen die Tür, bis sich das Holz bog. »Oder wir reden drüber, nur Sie und ich.«

»Ich will nicht mit Ihnen reden«, sagte er.

»Dann sind Sie schön blöd«, gab ich zurück. »Die Polizei tritt Ihnen die Tür ein, und es dauert Jahre, bis Sie wiederkommen und sie reparieren können. Wollen Sie das?« Ich hielt inne. »Oder möchten Sie mir lieber helfen, dem Iren das Handwerk zu legen, der Ihnen die Suppe eingebrockt hat?«

Das war zwar geraten, aber nicht gerade blind.

»Hat er Sie geschickt?«, fragte Tony.

»Natürlich nicht. Er hat keine Ahnung, dass ich hier bin.«

»Sind Sie da sicher? Über uns scheint er alles zu wissen.«

»Was *weiß* er denn über Sie?«, fragte ich.

Tony gab keine Antwort, verringerte aber langsam den Druck gegen die Tür, dann zog er sie schließlich auf. Er sah schrecklich aus, als hätte er seit einer Woche nicht geschlafen.

»Geht's Ihnen gut?«, fragte ich.

»Nein«, antwortete er niedergeschlagen. »Kommen Sie mal rein.«

Eine junge Frau von Mitte dreißig saß im Wohnzimmer auf dem Sofa und sah noch mitgenommener aus als er, mit tiefen schwarzen Ringen unter den Augen. Sie trug Jeans und rotweiße Turnschuhe, genau wie von Saskia beschrieben. Sie wirkte verängstigt. Tony bat mich, in einem der Sessel ihr gegenüber Platz zu nehmen.

»Margaret, meine Liebe«, sagte er. »Das ist Sid Halley, der Vater von Saskia.«

Prompt erschrak sie noch mehr.

»Es tut mir so leid«, sagte sie. »Ehrenwort, wir haben ihr nichts getan. Wir lieben Kinder.« Tränen liefen ihr übers Gesicht. »Wir haben sie nach Hause gebracht, so schnell wir konnten. Es tut uns wirklich leid, stimmt's, Tony?« Sie appellierte an mein Verständnis und suchte Unterstützung bei ihrem Mann.

»Ja.« Er legte den Arm um die Schultern seiner Frau. »Es tut uns beiden sehr leid, aber wir hatten keine Wahl.«

»Natürlich hatten Sie die«, sagte ich verärgert. »Und Sie haben sich entschieden, ein sechs Jahre altes Mädchen zu entführen.« Ich erinnerte mich nur zu gut an die blinde Panik, die mich ergriffen hatte, als Saskia verschwunden war. »Und was ist mit meinen Hunden?«, fuhr ich fort. »Haben Sie die auch entführt?«

»Hunde?«, fragte Tony mit offenbar ungespielter Überraschung. »Mit Hunden haben wir gar nichts gemacht.«

Ich war geneigt, ihm zu glauben.

»Gehen Sie zur Polizei?«, fragte Margaret.

»Das sollte ich«, antwortete ich. »Aber sagen Sie mir erst mal, warum Sie Ihrer Meinung nach keine Wahl hatten.«

»Wegen des Iren«, erwiderte Tony.

»Inwiefern?«

»Er hat uns gedroht.«

»Womit?«

»Er hat irgendwie rausgefunden, dass ich vor Tony schon verheiratet war«, sagte Margaret leise.

»Ja, und? Ich bin auch zum zweiten Mal verheiratet. Das gibt's millionenfach.«

»Aber Margaret ist nicht geschieden«, warf Tony ein.

Bigamie.

»Das ist alles?«, fragte ich ungläubig. »Wegen einem bisschen Bigamie wird man doch nicht zum Kidnapperpärchen.«

»Nein.« Tony schüttelte traurig den Kopf. »Es ist

schlimmer. Viel schlimmer.« Er sah unglücklich zu seiner Frau. »Margaret, wir müssen es ihm sagen.« Sie wiegte nur stumm den Oberkörper vor und zurück. Dann nickte sie kaum merklich ihr Einverständnis.

»Wir haben zwei Söhne«, sagte Tony. »Zwei ganz liebe Jungen, Jason und Simon. Es sind Zwillinge. Sie werden nächsten Monat dreizehn.« Er schwieg einen Moment und wischte sich eine Träne von der Wange. »Nur sind sie leider nicht von mir.« Margaret begann zu schluchzen. »Sie kennen zwar keinen anderen Vater als mich, aber ich habe sie nicht gezeugt. Sie stammen von Margarets erstem Mann.«

Noch immer verstand ich das Problem nicht.

»Ich habe Margaret geholfen, mit ihnen zu fliehen, nachdem ein französisches Gericht dem Vater das Sorgerecht zugesprochen hatte.«

Saskia war also nicht das erste von ihnen entführte Kind.

»Wieso ein französisches Gericht?«, fragte ich.

»Margaret war mit einem Franzosen verheiratet«, antwortete Tony.

Nach und nach kam mit meiner fortwährenden Ermutigung die ganze Geschichte an den Tag. Margaret hatte sich als leicht zu beeindruckende achtzehnjährige Kunststudentin in Paris in Pierre Beaudin verknallt, den fünfunddreißig Jahre alten Sohn eines reichen Pariser Geschäftsmannes. Sie war mit den Zwillingen schwanger geworden und hatte Beaudin aus irgendeinem Grund geheiratet. Offenbar hatte er mit einer ganzen Schar junger Mädchen geschlafen, und Margaret war einfach an der Reihe gewesen. Warum er sie geheiratet hatte, ließ sich nur vermuten, vielleicht der Kinder wegen. Er war jedoch schnell zu seiner alten Gewohnheit zurückgekehrt, mit immer neuen jungen Frauen zu techteln, und als Margaret die Kinder zur Welt brachte, hatte sie bereits die Scheidung eingereicht und das Sorgerecht für beide eingefordert.

Aber noch keinen Tag nach der Geburt in einem Pariser Vorort hatte ein französischer Richter erklärt, die Zwillinge seien, da in Frankreich geboren, unbestreitbar Franzosen und hätten für die Dauer der Scheidungsverhandlungen bei ihrem französischen Vater in Frankreich zu bleiben.

»Pierres Vater hat das gedeichselt«, sagte Margaret leise. »Ich wusste, ihm ging es nur um die Zwillinge, sie waren seine einzigen Enkel, und er hatte Freunde in hohen Positionen. Ich wusste auch, ich würde meine geliebten Jungen nie wiedersehen, wenn ich zurück nach England ging und sie in Frankreich ließ, aber bleiben konnte ich schlecht – Pierre hatte mich auf die Straße gesetzt.«

»Am selben Abend«, sagte Tony, »habe ich Margaret und die Kinder in Montparnasse aus der Klinik geholt und sie mit dem Wagen nach Belgien gebracht, nach Ostende. Von dort sind wir mit der Fähre nach Dover. Vor der Passkontrolle haben wir die Jungen hinterm Vordersitz auf dem Wagenboden versteckt.«

»Ja, und dann?«

»Am nächsten Tag haben Margaret und ich geheiratet, obwohl sie noch nicht geschieden war, und dann haben wir die Zwillinge als unsere in England geborenen Kinder registrieren lassen.«

»Woher kannten Sie sich denn?«, fragte ich. »Und auch noch gut genug, um so schnell zu heiraten?«

»Sie war meine Jugendliebe«, sagte Tony. »Die ganze

Schule hindurch. Ich war am Boden zerstört, als Margaret nach Paris ging. Aber als sie Hilfe brauchte, kam sie zu mir.« Er lächelte sie herzlich an.

Wie muss er sie lieben, dachte ich, wenn er ihr verzeiht, dass sie weggegangen ist und praktisch den ersten Franzosen geheiratet hat, der ihr über den Weg lief, und sie dann mit zwei Kindern von ihm zurücknimmt.

»Tony half mir zu verschwinden«, sagte Margaret und nahm seine Hand. »Neuer Mann. Neuer Name. Neues Leben.«

»Wie hat der Ire das denn rausgefunden?«

»Wir haben keine Ahnung. Wir dachten, außer uns würden nur vier Menschen die Wahrheit kennen«, sagte Tony. »Margarets Eltern, ihre Schwester und die Krankenschwester in der Klinik in Montparnasse, die uns half, die Zwillinge von der Säuglingsstation zu schaffen.«

»Leben die alle noch?«, fragte ich.

»Die Angehörigen ja«, antwortete Tony. »Bei der Krankenschwester weiß ich es nicht.«

»Hatten Sie nach der Flucht Kontakt mit ihr?«

»Ein paarmal haben wir uns geschrieben«, erwiderte Margaret. »Sie erzählte mir von der Riesenszene, die es gab, als Monsieur Beaudin senior in die Klinik kam und feststellte, dass die Kinder weg waren. Er hat gedroht, alle zu verklagen, wenn sie nicht wieder auftauchten.«

»Die Krankenschwester kannte also Ihren neuen Ehenamen«, fragte ich, »und Ihre Adresse?«

»Nehme ich an, weil sie ja geschrieben hat.«

»Wie sieht's mit Ihren Eltern und Ihrer Schwester aus?«, fragte ich.

»Mum und Dad würden das keinem erzählen«, war sich Margaret sicher. »Wir reden nie davon, damit die Jungs es nicht mitbekommen. Die haben keine Ahnung.«

»Und Ihre Schwester?«

»Die würde bestimmt nichts sagen.« Es klang, als wolle sie eher sich selbst als mich davon überzeugen. »Allerdings kann sie indiskret sein, besonders wenn sie getrunken hat.«

»Wo wohnt Ihre Schwester?«, fragte ich.

»In Manchester.«

Konnte auch das ein Zufall sein?

»Wann hat der Ire zum ersten Mal angerufen?«

»Vor ungefähr zweieinhalb Jahren«, sagte Tony. »Aus heiterem Himmel.«

Vor zweieinhalb Jahren waren Sir Richards verdächtige Rennen noch lange nicht in Sicht gewesen.

»Was hat er denn gesagt?«, fragte ich.

»Dass er unser Geheimnis kennt und die französischen Behörden informiert, wenn wir nicht tun, was er verlangt. Ich war fassungslos. Ich dachte, wir wären so vorsichtig gewesen.«

»Und wie oft haben Sie ein Pferd für ihn zurückgehalten?«

Tony sah mich einigermaßen erstaunt an. »Woher wissen Sie denn davon?«

»Deshalb bin ich hier«, sagte ich. »Ich wollte vorige Woche in Newbury mit Ihnen darüber reden, wo Sie aber nicht aufgetaucht sind.«

»Ich hatte mich krankgemeldet.«

»Ich weiß, aber waren Sie wirklich krank?«

»Nein«, gab er zu. »Ich hatte zu viel Angst. Es war zu

kurz nach der …« Er brach ab. Zu kurz nach der Entführung meiner Tochter, dachte ich. »Ich hatte Angst, die Polizei könnte mich suchen.«

Wäre Tony an dem Tag in Newbury gewesen, hätte ich ihn draußen vor der Waage angesprochen und seinen blauen Wagen mit der Delle an der Seite nie zu Gesicht bekommen.

»Also«, hakte ich nach, »wie viele haben Sie zurückgehalten?«

»Dutzende«, sagte Tony düster. »Die meisten hatten ohnehin keine Siegchance, aber fünf oder sechs hätten siegen können, wenn ich es zugelassen hätte.«

Selbst ich war geschockt.

»Wie viele Dutzend?«

»Keine Ahnung«, sagte er. »Sehr viele. Ich habe sie nicht gezählt. Ich bekomme telefonisch den Namen eines Pferdes, das nicht gewinnen soll. Einmal oder auch zweimal die Woche. Allein beim diesjährigen Cheltenham Festival waren es vier, wenn auch beim besten Willen wahrscheinlich keiner von ihnen gesiegt hätte.

Zwei sind gestürzt, und ich kann Ihnen versichern, dass ich da nicht nachgeholfen habe, zumal ich bei dem Sturz an der ersten Hürde im Supreme Novices vorn lag und zwanzig Pferde hinter mir hatte. Einmal Hölle und zurück haben die mich getrampelt, und die Blessuren kann ich Ihnen heute noch zeigen. Ein Schuft bin ich vielleicht, aber ich bin nicht auch noch verrückt.«

Er grinste schief.

»Läuft das noch?«

»Klar«, sagte er. »Im 4000-Meter-Jagdrennen morgen in

Towcester reite ich ein Pferd namens Ackerman. Ich kann Ihnen jetzt schon sagen, dass Ackerman nur siegt, wenn alle andern auf die Nase fallen, und dann sitze ich in der Tinte.«

»Wann haben Sie den Anruf gekriegt?«

»Heute Morgen. Kurz bevor Sie gekommen sind.«

Am Montagnachmittag ging ich mit Tony stundenlang die Rennergebnisse der letzten zweieinhalb Jahre durch, um einen Überblick über die Pferde zu bekommen, die er auf Anweisung zurückgehalten hatte, und zu sehen, ob sich daraus ein Muster ergab.

Die vier Rennen auf Sir Richard Stewarts Liste waren zwar dabei, aber Tony erinnerte sich nicht, dass etwas daran ungewöhnlich gewesen wäre – wenn man im Zusammenhang mit zurückgehaltenen Pferden überhaupt von »nichts Ungewöhnlichem« sprechen kann.

Ich sah mir besonders die Toto-Auszahlungen an und suchte nach Rennen, die deutlich weniger Gewinn gebracht hatten, als die Eventualquote des Siegers erwarten ließ.

Ein paar Kandidaten gab es zwar, aber diese Rennen hatten nicht dem bisherigen Muster entsprechend auf südenglischen Rennbahnen rings um London stattgefunden. Eins wurde in Haydock Park abgehalten, das andere in Aintree, beide als vorletzter Lauf an einem großen Rennsamstag im vergangenen Herbst – und sowohl Haydock wie Aintree lagen tief in Honest Joe Bulls Buchmacherterritorium zwischen Manchester und Liverpool.

Bei zahlreichen anderen Rennen waren die Toto-Auszahlungen jedoch normal. Tony war offensichtlich nicht nur in »durchmanipulierten« Rennen gestartet, bei denen

McCusker alle Jockeys bis auf einen durch Einschüchterung dazu gebracht hatte, ihre Pferde zurückzuhalten, sondern auch in Rennen, bei denen vielleicht nur Tonys Pferd nicht alles gegeben hatte.

Aber diese Information allein wäre für einen Buchmacher schon unglaublich wertvoll gewesen. Wenn er genau wusste, dass ein bestimmtes Pferd nicht siegen würde, konnte er in der Gewissheit, nichts auszahlen zu müssen, höhere Quoten für dieses Pferd anbieten. Und höhere Quoten würden Wettkunden anlocken.

Es sah ganz so aus, als habe McCusker sein Wissen über die Molson-Kinder zweieinhalb Jahre lang genutzt, um Tonys Starts zu steuern, sei aber erst im vergangenen Oktober dazu übergegangen, ganze Rennen zu manipulieren. Nachdem er gesehen hatte, wie leicht es war, Tony gefügig zu machen, hatte er vielleicht einfach seinen Einflussbereich erweitert, bis alle Teilnehmer eines Rennens nach seiner Pfeife tanzten.

Dann hatte es ihm nicht mehr genügt, Wetten anzunehmen, und er hatte angefangen, selbst auf Pferde zu setzen, und zwar in bar am Toto, damit kein auffälliges Wettverhalten die Behörden auf den Plan rief wie bei den Wettbörsen im Internet.

Eine Situation, bei der er nur gewinnen konnte.

Kein Wunder, dass Sir Richard Stewart so in Sorge gewesen war. Er hatte allen Grund dazu gehabt. Wenn mein Verdacht zutraf, drohte die ganze Integrität des britischen Rennsport untergraben zu werden.

13

Am Dienstag fuhr ich zum Pferderennen nach Towcester, um Tony Molson im 4000-Meter-Jagdausgleich auf Ackerman zu sehen, doch am Vormittag hatte ich erst noch anderes zu tun. Die Detektivarbeit kam meinem »Hauptberuf«, die Aktienkurse im Blick zu behalten, ganz schön in die Quere.

Ebenfalls am Dienstagmorgen hatte ich ein schwieriges Gespräch mit Marina, die von ihren Eltern in Fryslân aus anrief.

»Bitte, Sid«, flehte sie, »hör auf, dich mit diesem Mann anzulegen. Hör auf, ihn zu ärgern.«

»Ich habe getan, was er wollte«, sagte ich. »Vielleicht lässt er uns ja jetzt in Frieden.«

Vielleicht auch nicht, dachte ich.

Ich war mir sicher, dass ich keinen Finger rühren musste, um McCusker zu ärgern; ihn ärgerte schon, dass es mich gab.

Marina verstand das nicht. Sie war Wissenschaftlerin, gewohnt, rational zu denken und logisch zu analysieren. McCusker hatte mit beidem nichts am Hut. Sein ganzes Handeln war von Emotion und Habgier bestimmt. Er wollte der große Zampano des Rennsports sein, der Boss, der Strippenzieher, und alles, was er tat, war auf dieses Ziel ausgerichtet. Er war wie ein Bulldozer, der Logik, Gesetz und gesunden Menschenverstand mit seinem Planierschild beiseiteschiebt.

»Ich habe solche Angst«, sagte Marina. »Ich möchte nach Hause kommen, aber ich weiß nicht, ob ich das schaffe.«

»Das geht schon«, versuchte ich, sie zu beruhigen. »Ich bleibe immer bei dir. Wir machen alles zusammen, und so schützen wir auch Saskia.«

»Okay«, sagte sie nervös.

»Ich hole euch morgen früh am Flughafen ab. Versprochen.«

Die Rennbahn Towcester in Northamptonshire war mir in meiner Jockeyzeit eine der liebsten gewesen.

Eine gute Taktik war dort genauso wichtig wie ein schnelles Pferd. Die Hindernisse luden zum Springen ein, doch der wahre Härtetest waren die letzten tausendsechshundert Meter, denn da ging es bis zum Ziel bergauf. In Towcester wurde schon manches Rennen verloren, weil man dem Pferd nicht genug Reserven für den steilen Schlussberg ließ.

Ackerman ging im 4000-Meter-Jagdausgleich, dem ersten Wettbewerb des Nachmittags, vom Start weg an die Spitze. Er führte das Zehnerfeld in gutem Tempo zum ersten Mal an den Tribünen vorbei, nahm die scharfe Rechtskurve und galoppierte vom Publikum weg auf den Graben zu.

Mir schien, Tony führte sie zu schnell an. Ich hatte Ackermans Form nachgesehen. Siebenjähriger brauner Wallach, nur zwei Siege bei insgesamt einundzwanzig Hindernisrennen, dazu sechsmal platziert. Dennoch war er hier als Vier-zu-eins-Favorit gestartet.

Die zwei Siege stammten aus der Vorsaison. Beide Male war er's langsam angegangen und hatte erst am letzten Sprung die Spitze übernommen, um sich dann voll reinzuhängen.

Heute ritt Tony ein völlig anderes Rennen, er allein machte das Tempo, als sie zu zehnt bergab auf den Wassergraben am tiefsten Punkt der Bahn zuhielten.

Ich wusste, was er da tat. Er trieb seinem Pferd das »Finish« aus, und tatsächlich zogen bergan vor dem letzten Bogen dann drei andere mühelos an ihm vorbei.

Am vorletzten Hindernis war Ackerman immer noch Vierter, hatte aber zu kämpfen, wankte vor Erschöpfung leicht hin und her und reagierte sichtlich nicht auf Tonys wütende Tempoforderungen.

Am letzten Sprung stürzte zwar einer der drei Führenden, aber unmöglich konnte Ackerman den Sieger einholen, der seinen Vorsprung im Einlauf auf zwei Längen ausbaute. Ich hielt es für unwahrscheinlich, dass Ackerman hier hätte gewinnen können, aber Tonys Taktik hatte sichergestellt, dass es nicht dazu kam. Der dritte Platz war allerdings keine hoffnungslose Blamage, und niemand hätte Tony vorwerfen können, das Pferd nicht voll ausgeritten zu haben. Der Schaden war weit vor der Einlaufgeraden geschehen.

Ich ging zum Absattelplatz, um die ersten drei zurückkommen zu sehen, und wartete beim Stand für den Drittplatzierten.

»Nächstes Mal halten wir uns wieder an Plan A«, sagte

der Trainer mit Nachdruck zu Tony, als der absaß und seinen Sattel runternahm. »Er hat's nun mal lieber, wenn er erst am Schluss losgelassen wird.«

»Mag schon sein«, erwiderte Tony. »Aber einen Versuch war's wert.«

Der Trainer sah nicht so aus, als ob er das auch fand, und wenn ich seinen Gesichtsausdruck richtig deutete, würde er nächstes Mal vielleicht einen anderen Jockey nehmen.

Tony lief auf dem Weg zur Waage direkt neben mir. Sein Gesicht war ausdruckslos, mit zusammengepressten Lippen schaute er starr vor sich hin und gab nicht zu erkennen, ob er mich überhaupt wahrnahm.

Ihm musste klar sein, dass er seine Karriere aufs Spiel setzte.

»Hallo, Sid«, sagte jemand mit Belfaster Akzent hinter mir.

Ich drehte mich grinsend um. »Hallo, Paddy, Lust auf ein Guinness?«

»Wird aber auch Zeit, dass du fragst, Alter.«

Wir gingen in den Ausschank im Erdgeschoss der Tribüne, und ich bestellte ein schwarzes Halbes für ihn und ein halbes Lager für mich.

Ich hatte gehofft, Paddy O'Fitch in Towcester zu treffen. Er wohnte in der Kleinstadt Brackley, zehn, zwölf Kilometer entfernt.

»So, Paddy«, ich zog ihn von der Theke weg zu einem Stehtisch, »was kannst du mir noch über Billy McCusker erzählen?«

Paddy verzog das Gesicht, als hätte er eine Wespe verschluckt. Er schaute sich um, ob auch niemand zuhörte.

»Halt doch die Klappe, Mensch!«, zischte er. »Ich wünschte, ich hätte dir nichts erzählt. Hab nur noch Alpträume seitdem.« Er blickte erneut um sich. »Und wie man hört, erkundigst du dich auch bei den Jockeys nach ihm.«

»Wer sagt das?«, fragte ich überrascht.

»Tja, du spielst gefährlich.«

»Komm, Paddy, von wem hast du gehört, dass ich rumfrage?«

»Von keinem«, antwortete er grinsend.

Mir wurde klar, dass ich in eine seiner kleinen Fallen getappt war. Ich hatte ihm nur bestätigt, was er vermutet hatte. Blöd, dachte ich, und ich konnte mir nicht leisten, blöd zu sein. Der Sid Halley von einst hätte so einen Fehler nicht gemacht.

Und am schlimmsten fand ich, dass Paddy jetzt etwas wusste, das er garantiert weitererzählen würde.

So war er nun mal.

Ich ließ Paddy mit dem nächsten halben Guinness allein, um mir das dritte Rennen anzusehen. Tony Molson war wieder dabei, diesmal für einen anderen Trainer, in einem mit dreizehn Teilnehmern besetzten Lauf über 3200 Meter für in Hürdenrennen bisher Sieglose, und ich sah zu, wie er mit seinem Pferd zum Start am anderen Ende der Geraden trabte.

Diesmal lief Tony ein Bilderbuchrennen und hielt sein Pferd auf dem dritten Platz, bis sie zum letzten Mal auf die Einlaufgerade kamen. An den letzten beiden Hürden verlangte er ihm dann zwei mächtige Sprünge ab und ließ es den Berg hinaufstürmen, so dass es an den beiden anderen vorbeiging und mit Hals gewann.

Tony war zweifellos ein guter Jockey. Deshalb ließen ihn Trainer wohl auch noch auf ihre Pferde. Aber wie lange würden sie in Kauf nehmen, dass er hin und wieder nicht nach ihrer Anweisung auf Sieg ritt, sondern auf fremde Anweisung hin verlor?

Robert Price war ebenfalls im dritten Rennen gestartet, und ich passte ihn ab, als er mit seinem Sattel überm Arm zurück zur Waage ging.

»Hallo, Robert«, kam ich von der Seite. Er zuckte zusammen, als hätte ihn ein Elektroschocker gepiekt. »Ich warte immer noch auf deinen Anruf und werde langsam ungeduldig.«

Er sah sich nur hilfesuchend um. Da ihm offensichtlich niemand beispringen würde, senkte er den Kopf und ging schneller.

Ich auch.

»Hast du's Judy schon gesagt?« Ich versuchte, mit ihm Schritt zu halten.

»Was denn?«, brummelte er.

»Das mit Billy McCusker.«

»Lass mich in Ruhe.« Er fing an zu laufen.

»Woher kennst du ihn, Robert?«, rief ich ihm nach, aber er blieb weder stehen, noch drehte er sich um. Er sprang die Stufen vorm Waagegebäude hoch und verschwand in der Jockey-Umkleide, wohin ich ihm nicht folgen durfte.

Die übrigen Rennen sah ich mir von der Treppe an der Haupttribüne aus an. In Towcester führt der Hinderniskurs außen herum, dicht an den Zuschauerbereichen vorbei, und auf keiner englischen Rennbahn stehen die Tribünen so nah am Geläuf. Die Zuschauer sind mittendrin im Geschehen, und das Donnern der Hufe ist trotz des Lärms der Menge deutlich zu hören.

So etwas lässt das Herz jedes Mannes schneller schlagen, und mir ging es auch so, als ich den knappen Sieger des Jagdrennens über 4800 Meter ins Ziel jubelte. Vielleicht zum ersten Mal konnte ich mir das ansehen, ohne innerlich zu beweinen, dass ich nicht aktiv daran teilnahm.

Anscheinend werde ich alt, dachte ich.

Rennreiten, insbesondere über die Sprünge, ist ein Sport für junge Männer und zunehmend auch junge Frauen. Während die Flachjockeys regelmäßig bis Ende vierzig oder sogar über fünfzig weitermachen, ist für die durch zahlreiche Stürze ramponierten Hindernisjockeys viel früher Schluss.

Jetzt war es, als würde mir eine Binde von den Augen genommen.

An diesem Tag in Towcester konnte ich endlich anderen zusehen und es genießen, statt der eigenen Vergangenheit nachzutrauern. Endlich verschwunden war das Gefühl, vom Schicksal um Jahre meiner Laufbahn betrogen worden zu sein, etwas, das sich fast täglich in mein Denken gedrängt und mir die Rennbahn verleidet hatte.

Frohen Herzens und mit neuem Schwung ging ich also nach dem letzten Rennen hinaus zu meinem Wagen.

Viele Zuschauer waren bereits nach Hause gefahren, da der strahlende Nachmittagssonnenschein einem trüben Abendhimmel mit regenschweren dunklen Wolken gewichen war, und im Laufen spürte ich auch schon die ersten Tropfen auf dem Kopf.

Ich kam nicht an.

Zwei kräftige Männer in schwarzen Anoraks warteten geduckt hinter dem Wagen, der neben meinem stand, auf mich. Als ich nach der Tür des Range Rovers griff, packte mich einer am Genick und drehte mich herum. Der andere schlug mir mit solcher Wucht in die Magengrube, dass mir die Luft wegblieb, die Knie nachgaben und nur der Würgegriff um meinen Hals mich am Zusammenklappen hinderte.

Nicht noch mal, dachte ich am Rand der Bewusstlosigkeit, nicht wieder Prügel, verdammt.

Ich wollte etwas sagen, wollte um Hilfe rufen, aber ich bekam keine Luft.

Der zweite Mann landete noch einen Schlag, diesmal zwischen meinen Beinen.

»Hör auf, Jockeys auszufragen«, sagte mir der Erste ins Ohr.

Er ließ mich los, und ich sackte ins Gras und umklammerte meinen Unterleib. Der zweite Mann trat mir zum Abschied ins Gesicht, bevor sie in der Dunkelheit verschwanden.

Das Ganze hatte nur Sekunden gedauert.

Niemand war mir zu Hilfe gekommen. Alles war so schnell gegangen, dass kein Augenzeuge es hätte verhindern können. Ich lag zusammengekrümmt am Boden und versuchte zu atmen, während der Regen erst richtig losging und dicke Tropfen auf die umstehenden Autos klatschten.

Ich drehte mich so, dass ich auf den Knien lag, mit der Stirn aber immer noch im nassen Gras, und leichte Panik stieg in mir auf. Ich bekam immer noch keine Luft. Mein Zwerchfell hatte sich verkrampft und machte es mir unmöglich zu atmen.

Das war mir bei Stürzen mehrmals passiert, und ich wusste, dass ich nur abzuwarten brauchte, bis der Krampf sich löste und der Muskel wieder arbeitete. Aber ich wünschte inständig, er würde sich damit beeilen, da zu wenig Sauerstoff in meinem Gehirn ankam und die Welt mir noch wesentlich grauer erschien, als sie ohnehin war.

Mein Atmungsvermögen kam schlagartig wieder, und ich schlang die feuchte Luft dankbar in mich hinein, während auch meine Farbwahrnehmung zurückkehrte. Da erst bemerkte ich die knallroten Tropfen, die von meiner Nasenspitze auf das leuchtend grüne Gras fielen.

Ich fühlte mich grässlich.

Vorsichtig fuhr ich mit der Zunge an meinen Zähnen entlang, stieß aber auf keine scharfen Kanten, die nicht hätten dort sein sollen. Immerhin. Als Nächstes führte ich behutsam die rechte Hand zur Nase, aber auch damit schien alles in Ordnung. Das Blut, stellte ich fest, kam aus einer Wunde unter dem linken Auge, wo der Schuh des Mannes die Haut aufgerissen hatte.

Das Gesicht tat mir gar nicht so weh, vielleicht wegen des lodernden Feuers im Bauch und der noch schlimmeren Schmerzen weiter unten. Und wie zum Hohn wurde ich auch noch klatschnass und fror.

Langsam kam ich auf die Beine, stand wegen der Schmerzen im Unterleib aber trotz dieser leichten Verbesserung immer noch zusammengekrümmt da.

»Alles in Ordnung?«, fragte jemand hinter mir.

»Nicht so ganz«, krächzte ich als Antwort.

Vor mir stand, den Zündschlüssel in der Hand, der Besitzer des Wagens, an dem ich lehnte.

»Sind Sie betrunken?«, fragte er in einem Ton, der verriet, dass er von Trinkern wenig hielt.

»Nein«, erwiderte ich. »Ich bin überfallen worden.«

»Überfallen?«, wiederholte er. »Meinen Sie beraubt?«

Beraubt hatten sie mich nicht. Brieftasche und Handy waren noch da.

»Man hat mir nichts gestohlen«, sagte ich. Und dachte, nur meine Selbstachtung. Mit einem Ruck richtete ich mich auf. »Danke, es geht schon wieder.«

»Sie bluten doch«, sagte er.

»Ja, aber das hört schon auf.«

»Mensch, Sie sind doch Sid Halley!« Er lachte beinah. »Was hab ich Sie immer gern reiten sehen. Ein Genie im Sattel.«

Ein Fan hatte mir gerade noch gefehlt. Hoffentlich wollte er kein Autogramm.

»Es geht schon wieder«, wiederholte ich in der Hoffnung, dass er einstieg und verschwand.

»Fehlt Ihnen nicht ein Arm?«, fragte er und sah auf meine Hände.

»Bitte«, sagte ich. »Können Sie einfach losfahren?«

»Ich will doch nur helfen«, antwortete er leicht eingeschnappt.

»Das weiß ich, und ich danke Ihnen auch dafür, aber jetzt komme ich zurecht.«

»Waren die zu zweit?«, fragte er. »Zwei Männer mit schwarzen Anoraks und Lederhandschuhen?«

»Ja«, sagte ich und schaute ihn mit mehr Interesse an.

»Dachte ich mir«, meinte er. »Da war was nicht koscher, so wie die gelaufen sind.«

Dabei liefen hier alle. Es regnete.

»Wo sind sie hin?«, fragte ich.

»Alle kamen raus, und die sind wieder rein. Wie der Blitz an mir vorbei. Und sie haben gelacht.«

»Könnten Sie sie beschreiben?«, fragte ich. »Würden Sie sie wiedererkennen?«

Da war er sich plötzlich nicht mehr so sicher. Schließlich hatte ich Blut im Gesicht. »Ich möchte da nicht reingezogen werden.«

Auf einmal hatte er es sehr eilig. Er riss die Wagentür auf und stieg ein.

»Haben Sie gesehen, wo sie dann hin sind?«, fragte ich und hielt die Tür offen, als er sie zuziehen wollte.

»Nein«, sagte er und zog fester.

»Haben sie miteinander geredet?«

Er ließ die Tür los und sah mich an. »Ja. Gefrotzelt haben sie.«

»Hatten sie einen irischen Akzent?«

Er nickte. »Ja.«

So war es mir auch vorgekommen, aber bei nur vier Wörtern hatte ich nicht sicher sein können.

Jetzt wusste ich es.

Keiner der beiden Männer hatte so ausgeprägte Wangenknochen und eine niedrige Stirn gehabt wie McCusker auf dem Polizeifoto. Ihr Boss war also nicht dabei gewesen, aber ich hätte wetten können, dass mir zwei andere Mitglieder der jetzt in Manchester ansässigen Shankill Road Volunteers aufgelauert hatten.

14

Über eine halbe Stunde saß ich auf dem Parkplatz der Rennbahn Towcester in meinem Range Rover, reglos aufs Steuer gestützt, und wartete geduldig darauf, dass die Schmerzen in meinem Magen und meinen Genitalien nachließen, damit ich wieder normal agieren konnte.

Ein Zustand, den ich gut kannte, aber ich hätte gern darauf verzichtet, das noch einmal zu erleben.

In meiner Jockeyzeit hatte ich regelmäßig nach schweren Stürzen auf einer Bank in der Umkleide gesessen, bis die Schmerzen so weit zurückgingen, dass ich mich umziehen und nach Hause fahren konnte, um meine Blessuren in der Badewanne zu behandeln.

Schließlich setzte ich mich aufrecht und betrachtete mich im Rückspiegel, war von dem Anblick jedoch wenig begeistert. Ich hatte einen drei Zentimeter langen Cut unter dem linken Auge, das ganze Gesicht war blutverschmiert und auch mein regennasses Hemd.

Aber jetzt blutete ich wenigstens nicht mehr. Die Wunde war nicht tief, und nachdem ich sie vorsichtig mit einem Papiertuch abgetupft hatte, entschied ich, dass sie nicht genäht zu werden brauchte. Ich hatte keine Lust, die nächsten vier Stunden in einer Notaufnahme zu verbringen, und die Sanitäter hätten zu viele Fragen gestellt. Außerdem musste ich heim zu Rosie, die sich in ihrem Zwinger bestimmt schon fragte, wo das Abendessen blieb.

Ich ließ den Range Rover an und fuhr zum Ausgang.

Die meisten Leute waren schon weg, aber ein einsamer Verkehrspolizist leitete noch die letzten Wagen durch die überwölbte Parkplatzeinfahrt. Ich überlegte kurz, ob ich ihm den Überfall melden sollte, aber die Täter waren sicher längst weg, und es würde nur auf eine lange, zähe Fragerunde bei der Polizei Northamptonshire hinauslaufen.

Es schien mir sinnvoller, Chefinspektor Watkinson und DS Lynch bei unserem nächsten Gespräch davon zu erzählen, und so bog ich auf die Hauptstraße ab und fuhr nach Hause.

Am Mittwochmorgen holte ich Marina und Saskia mit einem dicken Veilchen am Flughafen Birmingham ab.

Ich hatte nicht gerade eine ruhige Nacht erlebt und mich ein- oder zweimal sogar gefragt, ob ich nicht doch besser zu einem Krankenhaus gefahren wäre.

Mein Magen war das Hauptproblem. Ein kleiner Ganove hatte ihn mal als Zielscheibe für seinen .38er Revolver benutzt und zu unser beider Überraschung tatsächlich abgedrückt.

Seitdem kam mein Verdauungstrakt mit Abweichungen von der Normalität nicht besonders gut zurecht, und der Faustschlag eines nordirischen Exterroristen war alles andere als normal.

So hatte ich in der Nacht viel Zeit auf dem Klo verbracht.

Zeit, die ich zum Nachdenken nutzte.

Hör auf, Jockeys auszufragen, hatte der eine Kerl gesagt.

Woher hatte McCusker gewusst, dass ich Fragen stellte?

Jemand musste es ihm gesagt haben.

Aber wer?

Ich dachte an meine Begegnung mit Robert Price nach dem dritten Rennen zurück und seine hilfesuchenden Blicke. Hatte er sich nach den beiden Männern mit den schwarzen Anoraks umgesehen? Wenn ja, musste er gewusst haben, dass sie da waren. Konnte er derjenige sein, der McCusker gesteckt hatte, dass ich mich nicht einfach bloß um meine Aktien und Obligationen kümmerte?

Marina war ziemlich entsetzt über mein ramponiertes Gesicht, das am Morgen danach viel schlimmer aussah als am Abend. Der Cut saß in hässlichem Weinrot auf einer sich zunehmend schwarz färbenden Schwellung. Das Weiße des Augapfels war beiderseits der Iris blutunterlaufen.

»Was ist passiert?«, fragte sie ruhig, um Saskia nicht zu erschrecken, die froh war, ihren Papa wiederzusehen, blaues Auge hin, blaues Auge her.

»Ich bin gegen eine Tür gelaufen«, sagte ich. Ich erwartete nicht, dass sie mir das abnahm.

»Und der andere?«, fragte sie.

»Sie waren zu zweit«, antwortete ich, »und leider sind sie beide noch wohlauf.«

»Wovon redet ihr?« Saskia schaute uns an.

»Schon gut, Schätzchen«, sagte ich. »Papa hat einen kleinen Unfall mit dem Auge gehabt.«

Ich nahm sie hoch und zuckte vor Schmerzen im lädierten Unterleib zusammen. Marina sah sich das an und presste verärgert die Lippen zusammen. »Du wolltest das doch nicht mehr machen.«

»Will ich auch nicht«, sagte ich.

Ihrem Gesicht nach wünschte sie, sie wäre bei ihren Eltern in Fryslân geblieben.

»Wann fängt Annabels Party an?«, fragte ich, um die Situation zu entschärfen.

»Um halb vier.«

»Na, dann kommt. Fahren wir nach Hause.«

McCusker rief eine Viertelstunde vor Mitternacht übers Festnetz an, als Marina und ich gerade schlafen gehen wollten.

»Haben Sie meine Nachricht bekommen, Mr. Halley?«, fragte er.

»Hauen Sie ab«, erwiderte ich müde und legte auf.

Fast sofort klingelte es wieder, aber ich kümmerte mich nicht drum.

»Geh schon ran, verdammt noch mal«, rief Marina beim sechsten Klingeln. »Sonst wacht Saskia auf.«

Ich ging ran.

»Sie sollten ein bisschen Benimm lernen, Mr. Halley«, tönte er in seinem Belfaster Dialekt.

»Sie aber auch«, entgegnete ich. »Leute auf Rennbahnparkplätzen zusammenzuschlagen ist nicht gerade höflich.«

»Ach, kommen Sie, Mr. Halley. Nach meiner Information haben die Jungs Sie kaum angerührt. Hätten die Ihnen eine richtige Abreibung verpasst, könnten Sie nicht mehr laufen. Kniescheiben sind bekanntlich schwer wieder hinzukriegen.«

Er redete so beiläufig davon, als wäre Gewalt etwas ganz Alltägliches. In seiner Welt war sie das wohl auch.

Aber es war auch eine kaum verhüllte Drohung.

»Ich habe getan, was Sie verlangt haben«, sagte ich. »Jetzt lassen Sie mich in Ruhe.«

»Selbstverständlich«, sagte er. »Vorläufig.«

»Endgültig«, widersprach ich.

»Sie haben hier nichts zu bestimmen, Mr. Halley, ist das klar?« Sein Tonfall hatte jetzt etwas eindeutig Drohendes, genau wie die ständige Wiederholung meines Namens und die besondere Art, wie er ihn aussprach. »Nicht Sie, sondern ich entscheide, ob Sie mir noch mal von Nutzen sein können.«

Ich schwieg.

»Bis dahin«, fuhr er plötzlich ganz ohne Einschüchterung fort, »denken Sie an meine Nachricht. Halten Sie sich daran.«

»Und wenn nicht?«

»Das wäre sehr unklug, Mr. Halley.«

»Wollen Sie mir drohen?«, fragte ich.

»Nein. Sagen wir, ich gebe Ihnen nur einen Rat.« Er legte auf, und ich saß mit dem stummen Hörer in der Hand auf der Bettkante.

»Lässt er uns jetzt in Frieden?«, fragte Marina.

»Hoffentlich«, antwortete ich.

Aber ich bezweifelte es.

Wach im Dunkeln liegend, überlegte ich den nächsten Schritt.

Ein Zucken in der Kniescheibe riet mir, rein gar nichts zu tun, und das wäre wahrscheinlich auch das Vernünftigste gewesen. Doch es widersprach allem, wofür ich stand.

Es fuchste mich, dass McCusker so ein Schindluder mit meinem geliebten Rennsport treiben konnte, und noch mehr fuchste mich, dass ich genau wusste, was er trieb, und es trotzdem nicht verhindern konnte.

Oder?

Die Jockeys zu befragen mit dem Ziel, als vereinte Front vor die Rennsportbehörde zu treten, das ging offensichtlich nicht gut, da ich keine Ahnung hatte, wer von ihnen McCusker von meiner Fragerei berichten könnte. An Robert Price und Jimmy Guernsey würde ich mich bestimmt nicht mehr wenden, denn ich musste davon ausgehen, dass sie McCuskers Leute waren.

Konnte ich sonst noch etwas tun?

Ich überlegte, ob ich anonym an Peter Medicos schreiben und das Gutachten, das ich ihm vergangene Woche geschickt hatte, in der Luft zerreißen sollte. Aber würde er etwas darauf geben? Hatte er mir am Sonntag in Uttoxeter nicht erklärt, dass es seine eigene Auffassung bestätigte? Daran würde sich inzwischen wohl kaum etwas geändert haben.

Sir Richard Stewart war der Letzte von der »alten Garde« gewesen, von jenen also, die Überwachung und Sicherheit des Rennsports dem Jockey Club, dessen Mitglieder sich selbst wählten, entzogen und sie erst der Horserace Regulatory Authority und schließlich der zuverlässigeren British Horseracing Authority übertragen hatten.

In dem neuen Gefüge hatte sich eine neue Art Führungsriege herausgebildet. Statt der wohlhabenden adligen Landbesitzer-Elite des Jockey Clubs gab es jetzt hauptberufliche Sport-Administratoren und Geschäftsleute.

Die Wandlung hatte sich recht dramatisch im Lauf der

letzten sechs, sieben Jahre vollzogen. Jetzt, wo Sir Richard tot war, kannte ich vom aktuellen Verwaltungsrat niemanden mehr persönlich. Da war keiner, an den ich mit einem vertraulichen Hinweis hätte herantreten können, und Sid Halleys Wort galt im Galopprennsport nicht mehr so viel wie noch vor zehn Jahren.

Vielleicht sollte ich einfach stillhalten und hoffen, dass jemand anders mitbekam, was vor sich ging. Dann wäre Billy McCusker sein Problem und nicht mehr meins. Es sei denn, er käme wieder wegen eines Mogelgutachtens auf mich zu. Aber wie sehr würde er in der Zwischenzeit dem Rennsport schaden? Wäre das Vertrauen des Wettpublikums dann schon für immer zerstört?

Und was fing ich mit den Molsons an? Sie waren zweifelsfrei das Pärchen, das Saskia aus dem Unterricht geholt hatte. Sie hatten mir alles gestanden. Und die Polizei suchte immer noch den dunkelblauen vw Golf mit der Delle an der Seite. Wollte ich wirklich, dass sie ihn fanden? Dass die Welt für sie zusammenbrach, weil die Zwillinge nach dreizehn Jahren zurück nach Frankreich mussten? Wie sollte ich die Polizei aber von der Suche nach dem Golf abbringen, ohne ihr zu sagen, dass ich wusste, wer die Täter waren?

So viele Fragen und kaum Antworten.

Schließlich sank ich in einen unruhigen Schlaf, nur um praktisch gleich wieder den Wecker zu hören.

Am Donnerstag machten Marina, Saskia und ich ganz familiär alles gemeinsam.

Das Wetter war schön, Saskia hatte noch Osterferien, und so unternahmen wir zu dritt mit Rosie einen langen Spaziergang über die Höhen nach Aynsford, um bei Charles zu Mittag zu essen.

Saskia und Rosie fanden sich allmählich damit ab, dass Mandy nicht mehr wiederkam, und Sassy fragte auch gar nicht mehr, wo sie begraben lag.

Der Admiral kam uns aus dem Haus entgegen, als wir seine lange Zufahrt hochspazierten.

»Ich habe euch oben am Hang gesehen«, sagte er und breitete zur Begrüßung die Arme aus. »Was für ein herrlicher Märztag. Wir können sogar im Garten essen.« Er lächelte und nahm Saskia bei der Hand, als wir zur Terrasse hinterm Haus gingen.

Weder Marina noch ich hatten etwas von meinem blauen Auge gesagt, und Charles fragte wohlweislich nicht danach, während Mrs. Cross zwar ein besorgtes Gesicht machte, aber schwieg.

Mrs. Cross hatte ein Festmahl auf den Tisch gezaubert, obwohl ich erst kurz vorher Bescheid gegeben hatte, dass wir kommen wollten. Eine kalte Platte und Salat für die Erwachsenen, Fischstäbchen und Chips für Saskia und ein Napf voll fleischiger Brocken mit Bratensoße für Rosie.

»Hoffentlich geht das so«, meinte sie zu mir. »Ich habe keine Ahnung, wie lange die Dose Hundefutter schon in der Speisekammer steht. Wir haben ja seit Jahren keinen Hund mehr, aber ich mochte es nie wegwerfen.«

»Das geht schon«, sagte ich. »Wenn's schlecht ist, nimmt Rosie es nicht an.«

Rosie putzte alles in zwanzig Sekunden weg, während Mrs. Cross und ich zusahen. Sie lachte. »Dann war es wohl gut.«

Wir anderen ließen uns mit dem Essen am Gartentisch unter dem Sonnenschirm etwas mehr Zeit.

»Das Wetter dürfte Invoice beim Ludorum in Sandown entgegenkommen.« Charles nahm sich Schinken von der Platte. »Er hat gern festen Boden.«

Invoice war der Favorit für das Victor-Ludorum-Jagdrennen am Samstag, nachdem er zwei vorhergehende Rennen für zu Saisonbeginn in Jagdrennen noch Sieglose gewonnen hatte.

»Am Dienstagabend hat's aber doch ganz schön geschüttet.« Da war ich auf dem Parkplatz in Towcester klatschnass geworden.

»Reicht nicht.« Charles schüttelte den Kopf. »In Sandown wird das Geläuf seit Wochen gewässert und ist trotzdem noch steinhart. Das Wasser fließt so schnell ab.«

»Du scheinst dich ja gut auszukennen«, sagte ich.

Marina sah mich scharf an, als wollte sie mich ermahnen, nicht so unhöflich zu sein.

»John Chesterfield vom Vorstand in Sandown hat mir das gestern Abend am Telefon gesagt.«

»Ich wusste gar nicht, dass du so gute Beziehungen hast«, meinte ich sarkastisch und fing mir den nächsten missbilligenden Blick von Marina ein.

»Er ist in meinem Club«, sagte Charles etwas hochtrabend. »Sogar der Vorsitzende des Mitgliederausschusses. Wir hatten etwas anderes erörtert, da kam er auf den Zustand des Geläufs zu sprechen.«

»Ich soll dich lieb von meiner Mutter grüßen«, wechselte Marina das Thema.

»Danke, meine Liebe«, erwiderte Charles. »Grüß sie bitte auch von mir, wenn ihr euch das nächste Mal unterhaltet.«

»Danke, Charles, werde ich tun«, sagte Marina und schenkte ihm ein strahlendes Lächeln. Ich beobachtete sie. Es war seit langem das erste Mal, dass ich sie lächeln sah. Als käme die Sonne zum Vorschein.

Nach dem Essen gingen Marina und Saskia mit Mrs. Cross zu den Hühnern im abgeteilten ehemaligen Gemüsegarten.

»Gibt's was Neues?«, fragte mich Charles.

»Worüber denn?«

»Über den irischen Terroristen?«

»Zwei seiner Gorillas haben mich am Dienstag verprügelt«, sagte ich. »Ein Denkzettel, damit ich keine Jockeys mehr befrage.«

Charles war nicht geschockt, nicht mal sonderlich überrascht. Er nickte nur.

Ich wusste noch, wie Charles mich vor vielen Jahren einmal willentlich den rauhen Sitten seiner damaligen Hausgäste ausgesetzt hatte. Er hatte einige gute Gründe dafür gehabt, und er war Soldat. Zweckdienliche Gewalt war beim Militär nicht nur erlaubt, sie wurde gefördert und eingeübt.

»Und hältst du dich dran?«, fragte er.

»Woran?«

»Keine Jockeys mehr zu befragen.«

Wir sahen, wie Marina und Saskia Hand in Hand wieder durch den Garten kamen und in der Sonne lachten. Sie waren jetzt mein Leben, ihr Wohlergehen für mich das Wichtigste überhaupt.

»Was meinst *du* denn?«, fragte ich resigniert.

»M-hm«, brummte Charles. »Ich verstehe dein Problem. Aber *ich* könnte doch ein paar Warnschüsse abgeben, ein paar Leuten sagen, was los ist. Ich könnte es schon mal John Chesterfield gegenüber erwähnen, wenn ich ihn nächstes Mal im Club sehe. Dank dir kenne ich eine Menge einflussreicher Leute im Rennsport. Ich könnte es unauffällig allen sagen.«

»Ich weiß nicht«, erwiderte ich nachdenklich. »Das wäre vielleicht nicht so gut. Ich möchte nicht, dass er erfährt, dass mein Exschwiegervater die Fragen stellt, die zu stellen er mir verboten hat.«

»Willst du dem Mann das Handwerk legen oder nicht?«, fragte Charles.

»Schon, aber nicht um jeden Preis. Du kennst ihn nicht.«

»Das glaube ich aber doch«, sagte Charles. »Tyrannen und Diktatoren kenne ich zur Genüge. Mao Tse-tung zum Beispiel.«

»Ich wusste nicht, dass du ihn persönlich kennengelernt hast.«

»Ihn nicht, aber einige seiner Kumpel, und daran konnte ich schon sehen, was für ein Kerl das war.« Er verzog angewidert das Gesicht. »Solchen Leuten kommst du nicht friedlich bei. Du musst aufstehen und kämpfen. Winston Churchill hatte recht.«

»Es geht hier nicht um den Zweiten Weltkrieg, Charles.«

»Nein?«, gab er zurück. »Hätte jemand Hitler rechtzeitig aufgehalten, wäre es vielleicht gar nicht zum Krieg gekommen.«

Marina und Saskia stießen wieder zu uns, und wir ließen das Thema fallen.

»Mami, Mami«, sagte Sassy, »spielen wir jetzt Sardinenbüchse?«

Die Sardinenbüchse war Saskias momentanes Lieblingsspiel. Es ist wie Verstecken, aber jeder Finder muss bei dem zuerst Gefundenen bleiben, bis schließlich nur noch einer sucht.

»Jetzt nicht, Schätzchen«, sagte Marina. »Wir müssen uns auf den Rückweg machen. Solange die Sonne scheint, ist so ein Frühjahrstag schön, aber es kühlt schnell ab, wenn sie erst mal untergeht. Danke für das tolle Mittagessen, Charles.«

»Gern geschehen.« Charles gab ihr einen Kuss.

»Tschüs, Opa«, sagte Sassy.

»Tschüs, mein Schätzchen«, und Charles beugte sich vor und gab auch ihr einen Kuss. »Besuch mich bald mal wieder.«

»Mach ich«, flötete Sassy und winkte ihm ungestüm, als wir aufbrachen.

Mit Rosie wanderten wir über die Höhen wieder nach Hause. Der Setter scheuchte ein paar Schmetterlinge durch den Klee und die ersten Butterblumen, und Saskia ging an Marinas und meiner Hand, um sich immer wieder hochschwingen zu lassen.

Es war ein denkbar schöner Moment.

Schade, dass es nicht so blieb.

15

Judy Hammond rief am Karfreitagmorgen an, als Marina und ich gerade mit dem Frühstück fertig wurden.

»Ich weiß nicht mehr, was ich tun soll«, sagte sie. »Bob ist ein anderer Mensch, seit Sie hier waren. Er traut sich kaum noch vor die Tür. Heute soll er zum offenen Training bei Dad sein, aber er will nicht. Was haben Sie mit ihm gemacht?« Sie war böse auf mich. »Und wer ist dieser scheiß Billy McCusker? Bob sagt's mir nicht.«

Es kam mir vor, als ob sie weinte.

»Judy«, sagte ich. »Ich kann euch nur helfen, wenn Bob bereit ist, mit mir zu reden.«

Was redete ich denn da? Hatte ich sie noch alle? Waren mir meine Kniescheiben egal?

Ich hatte mir ja vorgenommen, Robert Price zu meiden. Wenn er, wie ich annahm, McCuskers Mann war, würde er mit Sicherheit jedes Wort von mir an seinen Boss weitergeben.

Womöglich hatte Charles recht: Einmal Detektiv, immer Detektiv.

Vielleicht konnte ich nicht anders.

Vielleicht wollte ich innerlich auch nicht.

»Er wird nicht mit Ihnen reden«, behauptete Judy. »Er redet ja nicht mal mit mir.«

»Fragen Sie ihn trotzdem. Sagen Sie ihm, es ist streng vertraulich. Und dass, wenn er nicht mit mir redet, bald die Polizei bei ihm anklopfen dürfte.«

»Die Polizei!«, rief sie mit einem Anflug von Angst. »Ach du lieber Gott!«

»Ja, die Polizei«, wiederholte ich. Ich wusste zwar nicht genau, ob das stimmte, aber es hatte offensichtlich die gewünschte Wirkung. »Und sagen Sie Robert, er soll mit niemand anderem reden, vor allem nicht mit Billy McCusker.«

»Was ist denn bloß los?«, fragte sie.

»Fragen Sie Robert.«

Was war denn bloß los? Das hätte ich auch gern gewusst.

»Ich habe die Testergebnisse bekommen«, sagte ich zu Marina, während sie am Küchentisch auf ihrem Computer tippte. »Sie kamen, als du in Holland warst.«

»Was für Tests?«, fragte sie, noch auf den Bildschirm konzentriert.

»Für die Transplantation.«

Sie hörte auf zu tippen und sah mich an. »Und?«

»Ich hab bestanden«, grinste ich. »Anscheinend bin ich ein idealer Kandidat.«

Schweigend verarbeitete sie erst einmal die Tragweite dessen, was ich da gesagt hatte.

»Bist du auch vollkommen sicher, dass du das möchtest?«

»Nein«, antwortete ich. »Aber ich weiß, dass ich das hier nicht ausstehen kann.« Ich hielt meinen linken Unterarm mit dem Plastikaufsatz hoch. »Es kann nur besser werden.«

»Jede OP birgt Risiken«, sagte Marina.

»Ich weiß, aber ich bin relativ gesund und noch nicht ganz hinfällig. Müsste ich wegen irgendetwas anderem operiert werden, hätte ich keine Bedenken.«

»Und die Medikamente? Du müsstest für den Rest deines Lebens Medikamente gegen die Abstoßung einnehmen. Wie sieht es da mit den Nebenwirkungen aus?«

Ich hatte beinah vergessen, dass ich mit einer Doktorin der Molekularbiologie verheiratet war.

»Laut Mr. Bryant werden die Medikamente immer besser, und die Nebenwirkungen sind im Allgemeinen gering. Bei manchen Patienten treten gar keine auf.«

»Wie gering?«, fragte sie. »Und bei wie vielen Patienten treten erhebliche Nebenwirkungen auf? Und worin bestehen die?«

»Das weiß ich nicht.« Ich kam mir vor wie ein ungezogener Schuljunge, der seine Hausaufgaben nicht gemacht hatte.

»Na, dann solltest du ihn fragen.«

»Bringen wir's hinter uns.«

Ich rief Hände-Harry unter der Durchwahl auf seinem Briefkopf an, und zu meiner Überraschung war er da.

»Ich hätte eigentlich nicht gedacht, dass Sie an Karfreitag arbeiten.«

»Ich habe Bereitschaft, und Unfälle hören nicht auf zu passieren, weil Feiertag ist. Ich war die halbe Nacht im OP und habe versucht, die Hand eines jungen Farmers zu retten, der damit dummerweise in einen Elektrokettenzug geraten ist.«

»Konnten Sie sie denn retten?«, fragte ich.

»Natürlich. Na ja, ich glaube schon. Es wird sich zeigen.« Er gähnte. »Was kann ich für Sie tun, Sid?«

»Meine Frau hat ein paar Fragen an Sie.«

»Schießen Sie los.«

Ich ließ Marina mit ihm reden und schaltete den Lautsprecher an, damit ich beide Seiten des Gesprächs hören konnte. Auf jedes Gegenargument Marinas wusste Harry überzeugend zu antworten.

Beim Zuhören wurde mir bewusst, dass ich mir wünschte, Harry möge in allen Punkten Sieger bleiben. Das verriet wohl, wie sehr ich die Transplantation herbeisehnte.

»Na gut«, sagte Marina schließlich. »Es ist Sids Entscheidung.«

»Bist du auch wirklich glücklich damit?«, fragte ich sie.

»Wenn du es bist, ja.«

»Okay«, sagte ich. »Fangen wir an, Harry.«

»Nicht so schnell«, erwiderte er über den Lautsprecher. »Erst ist noch etwas Papierkram zu erledigen, und Sie brauchen noch ein Zweitgutachten von einem unabhängigen Psychologen, aber ich denke, das ist eine Formalität. Könnten Sie nächste Woche noch mal zu mir in die Klinik kommen?«

»Klar«, sagte ich. »Am Montag?«

Drängte ich zu sehr?

»Das wäre Ostermontag, und ich habe keine Bereitschaft«, wandte er ein. »Was halten Sie von Mittwoch um zwei? Ich muss einen guten Psychiater an Land ziehen, und morgens kriegt man die irgendwie schlecht.«

»Mittwoch um zwei soll mir recht sein«, sagte ich. »Wann geht's denn dann über die Bühne?«

»Tja«, sagte er, »das hängt davon ab, wann sich der Spender findet. Das kann eine Woche, ein Jahr oder auch noch länger dauern. Man weiß es nicht. Wir brauchen eine Telefonnummer, unter der Sie ständig erreichbar sind, Tag und Nacht, sobald eine geeignete Hand zur Verfügung steht.«

Und bis dahin, dachte ich, hoffst du auf Regen und leichtsinnige Motorradfahrer.

Judy Hammond rief um sechs noch einmal an.

»Bob will mir immer noch nicht sagen, was los ist, aber er ist bereit, mit Ihnen zu reden«, sagte sie. »Nur nicht am Telefon. Dem traut er nicht. Können Sie zu uns kommen?«

Traute ich Robert Price mehr als er seinem Telefon?

»Nein«, sagte ich, »heute Abend nicht. Sagen Sie ihm, er soll zu einem Münztelefon gehen, wenn er meint, er wird abgehört.«

»Und Ihr Anschluss?«, fragte sie.

Die Polizei hörte mein Telefon schon lange nicht mehr ab. Sollte sie jemand abgelöst haben?

»Wenn er einverstanden ist, lass ich's drauf ankommen.«

»Ich rede mit ihm«, sagte sie. »Aber ich musste ihm ohnehin schon drohen, ihn zu verlassen.«

»Das tut mir leid.«

»Tja«, meinte sie wehmütig. »Mir auch, und ich weiß nicht, ob's jemals wieder wie früher wird.«

Sie gab mir die Schuld. Das hörte ich heraus. Aber den wahren Schuldigen musste sie näher bei sich suchen.

»Und, Judy«, sagte ich entschieden, »ich möchte nicht mit ihm reden, wenn er Kontakt mit Billy McCusker gehabt hat.«

»Hat er nicht.« Sie war sich sicher.

»Woher wissen Sie das?«

»Weil er vor Billy McCusker noch mehr Angst hat als vor Ihnen und der Polizei.«

Das sollte er auch, dachte ich. »Dann sehen Sie zu, dass er mich anruft.«

»Ich versuch's«, sagte Judy.

Robert Price rief mich eine Stunde später aus einer Telefonzelle in Wantage an.

»Telefonen trau ich nicht«, sagte er. »Bei der ganzen Abhörerei. Geh zu einer Telefonzelle, und ruf mich hier an.« Er gab mir die Nummer der Zelle durch, in der er stand.

»Robert«, sagte ich, »du übertreibst.«

»Wenn du willst, dass ich dir Fragen beantworte, zieh los, und ruf mich von woanders an.«

»Okay«, sagte ich. »Warte. Ich melde mich in zehn Minuten.«

Zu Marinas großem Ärger fuhr ich mit dem Range Rover nach Aynsford und rief von Charles aus an.

»Was willst du denn?«, fragte Robert, der beim ersten Klingeln abnahm, gereizt. »Warum lässt du mich nicht einfach in Ruhe?«

»Mach ich glatt«, sagte ich, »aber nicht, wenn du Rennen manipulierst.«

»Wer behauptet das denn?«

»Komm, Robert. Wir wissen beide, dass es so ist, also quassel nicht. War es McCuskers Idee?«

»Mein Gott«, sagte er. »Was für ein Schlamassel.«

»Dann lass uns das mal sortieren. Erzähl mir von Maine

Visit im Hürdenausgleich in Newbury am Tag des Hennessy.« Das war das erste der drei Pferde, die er in Sir Richards verdächtigen Rennen geritten hatte.

»Was soll damit sein?«, fragte er. »Ich hab bloß aufgepasst, dass er nicht siegt. Große Chancen hatte er sowieso nicht.«

Mir fiel auf, dass sie das alle sagten, als ob es ihre Schuld irgendwie verringerte. Auch, wenn es nicht stimmte.

»War das das erste Pferd, das du für ihn zurückgehalten hast?«

»Nein«, sagte er lediglich.

»Und welches war das erste?«

Eine lange Pause entstand.

»Robert?«

»Summer Nights«, sagte er.

Ich traute meinen Ohren nicht. Summer Nights war das beste Pferd in Brian Hammonds Stall, vielleicht das beste, das er jemals hatte. Als Gewinner eines Cheltenham Gold Cup und zweier King-George-VI-Steeplechases war Summer Nights ein echter Star in der Welt des Hindernissports.

»Wann?«, fragte ich.

Er seufzte hörbar in die Leitung.

»Beim Newton Gold Cup in Ascot vor zwei Jahren.«

»Er war doch bestimmt Favorit«, sagte ich.

»Ja. Auffavorit in einem Viererfeld.«

»Und wie ging das dann?«

»Wir haben den letzten Graben am Berg hinter Swinley Bottom verbockt, und ich bin sofort abgesprungen, als hätte er sich verletzt.«

Ich erinnerte mich dunkel, das damals im Fernsehen gesehen zu haben.

»Wieso habt ihr den Graben verbockt? Summer Nights ist der beste Springer überhaupt.«

»Ich habe ihn zu einem großen Galoppsprung aufgefordert, viel zu groß. Der Ärmste wusste nicht, was er machen sollte. Er war verwirrt, hat aber auf mich gehört. Er wollte drüber, aber das war selbst für ihn zu weit, und auch viel weiter, als ich annahm. Ich hatte eine Heidenangst, er hätte sich wirklich verletzt, aber ihm war nichts passiert.«

»Hat jemand Verdacht geschöpft?«

»Nein. Summer und ich waren nah dran am Feld, aber dahinter, und liefen in dem Moment genau auf die Fernsehkameras zu. Man konnte nur von vorn sehen, wie Summer das Hindernis durchbricht. Nicht, dass ich ihn so weit vorher zum Sprung aufgefordert hatte. Außerdem waren alle nur besorgt, er könnte sich verletzt haben.«

»Warum das Ganze?«, fragte ich.

Wieder war es lange still.

»Das ist kompliziert«, sagte er.

»Erzähl's mir trotzdem.«

»Ich habe McCusker vor etwa drei Jahren kennengelernt. Er sprach mich auf Informationen an. Erst habe ich ihn abblitzen lassen, aber …« Wieder Schweigen. »Er bot mir Geld an. Ihm ging es nur darum, ob vielleicht ein Pferd bei Hammond etwas außer Form war oder besonders gut drauf und so weiter.«

»Du wusstest aber, dass er Buchmacher war?«

»Ja, natürlich.«

Die Weitergabe solcher Insider-Informationen an Buchmacher oder andere Personen durch einen Jockey verstieß klar gegen die Rennordnung, und das wusste auch Robert Price. Man konnte dafür bis zu fünf Jahre von allen Rennen ausgeschlossen werden.

»Wie viel hat er dir gezahlt?«, fragte ich.

»Ein paar hundert jedes Mal – nicht viel. Aber ich brauchte das Geld unbedingt. Ich hatte mir gerade das Haus gekauft und war in Wincanton bös gestürzt. Beinbruch. Bin vier Monate ausgefallen, den ganzen Winter hindurch, und kam mit der Hypothekenzahlung nicht nach.«

Was McCusker wahrscheinlich herausgefunden hatte.

»Lieferst du ihm immer noch Informationen?«

»Das ist ein Dreckschwein, sag ich dir. Er hat mich voll reingelegt.«

»Wie denn?«, fragte ich ermutigend.

»Gefilmt hat er mich. Nachdem das Geld ein paarmal mit der Post kam, meinte er, er schickt Banknoten nicht gern, er will sie mir persönlich geben. Treffpunkt war ein Parkhaus in Oxford. Er gab mir einen Umschlag mit der Kohle und bestand darauf, dass ich an Ort und Stelle nachzähle. Ich bin wohl etwas sehr naiv. Ehe ich mich's verseh, bekomme ich eine SD-Karte mit einem Video von mir bei der Geldübergabe. Schön bunt alles. Man sieht, wie er mir einen Briefumschlag gibt, wie ich das Geld zähle, lauter Zehner, und dann, wie ich den dicken Umschlag in die Jackentasche stecke, ihm die Hand gebe und aus dem Bild laufe. Alles konnte man sehen, außer McCuskers Gesicht, denn er steht immer mit dem Rücken zur Kamera, nur meins sieht man – ganz toll in Großaufnahme.«

»Wie ging es weiter?«, fragte ich.

»Er sagte mir, ich solle Summer Nights im Newton am nächsten Samstag zurückhalten, sonst ginge das Video an die BHA. Ich sagte ihm, das sei absurd. Ich könne Summer nicht zurückhalten, dafür sei das Feld zu klein, und die Gegner hätten zu wenig drauf. Aber er meinte, ich solle mir was überlegen. *Fallen Sie runter, wenn's sein muss*, sagte er, *aber sehen Sie zu, dass Sie nicht gewinnen*.« Er hielt inne. »Im Rennen war ich dann ziemlich verzweifelt. Summer ist so trittsicher, er ist nicht mal gestolpert oder angestoßen, nichts, und ich konnte ja nun schlecht einfach so vom Pferd kullern. Er lief so gut, dass ich nicht mehr weiterwusste. Da hab ich ihn dann am Graben gebremst.«

»Hast du ihn noch öfter zurückgehalten?«, fragte ich.

»Nein. Aber mir graut davor, dass McCusker es noch mal verlangt.«

»Wie viele Pferde hast du insgesamt zurückgehalten?«

»Einige. Zu viele.« Robert hörte sich tief unglücklich an. »Ich verliere meine Lizenz, Sid, oder?«

Wahrscheinlich, dachte ich.

Wie leicht doch aus einer kleinen Versuchung ein schwer aufzuhaltendes Verhängnis werden konnte. Umso leichter, wenn Billy McCusker mitmischte.

»Warum hast du McCusker gesagt, dass ich Fragen stelle?«

»Weil ich Angst hatte«, antwortete er.

Damit wusste ich jetzt auch, dass McCusker das von ihm hatte.

»Wie hast du es ihm gesagt?«, fragte ich.

»Bitte?«

»Wie hast du McCusker wissen lassen, dass ich dir Fragen gestellt habe? Hast du ihn angerufen, oder was?«

»Ich hab angerufen, ja.«

»Wie ist denn seine Nummer?«

Das wollte er mir nicht sagen, aber ganz abgeneigt bin ich taktischen Drohungen auch nicht.

»Judy Hammond würde sich bestimmt freuen zu hören, dass der Stalljockey ihres Vaters Pferde vom Siegen abhält«, sagte ich grimmig. »Oder dass die Gesundheit des Spitzenpferds in seinem Stall durch gefährliches Abbremsen vor dem Sprung aufs Spiel gesetzt wurde.«

»Sie würde dir nicht glauben«, meinte Robert.

»Ach, vielleicht doch. Ich bin nämlich auch für ihren Vater geritten. Und willst du es wirklich darauf ankommen lassen?«

»Scheißkerl«, schimpfte er.

»Wie ist McCuskers Telefonnummer?«, fragte ich noch einmal.

Er sagte sie mir.

Es war eine Handynummer mit 07 am Anfang. Ich notierte sie auf einem Schreibblock von Charles und hoffte, McCusker hatte sie nicht geändert. Es war der erste Stein in dem Puzzle, in dem ich ihn drankriegte und nicht umgekehrt.

»Wie oft rufst du ihn an?«

»Gar nicht«, antwortete er. »Na ja, so gut wie nie. Das ist vorbei. Aber er hat mir die Nummer ganz am Anfang gesagt, damit ich ihm Infos durchgeben konnte. Da ich die Nummer noch im Adressbuch hatte, hab ich vorige Woche angerufen, nachdem du bei mir warst.«

»Und McCusker selbst hat sich gemeldet?«

»Allerdings. Nach dem ersten Klingeln.«

Am nächsten Tag gewann Invoice das Victor Ludorum Chase in Sandown mit vier Längen, ohne auch nur ins Schwitzen zu kommen; er übernahm am letzten Hindernis die Führung und ließ sich nicht mehr einholen.

Ich sah es von Saskia bekuschelt im Fernsehen.

»Hast du das Rennen auch mal gewonnen, Papa?«, fragte sie.

»Das nicht, Schätzchen, aber viele andere auf der Bahn.«

»Darf ich reiten lernen?«

»Natürlich, Schätzchen«, sagte ich. »Ich rede mit Mami drüber.«

Aber ich wusste, dass Mami nicht viel daran lag. Zwei- oder dreimal hatte ich im Lauf der Jahre vorgeschlagen, Saskia ein Pony zu kaufen, und nie war etwas daraus geworden. Marina hatte zu viel Angst, Saskia könnte sich wie ich verletzen.

Mami war immer schon »risikoscheu« gewesen. Ich nahm an, es hing mit ihrer Arbeit in der Krebsforschung zusammen.

Papa hingegen war immer schon »risikofreudig« und hatte Pferde kräftig in den Sprung getrieben, wenn es viel sicherer gewesen wäre, die Zügel vorher etwas aufzunehmen.

Wer wagt, gewinnt, und so weiter.

Für Jockeys so wahr wie für den SAS.

16

Am Mittwochmorgen ging Saskia zum ersten Mal nach Ostern wieder in die Schule, und ich fuhr mit dem Zug nach London zu meinem 14-Uhr-Termin mit Hände-Harry im Queen-Mary-Krankenhaus. Zuerst sprach ich jedoch mit dem Psychiater Dr. Tristram Spakeman, einem Fliege tragenden Exzentriker, der mir einen Hauch vom Irrsinn seiner Patienten abbekommen zu haben schien.

»Machen Sie sich Gedanken übers Sterben?«, fragte er zur Begrüßung.

»Ja«, sagte ich. »Andauernd, aber ich bin nicht besessen davon.«

Er brummte nur und schrieb etwas in einen Spiralblock. Vielleicht fand er, ich sollte ihn entscheiden lassen, ob ich besessen war oder nicht.

»Würden Sie sich als normalen Menschen bezeichnen?«

Was sollte ich sagen? Ich hielt mich nicht für normal, war aber wohl auch nicht das, was man unter unnormal versteht.

»Ziemlich normal«, sagte ich. »Ich habe zwei Augen und zwei Ohren, ganz normal, aber nur eine Hand, das ist ungewöhnlich.« Mein blaues Auge vom Rennbahnparkplatz in Towcester war zum Glück fast ganz verschwunden.

»Bekümmert es Sie, dass Sie nur eine Hand haben?«

»Nein«, sagte ich. »›Bekümmern‹ ist zu stark. Ich würde sagen, es frustriert mich.«

»Sind Sie leicht zu frustrieren?«

Ich hatte Lust, ihm zu sagen, dass seine Fragen mich frustrierten, ließ es aber sein. »Es geht so.«

»Frustrieren meine Fragen Sie?«

Wow!

»Ein bisschen.«

»Gut«, sagte er. »Ich glaube, die würden mich auch frustrieren. Aber gestellt werden müssen sie.« Er lächelte mich etwas enervierend an. »Also, Sid … ich darf doch Sid zu Ihnen sagen?«

»Sie dürfen mich anreden, wie Sie wollen«, antwortete ich. Ich warf einen Blick auf seine Visitenkarte. »Soll ich Tristram zu Ihnen sagen?«

»Ich habe schon Schlimmeres zu hören bekommen.« Er lächelte wieder. »Aber Sid, jetzt erzählen Sie mir mal von Ihren Eltern.«

»Aber Tristram«, hänselte ich ihn ein wenig, »was haben denn meine Eltern mit meiner gewünschten Handverpflanzung zu tun?«

»Ich versuche, Sie besser kennenzulernen«, sagte er. »Nur so kann ich zu einer begründeten Analyse Ihres Geisteszustands kommen.«

»Mein Geisteszustand ist prima, und meine Eltern haben wenig damit zu tun. Mein Vater ist vor meiner Geburt tödlich verunglückt, und meine Mutter starb an Krebs, als ich sechzehn war.«

»Fehlen sie Ihnen?«

»Mein Vater fehlt mir nicht, weil ich ihn gar nicht gekannt habe. Meine Mutter fehlt mir schon, glaube ich. Ich wünschte, sie hätte meine Tochter noch gesehen.«

»Haben Sie bei ihrem Tod geweint?«

»Und wie«, sagte ich. »Aber ich bin drüber weggekommen, wie jeder, der seine Mutter verliert.«

»Viele Depressionen gehen auf Trauer zurück.«

»Aber ich bin nicht depressiv«, sagte ich.

»Nein.« Die nächste Notiz.

Fast eine Stunde befragte er mich, und langsam wurde er mir dabei sympathischer. Er brachte mich dazu, über die erstaunlichsten Dinge zu reden: Träume, Hoffnungen für die Zukunft, Ängste, sogar die Gedanken, die mir beim Autofahren durch den Kopf gingen.

Das Einzige, worüber wir nicht redeten, waren Rennmanipulation und Billy McCusker.

»Gut«, sagte der Arzt schließlich. »Das soll genügen.«

»Habe ich bestanden?«, fragte ich.

»Um Bestehen oder Durchfallen geht es hier nicht. Aber Sie meinen wohl, ob es Gründe gibt, Ihnen von einer Transplantation abzuraten.«

»Und?«

»Nein«, sagte er. »Überhaupt nicht. Ich halte Sie für psychologisch gesund in Ihrer Einstellung und glaube, einer Transplantation steht bei Ihnen nichts im Wege.«

»Großartig.«

»Aber Vorsicht. Ich entnehme unserem Gespräch, dass Sie recht impulsiv sein können und mitunter handeln, ohne sämtliche Folgen zu bedenken. Andererseits wissen Sie wohl auch genau, was Sie wollen.«

Er ist gut, dachte ich. Sehr gut.

Harry Bryant war hocherfreut und erklärte mir im Einzelnen, welche Formalitäten noch zu erledigen waren.

»Die verbindliche Einverständniserklärung wird erst kurz vor dem Eingriff unterschrieben«, sagte er, »wenn uns eine Spenderhand zur Verfügung steht. Aber Sie müssen bestätigen, dass Sie sich darüber im Klaren sind, wo die Grenzen des Verfahrens liegen, und dass wir die künftige Beweglichkeit der verpflanzten Hand nicht garantieren können.«

Er gab mir mehrere Formulare zu lesen und bat mich, sie dann an der vorgesehenen Stelle zu unterschreiben.

»Zur Absicherung?«, fragte ich.

»Unbedingt.« Er lachte. »Das habe ich in Amerika gelernt. Die verklagen einen wegen allem. Ein Patient hat mit einer Klage gedroht, weil seine neuen Fingernägel in einem anderen Tempo gewachsen sind als die der anderen Hand.«

»Schneller oder langsamer?«

Er lachte wieder. »Ich habe keine Ahnung.«

Als Letztes füllte ich das Formular mit meinen Kontaktdaten aus.

»Gut«, sagte er und raffte die Papiere zusammen. »Das wär's. Jetzt stehen Sie offiziell auf der Transplantations-Warteliste. Sollten Sie über diese Rufnummern einmal nicht zu erreichen sein, müssen Sie uns anrufen und Alternativen nennen. Bei Auslandsreisen werden Sie vorübergehend von der Liste genommen.«

»Warum?«, fragte ich.

»Wir brauchen Sie innerhalb von maximal sechs Stunden im OP«, sagte er. »Lassen Sie länger auf sich warten, wenn eine geeignete Hand zur Verfügung steht, ist das Transplantat vielleicht nicht lebensfähig.«

»Was passiert dann mit der Hand?«

»Wir prüfen, ob sie für jemand anderen hier oder sonstwo in Europa geeignet ist, aber am wahrscheinlichsten bleibt sie beim Spender.«

»Und wird begraben?«

»Ja«, erwiderte er. »Oder eingeäschert.«

»Das fände ich furchtbar«, sagte ich. »Dann sollte ich doch lieber in sechs Stunden Entfernung vom Krankenhaus bleiben.«

Und auf Regen hoffen.

Ich verließ die Klinik in gehobener Stimmung, voller Vorfreude, und fragte mich, ob ich, wenn ich das nächste Mal hierher zurückkehrte, schon eine neue Hand bekäme – für ein neues Leben als kompletter Mensch.

Das Handy klingelte in meiner Tasche. Es war Marina.

»Hallo, mein Schatz«, meldete ich mich frohgelaunt.

»Sid, Sid.« Marina war in Panik. Ich hörte, wie sie hyperventilierte.

»Was ist denn?«, rief ich in den Hörer, Hochstimmung dahin, Adrenalinpegel am Anschlag.

»Die Polizei ist hier.«

»Wo?«

»Bei Sassy in der Schule. Mit zwei Frauen vom Sozialamt.«

»Wieso?«, fragte ich ratlos.

»Sie wollen Sassy in Obhut nehmen.«

»Was?« Ich spürte plötzlich meine Beine nicht mehr.

»Sie wollen Saskia in Obhut nehmen«, wiederholte Marina, dann hörte ich sie jemanden anschreien. »Lassen Sie das Kind in Ruhe!«

»Die können sie uns ja wohl nicht einfach so wegnehmen.«

»Das können und das wollen sie«, sagte Marina unter Tränen. »Und dich wollen sie festnehmen, weil du sie sexuell missbraucht hast.«

Ich weiß nicht genau, wie ich von Roehampton zur Marylebone Station und in einen Zug nach Banbury gekommen bin. Hinterher konnte ich mich an keine Sekunde der Fahrt erinnern.

In meinem Kopf überschlug sich alles.

Wie konnte man mir vorwerfen, meine Tochter sexuell missbraucht zu haben? Das ergab keinen Sinn.

Der Zug verließ Marylebone, und ich fragte mich, was tun. Wen konnte ich anrufen?

Früher einmal hätte ich einen mir gewogenen Whitehall-Funktionär angerufen, Archie Kirk, aber der hatte sich leider nicht nur aus dem Beamtendasein, sondern ganz aus dem Dasein zurückgezogen.

Einen Anwalt. Den brauchte ich.

Der einzige mir bekannte Anwalt war der Mann aus Banbury, der alles Juristische erledigt hatte, als Marina und ich unser Haus kauften, und den kannte ich nicht gerade gut. Aber es musste gehen, zumal ich seine Durchwahl noch gespeichert hatte.

»Jeremy Duncombe«, meldete er sich beim zweiten Klingeln.

»Tag, Jeremy«, sagte ich. »Sid Halley hier. Wissen Sie noch, wer ich bin? Sie haben seinerzeit unser Haus recherchiert.«

»Klar weiß ich das noch. Hübsches Haus in Nutwell.«

»Genau.« Ich hielt inne. »Jeremy, ich habe ein ziemliches Problem und brauche einen Rat.«

»Okay«, sagte er. »Schießen Sie los.«

Auf einmal fiel es mir gar nicht leicht zu erklären, dass die Polizei vorhatte, mich wegen Kindesmissbrauch festzunehmen, auch wenn der Vorwurf aus der Luft gegriffen war. Kein Rauch ohne Feuer, sagte ich mir schon selbst.

»Die Polizei will mich aus unerfindlichen Gründen befragen.«

»Worüber?«, fragte er.

»Na ja«, sagte ich, »es klingt verrückt, aber sie nimmt wohl an, ich hätte mich an meiner Tochter vergangen.«

Das Wort »Kindesmissbrauch« brachte ich nicht über die Lippen, dennoch war es erst mal still in der Leitung, und der Mann, der mir im Zug gegenübersaß, sah mich verächtlich an.

»Stimmt das denn?«, fragte Jeremy.

»Natürlich nicht.«

»Sind Sie gerade bei der Polizei?«

»Nein, ich bin im Zug von London nach Banbury. Meine Frau hat mich angerufen und mir gesagt, dass die Polizei mich sucht und weswegen.«

»Was haben Sie denn vor?«

»Ich gehe in Banbury sofort zur Polizei und mache dem Unsinn ein Ende, aber ich hielt es für besser, mich vorher an einen Anwalt zu wenden, und Sie sind der Einzige, den ich kenne.«

»Da bin ich nicht so ganz der Richtige«, sagte Jeremy. »Ich habe normalerweise nur mit Hausübertragungen und hin und wieder einem Testament zu tun. Sie brauchen einen Strafrechtler.«

»Und wie finde ich den innerhalb der nächsten Stunde?«

»Wir haben zwei in unserer Kanzlei, und die dürften beide heute Nachmittag in Banbury am Amtsgericht sein.«

»Das ist neben der Polizeiwache«, sagte ich. »Können Sie einen der beiden bitten, sich in einer Stunde dort mit mir zu treffen?«

»Ich versuch's«, sagte er ohne viel Zuversicht. »Bauen Sie aber nicht unbedingt drauf, dass einer kommt. Die haben am Gericht ein volles Programm, und mittwochs wird's immer spät.«

Ich legte auf und lächelte mein Gegenüber an. Er erwiderte das Lächeln nicht.

Super, dachte ich. Und jetzt?

Das Handy klingelte. Rufnummer unterdrückt.

»Hallo, Mr. Halley«, sagte Billy McCusker. »Geht's Ihnen gut?«

»Was geht Sie das an?«

»Ich hatte Ihnen doch gesagt, Sie sollten keine Jockeys mehr ausfragen.«

Ich bekam eine Gänsehaut am Arm, und meine Nackenhaare stellten sich auf. Woher wusste er, dass ich weitergefragt hatte?

»Das habe ich auch nicht«, sagte ich.

»Das glaube ich aber doch, Mr. Halley«, entgegnete er. »Und jetzt bezahlen Sie dafür.«

»Was soll das heißen?«

»So ein liebes kleines Mädchen«, sagte er. »Hoffentlich ergeht's ihr nicht zu schlecht im Kinderheim.«

»Sie Dreckskerl!«, rief ich, aber das hörte er schon nicht mehr. Die Verbindung war weg.

Als ich den Kopf hob, sah ich, dass die meisten Leute im Waggon zu mir rüberschauten. Ich lächelte sie an, und einige drehten sich sogar weg.

Wie machte McCusker das?

Er konnte nicht nur bestimmen, welches Pferd ein Rennen gewann, oder ein verängstigtes Ehepaar dazu bringen, ein Kind zu entführen; offenbar konnte er sogar schon das Sozialamt veranlassen, Saskia in Obhut zu nehmen, und die Polizei dazu bringen, mich zu verhaften.

Wie weit reichten seine gefährlichen Tentakel?

Ich rief Robert Price an.

»Du solltest doch mit McCusker keinen Kontakt aufnehmen«, herrschte ich ihn an, wenn auch mit gemäßigter Lautstärke. Die Mitreisenden schenkten mir ohnehin schon zu viel Aufmerksamkeit.

»Hab ich auch nicht«, sagte er. »Ehrenwort.«

Woher wusste es McCusker dann? Hatte Robert recht gehabt mit der Behauptung, sein Telefon werde abgehört? War auch meins angezapft? Hatte McCusker unseren kleinen Plausch einfach mitangehört?

Ich versuchte, mich zu erinnern, was Robert und ich am Freitagabend gesagt hatten und auf welchem Telefon. Wie viel hatte McCusker von unserer Unterhaltung mitbekommen? Und vor allem, wusste er, dass ich seine Nummer kannte?

Als Nächstes versuchte ich, Marina zu erreichen, doch

zu Hause meldete sie sich nicht, und auf ihrem Handy sprang gleich die Mailbox an.

Mit wem sollte ich sprechen? Lange hatte ich vielleicht nicht mehr die Gelegenheit dazu.

Wenn ich in Schwierigkeiten oder verletzt war, hatte ich immer bei Charles in Aynsford Zuflucht gesucht, und so hielt ich es auch diesmal.

»Das ist doch absurd«, sagte er, als ich ihm von meinem neuesten Problem erzählte.

»Ich weiß es, und du weißt es«, erwiderte ich. »Andere Leute werden es trotzdem glauben.«

»Aber natürlich nicht.«

»O doch«, sagte ich. »Früher mal war ›Hure‹ das schlimmste Wort, das man einer Frau an den Kopf werfen konnte. Aber heute ist eine Hure geradezu eine Respektsperson verglichen mit einem Pädophilen oder Kinderschänder. Wenn man auch nur entfernt mit so jemandem in Verbindung gebracht wird, ist man für die Leute gestorben.«

»Was willst du dagegen tun?«, fragte Charles.

»Ich bin auf dem Weg zur Polizeiwache in Banbury und hoffe, da kann ich das alles klären. Aber ich brauche einen Anwalt. Und zwar schnell.«

»Ein Freund von mir ist Anwalt, Kronanwalt. Gehört zu meinem Club. Ich ruf ihn mal an. Vielleicht kann er was machen.«

Ich war Charles dankbar, aber auch Kronanwälte hielten sich von Kinderschändern lieber fern. Die waren nicht gut für ihr Image und ihre Laufbahn.

Bis zur Polizeiwache in Banbury kam ich nicht.

Drei Polizeibeamte, zwei in Uniform und einer in Zivil, erwarteten mich auf dem Bahnsteig, als ich aus dem Zug stieg.

»Mr. Halley«, der Kriminalbeamte trat vor mich hin, »ich bin Detektivsergeant Fleet und verhafte Sie unter dem Verdacht des Kindesmissbrauchs und Verstoßes gegen das Sexualstrafrecht von 2003. Sie dürfen die Aussage verweigern, aber es könnte Ihre Glaubwürdigkeit beeinträchtigen, wenn Sie auf Befragen etwas nicht äußern, auf das Sie sich später vor Gericht beziehen. Alles, was Sie sagen, kann vor Gericht gegen Sie verwendet werden.«

Schweigend ließ ich mich durch den Bahnhof zu dem wartenden Polizeiwagen führen.

Ich wurde nicht zur Polizeiwache in Banbury, sondern zur Polizei Oxford gebracht, wo der bullige Sergeant im weißen Hemd, der mich in Gewahrsam nahm, gleich mal klarstellte, dass er von »Pädoschweinen« wie mir nichts hielt.

Ich musste meine Taschen leeren und Handy, Brieftasche und Gürtel abgeben, und alles wurde einzeln in Plastiktüten verpackt und mit einem unterschriebenen Aufkleber verschlossen. Dann fotografierte mich jemand von vorn und von der Seite, und jemand anders kratzte mir nicht gerade sanft eine DNA-Probe von der Wangeninnenseite.

Lustig wurde es zumindest für mich einen Moment lang, als ein Gefängnisbeamter die Fingerabdrücke meiner linken Hand nehmen wollte. Da mich niemand gefragt hatte, ob ich eine Prothese trug, hatte ich nichts davon gesagt, zumal sie beim flüchtigen Abtasten vorweg nicht entdeckt worden war.

Der Sergeant fand's nicht zum Lachen.

»Nehmen Sie sie ab«, befahl er barsch.

»Warum?«

»Weil ich es sage.«

Es hatte offensichtlich keinen Zweck, mit ihm zu diskutieren, und so zog ich vorsichtig meinen linken Unterarm aus dem engsitzenden Fiberglasschaft und reichte ihm die Prothese mit der Handfläche nach oben. Er betrachtete sie angewidert und steckte auch sie in eine Plastiktüte.

»Ich würde gerne meinen Anwalt sprechen«, sagte ich.

»Alles zu seiner Zeit«, wiegelte der Sergeant ab.

»Und auch Chefinspektor Watkinson würde ich gern sprechen.«

»Der kommt schon zu Ihnen, wenn er so weit ist«, gab der Sergeant zurück und notierte, was ich gesagt hatte. Er wandte sich an seine Leute. »Schafft den Dreckskerl in Zelle fünf.«

»Augenblick«, sagte ich. »Steht mir nicht ein Anruf zu?«

»Alles zu seiner Zeit«, wiederholte er. »Zelle fünf.«

Die Beamten führten mich im Polizeigriff durch ein Gittertor und einen cremefarbenen Gang zu Zelle fünf, in die sie mich unsanft hineinschubsten. Klappernd fiel hinter mir die Tür ins Schloss.

Einen Vorwurf konnte ich ihnen wohl nicht machen.

Ich mag Pädophile selbst nicht, und auch wenn die Justiz das Gegenteil behauptet, in den Augen der Polizei sind alle Festgenommenen schuldig bis zum Nachweis ihrer Unschuld, und selbst dann hat sie noch ihre Zweifel, besonders wenn bei den Festgenommenen der Verdacht auf Kindesmissbrauch besteht.

Ich setzte mich auf das Betonbett und die dünne Matratze mit dem Plastiküberzug und dachte darüber nach, wie schnell sich doch alles im Leben ändern konnte. In nur zwei Stunden war ich von Hochstimmung und Vorfreude abgerutscht in tiefe Verzweiflung und Hoffnungslosigkeit. Es zeichnete sich ab, dass ich nicht mit ein paar klärenden Worten zu Chefinspektor Watkinson und einem Lachen über die Leichtgläubigkeit des Sozialamts aus diesem Schlamassel herauskommen würde. Das sah eher nach Gerichtsterminen und der damit einhergehenden unliebsamen Berichterstattung aus.

Und wie lange wollten sie mich in dieser verfluchten Zelle festhalten?

Meine Aussichten, in sechs Stunden von hier zum Queen-Mary-OP zu kommen, waren sicher bescheiden, falls jetzt eine geeignete Spenderhand auftauchte.

Gut, dass es nicht regnete.

17

Zwei Stunden später durfte ich nach mehrmaligem Nachhaken telefonieren. Ich kenne meine Rechte, sagte ich ihnen, und es stehe mir zu, jemandem mitzuteilen, wo ich mich aufhielt.

Ich rief Charles vom Büro und vom Telefon des Sergeants aus an.

»Wo bist du?«, fragte Charles.

»Bei der Polizei Oxford«, sagte ich. »Hast du mit deinem Freund, dem Kronanwalt, gesprochen?«

»Ja, er hat dir eine Anwältin besorgt, aber die sucht dich gerade in Banbury.«

»Gut. Sie soll nach Oxford kommen. Und ruf bitte Marina an, Charles – sag ihr, wo ich bin und dass es mir gutgeht.«

»Das genügt.« Der Sergeant nahm mir den Hörer aus der Hand. »Bringt ihn wieder in seine Zelle.«

»Ich muss Chefinspektor Watkinson sprechen«, sagte ich.

»Alles zu seiner Zeit«, wiederholte er. »In die Zelle mit ihm.«

Abmarsch im Polizeigriff.

»Wann werde ich verhört?«, fragte ich einen meiner Wärter.

»Alles zu seiner Zeit«, antwortete auch er.

Vermutlich war es Polizeisprech für »noch nicht«.

Verhört wurde ich dann am Abend um neun von einem Kriminalkommissar, viereinhalb Stunden nach meiner Festnahme und eine Stunde nach dem Eintreffen von Maggie Jennings, der von Charles' Freund vermittelten Anwältin, die ich allerdings erst fünf Minuten vor dem Verhör sprechen durfte.

»Ich bedaure die Verspätung, Mr. Halley«, sagte der Kommissar, ohne sich danach anzuhören. »Wir haben eine Haussuchung bei Ihnen gemacht.«

»Da gibt es nichts zu finden«, sagte ich.

»Ich möchte bitte meinen Mandanten kurz unter vier Augen sprechen«, ging Maggie Jennings laut dazwischen.

»Befragung unterbrochen um ...«, der Kommissar sah auf die Uhr an der Wand, »... zwei Minuten nach neun.« Er schaltete den Rekorder aus, ging mit seinem Kompagnon hinaus und ließ mich mit Maggie Jennings allein. Mich hätte interessiert, ob der Raum verwanzt war, aber ich fragte nicht.

»Mr. Halley, ich hatte Sie doch gebeten, nur mit ›kein Kommentar!‹ zu antworten.« Maggie Jennings war ziemlich sauer auf mich.

»Sid«, sagte ich. »Nennen Sie mich doch bitte beim Vornamen. Und warum soll ich still sein? Ich habe nichts zu verbergen. Ich habe nichts getan.«

»Mr. Halley ... Sid«, sagte sie. »Sie sind schweren Anschuldigungen ausgesetzt, und die Polizei wird Ihnen die Worte so im Mund herumdrehen, dass Sie möglichst schlecht aussehen. Glauben Sie mir, es ist besser, nichts zu sagen.«

Das konnte ich mir kaum vorstellen. Nur Schuldige hätten doch geschwiegen.

Maggie ging zur Tür und klopfte. Sofort öffnete sie sich, und Kommissar und Kompagnon nahmen ihre Plätze wieder ein.

»Befragung fortgesetzt um einundzwanzig Uhr fünf«, sagte der Kommissar. »Anwesend sind Kommissar Ingram, Detektivsergeant Fleet, der angeschuldigte Mr. Halley und Miss Jennings, Rechtsbeistand des Angeschuldigten.«

»Also, Mr. Halley«, fuhr er fort, »wenn es in Ihrem Haus nichts zu finden gibt, wo sollen wir Ihre ganzen Bilder von kleinen Mädchen denn dann suchen?«

»Kein Kommentar.«

»Sie haben doch Bilder von kleinen Mädchen, oder?«

»Kein Kommentar«, sagte ich und biss mir auf die Zunge.

Auf der Zunge lag mir zu sagen, dass ich natürlich Fotos von kleinen Mädchen hatte, tausende. Sechs Jahrgänge Fotos von Saskia, vom Augenblick ihrer Geburt bis hin zu gestern Nachmittag im Garten: Bilder von ihr zu Hause und in der Schule, bei Charles oder in den Ferien am Strand in Holland, beim Weihnachtsessen und auf Geburtstagspartys, immer wieder Bilder von ihr. Ich hielt mein Handy zum Fotografieren ständig in Bereitschaft. Welcher Vater auch nicht? Daran war nichts Finsteres und nichts Verkehrtes.

»Kennen Sie ein kleines Mädchen namens Annabel Gaucin?«, fragte er.

Ich schielte zu meiner Anwältin. Sie schüttelte kaum merklich den Kopf.

»Kein Kommentar«, sagte ich.

»Sie ist erst sechs.« Verachtung sprach aus seinem Ton. »Mr. Halley, warum haben Sie ein Foto von der nackten Annabel Gaucin auf Ihrem Handy?«

»Kein Kommentar.«

»Ein Foto, wie sie nackt in *Ihrem* Haus steht?«

»Kein Kommentar.«

Wenn er das Foto gesehen hatte, wusste er ganz genau, dass Annabel neben Saskia in der Badewanne gestanden hatte und beide mit Badeschaum bedeckt waren. Abgesehen von ihren grinsenden Gesichtern war unter dem Schaum kaum ein Quadratzentimeter nackter Haut zu sehen gewesen. Und woher wussten sie überhaupt, dass das Mädchen auf dem Foto Annabel war?

Langsam dämmerte mir, was Maggie damit gemeint hatte, dass die Polizei alles zum Schlechten verdreht.

Es lief auf eins raus, ob ich ihre Fragen beantwortete oder schwieg, und das behagte mir gar nicht. Ich wand mich auf meinem Stuhl.

Die Vernehmung ging in dem Stil weiter, »kein Kommentar« zu jeder direkten Frage des Kommissars. Detektivsergeant Fleet saß stumm dabei und beobachtete mich. Ich hatte ihn noch kein Wort sagen hören, seit er mir auf dem Bahnhof von Banbury meine Rechte zitiert hatte.

Diesmal verlangte ich ein Vieraugengespräch mit Maggie Jennings, weil es mich immer mehr störte, schweigen zu müssen.

»Ich weiß, was ich tue«, sagte Maggie. »Sie müssen Ihre Unschuld nicht beweisen.«

»Das möchte ich aber«, entgegnete ich. »Ich bin unschuldig.«

»Ich weiß, was ich tue«, wiederholte sie. »Vertrauen Sie mir.«

Ich war mir nicht ganz sicher, ob Maggie an meine Unschuld glaubte. Vielleicht hatten die Fragen zu Annabels Foto sie schockiert. Dabei wäre mir im Traum nicht eingefallen, dass man es für etwas anderes halten könnte, als es war, die sechsjährige Tochter und ihre beste Freundin beim Spielen in der Badewanne, aufgenommen vom stolzen Vater. Marina war auch mit auf dem Foto gewesen, und sie hatte vorgeschlagen, es zu machen.

Also antwortete ich weiterhin auf alle Fragen »kein Kommentar«, und schließlich hatte auch der Kommissar die Nase voll davon. »Befragung beendet um … zweiundzwanzig Uhr achtzehn«, sagte er und schaltete den Rekorder aus. Dann stand er auf und ging ohne ein weiteres Wort geradewegs aus dem Zimmer.

»Wie geht's jetzt weiter?«, fragte ich Detektivsergeant Fleet, den stummen Kompagnon, aber er schwieg. Er sah mich nur an, als wäre ich ein Stück Hundekot an seinem werten Schuh, dann folgte er seinem Vorgesetzten zur Tür hinaus und schloss sie hinter sich.

»Man behält Sie definitiv über Nacht hier«, sagte Maggie, »und befragt Sie mit ziemlicher Sicherheit morgen früh noch mal. Wahrscheinlich werden Ihr Haus und die Festplatte Ihres Computers derzeit nach weiteren anstößigen Bildern durchsucht.«

»Das Foto von Annabel ist nicht anstößig«, sagte ich. »Sie steht da mit meiner Tochter in der Badewanne, und beide sind von Kopf bis Fuß mit Badeschaum bedeckt. Meine Frau ist mit auf dem Foto. Mit Sex hat das nicht das Geringste zu tun.« Allerdings war mir damals durch den Kopf gegangen, dass ich das Foto vielleicht nicht hätte machen sollen. Und hätte Marina nicht darauf bestanden, hätte ich es auch nicht getan.

»Die behalten Sie auf jeden Fall hier«, sagte sie. »Sechsunddreißig Stunden kann man Sie festhalten, wenn nicht beim Richter eine Verlängerung erwirkt wird.«

»Verlängerung?«, fragte ich.

»Insgesamt könnte man Sie sechsundneunzig Stunden festhalten, dann muss man Sie entweder offiziell beschuldigen oder freilassen.«

»Sechsundneunzig Stunden! Das sind vier Tage.«

»Das wäre aber schon extrem«, sagte Maggie, um mich zu beruhigen. »Wenn sie sonst keine Bilder finden und das gefundene so harmlos aussieht, wie Sie sagen, kommen Sie morgen im Lauf des Tages frei, vielleicht mit der Auflage, sich nach Abschluss der Ermittlungen noch mal auf einem Polizeirevier zu melden. All das natürlich nur, wenn keine belastenden Aussagen Dritter vorliegen.«

Von wem?, dachte ich. McCusker musste ohnehin jemanden dazu gebracht haben, mich anzuzeigen. Wer weiß, was er sonst noch eingefädelt hatte.

Maggie ging zur Tür und klopfte. »Bis morgen früh.«

»Wo wohnen Sie denn?«

»Meine Kanzlei hat mir ein Hotel gebucht. Machen Sie sich um mich keine Gedanken. Ich komme zurecht. Die

Polizei gibt mir Bescheid, ob und wann Sie morgen noch mal vernommen werden. Bis dahin sprechen Sie bitte mit niemandem über Ihren Fall. Ich warne Sie: So etwas wie einen ›freundlichen inoffiziellen Plausch‹ mit einem Haftbeamten gibt es nicht.«

Die Tür öffnete sich, und zwei der besagten Haftbeamten kamen herein, als Maggie ging.

Meinen Anweisungen entsprechend ließ ich mich wortlos von ihnen zu Zelle fünf eskortieren. Freundlichkeiten waren von diesen Herrschaften sowieso kaum zu erwarten. Sogar das Essen, das ich in meiner Zelle vorfand, war eiskalt und stand da offensichtlich schon eine Ewigkeit. Es war eine dunkelbraune Pampe unbestimmter Zusammensetzung, und die Soße hatte auf dem Plastikteller die Konsistenz von Tapetenkleister angenommen.

Vier Tage mit dieser Diät, dachte ich, und du näherst dich wieder deinem Reitgewicht.

»Wie erklären Sie das hier?«, fragte der Kommissar am nächsten Morgen.

Er warf einen braunen Umschlag auf den Tisch im Vernehmungsraum, und ich sah nur zu deutlich den dicken Packen Fotos, die oben herausschauten: Bilder von kleinen Kindern in eindeutigen Situationen, so eindeutig, dass jedem normalen Menschen davon schlecht werden konnte.

»Kein Kommentar«, erwiderte ich einmal mehr.

»Die hat man in Ihrem Schuppen gefunden«, sagte er. »Versteckt unter alten Gartenhandschuhen.«

Das Blut rauschte mir in den Ohren, mein Mund wurde staubtrocken, und es schnürte mir die Kehle zu.

Den Umschlag und die Fotos hatte ich noch nie gesehen. McCusker oder einer seiner Kumpane musste sie dort deponiert haben, aber ich nahm nicht an, dass der Kommissar mir geglaubt hätte, selbst wenn Miss Jennings mich hätte aussagen lassen.

Die Luft war plötzlich viel dünner geworden, und ich hatte das Gefühl, kopfüber ins Verderben zu stürzen, unaufhaltsam wie die Titanic in voller Fahrt auf den Eisberg zuzurauschen, dann ab in die Tiefe.

Langsam, sagte ich mir. Beruhige dich. Atme erst mal durch.

Ich zwang mich, in Ruhe einen Schluck Wasser aus dem Glas vor mir zu trinken.

»Ich möchte gern Chefinspektor Watkinson oder Detektivsergeant Lynch sprechen.«

Darum hatte ich schon öfter gebeten, doch wieder ignorierte der Kommissar meinen Wunsch.

»Das Kuvert enthält achtundfünfzig äußerst anstößige Kinderfotos«, sagte er und breitete ein paar vor mir auf dem Tisch aus. »Auf einigen sieht man Kinder in eindeutigen Situationen mit Erwachsenen, wenn auch natürlich nicht die Gesichter der Erwachsenen. Lassen Sie sich gesagt sein, Mr. Halley, das reicht, um Sie für ziemlich lange in den Bau zu bringen. Und Sie wissen ja, was mit Leuten wie Ihnen passiert, wenn sie da reinkommen.« Er zog sich den Finger über die Gurgel.

»Schüchtern Sie meinen Mandanten bitte nicht ein«, sagte Maggie Jennings.

Der Beamte funkelte sie an, als hätte er nicht wenig Lust, sie ebenfalls einzuschüchtern.

»Ich beantworte Ihre Fragen«, sagte ich zu ihm, »aber nur, wenn Sie zulassen, dass auch Chefinspektor Watkinson und Detektivsergeant Lynch dabei sind.«

Maggie Jennings sah mich verblüfft an und bat erneut um ein Vieraugengespräch mit ihrem Mandanten.

»Finden Sie das wirklich klug?«, fragte sie, als wir allein waren.

»Ich bin es leid, mir etwas vorwerfen lassen zu müssen, das ich nicht getan habe, und mich nicht verteidigen zu können. Die Fotos sind in meinem Gartenschuppen deponiert worden. Ich habe sie noch nie gesehen und will sie auch nicht mehr sehen. Es ist vielleicht nicht klug, auf seine Fragen zu antworten, aber schlimmer, als immer nur ›kein Kommentar‹ zu sagen, kann es auch nicht sein. Das hört sich doch an, als hätte ich etwas zu verbergen, und dem ist nicht so. Ich zweifle schon selbst an meiner Unschuld, wenn ich mir zuhöre.«

»Okay«, sagte Maggie mit einem ablehnenden Kopfschütteln. »Sie sind der Mandant.«

Doch statt zurück in den Vernehmungsraum wurde ich im Klammergriff wieder in Zelle fünf geführt, wo ich eine ganze Ewigkeit für mich allein blieb.

Das als frustrierend zu bezeichnen wäre eine massive Untertreibung.

Ich war es gewohnt, das Heft in der Hand zu haben, zu wissen, was los war. Hier aber war ich völlig isoliert und wusste nicht mal, wie es um meine Familie stand.

Waren Marina und Sassy irgendwo zusammen? Oder war meine kleine Saskia mutterseelenallein in einem ihr fremden Kinderheim, wie McCusker es mir ausgemalt hatte?

Nicht Bescheid zu wissen war das Schlimmste.

Wir sind inzwischen so an Handys und Internetzugang gewöhnt, dass wir uns ohne sie völlig verloren vorkommen. Es ist, als wären wir süchtig danach, mit der ganzen Welt in Kontakt zu stehen, und könnten nicht mal ein paar Stunden digitaler Isolation aushalten.

Ich öffnete und schloss die Finger meiner rechten Hand, als könnte ich ihnen damit den Drang, zu simsen oder auf der PC-Tastatur zu tippen, austreiben.

Die tumben Finger meiner Linken reagierten unterdessen auf rein gar nichts – auch, weil die Hand rund fünfzehn Meter entfernt in der Schublade des Haftsergeants lag.

Die Zeit schleppte sich endlos hin, und ich sorgte mich weiter um Marina und Saskia. Es war meine Aufgabe, mich um sie zu kümmern, aber dazu fehlte mir im Augenblick jede Möglichkeit. Ich konnte mich nicht mal um mich selbst kümmern.

In der Zelle war keine Uhr. In der Regel las ich die Zeit vom Display meines Handys, nicht von einer Armbanduhr. Ich versuchte, die Dauer einer Minute abzuschätzen. Dann fünf Minuten. Dann zehn. Aber ich hatte keinen Anhaltspunkt, ob meine Schätzungen stimmten.

Zum zweiten Mal an diesem Tag fühlte ich Panik in mir aufsteigen.

Beruhige dich, sagte ich mir erneut. Beruhige dich. Weiter durchatmen.

Da ich aber meinen Verstand irgendwie beschäftigen musste, fing ich an, Berechnungen zu meiner Umgebung anzustellen, die die Zeit außen vor ließen. Wie groß war meine Zelle? Wie viele Kubikmeter Luft fasste sie? Wenn ein tiefer Atemzug fünf Liter Luft bedeutete, wie viele Atemzüge enthielt dann die Zelle? Und so weiter.

Ich sah ein, dass das albern war, aber in meiner Verfassung war alles besser, als die Zellenwände hochzuklettern, und die schauten mich einladend an.

Wenn ich nächstes Mal verhaftet wurde, musste ich daran denken, ein Buch mitzunehmen, obwohl die Bande hier das sicher einkassieren würde.

Die Beamten kamen mich wieder holen, zerrten mich zum Vernehmungsraum und bugsierten mich auf den Stuhl hinterm Tisch. Ich sah auf die Wanduhr. Zehn Minuten vor zwölf. Etwas mehr als zwei Stunden war ich in meiner Zelle gewesen. Es hatte sich fünfmal so lange angefühlt. Wie hielt bloß jemand jahrelange Einzelhaft aus? Ich würde wohl in einer Woche durchdrehen.

Maggie Jennings kam herein, gefolgt von dem Kommissar und seinem Detektivsergeant, und nach ihnen Chefinspektor Watkinson. DS Lynch war nicht zu sehen, aber man kann nicht alles haben.

Der Kommissar schaltete den Rekorder an und hielt die Uhrzeit sowie die Namen der Anwesenden fest.

Wenn ich geglaubt hatte, mit der Anwesenheit Chefinspektor Watkinsons käme alles in Lot, hatte ich mich schwer getäuscht. Der Kommissar trat allenfalls noch härter auf, als hätte es ihm nicht gepasst, von einem Häftling Vorschriften gemacht zu bekommen.

»So, Mr. Halley«, sagte er. »Fangen wir noch mal von vorn an. Kennen Sie ein kleines Mädchen namens Annabel Gaucin?«

»Ja«, antworte ich. »Sie ist eine Schulfreundin meiner Tochter.«

»War sie schon mal bei Ihnen zu Hause?«

»Ja. Sie hat verschiedentlich bei uns übernachtet. Und bevor Sie mir wieder mit der Frage kommen, ja, ich habe sie vor ungefähr zwei Wochen zusammen mit meiner Tochter im Bad fotografiert. Meine Frau ist auch mit drauf, und das Foto hat überhaupt nichts Anstößiges.«

»Finden Sie nicht, dass zwei nackte sechsjährige Mädchen zu fotografieren anstößig ist?«

»Nein«, sagte ich. »Sie waren ganz mit Badeschaum bedeckt. Was soll denn daran anstößig sein?«

»Marilyn Monroe fand Badeschaum sexy. Eben deshalb wurde sie oft beim Schaumbaden gefilmt.«

»Das ist etwas anderes«, sagte ich. »Und meine Aufnahme hat jedenfalls nichts Anstößiges.«

»Das werden die Geschworenen entscheiden.«

O Gott, dachte ich. Ein Prozess? Mit Geschworenen? Die würden ja wohl einsehen, dass es sich bei dem Foto um einen harmlosen privaten Schnappschuss handelte. Bloß gab es noch die anderen in dem braunen Umschlag aus meinem Schuppen. Die konnte man beim besten Willen nicht als harmlose Schnappschüsse bezeichnen.

»Mr. Halley«, fuhr der Kommissar fort, »haben Sie Annabel Gaucin jemals unsittlich berührt?«

»Nein«, sagte ich empört, »ich habe noch nie kleine Mädchen angefasst, natürlich abgesehen von meiner Tochter.«

»Haben Sie jemals die Geschlechtsteile Ihrer Tochter angefasst, oder ihren Anus?«

Mir gefiel nicht, wo die Fragen hingingen. Vielleicht wäre »kein Kommentar« doch besser gewesen.

»Als sie klein war, habe ich ihr oft die Windeln gewechselt«, sagte ich. »Wie jeder gute Vater. Und ab und zu, wenn meine Frau nicht da ist oder zu tun hat, bade ich sie. Aber ich habe sie niemals unsittlich berührt. Selbstverständlich nicht.«

»Waren *Sie* im Beisein Ihrer Tochter schon mal nackt?«

Ich dachte an die Zeit zurück, als die kleine Sassy morgens regelmäßig zu Marina und mir ins Bett gekrabbelt war. Da war ich nackt gewesen.

»Als sie ein Baby war, sicher«, antwortete ich. »Meine Frau und ich finden nichts dabei, unbekleidet im Schlafzimmer herumzulaufen. Saskia war manchmal auch dabei.«

»Wann waren Sie zuletzt im Beisein Ihrer Tochter nackt?«

»Das weiß ich nicht«, sagte ich.

»Voriges Jahr? Vorigen Monat? Vorige Woche?«

»Das ist viel länger her.« Jetzt schwitzte ich schon. »Da wird sie noch nicht zur Schule gegangen sein.«

»Waren Sie jemals im Beisein eines anderen Kindes nackt?«, fragte er.

»Nein«, antwortete ich entschieden.

»Sind Sie der Erwachsene auf einem dieser Fotos?« Er hielt den braunen Umschlag hoch.

»Auf keinen Fall«, sagte ich. »Und ich habe die Fotos auch noch nie gesehen. Ich glaube, die sind von demselben Mann in meinem Schuppen deponiert worden, der mich am Telefon bedroht hat und der meine Tochter aus der Schule hat entführen lassen.«

Ich blickte zu Chefinspektor Watkinson in der Erwartung, er würde meine Aussage stützen, aber er saß nur verschlossen da und schwieg. Offensichtlich hatte er Anweisung, stillzusitzen und den Mund zu halten.

Ich wandte mich wieder dem Kommissar zu. »Haben Sie sich überhaupt mit Chefinspektor Watkinson über Billy McCusker unterhalten?«, fragte ich.

»Das hat doch mit diesem Fall nichts zu tun.«

»Es hat sehr wohl damit zu tun«, fuhr ich auf. »McCusker rief mich gestern im Zug an, nur ein paar Minuten vor meiner Festnahme, und sagte mir, ich würde dafür büßen, dass ich nicht nach seiner Pfeife tanzte, und er hoffe, mein Töchterchen würde es im Kinderheim gut aushalten. Erzählen Sie mir also nicht, das sei nicht fallrelevant. Billy McCusker steckt mittendrin.«

»Billy McCusker hat kein Foto von zwei kleinen Mädchen gemacht, die nackt im Bad stehen.«

Davon schien er besessen zu sein.

»Hören Sie«, sagte ich so sachlich und nüchtern wie möglich, »haben Sie das Foto eigentlich gesehen? Wenn ja, dann wissen Sie so gut wie ich, dass es nur ein harmloser Schnappschuss ist, der für sich allein nicht mal zu einem Stirnrunzeln, geschweige denn einer Festnahme geführt hätte.« Aber es war das Sahnehäubchen auf McCuskers Kuchen gewesen. So viel Glück hätte selbst er sich nicht träumen lassen.

»Warum hat man mich also festgenommen?«, fragte ich. »Und zwar, ehe noch jemand das Bild auf meinem Handy gesehen hatte? Jemand muss mich doch angezeigt haben. Wer?«

Der Kommissar schwieg.

»Annabel Gaucin oder ihre Eltern waren's ja wohl nicht!« Langsam redete ich mich in Rage. »Wer also? War es jemand mit irischem Akzent?«

Wieder kam keine Antwort.

»Ich sage Ihnen, Kommissar Ingram, das Ganze ist ein abgekartetes Spiel. Billy McCusker oder einer seiner Leute hat diese Fotos in meinem Schuppen versteckt, damit Sie sie finden. Dann hat man Sie angerufen und mich angezeigt. Haben Sie die Fotos überhaupt auf Fingerabdrücke geprüft? Meine finden Sie bestimmt nicht darauf.«

»Befragung unterbrochen um zwölf Uhr zweiundzwanzig«, sagte Kommissar Ingram unvermittelt und schaltete den Rekorder aus.

Die drei Kriminalbeamten standen auf und wandten sich gemeinsam zur Tür.

»Wie lange wollen Sie mich hier noch festhalten?«, fragte ich einigermaßen sauer. »Ich möchte gern nach Hause zu meiner Familie.«

Der Kommissar stockte noch nicht mal im Gehen.

»Chefinspektor Watkinson«, rief ich. »Ihnen muss doch klar sein, was hier vorgeht. Können Sie nicht eingreifen?«

Er drehte sich kurz um und sah mich traurig an, sagte aber immer noch nichts. Ich konnte nur hoffen, dass er draußen mit Ingram reden würde.

Die Tür schloss sich hinter den dreien, und ich war mit Maggie Jennings allein.

»Was nun?«, fragte ich sie.

Das jähe Ende der Befragung schien sie ebenso überrascht zu haben wie mich. »Ich weiß nicht genau. Vielleicht will er Sie noch einmal sprechen, vielleicht meinen sie aber auch, genug in der Hand zu haben, um Sie des Besitzes anstößiger Bilder zu beschuldigen. Oder Sie werden vorbehaltlich weiterer Untersuchungen auf freien Fuß gesetzt.«

»Vorbehaltlich?«

»Das heißt, Sie kommen frei, müssen sich aber an einem bestimmten Datum zu einer bestimmten Uhrzeit auf einer Polizeiwache einfinden. Das wird oft gemacht, besonders wenn die Polizei nicht genügend Beweise für eine Beschuldigung hat und mehr Zeit zum Ermitteln braucht. Daran sind oft Bedingungen geknüpft, und Sie müssen vielleicht Ihren Pass abgeben, damit Sie nicht irgendwo ins Ausland flüchten können.«

Das Ausland klang in dem Moment ziemlich verlockend.

»Und wenn ich beschuldigt werde?«

»Dann behält man Sie hier auf der Polizeistation, bis Sie einem Haftrichter vorgeführt werden. Das wäre wohl morgen früh.«

»Und dann?«

»Der Haftrichter würde Ihnen wahrscheinlich Kaution gewähren.«

Dieses »wahrscheinlich« gefiel mir nicht besonders.

18

Am selben Nachmittag um vier wurde ich freigelassen. Aber wie erwartet gab es Auflagen.

Ich musste nicht nur meinen Pass abgeben, sondern durfte mich auch Annabel Gaucin nicht wissentlich auf weniger als drei Kilometer nähern und mich nirgends mit meiner Tochter allein aufhalten.

»Das ist doch verrückt«, sagte ich zu dem Beamten, der mir die Auflagen vorlas. »Ich wohne nicht mal drei Kilometer von Annabel Gaucin entfernt.«

»Dann müssen Sie woanders wohnen«, erklärte er wenig hilfreich. »Sie können die Auflagen auch ablehnen, aber dann geht's vor den Richter, und Sie werden vielleicht in Untersuchungshaft behalten. Es ist Ihre Entscheidung. Die Auflagen sind vom Sozialamt verfügt, und die kennen sich am besten aus.«

Insgeheim dachte ich, dass sich das Sozialamt in meinem Fall überhaupt nicht auskannte, aber ich musste es hinnehmen.

Wieder unterschrieb ich etwas, mit dem ich nicht einverstanden war.

Charles kam mich mit seinem betagten Mercedes abholen. Ich hatte ihn gebeten, an unserem Haus vorbeizufahren, für das er einen Schlüssel besaß, und aus der oberen Schreibtischschublade meinen Reisepass mitzubringen, den ich im Austausch gegen meine Prothese, meinen Gürtel, meine Brieftasche und meine Freiheit dann feierlich dem Haftrichter übergab.

Mein Handy behielten sie als potentielles Beweismittel ein.

Charles und ich liefen vor der Polizeistation direkt in ein Sperrfeuer von Reportern und Fotografen, die mir Fragen zuriefen und ihre Kameras blitzen ließen. Sogar ein Fernsehteam war da, das mir mit seinem Mikrophon immer mehr auf die Pelle rückte.

Ich war völlig überrumpelt und hätte mich fast wieder in die Polizeistation verdrückt, doch das war auch nicht gerade eine ideale Zuflucht. Wahrscheinlich hatte einer der Beamten der Presse überhaupt erst den Tipp gegeben.

So mussten Charles und ich uns zwischen drängelnden, drauflosknipsenden Paparazzi zu dem fünfzig Meter entfernt stehenden Mercedes durchkämpfen.

»Steig ein«, rief er mir übers Wagendach zu, als er aufschloss, aber ich bekam die Tür hinter mir nicht zu, da die Fotografen sie dauernd wieder aufzureißen versuchten, um noch einen besseren Schuss zu bekommen.

Schließlich fuhr Charles mit noch offenen Türen von der Bordsteinkante weg.

»Pass auf«, schrie ich ihn an, als er direkt auf das Fernsehteam zuhielt. »Überfahr um Gottes willen keinen, sonst sind wir gleich wieder im Bau.«

Zum Glück waren die Fernsehleute so vernünftig, zur Seite zu springen, als wir Fahrt aufnahmen.

»Teufel auch«, sagte Charles und lachte. »Genau wie der Spießrutenlauf bei der VBA.«

»VBA?«, fragte ich.

»Volksbefreiungsarmee«, erklärte er. »In China. Den Jangtse runter. Nur haben die Jungs hier nicht scharf geschossen.«

So vorgekommen war es mir trotzdem, und ich war mir sicher, die Film- und Fotoaufnahmen, die sie gemacht hatten, würden in den Nachrichten und morgen in den Tageszeitungen auftauchen.

»Warum hast du mich nicht gewarnt?«, fragte ich. »Du hast sie doch sicher gesehen, als du gekommen bist.«

»Entschuldige. Ich habe nicht darauf geachtet«, sagte Charles. »Und ich hätte ohnehin nicht angenommen, dass sie deinetwegen da sind.«

Wieso auch?

»Werden wir verfolgt?«

Charles sah in den Rückspiegel. »Ich glaube nicht, aber ich biege zur Sicherheit noch ein paarmal ab.«

Die nächsten zehn Minuten kurvten wir durch Oxfords Einbahnstraßen, bis Charles überzeugt war, dass uns niemand folgte, und dann lenkte er den Mercedes in nordwestlicher Richtung gen Aynsford.

»Wie war es?«, fragte Charles.

»Fürchterlich«, antwortete ich. »Sie haben mich wie einen Perversen behandelt.«

Charles fragte wenigstens nicht, ob ich einer war.

»Wieso kannst du denn nicht in deinem eigenen Haus wohnen?«

Ich hatte Charles nur angerufen, weil Marina weder zu

Hause noch auf dem Handy zu erreichen war, und dem Sergeant hatte das Hin und Her schon nicht gepasst.

»Dank dem Sozialamt muss ich drei Kilometer Abstand zu Annabel Gaucin halten, und die wohnt nur anderthalb Kilometer von uns entfernt.«

»Wo denn?«, fragte Charles.

»In Eastlake. Neben der Schule.«

»Dann kommst du am besten zu mir«, sagte Charles. »Mein Haus liegt rund fünf Kilometer von der Schule in Eastlake entfernt.«

»Kann ich mal sehen, ob ich auf deinem Handy Marina erreiche?«, fragte ich.

»Ich habe kein Handy«, erwiderte er. »Von den Dingern halte ich nichts. Du kannst sie anrufen, wenn wir in Aynsford sind.«

Wie kam heutzutage bloß jemand ohne Handy aus? Ich war von meinem noch keine vierundzwanzig Stunden getrennt und fühlte mich beraubt und völlig hilflos. Ich überlegte, ob ich Charles bitten sollte, an einer Telefonzelle zu halten, fand dann aber, dass es bis Aynsford warten konnte. Marina würde über die Neuigkeiten ohnehin nicht erfreut sein.

»Wie geht's den beiden?«, fragte ich.

»Marina war ziemlich wütend.«

»Auf mich?«

»Auf alles, glaube ich, aber hauptsächlich aufs Sozialamt. Seit deinem Anruf gestern Abend habe ich sie allerdings nicht mehr gesprochen. Da war Saskia schon in der Obhut von Sozialarbeitern, und Marina wusste noch nicht, wo.«

Dass Marina wütend war, konnte ich mir vorstellen. Ich

war es ja selbst, vor allem, weil ich nicht in Erfahrung bringen konnte, wer mich angezeigt hatte und warum.

Der Verdacht gegen mich lautete auf Anfertigung und Besitz anstößiger Bilder von Kindern. Von tatsächlichem Missbrauch war nicht mehr die Rede gewesen.

»Wozu dann die Auflage, nicht in die Nähe von Annabel Gaucin zu kommen und nicht mit meiner Tochter allein zu sein?«, hatte ich den Beamten gefragt.

»Das Sozialamt kann nicht vorsichtig genug sein.«

Ich persönlich empfand die Auflagen als reine Schikane, aber es war sinnlos, das auszusprechen. Er hätte wahrscheinlich nur gelacht.

Ich rief Marina auf ihrem Handy an, sobald wir in Aynsford ankamen.

»Wo bist du?«, rief sie hörbar gestresst.

»Bei Charles. Und du?«

»In irgendeinem schrecklichen Kinderheim bei Oxford.«

»Hast du Sassy?«

»Sie sagen, ich krieg sie bald. Wieso bist du nicht zu Hause?«

Ich versuchte, es ihr zu erklären, aber sie war zu sehr darauf konzentriert, Saskia wiederzubekommen.

»Komm nach Aynsford, sobald du sie hast«, sagte ich. »Wir unterhalten uns hier.«

Marina war in Tränen aufgelöst, als sie und Saskia schließlich um kurz nach sieben bei Charles ankamen, Tränen der Wut, der Erleichterung und der Erschöpfung, alles auf einmal.

Ich ging zu ihnen hinaus. Marina lief mir in der Einfahrt

entgegen und trommelte mir mit den Fäusten auf die Brust, aber ich packte sie und hielt sie fest, während sie an meiner Schulter schluchzte.

»Ach, Sid«, stöhnte sie, »was passiert mit uns?«

Hätte ich das mal gewusst.

Charles kam nach draußen und nahm Saskia bei der Hand.

»Was haben Mami und Papi, Opa?«, fragte sie.

»Gar nichts, Schätzchen«, sagte er. »Komm mit rein. Mrs. Cross hat bestimmt ein paar Kekse für dich.«

Die Sechsjährige und der alte Herr gingen Hand in Hand ins Haus, während Marina und ich auf der Kieseinfahrt stehenblieben.

»Sid.« Marina beruhigte sich ein wenig und löste sich von mir. »Sag mir ehrlich, hast du mit den Fotos, die die Polizei in unserem Schuppen gefunden hat, irgendwas zu tun? Ich muss die Wahrheit wissen.«

»Liebling«, sagte ich, »ich schwör dir, die hatte ich noch nie gesehen, bis die Kripo sie mir gezeigt hat. Die hat jemand im Schuppen deponiert, damit die Polizei sie findet. Hand aufs Herz, ich habe nichts damit zu tun.« Ich legte die Hand aufs Herz.

»Großes Indianerehrenwort?« fragte Marina mit einem kleinen Lächeln.

»Howgh.« Ich erwiderte ihr Lächeln. »Die Polizei glaubt mir wohl auch, sonst hätte sie mich offiziell beschuldigt.«

Und, dachte ich, sonst hätte uns das Sozialamt Sassy nicht zurückgegeben.

»Du bist jetzt also frei?«, fragte Marina.

»Unter Vorbehalt. Formal stehe ich noch unter Arrest,

aber ich brauche nicht in Gewahrsam zu bleiben, während sie weiter ermitteln. In ein paar Wochen muss ich mich allerdings bei der Polizei melden.«

»Und jetzt können wir nach Hause?«

»Komm erst mal rein«, sagte ich. »Es ist kalt.«

Wir gingen hinein, und ich erklärte ihr am Küchentisch, was im Einzelnen passiert war und weshalb ich nicht nach Hause konnte.

»Es glaubt doch wohl niemand im Ernst, dass du dich an Annabel vergreifen würdest«, sagte Marina. »Und ich war doch dabei. Warum hat mich keiner gefragt?«

»Kommt vielleicht noch.« Ich streichelte ihr die Hand. »Mir ist es ein Rätsel, woher die Polizei Annabels Namen wusste.«

»Das war wahrscheinlich meine Schuld«, sagte Marina. »Bei der Haussuchung hat ein Polizist sich nach dem Foto von den zwei Mädchen in der Wanne erkundigt, das auf deinem Handy gefunden worden war. Ich habe gelacht und gesagt, da spielt unsere Tochter mit ihrer besten Freundin bei uns im Badezimmer, und sie wollten Name und Adresse der Freundin haben. Ich hab mir nichts dabei gedacht, sie ihnen zu geben.« Plötzlich sah sie wieder besorgt aus.

»Alles in Ordnung.« Wieder streichelte ich ihre Hand. »Es war nur ein harmloser Schnappschuss.«

Aber die Polizei hatte es anders aufgefasst, und deswegen hatte man mich beinah beschuldigt, ein Kinderschänder zu sein.

»Dass *ich* nicht nach Hause darf, heißt nicht, dass du und Sassy nicht nach Hause dürft. Ich kann gern allein hierbleiben.«

»So siehst du aus«, sagte Marina, worüber ich lachen musste. »Nicht, wenn dieser grässliche Ire frei herumläuft.« Sie schauderte. »Wir bleiben schön hier bei dir, wenn Charles einverstanden ist.« Sie wandte sich ihm zu.

»Natürlich, meine Liebe.« Charles lächelte herzlich.

»Das kann aber dauern«, gab ich zu bedenken. »Mindestens noch ein, zwei Wochen.«

»Kein Problem«, sagte er, immer noch lächelnd. »Bleibt, solange ihr wollt. Nur zu essen habe ich nicht genug, nicht mal für heute Abend. Ich weiß, dass die liebe Mrs. Cross in der Küche Wunder vollbringen kann, aber da müsste als Grundlage wenigstens ein Laib Brot oder ein Fisch da sein.«

Er kehrte die Handflächen nach oben, und ich schmunzelte über die Anspielung aufs Neue Testament. Und ich bewunderte seine Ruhe und Krisenfestigkeit, die ich auf die vielen Jahre als Flottenkommandant zurückführte.

»Bei uns zu Hause ist der Kühlschrank voll«, sagte Marina. »Die Sachen hol ich einfach. Ich muss sowieso Rosie füttern. Sie fragt sich bestimmt schon, wo wir bleiben.«

Damit war es entschieden.

Marina würde bei uns vorbeifahren und die Lebensmittel, Rosie, Wechselwäsche und unser Waschzeug holen.

»Ich fahre mit dir«, sagte Charles. »Für alle Fälle.«

»Für welchen Fall?«, fragte Marina besorgt.

»Die Presse hat heute vor dem Polizeirevier gewartet, und jetzt meine ich, mich zu erinnern, dass ich auch bei euch vorm Haus jemanden gesehen habe, als ich Sids Pass abholte. Ich möchte ungern, dass die dich allein erwischen.«

»Die Presse?«

»Fotografen und ein Fernsehteam«, sagte ich. »Sie standen in Oxford vor dem Revier. Ich glaube, Charles hat recht. Ich finde sogar, ihr solltet mit seinem Wagen fahren. Du kannst dich nach hinten setzen und dir eine Decke über den Kopf ziehen, falls da jemand ist.«

»Ist das nicht etwas übertrieben?«, fragte Marina.

»Glaub mir, ein Kameraobjektiv ins Gesicht gedrückt zu bekommen macht keinen Spaß. Wenn niemand da ist, okay, aber … Lassen wir's nicht drauf ankommen.«

So viel zu Marinas »Risikoscheu«.

Sie fuhren mit dem Mercedes davon, und ich spielte mit Saskia Sardinenbüchse, nominell unter der Aufsicht von Mrs. Cross, um nicht miteinander allein zu sein, aber natürlich waren wir es doch, da Mrs. Cross konsequent in ihrer Küche blieb und sich weigerte mitzuspielen. Sardinenbüchse zu zweit geht aber schlecht, und so verlegten wir uns auf normales Verstecken.

Immerhin schien Sassy durch ihre Erfahrungen mit dem Sozialamt nicht sonderlich verstört zu sein. Offenbar war das Amt freundlicher zu ihr gewesen, als die Polizei zu mir.

Marina und Charles blieben fast eine Stunde weg, und Saskia und ich sahen im Wohnzimmer fern, während Mrs. Cross für Saskia gebackene Bohnen auf Toast zu Abend machte.

Sid Halleys Festnahme wegen Kindesmissbrauch war die zweite Meldung, gleich nach dem Hauptthema Arbeitslosigkeit und Großbritanniens Wirtschaft. Der Reporter kannte wenig Fakten, außer dass ich festgenommen und unbeschuldigt auf freien Fuß gesetzt worden war, aber das hielt ihn nicht von Spekulationen über die Gründe meiner Festnahme ab. Für mich hörte sich das alles stark nach Verleumdung an, war aber natürlich juristisch unangreifbar formuliert mit Wörtern wie »angeblich« und »vermutlich«.

Der Film von Charles und mir auf dem Weg vom Polizeirevier zum Wagen wurde nicht nur ein-, sondern sogar zweimal gezeigt und war kein Augenschmaus.

Wäre ich offiziell beschuldigt worden, hätte nach englischem Recht der Sender die Bilder nicht zeigen dürfen und sich seine Spekulationen verkneifen müssen. Das *sub judice*, also die Tatsache, dass es sich um eine laufende Ermittlung handelte, hätte definitiv dafür gesorgt.

Der Ruf eines Unschuldigen, den die Polizei vorbehaltlich weiterer Ermittlungen auf freien Fuß setzt, kann also leichter zerstört werden als der Ruf von jemandem, der sein Fehlverhalten zugibt und beschuldigt wird.

Die seltsamen Wege der britischen Justiz.

»Die Presse war tatsächlich am Haus«, sagte Charles und lud einen Karton mit Lebensmitteln in seiner Küche ab. »Ein paar Fotografen und ein Fernsehteam. Marina hat sich unter der Decke versteckt. Und am Tor stand ein Polizist Wache.«

Darüber würden die Nachbarn reden, aber wenn sie die Abendnachrichten gesehen hatten, redeten sie sowieso schon.

»Das fand ich eine Frechheit«, sagte Marina. »Er ist mit uns rein, und wir mussten ihm alles zeigen, was wir aus dem Haus geholt haben. Was geht der Inhalt meines Kühlschranks die Polizei an?«

Gar nichts, dachte ich.

Es sei denn, auch zwischen den Lammkoteletts und den Joghurtbechern waren anstößige Bilder von kleinen Mädchen versteckt.

Als wir am Abend wach in dem unvertrauten Bett lagen, erzählte Marina, wie schrecklich es für sie gewesen war, dass sie in die Schule kam und schon wieder fremde Leute ihre Tochter mitnehmen wollten.

»Es war, als würde sie noch einmal entführt«, sagte sie. »Ich hatte solche Angst.« Ich hielt ihre Hand unter der Decke fest.

»Dann sah ich, dass auch ein Polizist da war. Er sagte mir, sie wollten dich wegen sexuellen Missbrauchs an Saskia festnehmen. Natürlich habe ich ihm nicht geglaubt, aber er hat mir versichert, dass es stimmt. Er hatte die entsprechenden Formulare dabei. Ich gebe zu, da bin ich ein bisschen ausgerastet. Es gab viel Geschrei.«

»Das wundert mich nicht«, versuchte ich, sie zu trösten. »Es muss furchtbar gewesen sein.«

»Allerdings. Zumal die anderen Mütter alle zusahen. Der Polizist musste mich mit Gewalt zurückhalten, als die Frauen vom Sozialamt Saskia in ihren Wagen verfrachtet haben und weggefahren sind. Er hat sogar gedroht, mich festzunehmen, wenn ich mich nicht beruhige. Aber wie soll man sich beruhigen, wenn sie einem das eigene Kind wegnehmen.«

Ich drückte ihr erneut die Hand, und wir lagen eine Zeitlang still im Dunkeln.

»Sid, was ist da los?«, fragte Marina schließlich. »Warum lässt der Mann uns nicht in Ruhe?«

»Ich weiß es nicht«, antwortete ich. »Aber es kann sich nicht nur um das blöde Gutachten drehen. Das habe ich unterschrieben, und er lässt uns trotzdem nicht in Frieden. Er möchte mich wohl in der Hand haben, aber ich denke verdammt noch mal nicht daran, mir vorschreiben zu lassen, wie ich arbeite und mit wem ich rede. Aber ich kann ihm in Zukunft auch nicht mehr viel nützen, wenn er mir so zusetzt, deshalb begreife ich nicht, warum er das macht.«

»Wie meinst du das?«

»Na, ich nehme an, er war so scharf darauf, dass ich den Wisch unterschreibe und an die BHA schicke, weil die BHA auf mein Urteil was gibt und denkt, wenn ich es sage, wird alles in Ordnung sein. Ich galt als so unbestechlich, dass mir mal jemand gesagt hat, ›grünes Licht von Halley‹ sei Rennsport-Slang für ehrlich und zuverlässig.«

»Und?«

»Mit dem ganzen Tamtam jetzt erreicht McCusker nur, dass ich als Kinderschänder abqualifiziert werde, und dann gilt mein Wort bei der BHA und sonst wo einen Dreck. Dann nütze ich ihm nichts mehr, weil ›grünes Licht von Halley‹ einen ganz anderen Klang bekommt und keine Empfehlung mehr ist.«

»Kannst du ihn nicht ausschalten?«, fragte sie. »Ihn uns mit einer deiner berühmten Finten ein für allemal vom Hals schaffen?«

Hoppla, dachte ich, jetzt ging es aber rund.

»Notfalls könnte ich versuchen, ihn umzubringen.«

»Tolle Idee«, meinte sie und lachte.

»Aber erst muss ich ihn mal finden.«

»Das schaffst du schon, wenn du dir Mühe gibst.«

»Seine Telefonnummer habe ich schon.«

»Wirklich?«, fragte Marina. »Das ist doch mal was.«

»Hoffentlich. Morgen früh kümmere ich mich drum.«

»Braver Junge«, sagte Marina und schmiegte sich unter der Bettdecke an mich. »Niemand vergreift sich ungestraft an unserer Tochter.«

19

Am Freitagmorgen hängte ich mich in Charles' Arbeitszimmer ans Telefon, um von zwei noch diensttätigen Polizeibeamten, denen ich mal aus der Patsche geholfen hatte, Gefälligkeiten einzufordern.

»Kann ich nicht machen, Sid«, sagte der eine, als ich erklärte, was ich von ihm wollte. »Schon gar nicht, wo deine hässliche Visage heute überall auf der Titelseite ist.«

»Du kannst, Terry«, erwiderte ich. »Such's im Polizeicomputer, und sag mir, was da steht. Computer wissen heutzutage über jeden Bescheid, und sonst musst du dich an den MI5 wenden. Ich weiß, dass du aus deiner Antiterrorzeit da Freunde hast.«

»Es ist rechtswidrig.«

»Jetzt aber! Seit wann schert sich Terry Glenn um die Gesetze? Und wenn ich mich richtig entsinne, war es auch ungesetzlich von mir, dir bei dem Stephenson-Waffenschmuggel aus der Klemme zu helfen, aber ich hab's hingebügelt.«

»Das ist fast fünfzehn Jahre her.«

»Du verdankst mir also die letzten fünfzehn Jahre deiner Laufbahn. Was bist du jetzt? Inspektor? Mit gutem Gehalt? Inflationsangepasster Rente? Eine kleine Gegenleistung sollte das doch wert sein.«

»Ich schau mal, was ich tun kann«, sagte er widerstrebend.

»Sei so gut, Terry.«

Dann rief ich den anderen an, einen Kriminalbeamten aus dem Großraum Manchester, den ich kannte, seit ich vor zwölf Jahren für den Jockey Club gegen einen Drogenring von Stallangestellten ermittelt hatte.

»Tag, Sid«, sagte er. »Lang ist's her.«

Ich hörte einen besorgten Unterton heraus, als erwarte er schlechte Nachrichten.

»Norman«, sagte ich, »du musst mir einen Gefallen tun.«

»Das habe ich befürchtet«, antwortete er.

»Es ist nichts Großes«, sagte ich. »Ich möchte eine Kopie von allem, was ihr über einen gewissen Billy McCusker habt.«

»Du beliebst zu scherzen. Diese Informationen kann ich dir nicht geben.«

»Wieso nicht?«

»Zunächst mal ist es verboten«, sagte er, »aber hast du überhaupt eine Vorstellung, wie viel das ist? Wir haben kistenweise Material über Billy McCusker.«

»Warum habt ihr ihn dann nicht eingesperrt und den Schlüssel weggeworfen?«

»An Versuchen hat es wirklich nicht gefehlt. Irgendwie ist er uns immer einen Schritt voraus, als hätten wir einen Spion unter uns.«

»Einen Maulwurf«, sagte ich. »Wahrscheinlich jemand, den McCusker bedroht.«

»Da magst du recht haben.«

»Und wenn ich verspreche, dir seinen Kopf auf dem Tablett zu servieren – dir persönlich? Lässt du mich dann wenigstens mal die Akten einsehen?«

»Es ist wie gesagt verboten.«

»Ja, aber könntest du's deichseln?«

»Nein.«

»Dann schick mir eine Zusammenfassung. Ich muss wissen, wo er wohnt, was für einen Wagen er fährt, wo er arbeitet und mit wem er verkehrt. Mich würde auch interessieren, was ihr von seiner Übernahme der Honest-Joe-Bull-Wettbüros haltet und ob ihr versucht habt, Billy McCusker die Buchmacherlizenz zu verweigern.«

»Nicht so viel also«, meinte Norman spöttisch.

»Eben, und das kriegst du auch bestimmt hin«, pflichtete ich ihm bei.

»Komm, Sid. Verschon mich damit. Wenn rauskommt, dass ich dir helfe, bin ich sofort meinen Job los. Ich will nächstes Jahr aufhören und brauche meine Pension.«

»Bring mich nicht zum Weinen«, sagte ich. »Du sollst ihn ja nicht erschießen. Ich brauche nur ein paar Auskünfte über ihn.«

»Es geht nicht«, wand er sich. »Schon wegen dem Kram über dich und die kleinen Mädchen, der heute in der Zeitung steht.«

»Alles erstunken und erlogen«, sagte ich. »Billy McCusker hat mir das eingebrockt.«

»Wieso?«

»Das weiß ich nicht genau, aber ich gedenke es herauszufinden, und du hilfst mir dabei.«

»Ich kann nicht«, wiederholte er.

»Doch, Norman. Denn du bist mir ordentlich was schuldig, oder?«

Wir wussten beide genau, dass ohne mein rechtzeitiges Eingreifen Detektivinspektor Norman Whitby vor zwölf Jahren in einem verlassenen Lagerhaus von einem messerschwingenden jungen Drogenschlucker ins Jenseits befördert worden wäre.

Es gab Schöneres für mich, als solche Gefälligkeiten einzufordern. Ich hatte ja nicht mit dem Gedanken geholfen, irgendwann etwas zurückzubekommen. Aber jetzt brauchte ich unbedingt Hilfe.

»Wie sieht's aus?« Marina kam ins Arbeitszimmer.

»Geht so«, sagte ich. »Und wie war's für Saskia in der Schule?«

»Prima. Es hat ihr gar nichts ausgemacht. Mir schon.«

»Wieso?«

»Ach, nur gehässige Bemerkungen von den anderen Müttern. Wie die Leute eben sind. Und dass Paula mich geschnitten hat, fand ich ganz schlimm.«

»Du kannst es ihr nicht verdenken«, sagte ich. »Man erfährt nicht jeden Tag von der Polizei, dass die eigene Tochter vielleicht vom Mann der besten Freundin unsittlich fotografiert worden ist. Dass sie dich dann nur ignoriert, ist noch harmlos.«

»Ich wünschte, sie hätte mich direkt darauf angesprochen.«

»Hättest du das denn, wenn es um Saskia und Tim gegangen wäre?«

»Stimmt auch wieder.« Sie kam zu mir und fuhr mir mit den Fingern durchs Haar. »Du hast wie immer recht.«

Schön wär's, dachte ich.

Hoffentlich war es richtig, zum Angriff auf McCusker überzugehen. Sicherer wäre vielleicht die Vogel-Strauß-Taktik gewesen, den Kopf in den Sand zu stecken. Aber so war ich nicht, und so konnte ich nicht leben.

Plötzlich war es ein gutes Gefühl, wieder das zu tun, wonach ich mich so lange schon sehnte – *einmal Detektiv, immer Detektiv* –, und jetzt hatte ich Marinas uneingeschränkte Unterstützung.

»Aber du musst dich in Acht nehmen«, sagte ich zu ihr. »Der Mann denkt sich nichts dabei, aus dem geringsten Anlass gewalttätig zu werden. Keine einsamen Spaziergänge mehr durch dunkle Straßen.«

»Oder über Rennbahnparkplätze.« Marina streichelte mir neben dem linken Auge übers Gesicht. »Es wird genau wie in den alten Zeiten sein.«

Ein Hauptproblem beim Verlust eines Handys ist, dass man damit auch sein Kontaktverzeichnis verliert – wichtige Telefonnummern sind für immer weg beziehungsweise in meinem Fall so lange, bis die Polizei es für angebracht hielt, mir mein Telefon zurückzugeben.

Ich hatte einer solchen Situation durch Speichern der Kontaktliste auf meinem Laptop vorgebeugt, aber diese Vorsorge hatte die Polizei wiederum dadurch zunichtegemacht, dass sie auch meinen Laptop einbehalten hatte.

Daher musste ich auf ein nichtelektronisches, handgeschriebenes altes Adressbuch zurückgreifen, das Marina aus meinem Schreibtisch geholt und mitgebracht hatte.

Ich durchforstete die Seiten nach einem Namen, der etwas zum Klingen brachte, und fand ihn unter B.

Barnes. Chico Barnes.

Vor vielen Jahren waren Chico und ich Kollegen bei der Detektei Hunt Radnor Associates gewesen und hatten dabei einiges zusammen durchgemacht, nicht zuletzt mit einem Haufen besonders übler Schurken, die Pferdebesitzergemeinschaften manipulierten und uns um ein Haar bei lebendigem Leib die Haut abgezogen hätten.

Wir waren ein gutes Team, und ich war sehr enttäuscht gewesen, als Chico das Ermitteln aufgegeben hatte, um sich ganz seinem Hauptberuf zu widmen, nämlich »einer Bande straffälliger Jugendlicher« an einer Nordlondoner Gesamtschule Sport und Judo beizubringen.

Ich hatte auch gehört, er habe geheiratet und eine Familie gegründet. Vielleicht hatte die Frau einige seiner Ecken und Kanten glätten können, vielleicht auch nicht.

Mensch, käme der mir jetzt gelegen!

Ich wählte die Nummer aus dem Adressbuch und fragte mich, ob sie nach so langer Zeit überhaupt noch aktuell war.

»Hallo?«, meldete sich eine Frauenstimme.

»Spreche ich mit Mrs. Barnes?«, fragte ich.

Ein zögerndes »Ja«, als dächte sie, jemand wolle ihr etwas andrehen, an dem ihr nichts lag.

»Ist Ihr Mann da, Mr. Chico Barnes?«

»Nein«, sagte sie. »Der wohnt hier nicht mehr.«

»Ach so«, sagte ich. »Haben Sie seine Telefonnummer?«

Sie rasselte die Handynummer so schnell runter, dass ich sie bitten musste, sie zu wiederholen.

»Danke«, sagte ich.

Ich rief die neue Nummer an.

»Hallo«, kam die vertraute Cockneystimme.

»Chico, hier ist Sid.«

»Ich werd' nicht mehr! Sid Halley! Es war so still um dich, ich dachte, du wärst tot.«

Das hatte auch Paddy O'Fitch gesagt. War ich in den letzten sechs Jahren wirklich so wenig lebendig gewesen? Vielleicht ja.

»Unterrichtest du noch?«

»Leider Gottes«, erwiderte Chico. »Langsam werde ich zu alt für den Judozirkus.«

»Und ich erst.«

»Na, aber du musst wenigstens nicht jeden Tag zig übergewichtige Teenager über deine Schulter werfen. Als ich anfing, waren die garantiert nicht so schwer.«

Ich lachte. »Dann soll ihnen die Schulkantine mal weniger Fritten vorsetzen.«

»Was kann ich für dich tun?«, fragte Chico.

»Ich wollte nur hören, wie's dir geht«, sagte ich. »Was es so gibt.«

»Erzähl mir keinen vom Pferd. Du willst doch was.«

»Kann mich denn nicht einfach interessieren, was du so machst? Warum unterstellst du mir Hintergedanken?«

»Weil ich dich kenne, Sid Halley. Also, was liegt an?«

»Es könnte gefährlich sein«, sagte ich.

»In meiner Schule kann's auch jeden Tag gefährlich werden. Drei Messerstechereien hatten wir dieses Jahr schon. Einmal traf's einen Lehrer.«

»Und deine Familie? Die könnte dagegen sein.«

»Meine Familie ist gegen fast alles, was ich mache. Deshalb leben meine Frau und ich auch getrennt und warten auf die Scheidung.«

»Kinder?«

»Nee, das war das Problem. Ich wollte, sie konnte nicht, basta.«

»Hilfst du mir also?«, fragte ich und wagte kaum, daran zu glauben.

»Bist du für den Scheiß wirklich noch nicht zu alt?«

»Ich habe keine Wahl, Mann. Hast du die Zeitung gesehen? Ich werde als Pädophiler hingestellt. Wenn ich mich nicht wehre, kann ich mich begraben lassen.«

»Ja«, sagte Chico. »Im Frühstücksfernsehen kam was über dich.«

»Du guckst Frühstücksfernsehen? Ich fass es nicht.«

In den Jahren unserer Zusammenarbeit war er jeden Morgen durch die Straßen gedampft, um sich fit zu halten.

»Die Zeiten sind vorbei«, sagte er und lachte. »Auf meine alten Tage bin ich weich und wabblig geworden.« Er war etwa acht Jahre jünger als ich, wenn sein genaues Alter auch niemand kannte, da er als kleines Kind im Kinderwagen vor einer Polizeiwache abgestellt worden war.

»Heißt das, du würdest mir nichts nützen?«

»So weich und wabblig bin ich auch noch nicht«, sagte er. »Was brauchst du denn?«

»Ich glaube, ich könnte eine ganze Armee gebrauchen.«

»So schlimm?«

»Schlimmer.«

»Zahlst du? Oder haben wir einen Sponsor?«

»Ich, leider.«

»Das war immer dein Problem«, sagte er. »Du musst lernen, andere blechen zu lassen.«

»Hilfst du mir also für ein paar Scheine?«

»Klar«, sagte er. »Ich kann ein bisschen Abwechslung gebrauchen.«

In den nächsten zwanzig Minuten erzählte ich ihm einiges von meinen Nöten.

»Dieser McCusker gehört definitiv aus dem Verkehr gezogen«, sagte Chico.

»Du hast ja so recht«, stimmte ich bei.

»Na gut, jetzt muss ich los, meine kleine Schlägerbande unterrichten. Ich ruf dich nachher an, und wir planen was.«

Das Gespräch mit Chico hatte meine Laune gehoben. Die Aussicht, wieder mit ihm zusammenzuarbeiten, war fabelhaft. Mit Marinas Worten: Es würde wie in den alten Zeiten sein.

Als Nächstes rief ich die Nummer auf Chefinspektor Watkinsons Visitenkarte an und war angenehm überrascht, den Mann direkt zu erwischen.

»Herzlichen Dank für die große Hilfe gestern«, sagte ich sarkastisch. »Sie hätten mir ruhig ein bisschen beispringen können.«

»Bin ich doch«, sagte er. »Was glauben Sie, warum Sie freigekommen und nicht in Untersuchungshaft verblieben sind? Aber ich sollte nicht mit Ihnen reden.«

»Ich muss wissen, wer mich angezeigt hat«, sagte ich.

»Und ich sagte Ihnen gerade, dass ich nicht mit Ihnen reden dürfte.«

»Tun Sie aber«, sagte ich. »Wer war es also?«

»Das weiß ich nicht.«

»Können Sie es nicht herausfinden?«, bat ich schon beinah inständig. »Sie wissen doch so gut wie ich, dass das alles Quatsch ist und dass Billy McCusker dahintersteckt.«

»Hat er Sie wieder angerufen?«

»Nein«, sagte ich. »Dank der Polizei darf ich nicht in meinem Haus wohnen, und da Sie noch mein Handy haben, hat er keine Möglichkeit, mich zu erreichen.«

Das war einer der wenigen Vorteile der Situation.

»Wer hat mich also angezeigt?«, brachte ich ihn auf den Grund meines Anrufs zurück. »Ich brauche irgendeinen Anhalt, damit ich mich gegen ihn wehren kann.«

»Das sollten Sie uns überlassen«, sagte er.

»Sie waren doch voll damit beschäftigt, mich statt seiner zu verhaften. Wenn ich das Ihnen überlasse, passiert gar nichts, und das wissen wir beide. Sie müssen innerhalb eines Systems agieren, das McCusker sehr gut für seine Zwecke auszunutzen versteht. Ich brauche das nicht.«

»Okay«, sagte er. »Ich schau mal, was ich rausfinde. Aber Sie müssen sich an die Gesetze halten.«

»Selbstverständlich«, antwortete ich.

Ans Naturrecht.

Der Freitagmorgen zog sich endlos hin, und ich konnte Saskia nicht mal von der Schule abholen, weil ich damit die drei Kilometer Abstand zu Annabel Gaucin unterschritten hätte.

In Zelle fünf bei der Polizei Oxford saß ich zwar nicht mehr, doch auch in der gemütlicheren Umgebung in Aynsford fühlte ich mich noch als Gefangener. Immerhin brachten die Mittagsnachrichten im Fernsehen nichts mehr über mich.

Vielleicht geriet das Ganze in Vergessenheit, dachte ich, und das Leben wurde wieder normal.

Wohl kaum.

Sassy half mir aus dem Stimmungstief, als sie nach der Schule durch Charles' Arbeitszimmer hüpfte und mir eine kleine Puppe vorführte, die sie im Werkunterricht gebastelt hatte.

»Sehr schön, Schätzchen«, sagte ich. »Wie heißt sie?«

»Mandy«, antwortete Sassy schlicht. Dann rannte sie aus dem Zimmer, um der Puppe ihren Großpapa vorzustellen.

»Wie war's heute in der Schule?«, fragte ich Marina.

»Ganz furchtbar«, sagte sie. »Die Mutter eines Mädchens aus der nächsten Klasse hat ihre Tochter angeschrien, sie solle sich von Saskia fernhalten, damit sie sich nichts einfängt. Also wirklich, wer macht denn so was?«

»Achte nicht darauf«, sagte ich.

»Versuche ich ja, aber es fällt mir schwer.«

Ich nahm sie tröstend in den Arm.

»Und du?«, fragte Marina. »Schon Glück gehabt bei der Suche nach McCusker?«

»Na ja, ich habe ein paar Fühler ausgestreckt. Ist das für dich auch wirklich in Ordnung?«

»Unbedingt«, versicherte sie. »Ich hasse den Mann, ich hasse ihn. Er hat Saskia entführt, er hat Mandy auf dem Gewissen, und dann wollte er mir weismachen, dass mein Liebster etwas mit pornographischen Kinderfotos zu tun hat.« Sie schwieg. »Der Mann muss weg. Aber unsere Sicherheit geht vor. Bring uns nicht in Gefahr.«

»Versprochen«, sagte ich.

Aber konnte ich das wirklich versprechen? Unter allen Umständen Wort halten? Hatte ich uns eventuell nicht schon dadurch in Gefahr gebracht, dass ich Norman Whitby um Auskunft gebeten hatte?

Ich musste an den möglichen Maulwurf bei der Kripo von Greater Manchester denken. Wenn nun Norman versehentlich McCusker über meine Erkundigungen informierte, indem er dem Falschen davon erzählte? Ich hielt das zwar für unwahrscheinlich, aber konnte ich sicher sein?

Und was, wenn Norman Whitby selbst McCuskers Maulwurf war?

Daran durfte ich gar nicht denken.

Das Telefon unterbrach meinen düsteren Gedankengang, und am Apparat war ausgerechnet Norman Whitby.

»Ich habe was für Sie«, sagte er leise. »Haben Sie eine E-Mail-Adresse?«

»Ihre Kollegen vom Themsetal haben meinen Computer beschlagnahmt. Können Sie's mir vorlesen?«

»Nein«, sagte er, wieder fast im Flüsterton. »Ich bin auf dem Revier.«

Dann schicken Sie's mit der Post.« Ich gab ihm Charles' Adresse. »Das ist sicherer als mailen. Es wird nicht registriert.«

»Dann muss ich's ausdrucken.« Froh stimmte ihn das offensichtlich nicht.

»Und Norman«, sagte ich, »schicken Sie's als Brief erster Klasse. Ich brauch's morgen.«

»Ich versuche es«, sagte er schnell und legte auf.

Wenn er der Maulwurf war, war er obendrein ein guter Schauspieler.

»Wo fangen wir an?«, fragte Chico, als er gegen fünf zurückrief.

»Wie wär's mit einem Trip nach Manchester?«

»Manchester?«

»Ich möchte mir meinen Feind ansehen.«

»Wann?«

»Wann kannst du?«, fragte ich.

»Jederzeit. Hier fangen am Montag die Prüfungen an, die dauern Wochen, und der Sport fällt aus, weil sie in der Turnhalle stattfinden.«

»Habt ihr keine Sportplätze?«

»Hatten wir, aber der elende Stadtrat hat sie als Wohngebiet verkauft. Und auf den Spielplatz dürfen wir nicht, obwohl da mittags die halbe Stadt herumbolzt. Sicherheitsvorschriften offenbar, weil der Spielplatz betoniert ist. Schwachsinn alles.«

Des einen Leid, des andern Freud, dachte ich.

»Musst du dich nicht trotzdem um die Kinder kümmern?«

»Da komm ich schon raus. Ich erzähl denen, meine Oma liegt in Nordschottland im Sterben und ich muss zu ihr. Das ist kein Problem. Hab ich schon mal gemacht.«

»Wie viele Omas hast du in Schottland?«, fragte ich und lachte.

»So viele wie nötig.«

Hoffentlich verschliss er nicht zu viele.

20

Wer A sagt, muss auch B sagen.

Am späten Freitagnachmittag schickte ich von Charles' betagtem Computer aus eine E-Mail an BHA-Funktionär Peter Medicos und distanzierte mich von dem ihm kürzlich übersandten Gutachten zu Sir Richard Stewarts Sorge wegen manipulierter Pferderennen.

Ich hätte mich geirrt, schrieb ich, und nach weiteren Recherchen erkannt, dass Sir Richards Behauptung, jemand manipuliere den Ausgang von Pferderennen, berechtigt sei. Dem Sicherheitsdienst seien daher mit Fokus auf die Buchmacherfirma Honest Joe Bullen in Manchester weitere Ermittlungen in der Sache zu empfehlen.

»Hältst du das für klug?«, fragte Charles, als ich ihm davon erzählte.

»Keine Ahnung«, antwortete ich, »aber es sollte uns zugutekommen, wenn Billy McCusker durch eine rennsportbehördliche Überprüfung seiner Buchmacherfirma abgelenkt wird.«

Ich war bewusst nicht so weit gegangen, McCusker beim Namen zu nennen oder Einzelheiten zu den von mir befragten Jockeys anzuführen. Peter Medicos würde zu gegebener Zeit von selbst darauf stoßen, und ich wollte unter keinen Umständen, dass Leute wie Jimmy Guernsey

McCusker erzählten, der Sicherheitsdienst sei auf einen Fingerzeig von mir hin zu ihm gekommen.

Die Informationen von Norman Whitby kamen am nächsten Vormittag mit der Post.

Es war nicht so viel wie erhofft, aber es genügte schon. Das Wichtigste waren McCuskers Privatanschrift und seine Telefonnummer (mit Normans Randbemerkung: *Steht in keinem Telefonbuch, also kein Wort darüber, wo sie herkommt*).

Ich wusste aus dem Belfaster Prozessprotokoll, dass Billy McCusker jetzt 42 war, doch Normans Infos verrieten, dass er passenderweise am letzten Tag im Oktober geboren war – an Halloween.

Normans kurzem Bericht über McCuskers mutmaßliche Beteiligung an einem florierenden Erpresserring in Manchester entnahm ich, dass unser Billy an seinem Geburtstag nicht in ein Gruselkostüm zu schlüpfen brauchte, um anderen Angst einzuflößen. Er tat es tagaus, tagein das ganze Jahr hindurch, wahrscheinlich mit Anzug und Krawatte.

Sechsmal war McCusker in den vergangenen fünf Jahren festgenommen worden. Fünfmal wegen des Verdachts, mit Drohungen Geld erpresst zu haben, und einmal wegen schwerer Körperverletzung mit einem Baseballschläger, doch nur eine dieser Festnahmen hatte zu einer Beschuldigung geführt. Eine Anklage vor Gericht wurde trotzdem nicht daraus, da sich die vorgesehenen Zeugen der Anklage plötzlich nicht mehr an das erinnerten, was sie zuvor bei der Polizei ausgesagt hatten.

Willkommener kollektiver Gedächtnisverlust, zweifellos gefördert durch Gewaltandrohungen des Beschuldigten und seiner Spießgesellen. Zu erreichen, dass McCusker verurteilt wurde oder gar eine längere Freiheitsstrafe absitzen musste, würde sehr schwierig sein.

Vielleicht war seine Ermordung wirklich die einzige realistische Lösung, aber Norman Whitbys Dossier enthielt auch Informationen über drei enge Mitarbeiter Billy McCuskers, seine Schläger, von denen ich zwei mit ziemlicher Sicherheit auf dem Parkplatz der Rennbahn in Towcester kennengelernt hatte. Um den Chef zu erledigen, müsste man wahrscheinlich erst die Helfer beseitigen, und irgendwie fand ich diese Aussichten nicht gerade berückend.

Als Nächstes rief ich noch mal Terry Glenn von der Londoner Kripo an.

»Tag, Terry«, sagte ich, als er sich auf seinem Handy meldete. »Was erreicht?«

Er freute sich nicht, von mir zu hören. »Nein, Sid. Noch nicht.«

»Hast du's überhaupt versucht?«, fragte ich, obwohl das offensichtlich nicht der Fall war.

»Telefonunterlagen sind streng vertraulich«, sagte er. »Ist dir klar, wie ich in der Scheiße stecke, wenn rauskommt, dass ich dir solche Informationen gegeben habe? Gerade nach dem Abhörskandal und dem Ärger wegen an die Presse verkauften polizeilichen Erkenntnissen?«

»Ist dir klar, wie du in der Scheiße gesteckt hättest, wenn ich nicht die Knarre aus deiner Wohnung geholt hätte, bevor die Dienstaufsicht danach gesucht hat? Es wäre aus gewesen mit dir, Terry, und du weißt es. Karriere futsch, Freiheit futsch, vielleicht sogar dein Leben. Du weißt, was mit Bullen passiert, wenn sie in den Bau kommen.«

»Das ist doch alles Jahre her.«

»Mag sein«, sagte ich, »trotzdem hab ich was gut bei dir. Und ich hab eine neue Nummer für dich.«

Ich gab ihm McCuskers Festnetznummer aus Norman Whitbys Papieren zusätzlich zur Handynummer vom Vortag. »Alle Anrufe der letzten sechs Monate, das reicht schon. Plus die SMS-Nachrichten auf dem Handy.«

Er seufzte. »Na gut, weil du es bist, aber dann sind wir quitt. Keine Extrawünsche mehr.«

»Gut«, sagte ich. »Abgemacht. Druck alles aus, und schick es mir.« Ich gab ihm Charles' Adresse.

»Mach ich am Montag«, sagte er resigniert.

»Nein, Terry. Jetzt. Dann geht's noch mit der Samstagspost raus.«

Gegen Mittag hob sich meine Laune, als Chico mit dem Taxi vom Bahnhof Banbury ankam.

Wir hatten uns gut zehn Jahre nicht gesehen, und er hatte wie angekündigt hier und da ein paar Pfund zugelegt, genau wie ich. Sein dichtes Kraushaar war ein wenig grau meliert, aber im Großen und Ganzen sah er genau so aus, wie ich ihn in Erinnerung hatte. Und sein Verstand war so scharf und kantig wie immer.

»Du bist gut gealtert«, begrüßte ich ihn im Flur.

»Ich werde dieses Jahr vierzig«, sagte er, »vielleicht auch nächstes.«

»Das sieht man dir nicht an.«

»Lass gut sein. Was soll's? Mir geht's doch nicht um Komplimente.« Sein Lächeln verriet mir aber, dass er ziemlich stolz auf sein jugendliches Aussehen war. »Trotzdem muss ich auf mich achten, mein Alter, wo ich doch jetzt wieder auf Brautschau gehe.«

»Ja«, sagte ich. »Tut mir leid, das mit deiner Ehe.«

»Nicht nötig«, meinte er. »Ich glaube, so sind wir beide besser dran. Und die Deine? Ganz schicke Mieze, nach allem, was man hört. Holländerin, was?«

»Ja, maar niet zo schick«, lachte Marina, die aus der Küche in den Flur kam. »Sie sind Chico?«

»Verdammt, Sid.« Chico hatte Marinas Busen fest im Blick. »Gratuliere.«

Marina errötete.

»Ja«, stimmte ich bei, »aber Vorsicht, sie hat einen bösen rechten Haken, wenn sie sich ärgert.«

Marina schnitt mir ein Gesicht, aber wir wussten beide, dass es stimmte.

»Wann geht's also nach Manchester?«, fragte Chico. »Zum Plaudern bin ich nicht hergekommen.«

»Alles zu seiner Zeit«, hörte ich mich sagen, der Polizeisprech hatte wohl abgefärbt. »Erst müssen wir mal planen.«

Mrs. Cross machte uns Sandwiches zu Mittag, während Charles, Marina, Chico und ich im Wohnzimmer Kriegsrat hielten.

Obwohl sie die ganze Geschichte schon kannten, ging ich alles noch einmal durch, vom Besuch Sir Richard Stewarts bis zu meiner Freilassung aus dem Polizeigewahrsam in Oxford.

Ich schilderte ihnen Sir Richards Verdacht, seine Bemühungen, mich als Ermittler zu gewinnen, und den Zorn und die tiefe Bestürzung, die meine Ablehnung bei ihm hervorgerufen hatte.

Dann erzählte ich von Sir Richards unverhofftem Tod am nächsten Morgen und wieso Charles im Gegensatz zur Polizei nicht glaubte, dass es Selbstmord war, und von den Anrufen des Mannes mit dem nordirischen Akzent, der wollte, dass ich dem von Sir Richard geäußerten Verdacht nachging und ihn als unbegründet hinstellte.

Noch einmal durchlebte ich den Schrecken um Saskias Entführung aus der Schule, die Erleichterung darüber, dass sie unversehrt freigelassen worden war, und den anhaltenden Zorn darüber, dass jemand so etwas tun konnte.

Ich schilderte meinen Tag auf der Rennbahn Newbury und die guinnessbeflügelte Unterhaltung mit Paddy O'Fitch, der mir nicht nur den Namen Billy McCusker lieferte, sondern auch die Kunde vom Exodus der Shankill Road Volunteers nach Manchester. Auch die unerfreuliche Begegnung mit dem Jockey Jimmy Guernsey, die mir seine und McCuskers Verstrickung in die von Sir Richard vermuteten Rennmanipulationen bestätigte, rief ich mir für sie in Erinnerung.

Ich erzählte ihnen, dass unsere beiden Hunde entführt und hundertfünfzig Kilometer entfernt auf der M6 ausgesetzt worden waren, so dass Mandy überfahren wurde, und enthüllte ihnen meine Entdeckung, dass mehrere Topjockeys durch Drohungen und Tätlichkeiten gegenüber ihren Angehörigen dazu gebracht worden waren, Pferde zurückzuhalten.

Für hochgezogene Brauen nicht zuletzt bei Marina sorgte ich mit der Enthüllung, dass ich wusste, wer Saskias Entführer waren, dass Tony Molson und seine Frau Margaret aber von McCusker zu der Tat getrieben worden seien.

Ich erzählte, dass ich in Towcester gewesen war, um mir anzusehen, wie Tony Molson Ackerman im 4000-Meter-Jagdrennen »zurückhielt«, und dass mich zwei McCusker-Gorillas dafür verprügelt hatten.

Zum Abschluss schilderte ich die Demütigung und Schmach meiner Festnahme unter dem Verdacht des Kindesmissbrauchs und das fortdauernde Vergnügen, von der Polizei als Sexualstraftäter behandelt zu werden, alles nur aufgrund einer mit Sicherheit von McCusker initiierten Anzeige.

Insgesamt lagen drei ereignisreiche Wochen hinter mir, dabei hatte ich von meiner bevorstehenden Handverpflanzung noch gar nichts gesagt.

»Wow«, entfuhr es Chico, als ich mit meinem Monolog fertig war. Er hatte still zugehört und nur gelegentlich sein Schweizer Armeemesser auf- und zuschnappen lassen, als helfe ihm das bei der Konzentration auf meine Geschichte.

Letztlich verblüffte es mich sogar selbst, wie schnell Billy McCusker unser Leben infiziert hatte, wie ein Grippevirus, gegen das es kein einfaches Heilmittel zu geben schien.

»Wie wollt ihr vorgehen?«, fragte Charles.

»Unter normalen Umständen würde ich ihn selbst bei der Polizei anzeigen, aber ich glaube, das wäre ungefähr so wirkungsvoll, wie wenn man in ein Martinsfeuer pinkelt. Ich habe einen Polizeikontakt in Greater Manchester, und er meint, bei denen sitzt ein Maulwurf, und so wie McCusker sich mit dem Polizeiprozedere auskennt, kann er sich ihrem Zugriff immer entziehen. Nein, ich fürchte, da sind wir auf uns allein gestellt.«

»Bloß keinen Frontalangriff«, sagte Chico. »Nicht, wenn

diese scheiß Volunteers im Spiel sind. Die haben garantiert ihre Waffen nicht abgegeben. Das müssen wir ganz raffiniert angehen.«

Ich lachte. »Mehr als raffiniert. Der Mann hat kein Moralempfinden und kein Gewissen. Das ist ein Mörder, der nichts als Gewalt kennt.«

Ich entschied mich dagegen, ihnen von Darren Paisleys grausigem Ende zu erzählen, an den Fußboden genagelt und verdurstet.

»Pass bitte, bitte auf«, sagte Marina und sah mich an. »Nichts ist es wert, dich zu verlieren.«

Ich weiß noch, was meine im Sterben liegende Mutter mir gesagt hat, als ich sechzehn war: *Das Leben ist kurz und zerbrechlich, und es ist dein kostbarster Besitz. Mach daraus, was du kannst, aber schütze es mit aller Kraft.*

Es war eine ganz schlimme Zeit, und mit Freuden hätte ich damals mein Leben hingegeben, um sie von dem Krebs zu heilen, der ihren Körper von innen zerstörte.

Aber selbst wenn das möglich gewesen wäre, was hätte es genützt? Sie hatte nur gelebt, um für mich zu sorgen. Ich war ihr Ein und Alles. Wäre ich statt ihrer gestorben, hätte ihr Leben keinen Zweck mehr gehabt.

»Ich habe nicht vor, in absehbarer Zeit zu sterben«, sagte ich zu Marina und hoffte, damit nicht das Schicksal herauszufordern.

»Ich auch nicht«, sagte Chico. »Ich habe eine nette kleine Blondine kennengelernt, da muss jeder Körperteil voll Leben sein.«

Jeder Körperteil, sinnierte ich.

Regnete es?

Der Kriegsrat brachte keinen erfolgversprechenden Gesamtplan, sondern warf einen ganzen Schwung neuer Fragen auf, die erst beantwortet werden mussten.

Beschlossen wurde, dass Chico und ich nach Manchester fahren sollten, um McCusker auszuspähen und sein Haus und die Umgebung zu erkunden, also ein Gefühl für Gegner und Gelände zu bekommen, während Marina, Saskia und Rosie unter Charles' Obhut in Aynsford blieben. Er war, wie er selbst sagte, zwar dreiundachtzig, konnte aber immer noch eine Schrotflinte laden und abfeuern, die er seit fast fünfzig Jahren zur Schädlingsbekämpfung auf seinem Grundstück einsetzte.

Ich würde mich noch einmal an Chefinspektor Watkinson wenden, um herauszubekommen, wer mich angezeigt hatte, und ich würde versuchen, die betrügerischen Jockeys so hinter mich zu bringen, dass wir geschlossen zur BHA und zur Polizei gehen konnten. Da hielt sich meine Zuversicht in Grenzen.

Die Sitzung wurde um Viertel vor drei beendet, weil Charles einen Termin beim Vorsitzenden des Gemeinderats von Aynsford hatte und Chico seine kleine Blonde anrufen wollte, um sie auf seine mehrtägige Abwesenheit einzustimmen.

»Warum hast du mir denn nicht gesagt, dass du weißt, wer Saskia entführt hat?«, fragte Marina ziemlich gereizt, als wir unter uns waren. »Und vor allem, warum hast du's der Polizei nicht gesagt?«

Ich erläuterte die Umstände.

»Wie hätte ich das der Polizei sagen können?«, fragte ich. »Daran hätten sie denken sollen, bevor sie sie entführt haben.« Die möglichen Folgen für die Söhne der Molsons kümmerten sie offensichtlich nicht. »Weißt du noch, was für Ängste wir ausgestanden haben? Ich finde, die gehören angezeigt. Sonst machen sie das vielleicht mit einem anderen kleinen Mädchen noch mal.«

»Da ist die Chance gleich null, glaube ich.«

»Und wenn dieser grässliche McCusker es von ihnen verlangt?«

»Ich muss eben dafür sorgen, dass er das nicht tut.«

Marina holte Saskia von einer mittäglichen Geburtstagsfeier bei McDonald's in Stratford ab. Sie hatte sie da eigentlich gar nicht hingehen lassen wollen, aber unser Töchterchen war schon erstaunlich geübt darin, ihren Kopf durchzusetzen.

»Na gut«, hatte Marina schließlich gesagt und nachgegeben. »Gott sei Dank wird die Feier nicht von den schrecklichen Müttern aus ihrer Schule organisiert.«

Ich freute mich. Es war der Geburtstag eines Mädchens, das in derselben Spielgruppe wie Saskia gewesen war, und es schien mir wichtig, dass sie den Kontakt zu ihren Freundinnen nicht verlor, was unter den gegebenen Umständen leicht hätte passieren können.

»Die Presseleute sind nicht mehr vorm Haus«, sagte Marina, als sie mit Saskia zurückkam, »auch keine Polizei. Ich bin bei uns vorbeigefahren.«

Glücklicherweise war ich jetzt Schnee von gestern, und die Medienmaschinerie belagerte die Tür irgendeines anderen armen Kerls.

Saskia und Chico verstanden sich auf Anhieb, und schon

bald scheuchte die Sechsjährige den Fastvierziger beim Versteckspielen durch die Gegend und stellte mit seiner tatkräftigen Hilfe Charles' Wohnzimmermöbel zu einem Minikrankenhaus zusammen.

»Ich wünschte, ich hätte auch Kinder«, sagte er in einer Verschnaufpause beim Sesselrücken.

»Es ist noch nicht zu spät«, antwortete ich.

Chico selbst war von einem Kinderheim zum nächsten abgeschoben worden, weil niemand mit seinen Eskapaden klarkam, am wenigsten damit, dass er so gern an den Fallrohren zum Dach hochkletterte. Das hatte er mir vor Jahren mal bei einer besonders langwierigen und öden Rennbahnüberwachung erzählt.

Er spielte weiter mit Saskia und mimte mit Wonne einen von ihr zu verarztenden Schwerkranken, während ich mit Marina im Range Rover zu den Molsons fuhr.

21

Warum machen wir das?«, wollte Marina wissen, als wir in den Ort Chipping Warden kamen. »Wir sollten gleich zur Polizei fahren.«

»Und was hätten wir davon?«, fragte ich.

Sie wandte sich halb zu mir. »Dass die Entführer unserer Tochter ihre gerechte Strafe bekommen.«

»Wäre die wirklich gerecht?«, fragte ich. »McCusker ist der eigentliche Täter, nicht Tony und Margaret Molson. Das sind nur seine Marionetten.«

Ich sah, dass Marina anders darüber dachte und dass sie unzufrieden war.

»Hör zu«, sagte ich, »wenn wir mit ihnen gesprochen haben und du immer noch zur Polizei willst, stelle ich mich nicht quer. Einverstanden? Aber lass uns erst mit ihnen reden.«

Tony kam beim ersten Klingeln zur Tür. Ich hatte uns telefonisch angekündigt.

»Tag, Mrs. Halley«, sagte er und bot Marina die Hand. Sie nahm sie nicht an.

Wieder führte Tony seinen Besuch ins Wohnzimmer.

Margaret und die Zwillinge waren schon dort.

»Jason, Simon, das sind Mr. und Mrs. Halley«, sagte Tony. »Mr. Halley ist ein Freund von mir, er war auch Jockey.«

Ich gab den beiden Jungen die Hand und staunte, wie sehr sie sich ähnelten. Sie waren sogar gleich angezogen. Tony hatte gesagt, sie würden bald dreizehn, aber sie waren groß, fast so groß wie ihre Mutter, und schon zwei Fingerbreit größer als Tony. Sie würden ihm sicher nicht in den Rennsport folgen, jedenfalls nicht als Jockeys.

»Simon«, wandte sich Margaret an den einen. »Setz bitte mal Wasser auf.«

Ich nahm an, dass es Simon war, der daraufhin in die Küche ging, aber woran seine Mutter erkannt hatte, dass es nicht Jason war, blieb mir ein Rätsel. Ich konnte keinen Unterschied entdecken.

»Jason«, sagte Tony. »Hilf deinem Bruder, und wartet bitte beide in der Küche, bis wir rüberkommen. Wir müssen hier erst was besprechen, allein.« Jason tat wie geheißen und folgte Simon zur Tür hinaus. Tony vergewisserte sich, dass sie geschlossen war.

»Mrs. Halley«, sagte Margaret, »möchten Sie nicht Platz nehmen?«

»Ich bleibe lieber stehen«, erwiderte Marina. Das ließ sich nicht sonderlich gut an.

»Warum haben Sie meine Tochter entführt?«, fragte Marina laut.

»Scht!« Tony hob die Hände. »Die Jungs hören Sie doch.«

»Das sollten sie vielleicht auch«, sagte Marina. »Damit sie sehen, was für Menschen ihre Eltern sind.«

Ich bereute schon, sie mitgenommen zu haben.

»Ich verstehe Ihren Zorn«, wandte sich Tony an sie. »Ich wäre auch wütend, und es tut uns furchtbar leid, dass wir

Ihnen solchen Kummer bereitet haben. Aber wir haben Ihrem Töchterchen nichts getan. Natürlich nicht. Wir haben uns alle Mühe gegeben, nett zu sein und sie nicht zu ängstigen.«

»Sie haben mich geängstigt«, sagte Marina.

Mich auch, dachte ich.

»Es tut uns leid«, sagte Margaret. »Wir hatten auch Angst. Und keine Wahl. Seien Sie uns bitte nicht böse.«

»Wir sind bereit, mit Ihnen zur Polizei zu gehen und alles zu gestehen«, sagte Tony. »Jetzt gleich, wenn Sie wollen. Was die französischen Behörden angeht, können wir nur hoffen. Wenn wir unsre Jungs verlieren, ist das der Preis. Es liegt bei Ihnen.«

Nach einer langen Pause machte Marina eine wegwerfende Handbewegung. Ich wusste nicht, ob sie damit den Gedanken, zur Polizei zu gehen, verwarf oder den Gedanken, die Molsons vor dem Verlust ihrer Söhne zu bewahren.

»An unser Schweigen sind Bedingungen geknüpft«, sagte ich und empfing keine negativen Schwingungen von Marina. »Ich brauche Ihre Hilfe, um den Mann zu bezwingen. Tony, Sie werden eine Erklärung unterschreiben, die alle von Ihnen zurückgehaltenen Pferde auflistet.«

Froh stimmte ihn das nicht. »Das kostet mich meine Jockeylizenz.«

»Nur, wenn ich die Erklärung der BHA übergebe«, sagte ich. »Und es kostet Sie erheblich mehr als Ihre Jockeylizenz, wenn wir jetzt zur Polizei gehen.«

»Wofür wollen Sie dann eine Erklärung?«, fragte er.

»Aus zwei Gründen«, antwortete ich. »Erstens möchte ich etwas gegen Sie in der Hand haben, damit Sie meiner

Tochter nie wieder zu nahe kommen, und zweitens soll das der erste Stein der Beweismauer werden, an der ich eines Tages hoffentlich den Iren zerschmettern kann. Außerdem geben Sie mir bitte immer Bescheid, wenn er verlangt, dass Sie ein Pferd zurückhalten.«

Tonys Miene blieb unglücklich. »Er hat heute schon angerufen. Ich soll morgen in Uttoxeter eins zurückhalten. Black Peppercorn im Ersten.«

»Hat er eine Chance?«

»Eine gute sogar. Er tritt wahrscheinlich als Favorit an.«

»Dann siegen Sie, wenn's geht.«

»Sind Sie verrückt? Dann verständigt der Ire die französischen Behörden.«

»Bestimmt nicht«, sagte ich zuversichtlich. »Er kriegt vielleicht Wut auf Sie, aber er unternimmt nichts. Er will Sie weiter benutzen. Wenn er die Franzosen auf die Jungs stößt, hat er Sie nicht mehr in der Hand. Lassen Sie's drauf ankommen.«

Er sah nicht ganz überzeugt aus.

»Tony«, packte ich meinen energischsten Befehlston aus, »Sie versuchen, auf Black Peppercorn zu siegen, sonst sehen Sie bei künftigen BHA-Untersuchungen alt aus. Habe ich mich klar ausgedrückt?«

Sein Gesichtsausdruck war noch unglücklicher als vorher.

Er bekam Druck von zwei Seiten, aber nach meiner Einschätzung hatte er bestimmt mehr Angst vor Billy McCusker als vor mir und der Britischen Rennsportbehörde.

Ich hielt es für sehr unwahrscheinlich bis ausgeschlossen, dass Black Peppercorn morgen siegen würde.

»Wieso kommt McCusker nur mit allem davon?«, sagte Marina auf der Rückfahrt nach Aynsford. »Der gehört doch hinter Gitter.«

»Allerdings«, pflichtete ich bei.

Wieso kam er immer davon?

Je schwerer das Verbrechen, desto leichter war es offenbar, sich dem Zugriff der Justiz zu entziehen.

Vielleicht, weil die Leute bei richtig schweren Straftaten gar nicht glauben konnten, was da ablief. Oder es war einfach ein Zusammenspiel von Glaube, Unverfrorenheit und Mumm.

Wenn ich ein Verbrechen beginge, würde ich damit rechnen, überführt zu werden, und so käme es auch. Aber McCusker hielt sich für unbesiegbar, und gerade deshalb war er es zum Teil. In welcher Lage er sich auch befand, er würde unbedingt darauf vertrauen, dass es einen Ausweg, einen Weg in die Freiheit gab, und den würde er finden, wenn es sein musste, durch Korrumpierung sämtlicher gegen ihn aufgebotenen Polizeikräfte.

Al Capone hatte in den 1920er Jahren ungestraft über Chicago geherrscht, weil er sich selbst und nicht die Agenten des FBI für »unantastbar« hielt. Er korrumpierte Polizei und Politiker gleichermaßen und hatte auch nichts dagegen, ganze Jurys zu bestechen. Er war für zahlreiche Morde verantwortlich und hatte viele selbst begangen, kam aber für keinen einzigen vor Gericht. Und verdrehterweise wurde ihm nicht seine Verwicklung in Alkoholschmuggel, Prostitution und Glücksspiel zum Verhängnis, sondern die nicht gezahlte Einkommensteuer auf die illegalen Gewinne aus diesem Treiben.

Ich fragte mich, ob McCusker Steuern auf seine Buchmachergewinne und auf die Einkünfte aus seinen weniger gesunden Tätigkeiten zahlte.

»Wie bringen wir ihn also hinter Schloss und Riegel?«, fragte Marina.

»Fürs Erste könnten wir uns seine Steuererklärungen ansehen.«

»Bitte?«

»Nichts«, sagte ich. »Ich hab nur laut gedacht.«

Eine Weile fuhr ich schweigend weiter.

»Meinst du wirklich, du und Chico könnt etwas gegen ihn ausrichten?«, fragte Marina, als wir uns Aynsford näherten. »Mir wird ganz flau, wenn ich daran denke.«

»Wir fahren erst mal nach Manchester und sehen uns um«, sagte ich. »Schauen uns sein Haus und die Wettbüros an. Stellen ein paar Fragen. Dann wissen wir schon ungefähr, woran wir sind. Wir haben ja Erfahrung.«

»Aber das ist lange her. Da warst du viel jünger.«

»So alt bin ich nun auch wieder nicht«, verteidigte ich mich ironisch, »und Chico ist immer noch ziemlich fit. Im Kopf sind wir so gut wie immer, wenn nicht besser.«

»Ich habe trotzdem Angst«, sagte Marina.

Insgeheim hatte ich die auch.

Chico und ich brachen am Sonntagmorgen um elf aus Aynsford auf und lenkten den Range Rover nordwärts gen Manchester.

Gepäck brauchten wir nicht, hatte mich Chico überzeugt; sollten wir über Nacht bleiben, würden wir in unseren Sachen im Wagen schlafen. Mein Einwand, für so etwas sei ich inzwischen zu alt, hatte mir nur Spott eingebracht.

»Komm, Sid, wir haben das doch immer so gemacht.«

»Mag sein, aber heutzutage brauchen meine müden Knochen eine weiche Matratze.«

»*Du* bist hier der Weichling.«

Dieser Spitze hatte ich mich schließlich gebeugt, wenn ich auch insgeheim hoffte, wir würden noch am Abend wieder in Aynsford sein.

Chico wäre am liebsten schon bei Sonnenaufgang losgedüst, aber ich wollte wegen des Zweiuhrrennens über Uttoxeter fahren.

»Herrje«, meinte er vergnügt, als wir auf den zusehends voller werdenden Parkplatz der Rennbahn einbogen, »ich war schon jahrelang nicht mehr beim Pferderennen. Seit sich unsere Wege getrennt haben. Klar, ab und zu hab ich eine Fernsehübertragung im Wettbüro gesehen. Viel geändert hat sich aber wohl auch nicht.«

»Es geht etwas weniger förmlich zu«, sagte ich. »Und für mein Gefühl sind viel mehr junge Leute im Publikum.«

»Das kommt dir nur so vor, weil du so alt wirst«, sagte er grinsend.

»Leck mich.«

»Was suchen wir hier eigentlich?«

»Ich will Tony Molson im Ersten auf einem Pferd namens Black Peppercorn sehen.«

»Siegt er?«

»Das bezweifle ich. McCusker hat Tony gesagt, er soll auf jeden Fall verlieren, und ich habe ihm gesagt, er soll auf Sieg reiten.«

»Das dürfte interessant werden.« Chico lachte. »Was soll ich tun?«

»Bleib am Buchmacherring und sieh dir die Quoten an. Schreib alle Buchmacher auf, die eine unerwartet hohe Quote für Black Peppercorn bieten, womit ich aber eigentlich nicht rechne. Ansonsten halt Augen und Ohren offen, wie üblich.«

»Geht klar.«

»Und wenn ich mich nicht melde, fahren wir nach dem zweiten Rennen. Ruf mich an, wenn du was brauchst.« Ich gab ihm die Nummer des billigen kameralosen Prepaid-Handys, das ich am Nachmittag zuvor auf dem Weg zu den Molsons in Banbury gekauft hatte.

»Hier, für den Eintritt.« Ich hielt ihm einen Zwanzig-Pfund-Schein hin.

»Dein Geld brauch ich nicht«, sagte er leicht beleidigt.

»Nimm es trotzdem. Du kannst es ja verwetten.«

Er nahm den Schein und lief Richtung Kasse, während ich noch auf dem Parkplatz blieb. Wir hatten immer nach dem Grundsatz gearbeitet, dass man uns auf der Rennbahn möglichst nicht zusammen sehen sollte. Man konnte nie wissen, wer es mitbekam.

»Halley«, rief jemand hinter meiner linken Schulter. »Sid Halley.«

Ich drehte mich um und sah Peter Medicos, Tweedanzug, Filzhut und alles, durch die Reihen abgestellter Wagen auf mich zukommen. Verdammt! Auf den hätte ich verzichten können.

»Tag, Peter«, begrüßte ich ihn.

»Halley«, sagte er etwas außer Puste. »Ich habe versucht, Sie anzurufen.« Heute kein höfliches Lüpfen des Filzhuts.

»Ich war nicht zu Hause«, erwiderte ich. »Ich besuche meinen Schwiegervater.«

»Ach so«, sagte er. »Was ist denn das für eine Geschichte mit Ihnen und dem Kindesmissbrauch?«

Nach der ganzen Publicity hatte ich zwar kommen sehen, dass es in Uttoxeter nicht ganz einfach würde, aber ich hatte nicht damit gerechnet, vom Chef der Rennsportsicherheit auf dem Parkplatz angegangen zu werden, bevor ich noch auf der Bahn war.

»Das ist ein Irrtum, weiter nichts«, sagte ich wegwerfend.

»Wir können nicht zulassen, dass der gute Ruf des Rennsports befleckt wird.«

Einen Moment lang dachte ich, er wolle mich des Geländes verweisen.

»Und was soll der Unfug, dass Sie sich von Ihrem Gutachten distanzieren? Ihre Mail habe ich heute Morgen erst gesehen.«

»Nehmen Sie mich beim Wort. Das Gutachten ist falsch. Ich bin jetzt überzeugt, dass Sir Richard mit seiner Behauptung, jemand manipuliere Rennergebnisse, vollkommen recht hatte.«

»Haben Sie dafür Beweise?«, fragte er.

»Ich habe einige private Gespräche geführt.«

»Mit wem?«

»Das kann ich Ihnen leider nicht sagen. Die Gespräche waren vertraulich.«

»So ein Quatsch. Das müssen Sie mir sagen.«

»Nein«, antwortete ich entschieden. »Aber Sie haben

ganz recht, der Ruf des Galopprennsports darf nicht leiden. Deshalb schlage ich vor, dass Sie die Angelegenheit selbst untersuchen und damit bei Honest Joe Bullen, der Buchmacherfirma aus Manchester, anfangen.«

»Ich muss darauf bestehen, dass Sie mir sagen, mit wem Sie gesprochen und was Sie dadurch erfahren haben.«

»Und wenn Sie noch so sehr darauf bestehen«, erwiderte ich, »ich sage Ihnen das nicht.«

»Sind Sie sich bewusst, dass ich Sie zur Persona non grata auf allen Rennbahnen erklären kann?«

»Ich glaube, das wäre dumm von Ihnen«, sagte ich. »Und da würde mir mancher zustimmen. Auch mir liegt der gute Ruf des Rennsports am Herzen, und eine Menge Leute wissen das.«

Er war alles andere als erfreut, konnte aber wenig tun, außer mich gewaltsam vom Gelände entfernen zu lassen.

Beleidigt stürmte er Richtung Eingang davon.

Oje, dachte ich. Ich hatte nicht vorgehabt, mir Peter Medicos zum Feind zu machen. Im Gegenteil, ich brauchte ihn unbedingt als Verbündeten.

Zu meiner großen Überraschung gewann Black Peppercorn das erste Rennen mit einer Länge, vom Publikum begeistert angefeuert, als Favorit mit einer Eventualquote von 7:2.

Auf dem Weg zum Absattelplatz für den Sieger sah Tony Molson noch besorgter aus als in Towcester, nachdem er Ackerman zurückgehalten hatte.

Ich stellte mich so, dass er auf dem Rückweg zur Waage an mir vorbeimusste.

»Lassen Sie mich wissen, was der Ire sagt«, flüsterte ich, als er vorbeikam.

Aus seinem Blick sprach tiefstes Entsetzen über das, was er getan hatte.

Für mich war es nur ein kleiner Sieg.

Aber ich schätzte, alles, was McCusker aus seiner Komfortzone herausholte, war wertvoll.

Bedient vom Sperrfeuer der Blicke und den getuschelten Bemerkungen, kehrte ich zum Parkplatz zurück.

»Ist das nicht der Pädophile, Sid Halley?«, hörte ich eine Frau zu ihrem männlichen Begleiter sagen. »Das finde ich allerhand, den hier reinzulassen.«

Ich hätte ihr gern gesagt, dass ich kein Pädophiler war und nichts Unrechtes getan hatte, aber es hätte nichts genützt. Sie hätte mir doch nicht geglaubt.

War es ein typisch britischer Zug, von allen immer das Schlimmste anzunehmen? Jeden Vorwurf von vornherein für wahr zu halten und jeden zu verurteilen, ehe noch Beweise vorlagen?

Wahrscheinlich konnte man es der Frau nicht verdenken. Die Festnahme eines mutmaßlichen Pädophilen wird in den Medien groß herausgestellt, seine Freilassung wegen unbestätigten Verdachts eher nicht.

Am meisten ärgerte mich, dass es so leicht war, einen schlechten Ruf zu bekommen, und so unerhört schwer, ihn wieder loszuwerden. Die meisten Leute nahmen selbst bei zwingenden Gegenbeweisen einfach weiterhin das Schlechteste von ihrem Mitmenschen an, unter anderem auch deswegen, weil der Nachweis, dass etwas *nicht* passiert war, sich nur selten erbringen ließ.

Während ich im Range Rover auf Chico wartete, fragte ich mich, ob mein Leben je wieder so sein würde wie vorher.

Im einundzwanzigsten Jahrhundert war der Vorwurf, ein Pädophiler zu sein, vernichtend, weit schlimmer als das Etikett »Mörder« oder »Vergewaltiger«. Auch wenn er nicht zutraf, ließ er einen schwer zu beseitigenden Schatten auf dem Charakter zurück.

Chico erschien mit einem breiten Grinsen, das die Quälgeister in meinem Kopf verscheuchen half.

»Irres Ding war das«, sagte er beim Einsteigen. »Hat's echt gebracht.«

»Erzähl«, bat ich.

»Black Peppercorn, der Gaul, den wir im Visier hatten, ja?« Ich nickte. »Bei einem Bookie stand er vier zu eins, bei allen anderen drei zu eins oder höchstens sieben zu zwei. Die Wetter haben Schlange gestanden bei dem Mann, und er ist trotzdem nicht mit der Quote runter, im Gegenteil, irgendwann ging er sogar auf fünf zu eins hoch. Da hab ich dann deinen Zwanziger investiert.«

Er grinste und klopfte sich auf die Tasche. »Hab mir den Gewinn gleich abgeholt. Der Ärmste sah ganz krank aus und hatte gar nicht genug in der Kasse für die ganzen Gewinnscheine, noch nicht mal für die Hälfte.« Chico lachte. »Da flogen fast die Fäuste, kann ich dir sagen. Die Bullen sind immer noch bemüht, die Lager zu trennen.«

»Wie heißt der Buchmacher?«, fragte ich.

»Barry Montagu, Liverpool, stand auf der Tafel. Ich hab ein paar Fotos gemacht.«

Er beugte sich vor und zeigte mir die Bilder auf seinem Handy, eins von vor dem Rennen mit der deutlich sichtbaren Fünferquote für Black Peppercorn auf der Anzeigetafel, das zweite von dem geplagten Bookie, umringt von wütenden Wettern, die ihren Gewinn ausgezahlt bekommen wollen.

»Zum Schießen war das, und die anderen hatten kein Mitleid mit ihm. Die fanden, der tickt sowieso nicht richtig, dass er so eine Riesenquote anbietet. Geschah ihm ganz recht. Die haben sich gefreut. Einer hat Tränen gelacht, so komisch fand er das.«

Ganovenehre gab es nicht.

Chico kicherte noch bis zur M6, wo wir Kurs auf Manchester nahmen.

»Wohin fahren wir zuerst?«, fragte er.

»Nach den Unterlagen, die wir von Norman Whitby bekommen haben, wohnt McCusker in Didsbury, einem Vorort südlich vom Zentrum. Ich denke, da sollten wir anfangen.«

»Womit genau?«

»Die Lage peilen. Rumhören. Was in den Kneipen so erzählt wird. Was die Nachbarschaft von McCusker und der Shankill-Road-Bande hält. So in der Art. Aber wir dürfen nicht auffallen.«

»Wie sieht der Typ überhaupt aus? Ich würde mich ungern in der Kneipe an ihn ranschmeißen und die falsche Frage stellen.«

Ich zog eine Kopie des Polizeifotos aus der Tasche und gab sie ihm.

»Das ist fast zwanzig Jahre alt«, sagte ich. »Aber die ausgeprägten Backenknochen verändern sich nicht, und der Stirnwulst auch nicht.«

»Hässliche Fratze.« Chico studierte das Foto. »Ich glaub, die Augen würde ich überall erkennen.«

»Das Problem sind die Volunteers«, sagte ich, »und wir wissen nicht mal, wie viele das sind. Zwei habe ich auf dem Parkplatz in Towcester kennengelernt, und denen möchte ich nicht noch mal über den Weg laufen, herzlichen Dank. Am besten machen wir einen Bogen um alles, was sich nach Ire anhört.«

»Hast du eine Ahnung, wie viele Iren es in Manchester gibt?«

»Nein«, sagte ich. »Du?«

»Tausende. Womöglich hunderttausend.«

»Wieso bist du denn da auf einmal so beschlagen?«

»Hab ich gestern auf Charles' Computer nachgesehen, als ihr bei den Entführern wart und deine Tochter mich nicht zum Arzt-und-Patient-Spielen brauchte.«

Ich warf ihm einen Seitenblick zu. »An deiner Stelle würde ich nicht rumerzählen, dass du mit einer Sechsjährigen Arzt und Patient gespielt hast, sonst landest du noch in derselben Schublade wie ich.«

»Ach so«, sagte er. »Stimmt. Entschuldige. Aber du weißt, was ich meine.«

»Erzähl mir von den Iren in Manchester«, kam ich aufs Thema zurück.

»Laut Internet sind viele von ihnen während der Hungersnot im neunzehnten Jahrhundert herübergekommen«, sagte er. »Die anderen sind dann, wie es aussieht, über hundert Jahre später ihrem geliebten George Best ins Land gefolgt. Und wenn sie nicht in Manchester wohnen, dann kommen sie mit dem Flugzeug rüber, um das Fußballteam zu unterstützen. Die Liebe zu Manchester United ist wahrscheinlich das Einzige, worin sich irische Katholiken und Protestanten einig sind.«

»Und haben sie heute ein Heimspiel?«, fragte ich.

»Morgen Abend«, sagte Chico. »Lokalkrimi gegen Manchester City. Dann wimmelt's da von Iren.«

22

Chico und ich beschlossen, uns zu trennen und jeweils ein paar von den über zwanzig Kneipen der Schlafstadt Didsbury aufzusuchen, dabei allerdings einen großen Bogen um diejenigen in der Nähe von McCuskers Haus zu machen für den Fall, dass er seine Stammkneipe beehrte.

Ich war langsam, aber nicht zu langsam an der Adresse vorbeigefahren, die mir Norman Whitby gegeben hatte. Irgendwie ging es an die Nerven, McCusker so nahe zu kommen, und offensichtlich war Chico ebenso nervös wie ich, da er fortwährend sein Schweizer Armeemesser auf- und zuklappte.

Dem Haus nach zu urteilen hatte Billy McCusker gut verdient, seit er vor sechs Jahren mit leeren Händen über die Irische See geflogen war. Es war eine pseudogeorgianische Backsteinvilla mit imposanten weißen Säulen beiderseits der Eingangstür, einem hohen schmiedeeisernen Tor und umgeben von einem mit Klingendraht garnierten Maschendrahtzaun.

»Besuch hat er wohl nicht so gern«, meinte Chico. »Aber ernsthafte Interessenten hält der Zaun nicht ab. Die Klingen so oben langzuziehen ist sinnlos, wenn schon, dann müssen sie ein Stück abstehen.«

»Du kämst also drüber?«

»Kinderspiel, Junge. Solche Zäune hab ich schon massenhaft überklettert. Soll ich jetzt gleich?«

»Später vielleicht«, sagte ich und verkniff mir die Frage, über welche Zäune er da gestiegen war und weshalb.

Ich setzte Chico vor dem Bell Inn beim Bahnhof East Didsbury ab, von wo er in nördlicher Richtung die Pubs an der Winslow Road abklappern sollte, während ich den Range Rover am Ärztehaus im Zentrum parkte und mich, angefangen beim White Hart, in südlicher Richtung zu ihm vorarbeitete.

Meine Deckgeschichte, um mit den Anwohnern ins Gespräch zu kommen und sie speziell auf die Kriminalität im Viertel anzusprechen, war, dass ich vorhatte, ein Grundstück in der Gegend zu kaufen.

Es gab zuhauf die üblichen Beschwerden über verkommene Jugendliche, die die Gegend mit Drogen unsicher machten oder mit ihren Autos durch die Wohnstraßen rasten, aber kaum etwas über echte Gangster.

»Wie sieht's denn in der irischen Gemeinde aus?«, fragte ich den Wirt hinter der Theke im White Hart.

»Denen geh ich aus dem Weg«, antwortete er kühl. »Ich kümmre mich um meinen eigenen Kram.«

»Heißt das, da läuft irgendwas?« Ich beugte mich vor, um leise sprechen zu können und ihn zu einer Antwort zu ermuntern.

»Dazu kann ich nichts sagen«, erwiderte er.

»Können Sie nicht, oder wollen Sie nicht?«

»Ich kann nicht und will nicht«, sagte er und ging ans andere Ende der Theke, um einen seiner wenigen Sonntagabendgäste zu bedienen.

»Sagt Ihnen der Name Billy McCusker etwas?«, fragte ich ihn leise, als er schließlich wiederkam.

»Ich glaube, Sie sollten jetzt gehen«, antwortete er.

»Ist das eine Drohung?«, fragte ich.

»Betrachten Sie es als freundliche Warnung.«

»Wie freundlich?«

»Ich kümmre mich um meinen eigenen Kram, weiter nichts. Ich schlage vor, Sie tun das auch. Gehen Sie jetzt.«

Ich trank meine Cola light aus und ging.

Zweimal hatte er mir gesagt, er kümmere sich um seinen eigenen Kram. Ich fragte mich, ob er damit gar nicht das übliche »ich tratsche nicht« meinte, sondern buchstäblich, dass er für den Erhalt seines Lokals sorgte, indem er Schutzgeld zahlte.

Schutzgelderpressung gehörte neben dem Drogenhandel zu den schweren Plagen des Großstadtlebens. Manche Gangster verkauften das als »Versicherung« oder »Garantie« gegen die Demolierung oder Inbrandsetzung der geschützten Örtlichkeit. Die Gerichte nannten es Erpressung oder durch Drohungen unterstützte Geldforderung, aber wie man es auch nennt, es läuft auf eins hinaus: *Gib uns was von deinem schwerverdienten Geld ab, sonst machen wir Kleinholz aus deinem Pub, Laden, Restaurant oder was immer, und du kannst zumachen*.

Ich ging weiter zum nächsten Pub, dem Chequers, das bis auf zwei Gäste an der Theke, die sich mit dem Wirt unterhielten, völlig leer war.

Ich bestellte ein halbes Helles und gab wieder meine Geschichte von der Grundstückssuche zum Besten.

»Versuchen Sie's in West Didsbury«, sagte einer der Gäste. »Da ist es viel netter als hier im Osten.«

»Wieso?«, fragte ich ihn.

»Nettere Häuser«, antwortete er, »und nettere Leute.«

»Auch weniger Kriminalität«, meinte der zweite Gast.

»Ist es denn hier so kriminell?«, fragte ich besorgt.

»Und ob«, erwiderte der zweite Gast. »Hauptsächlich Drogenhandel, und die Fixer knacken Autos und brechen ein, um ihren nächsten Schuss zu finanzieren. Wenn Sie mich fragen, die gehören aufgehängt.«

Zum Glück fragte ihn keiner.

»Und organisiertes Verbrechen?«, setzte ich nach.

»Der Drogenhandel ist ziemlich gut organisiert«, antwortete der erste Gast etwas an der Frage vorbei.

»Was ist mit den Iren hier?«, fragte ich. »Handeln die mit Drogen?«

»Von denen sieht man hier nicht viel«, erwiderte er.

»Schön wär's«, meinte der Mann hinter der Theke unglücklich.

Wie immer wandte sich die Unterhaltung dem Derby der beiden Lokalrivalen am nächsten Abend zu.

»Ich schätze mal, United verliert«, sagte der Cityfan unter den Gästen.

»Denkste«, sagte der andere.

Die Fußballrivalität verdarb ihnen die Lust am Trinken, und beide gingen kurz nacheinander und ließen mich mit dem Wirt allein.

»Sehr ruhig heute Abend«, sagte ich.

»Viel zu ruhig«, erwiderte er. »Ist es sonntags zwar immer, aber so schlimm war es noch nie. Das muss der Sommer wettmachen, wenn's denn einen Sommer gibt. Voriges Jahr hat's nur geschüttet. Noch so einer, und ich bin pleite.«

»Schutzgeld gegen schlechtes Wetter müsste man zahlen können«, sagte ich. Der Wirt sah mich von der Seite an. »Erzählen Sie mir von Ihrem Irenproblem.«

»Da gibt's nichts zu erzählen.«

»Ich bin kein Bulle«, sagte ich. »Nur ein Leidensbruder.«

»Und wenn Sie die Königin von Saba wären, ich erzähle Ihnen nichts. Wird Zeit, dass Sie gehen.«

»Okay, ich gehe gleich.« Ich trank mein Helles aus. »Aber sagt Ihnen der Name Billy McCusker etwas?«

»Nein«, sagte er, aber die Anspannung um seine Augen verriet mir das Gegenteil.

»Und die Shankill Road Volunteers?«

»Nie von gehört.« An den kleinen Schweißperlen, die ihm plötzlich auf die Stirn traten, sah ich, dass er log.

»Wie viel zahlen Sie?«, fragte ich.

»Ich weiß nicht, wovon Sie reden.«

»Nimmt er alle Kneipen in Manchester aus?«, fragte ich.

Der Wirt sah mich einen Augenblick stumm an, als entschiede er über etwas.

»Nimmt er alle aus?«, wiederholte ich.

»Irgendjemand nimmt sie aus«, sagte er. »Alle, die noch im Geschäft sind. Die nicht abgefackelt oder demoliert worden sind. Deren Wirt nicht im Krankenhaus oder auf dem Friedhof liegt.« Er sprach mit dem ganzen angestauten Gift dessen, der zu lange keinen Ausweg gesehen hatte.

»McCusker?«

Er nickte kaum merklich, als würde die Geringfügigkeit der Bewegung den Verrat irgendwie mindern.

»Waren Sie bei der Polizei?«

Er lachte. »Sie machen wohl Witze. Mein Freund Bert Goring vom Carpenter's Arms war bei der Polizei und liegt jetzt unter der Erde, jedenfalls das, was von ihm übrig ist. Sie haben seine Kneipe mit ihm drin angezündet. Die Türen verrammelt, damit er nicht rauskonnte.«

»Also zahlen Sie?«

Er nickte wieder. »Zweitausend im Monat. Fast die Hälfte meiner Einnahmen. Ich setze das als Versicherungskosten von der Steuer ab.«

»Ich bin hier, um McCusker auszuschalten«, sagte ich.

»Und wo ist Ihre Armee?«, meinte er spöttisch. »Sie haben keine Chance. Er hat die Polizei hier um den Finger gewickelt. Und für mich käme es auf eins raus. Wenn es nicht alles sogar noch schlimmer macht. Lieber das Übel, das man schon kennt.«

»Sie wären ihn aber doch bestimmt gerne los?«

»Dann würde einfach ein anderer seinen Platz einnehmen, genau wie McCusker, nachdem der Typ vor ihm aus der Stadt gejagt war. Einer kommt immer.« Es klang, als hätte er sich damit abgefunden. »Seit zwanzig Jahren bin ich jetzt in dem elenden Geschäft, und noch nie habe ich kein Schutzgeld zahlen müssen. Das ist im Revier inbegriffen. Vor allem stinkt mir, dass sie immer so auftreten, als ob sie uns einen Gefallen tun. Da kriegt man das Kotzen.«

»Auf Ihre Hilfe kann ich also nicht zählen?«

»Nein«, sagte er rundheraus. »Lieber arm und am Leben, schönen Dank. Sie sollten jetzt gehen, ich habe schon zu viel geredet.«

Ich ging hinaus und rief Chico an, der sich nach dem vierten Klingeln meldete.

»Wie läuft's?«, fragte ich.

»Ich bin immer noch im Bell«, sagte er, »tief im Gespräch mit einer knuddeligen Rothaarigen.«

»Du solltest doch arbeiten.«

»Tu ich ja. Diese Rothaarige ist Putzfrau, und unter anderem putzt sie das große Haus mit dem Klingendrahtzaun.«

»Wie hast du denn das rausgekriegt?«

»Ich bin hier rein und hab gesagt, das muss ja ein übles Pflaster sein, wenn die Leute ihre Häuser mit Zäunen wie bei einem Kriegsgefangenenlager schützen, und da kam sie gleich an und meinte, das sei eigentlich nur Schau. Ich geh mal besser wieder zu ihr. Und du?«

»Mach dir um mich keine Gedanken. Geh wieder zu deiner Rothaarigen, und finde raus, soviel du kannst. Ich melde mich in einer halben Stunde noch mal.«

Wie machte er das bloß? Er hatte schon immer ein halbes Dutzend Frauen in der Zeit anbaggern können, die ich brauchte, um bei einer abzublitzen, und durch sein Ehe-Intermezzo hatte er das offensichtlich nicht verlernt.

Ich ging auf der Winslow Road an einer Reihe von Geschäften und einem chinesischen Restaurant mit dem Namen Fortune Cookie in knallroten Neonlettern vorbei.

Die nächste Kneipe, die ich betrat, war viel voller als die beiden ersten, nicht zuletzt, weil zwei riesige Fernsehschirme live das Masters' Golfturnier aus Augusta auf der anderen Seite des Atlantiks präsentierten.

Ich bestellte eine Cola light und setzte mich zum Zuschauen auf einen Barhocker.

»Allein?«, fragte das Mädchen hinter der Theke und stellte mein Glas vor mich hin.

»Ja«, sagte ich. »Ich suche ein Haus hier oben.«

»Dann sollten Sie mit Shane Duffy reden – da drüben.« Sie zeigte auf einen gutgebauten Mann, der zwischen mehreren anderen mit dem Rücken zu mir dem Turnier folgte. »Er arbeitet bei einem Immobilienmakler.«

»Gut, danke. Mach ich.«

»He, Shane«, rief sie durch den vollen Schankraum. »ich hab einen Kunden für dich.«

Shane drehte sich zu mir um.

Ich hatte ihn zuletzt vor zwölf Tagen auf dem Parkplatz der Rennbahn Towcester gesehen, kurz bevor mich sein Schuh ins Gesicht traf.

Ich glaube, ich erkannte ihn einen Tick früher als er mich, und das gab mir ein paar Sekunden Vorsprung.

Ich sauste zur Tür des Pubs hinaus wie ein Windhund aus der Startbox und jagte auf der Winslow Road zurück in Richtung der Geschäfte und des Chinarestaurants.

Ich drehte mich nicht um, damit mein helles Gesicht mich nicht verriet. Die Straße war nur schwach beleuchtet, und ich trug eine schwarze Hose und eine schwarze Windjacke. In der Hoffnung, dass er vielleicht nicht gesehen hatte, wohin ich verschwunden war, lief ich im Schatten der Bäume am Straßenrand schnell und lautlos weiter.

Ich betrat das Fortune Cookie und zog die Tür hinter mir zu.

»Einzeltisch, Sir?«, fragte ein junger Orientale in fast perfektem Englisch.

»Gern«, sagte ich. »Aber darf ich erst zur Toilette gehen?«

Das gefiel ihm nicht. Wahrscheinlich gingen zu viele Leute bei ihm nur aufs Klo und verschwanden dann wieder. »Die Treppe hinunter«, sagte er zögernd.

Ich ging nach unten und fand mich einem großen, grimmigen Hund gegenüber, der nach Rottweiler aussah. Er knurrte mich unfreundlich an und bellte zweimal laut.

Fast wäre ich auf dem Absatz umgekehrt, um mein Glück mit Shane Duffy zu versuchen, da sah ich, dass der Hund an einem Bodenring unter der Treppe festgemacht war. Dennoch drückte ich mich flach an die Wand, als ich an ihm vorbei zum Klo schlich, und hoffte, der Ring und sein schweres Kettenhalsband würden seinem Zug standhalten. Ich wartete vermutlich nur ein paar Minuten in der Toilettenkabine, aber es kam mir viel länger vor. Niemand kam runter.

Ich wagte mich langsam wieder heraus, und der Hund blaffte mich wieder an, zog die Lefze hoch und entblößte eine Reihe schärfster Hundezähne.

Was machte so ein Untier in einem chinesischen Restaurant?

Sein Gebell konnte dem Geschäft nicht gerade zuträglich sein. Und Hund am Spieß stand ja wohl nicht auf der Speisekarte.

Ganz vorsichtig ging ich wieder nach oben und überflog die Gesichter der wenigen Gäste, um sicherzugehen, dass Shane Duffy nicht da saß und geduldig auf meine Rückkehr wartete.

Kein Shane Duffy.

»War das der Einzeltisch?«, fragte der junge Orientale ein wenig sarkastisch.

»Ich denke schon. Ist nach mir jemand reingekommen und hat nach mir gefragt?«

»Nein, Sir«, antwortete er. »Haben Sie jemanden erwartet?«

»Hat nach mir irgendjemand reingeschaut? Jemand, der nicht geblieben ist?«

»Nein, Sir«, sagte er wieder. »Möchten Sie einen Tisch am Fenster?«

»Nein, danke. Ich nehme eine Nische«, und ich zeigte auf die Gewünschte.

Dann setzte ich mich mit dem Gesicht zur Tür und rief Chico an.

»Du musst sofort herkommen«, bat ich ihn.

»Wo bist du denn?«

»Ich habe mich in ein chinesisches Restaurant verkrochen, und draußen sucht ein Böser nach mir.«

»Ein Böser?«

»Einer der Männer, die mich auf dem Parkplatz in Towcester verprügelt haben«, sagte ich. »Ich bin in einer Kneipe auf ihn gestoßen.«

»Oh«, sagte Chico. »So viel zu unserer Unauffälligkeit.«

»Ja, aber ich brauch dich hier wirklich, und zwar schnell. Ich trau mich nicht raus, weil er vielleicht draußen wartet.«

»Okay«, sagte er. »Jetzt ist sowieso der Freund der knuddeligen Rothaarigen aufgetaucht, und dem gefällt nicht, dass sie mich interessiert. Also verzieh ich mich und komm dich retten. Wo steht der Wagen?«

»Am Ärztehaus, aber den Schlüssel hab ich in der Tasche.«

»Das ist schwach«, sagte er, damit ich auch ja begriff, wie sehr ich im Detektivspielen aus der Übung war. Früher hatten wir immer einen Ersatzschlüssel in einer Magnetbox am Radlauf deponiert, damit wir beide darauf zugreifen konnten.

»Ich hatte nicht damit gerechnet, schnell abhauen zu müssen.«

»Immer auf das Unerwartete gefasst sein war doch dein Wahlspruch.«

»Leck mich«, sagte ich.

»Wie heißt des Restaurant?«

»Fortune Cookie. Es liegt nördlich von dir an der Winslow Road, auf der linken Seite. Der Name erscheint in roter Leuchtschrift. Du kannst es nicht verfehlen.«

»Bin unterwegs.«

»Sei vorsichtig«, sagte ich. »Und setz dich nicht zu mir, wenn du herkommst.«

»Ich bin doch nicht von gestern. Bis gleich.«

Chico war schon jahrelang Ermittler gewesen, als ich in der Detektei anfing. Er hatte mir vieles beigebracht, was ich über das Metier wusste, und wahrscheinlich weit mehr davon vergessen, als ich jemals gelernt hatte.

Der junge Orientale brachte mir die Speisekarte in einer wattierten roten Mappe, die er auf den Tisch legte.

»Darf ich Ihnen etwas zu trinken bringen?«, fragte er.

»Nur Leitungswasser bitte. Und essen kann ich leider doch nichts. Ein Freund wird mich gleich abholen.«

Darüber war der junge Mann nicht sonderlich erfreut.

»Sie müssen aber schon etwas zahlen. Für das Wasser und die Benutzung unserer Toilette.«

»Okay«, sagte ich. »Wenn es Ihren Hund im Futter hält. Hat der einen bestimmten Zweck?«

»Es ist ein Wachhund«, erwiderte er. »Nachts lassen wir ihn frei im Restaurant herumlaufen, um Diebe abzuschrecken.«

Und »Versicherungs«-Kassierer, dachte ich. Die, die das Schutzgeld einsacken.

»Haben Sie viel Ärger?«, fragte ich.

»Wer sind Sie?«, wollte er wissen.

»Ein Leidensbruder. Einer, der sich zur Wehr setzt.«

»Erwarten Sie von mir keine Hilfe. Ich bin Übersetzer von Beruf. Das Lokal führe ich nur, weil meine Eltern jetzt zu viel Angst davor haben.«

»Haben sie nicht gezahlt?«, fragte ich.

»Warum sollten sie?«, fuhr er auf. »Sie haben ihr Leben lang hart gearbeitet, damit sie selbst etwas davon haben und nicht andere, die keinen Finger krumm machen, aber die Hälfte vom Verdienst einfordern.«

Ja, warum sollten sie? Höchstens, weil sie sonst aus dem Geschäft geschreckt wurden.

»Was ist passiert?«, fragte ich.

»Drei Männer haben meinen Vater auf der Straße hinterm Haus überfallen und anschließend im Lokal gewütet, alles kaputtgemacht. Zwei Jahre ist das jetzt her, aber er hat seitdem kaum einen Fuß vor die Tür gesetzt. Und das Restaurant lief immer gut, aber jetzt …« Er breitete die Arme aus. »Sie sehen es selbst. Nicht genug Kundschaft, um die Kommunalabgaben zu bezahlen, geschweige denn stille Teilhaber. Bald sind wir weg.«

Pragmatisch sein hatte Chefinspektor Watkinson empfohlen.

Die Wirte dachten offenbar genauso und blechten.

Chico erschien plötzlich im Eingang des Restaurants.

»Würden Sie das dem Herrn dort geben?«, bat ich den jungen Übersetzer, drückte ihm meinen Wagenschlüssel in die Hand und nickte zu Chico hinüber.

Er kam meiner Bitte nach, ohne zu fragen, warum ich es nicht selbst machte.

»Sie sollen den Herrn in zwei Minuten anrufen.«

»Danke«, sagte ich. »Was schulde ich Ihnen?«

»Nichts«, antwortete er.

Ich rief Chico an.

»Draußen wartet tatsächlich jemand. Er stand in einem Eingang auf der anderen Straßenseite und telefonierte auf dem Handy. Wahrscheinlich ruft er Verstärkung, wir sollten also sehen, dass wir wegkommen. Wo steht der scheiß Range Rover?«

Ich beschrieb, so gut ich konnte, wo ich ihn abgestellt hatte, während Chico mir den Fluchtplan verklickerte.

»Drück den Sperr- und Entsperrknopf am Schlüssel gleichzeitig«, sagte ich. »Dann blitzt das Licht auf.«

»Okay«, antwortete er. »Finde ich schon. Ich ruf dich an, und wenn ich ›Los‹ sage, rennst du los wie der Teufel.«

Ich wartete eine gefühlte Ewigkeit, den Blick fest auf die Tür gerichtet, und hoffte, dass Shane Duffy und seine Freunde nicht hereinkamen, bevor Chico aufkreuzte.

Das Handy vibrierte in meiner Hand.

»Ja?«, meldete ich mich.

»Ich stehe ein Stückchen weiter unten«, sagte Chico. Die Verstärkung ist da. Jetzt sind sie zu dritt. Sie haben auf der anderen Straßenseite die Köpfe zusammengesteckt, sind da aber weg, und ich seh sie nicht mehr. Komm hinten raus, und zwar gleich. Halt dich rechts, dann find ich dich.«

Ich stand auf und ging von der Nische schnell auf den Durchgang zur Küche zu, als auch schon Shane Duffy und einer seiner Kumpel zur Tür hereinstürmten und den jungen Orientalen zur Seite stießen. Sie hatten Baseballschläger in den Händen, aber wohl kein Spiel im Sinn.

Ich rannte los, drängte mich in der Küche an zwei verblüfften chinesischen Köchen vorbei und lief zum Küchenausgang hinaus auf die schmale Gasse hinter dem Restaurant.

Der dritte Mann war schon da. Ich konnte ihn im Schein der Lampe neben dem Hinterausgang deutlich erkennen. Und auch er hielt einen Baseballschläger in der Hand.

Mist.

Wie hatte McCusker noch gesagt, als ich mich über die Prügel seiner Mannen auf dem Rennbahnparkplatz beschwert hatte?

Die Jungs haben Sie kaum angerührt. Hätten die Ihnen eine richtige Abreibung verpasst, könnten Sie nicht mehr laufen. Kniescheiben sind bekanntlich schwer wieder hinzukriegen.

Ich fürchtete, jetzt stand mir eine richtige Abreibung bevor.

Nach rechts konnte ich nicht gehen, denn dort versperrte mir massives Mauerwerk den Weg. In der Gasse links stand der zweite Mann, mit dem ich auf der Rennbahn Towcester zu tun bekommen hatte, nämlich der, der meinen Hals im Würgegriff gehalten und mir geraten hatte, keine Jockeys mehr zu befragen.

Ich sah ihm an, dass er wusste, ich hatte ihn erkannt. Er grinste mich an und schwang den Schläger in einem weiten Bogen über seinen Kopf.

Schnell ging ich direkt auf ihn zu, was ihn leicht aus der Fassung zu bringen schien, aber ich wusste, ich hatte etwas bessere Chancen gegen einen allein, als wenn ich mich den beiden anderen überließ, die genau in diesem Moment etwas zehn Meter hinter mir an der Tür erschienen.

Ich war gefangen wie die Fleischeinlage in einem Baseballschläger-Sandwich.

Und ich hatte eine Heidenangst.

23

Ich hielt weiter auf den Mann zu, wenn auch nur, weil ich keine Wahl hatte und alles besser war als die 2:1-Übermacht hinter mir.

Das Ganze lief wie in Zeitlupe ab.

Als ich in Reichweite kam, holte der Mann mit dem Schläger nach meinem Kopf aus, aber ich konnte dem Schlag leicht ausweichen. Allerdings nahten die beiden hinter mir erschreckend schnell.

Ich bekam doppelte Hilfe.

Erstens erschien der Range Rover eingangs der Gasse, und zweitens wurde der Rottweiler am Hinterausgang des Fortune Cookie von der Kette gelassen.

Chico stützte sich voll auf die Hupe, und der Mann vor mir drehte sich unwillkürlich nach dem von hinten kommenden Krach um.

Ich nutzte die Gelegenheit zu einem Schritt nach vorn und knallte dem Mann meinen linken Arm, mein Wunder aus Plastik und Stahl, meine Allzeitkeule, gegen die Schläfe. Er ging zu Boden, und ich sauste an ihm vorbei.

Chico hatte die hintere Beifahrertür weit geöffnet, und ich sprang hinein und warf sie auch schon zu, aber Chico fuhr nicht sofort los. Er saß da und beobachtete, was sich in der Gasse tat. Und er lachte.

Ich drehte mich um.

Der Mann, der meinen Schlag abbekommen hatte, lag noch am Boden und hielt sich den Kopf, während die beiden anderen sich gegen den wütenden Rottweiler zu wehren versuchten, der darauf aus war, ihnen maulgerechte Happen aus den Beinen zu reißen.

Es war wirklich lustig, aber ich wollte trotzdem weg.

»Komm schon«, sagte ich. »Ab die Post. Das war verdammt ungemütlich.«

»Was jetzt?«, fragte Chico im Losfahren.

Ja, was jetzt?, dachte ich. Mein Plan hatte nur bis zur Ankunft in Manchester gereicht, wo sich die Inspiration fürs weitere Vorgehen schon einstellen würde. Und dass wir unsere Karten aufdeckten und dem Gegner unsere Anwesenheit verrieten, war in dem Plan nicht vorgesehen gewesen.

Hatten sie Chico an der dunklen Einmündung der Gasse so gut gesehen, dass sie ihn wiedererkennen würden? Hatten sie Marke und Farbe des Wagens erkannt? Suchten sie schon in den Straßen nach uns?

Am liebsten hätte ich ihr Revier auf der Stelle verlassen und wäre zurück nach Oxfordshire gefahren, heim zu Marina und Saskia. Aber erwartete McCusker nicht genau das von uns?

»Ich finde, wir sollten uns mal ansehen, was sich in McCuskers Villa tut«, sagte Chico.

»Und wenn seine Schläger den Range Rover erkennen?«

»Es war dunkel, und sie waren abgelenkt. Lassen wir's drauf ankommen.«

Chico startete den Wagen und fuhr die rund anderthalb Kilometer zu McCuskers pseudogeorgianischem Herrenhaus, wo er dann zwischen etlichen anderen Fahrzeugen auf der gegenüberliegenden Straßenseite parkte, etwa dreißig Meter von dem schmiedeeisernen Sicherheitstor entfernt.

Wir saßen eine ganze Weile im Dunkeln, und außer, dass hin und wieder ein Wagen durch die Wohnstraße kam, passierte nichts.

»Ich geh mal spazieren«, sagte Chico und stieß die Tür auf.

»Ist das klug?«, fragte ich.

»Wahrscheinlich nicht.« Er grinste breit. »Aber nur hier sitzen ist langweilig.«

Er verschwand in der Dunkelheit, während ich vom Rücksitz zum Fahrersitz wechselte, um schnell abhauen zu können.

Es tat sich immer noch nichts. Verschwendeten wir unsere Zeit? Ich fand, wir sollten uns vom Acker machen, traute mich aber nicht, Chico anzurufen. Gerade jetzt wollte er sicher nicht, dass sein Handy losging. Ich blickte mit zusammengekniffenen Augen zum Haus und sah zu meinem Entsetzen an der am weitesten vom Tor entfernten Stelle eine schattenhafte Gestalt über den Zaun steigen. Das musste Chico sein.

Was hatte er vor? War er verrückt? McCusker hatte mit Sicherheit Bewegungsmelder oder Kameras installiert.

Ich ließ das Fenster des Range Rover runter und horchte auf Sirenengeheul oder einen Entdeckungsruf, um notfalls mit Vollgas das Tor zu durchbrechen.

Doch es blieb still in der Nacht bis auf das Rauschen des Bluts in meinen Ohren und das Pochpoch meines Herzens.

Los, Chico, sagte ich im Stillen zu mir selbst. Komm schon.

Plötzlich öffnete sich vor meinen Augen das Tor. Ich machte mich auf dem Sitz klein, um nicht gesehen zu werden, aber es kam kein Wagen heraus. Stattdessen bog ein großer Toyota Land Cruiser, der auf der Straße auf mich zukam, durch das Tor auf die Einfahrt. Wer drin saß, war wegen der schwachen Straßenbeleuchtung und der stark getönten Wagenfenster nicht zu erkennen.

Ich sah zu, wie sich das Tor hinter ihm schloss, und bangte um Chico. War es McCusker, der nach Hause kam, oder waren es seine drei Schläger, die von der gescheiterten Abreibung für Sid Halley im Fortune Cookie berichten wollten? So oder so sah das nicht gut aus für meinen Partner, der sich gerade hinter den feindlichen Linien versteckt hielt.

Ich konnte nur abwarten.

Während die Zeiger auf der Uhr des Range Rovers langsam vorantickten, wuchs meine Besorgnis. Erst fünf Minuten, dann zehn.

Was, wenn sie Chico erwischt hatten? Sollte ich eine Rettungsaktion starten? Oder die Polizei rufen?

Weitere fünf Minuten vergingen. Gefühlte zwanzig.

Unversehens gab mein Handy einen Piepton für eine eingehende SMS von sich. Ich sah nach.

Die SMS bestand aus ganzen zwei Wörtern: »Bleib da.«

Ich blieb, wo ich war, und die Uhr am Armaturenbrett tickte noch eine quälende Viertelstunde herunter.

Das Tor öffnete sich, und der Toyota kam heraus. Wieder konnte ich nicht sehen, wer oder wie viele Leute drinsaßen.

Sollte ich ihm nachfahren? Aber da Chico wollte, dass ich dablieb, blieb ich.

Ich sah zu, wie sich das Tor automatisch wieder schloss. Als nur noch eine Lücke von knapp dreißig Zentimetern blieb, sprang Chico heraus wie ein Sektkorken und kam zum Range Rover gerannt.

»Fahr!«, sagte er beim Einsteigen.

Der Motor lief schon, und ich verlor keine Zeit mit Schalten.

»Wohin?«, fragte ich im Losfahren.

»Dem Toyota nach!« Er keuchte vor Aufregung und Adrenalin. »Gott, ich werd zu alt für den Quatsch.« Er grinste mich an. »Lange nicht mehr so einen Spaß gehabt.«

»Was hast du rausgefunden?«

»Nicht viel. Erzähl ich dir später«, sagte Chico. »Behalt jetzt erst mal den Toyota im Auge. Da sitzt McCuskers Schlägertrio drin. Wär's nicht schön, wenn die einen bösen Unfall hätten?«

»Das war auch mein Gedanke.«

Ich gab Gas, überfuhr eine gerade auf Rot gesprungene Ampel und hoffte, es war kein Streifenwagen hinter uns.

Wir folgten dem Toyota aus Didsbury heraus, auf der A34 nach Süden und dann auf die M56. Ich hing ein paar Wagen zurück und war überzeugt, dass sie uns im Dunkeln nicht ausmachen konnten.

Ich weiß nicht genau, wann mir dämmerte, dass sie auf Auswärtsfahrt waren. Vielleicht, als sie bei Knutsford südwärts auf die M6 fuhren.

»Meinst du, die sind auf dem Weg nach Oxfordshire?«, fragte ich Chico besorgt.

»Ich fürchte es fast«, antwortete er.

»Wieso fürchten?«

»Weil einer von ihnen einen Kanister in den Kofferraum gepackt hat.«

O Gott! Ich musste daran denken, was Angus Drummond von der in Rauch aufgegangenen Heuernte seiner Eltern erzählt hatte. Hatten sie es jetzt auf mein Haus abgesehen?

»Was machen wir?«, fragte ich Chico.

»Wir könnten die Polizei rufen«, sagte er. »Oder die Feuerwehr. Es sind aber noch über hundertfünfzig Kilometer bis Banbury. Warten wir erst mal ab, bis klar ist, wo sie hinwollen.«

Ich fuhr hinter ihnen auf der M6 an Stafford vorbei, an Anschluss 14 und der Stelle, wo unser geliebter roter Setter Mandy überfahren worden war. Ich hegte wenig Zweifel, dass derjenige, der sie dem Schnellstraßenverkehr ausgeliefert hatte, im übernächsten Wagen saß.

»Was hast du sonst noch gesehen?«, fragte ich.

»Na ja«, er wandte sich halb zu mir, »ich steig also locker über den Zaun und warte erst mal 'ne ganze Weile, falls ich einen Alarm übersehen habe, einen Stolperdraht vielleicht, der lautlos die Bullen verständigt. Aber nix passiert, kein Sirenengeheul aus der Stadt, also geh ich zum Haus und außen herum zu dem einzigen erleuchteten Fenster mit offenen Vorhängen auf der Rückseite.«

Er keuchte fast vor Aufregung.

»Es ist ein Arbeitszimmer, und am Schreibtisch sitzt eindeutig McCusker. Bei den Augen vertut man sich nicht – sie sind genau wie auf deinem Foto, nur älter und dicker ist er. Ich hab ihn geknipst.«

Chico hielt die Kamera so, dass ich sein durchs Fenster aufgenommenes Foto von McCusker sehen konnte. »Besonders toll ist es nicht, weil ich nicht zu nah rangehen durfte.«

»Das ist doch klasse«, sagte ich nach einem kurzen Blick auf das Konterfei meines Feindes.

»Ich hocke also glückselig hinter einem Gebüsch beim Fenster und seh zu, wie McCusker jemanden auf dem Handy anschreit, da hör ich auf einmal das scheiß Tor aufgehn. Verdammt, denk ich, gibt doch einen stillen Alarm und jetzt ist die Polente da. Ich geh tiefer in den Garten und such einen andern Ausgang; da aber keiner mit ’ner Taschenlampe ankommt oder so, bin ich doch wieder zum Fenster.«

Der Wagen vor uns bog an einer Kreuzung ab, und wir waren direkt hinter dem Toyota. Ich nahm etwas Gas weg und ließ mich von zwei Wagen überholen.

»Jetzt sind sie zu viert in dem Arbeitszimmer, und McCusker ist nicht gerade erfreut – das seh ich an seiner Körpersprache, obwohl ich sein Geschimpfe nicht höre. Dann gehen sie alle vier raus, und McCusker knipst das Licht aus. Ich also ums Haus, bis ich die Einfahrt im Blick habe. Da sehe ich dann, wie sie den Kanister aus der Garage holen und einladen.«

»Haben sie sonst noch was eingeladen?«, fragte ich.

»Zum Beispiel?«

»Koffer oder Reisetaschen?«

Er schüttelte den Kopf. »Hab ich nichts von gesehn.«

Dieser Ausflug in den Süden sollte demnach nicht allzu lange dauern, es war keine Übernachtung eingeplant.

Der Toyota vor uns blinkte plötzlich und verließ die Fernstraße an den Hilton Park Services nördlich von Birmingham. Ich ließ mich etwas zurückfallen und folgte ihnen die Ausfahrt hinunter.

Sie fuhren durch zur Tankstelle am anderen Ende, hielten an einer Zapfsäule. Ich blieb mit dem Range Rover im Dunkeln stehen, und wir sahen zu, wie sie nicht nur den Tank des Toyota, sondern auch den Kanister füllten.

Zum Glück hatte ich am Nachmittag vollgetankt und noch reichlich Benzin, um nach Hause zu kommen.

Chico machte Fotos mit seinem Handy, aber wir waren zu weit weg.

»Schlau sind die Typen nicht gerade«, sagte Chico. »Die Überwachungskamera filmt doch, wie sie den Kanister füllen. Wenn sie damit bei dir zündeln, findet die Polizei das Video.«

Ein eher schwacher Trost.

»Besonders, wenn wir sie mit der Nase draufstoßen.«

Nach dem Tanken fuhr der Toyota auf der M6 weiter nach Süden, und wir hängten uns dicht dran.

»So«, sagte ich zu Chico. »Bis zu mir ist es keine Stunde mehr. Was machen wir?«

»Kannst du nicht deine zahmen Bullen anrufen und ihnen sagen, was abgeht?«

Daran hatte ich auch gedacht.

Von Norman Whitby hatte ich nur die Nummer seiner Dienststelle bei der Polizeizentrale Greater Manchester, und jemandem von diesem Verein wollte ich nicht gerade erzählen, dass ich auf der M6 hinter Billy McCuskers Schlägertrupp herjagte. Angesichts des Maulwurfs bei der Behörde hätte ich es Billy dann vielleicht auch gleich selbst erzählen können.

Und Terry Glenn von der Polizei London?

Ich hatte gerade erst mit ihm vereinbart, ihn um keinen Gefallen mehr zu bitten, aber erstens war das hier ein Notfall, und zweitens, was scherte es mich?

Ich wählte seine Handynummer, bekam aber nur die Mailbox. Ich hinterließ eine Nachricht, hatte jedoch wenig Hoffnung, dass er noch am Abend oder überhaupt zurückrufen würde.

Damit blieben nur Chefinspektor Watkinson und Detektivsergeant Lynch, und ich war mir nicht sicher, wie hilfsbereit sie nach dem Bohei wegen der anstößigen Fotos noch sein würden, selbst wenn ich sie sonntagabends um elf erreichte.

»Hallo«, sagte eine irritierende Computerstimme, als ich die Nummer der Polizeidienststelle wählte. »Zurzeit ist niemand erreichbar. Bitte hinterlassen Sie eine Nachricht.«

Das tat ich und bat sie, so bald wie möglich zurückzurufen, aber das Band würde vermutlich erst am nächsten Morgen abgehört werden, und dann wäre es wahrscheinlich zu spät.

24

Als der Toyota an der Ausfahrt Banbury von der M40 runterfuhr, war ich einer Panik nahe.

Ich hatte Charles angerufen und gewarnt, obwohl ich mir eigentlich sicher war, dass McCusker seine Anschrift nicht kannte, es sei denn, Norman Whitby war tatsächlich der Maulwurf bei der Kripo Manchester.

Chico hatte überlegt, den Land Cruiser von der Straße zu drängen, am besten frontal gegen einen Baum oder eine Betonbrücke, aber er hatte hundertzwanzig Sachen drauf, und bei dem Gedanken, einen wahrscheinlich tödlichen Unfall herbeizuführen, war uns beiden nicht wohl, so unangenehm die Betroffenen auch sein mochten.

Aber als der Toyota dann vor dem Kreisverkehr über der Fernstraße abbremste, sah ich das schon etwas anders. Ihn von der Straße zu drängen wäre vielleicht doch die beste Strategie gewesen.

Zu meiner großen Überraschung bog der Toyota nicht rechts nach Nutwell ab, wo ich wohnte, sondern links auf die Straße nach Daventry.

»O Gott!«, sagte ich. »Die wollen nicht mich abfackeln. Sie wollen zu den Molsons nach Chipping Warden.«

»Zu wem?«, fragte Chico.

»Tony Molson. Er hat Black Peppercorn heute Nachmittag in Uttoxeter zum Sieg geritten, obwohl McCusker wollte, dass er verliert. Ich nehme an, jetzt soll an Tony ein Exempel statuiert werde.«

Mir fiel ein, was der Wirt des Chequers Inn über seinen Freund erzählt hatte, der McCusker die Stirn bieten wollte. *Sie haben seine Kneipe mit ihm drin angezündet. Die Türen verrammelt, damit er nicht rauskonnte.*

Ich hatte Angst um Tony und Margaret und erst recht um die Jungen, Jason und Simon. Sie waren die unbeteiligten Zuschauer in dieser Geschichte.

Vier Leben. Vier Tode. Eingesperrt in ihr brennendes Haus. Fand ich es jetzt immer noch so schlimm, den Toyota von der Straße zu drängen?

Aber es war längst zu spät. Chipping Warden liegt nur acht Kilometer von der Ausfahrt entfernt, und wir waren schon halbwegs dort.

»Ruf die Feuerwehr«, bat ich Chico. »Sag ihnen, am Rose Cottage in der Mill Lane hinter der Kirche von Chipping Warden brennt's. Nimm mein Handy.« Ich warf es ihm zu. »Es ist ein Prepaid. Gib einen falschen Namen an.«

Er wählte den Notruf und gab sich als William McCusker aus, was ich unter den Umständen ganz amüsant fand.

Ich ließ mich hinter dem Toyota zurückfallen, um die Insassen nicht zu alarmieren, und sie waren schon in der Mill Lane neben der Kirche verschwunden, als wir ins Ortszentrum von Chipping Warden kamen.

Ich schaltete die Scheinwerfer aus, bog ins Hogg End ein und hielt auf dem Grasstreifen vor einer Reihe strohgedeckter Häuser. Chico und ich schlossen beim Aussteigen leise die Türen hinter uns.

»Hier lang«, flüsterte ich.

Die dürftige Straßenbeleuchtung reichte gerade so aus, um uns heil über den Friedhof zu bringen.

»Wo bleibt die verdammte Feuerwehr?«, flüsterte ich.

»Die kommt schon«, erwiderte Chico. »Wo ist denn das Haus?«

»Soweit ich mich erinnere, liegt es direkt hinter der Kirche, ein moderner roter Backsteinkasten in einem kleinen Garten.«

Wir schlichen an der Kirche entlang und spähten um die Ecke.

Außer Dunkelheit war nicht viel zu sehen.

Kein Licht im Rose Cottage, und keine Spur von dem Toyota Land Cruiser.

Hatte ich mich geirrt?

Waren McCuskers Spießgesellen durch Chipping Warden durchgefahren und auf dem Weg nach Daventry?

Ganz weit weg hörte man eine Sirene. Die Feuerwehr rückte aus Banbury an. Kam sie umsonst?

Chico packte mich an der Jacke und wies mit dem Finger.

Zwei dunkle Gestalten, die sich gegen das schwache Licht der nächsten Laterne abhoben, bückten sich am Rand des Grundstücks, etwa dreißig Meter von uns entfernt.

Die Sirene wurde lauter.

Kommt schon, dachte ich, los, beeilt euch.

Die Gestalten verschwanden rasch im Dunkeln, und es ließ sich nicht sagen, ob sie ums Haus herumkommen würden oder auf der Vorderseite abgetaucht waren.

Plötzlich zischten an der Stelle, wo wir die beiden gesehen hatten, gewaltige Stichflammen hoch, und links von uns sahen wir den Toyota hinterm Haus hervor Richtung Hauptstraße rasen.

Die Flammen schienen das ganze Haus zu umschließen, sprangen bis zum Dach hoch und erhellten den Nachthimmel wie ein riesiges Martinsfeuer. Und Chico und ich wichen vor der sengenden Hitze hinter die Kirche zurück.

»Das ist Benzin«, sagte Chico. »Ich rieche es. Saublöd. Nur ein Vollidiot legt mit Benzin Feuer. Das ist viel zu explosiv.«

Mag sein, dachte ich, aber es war spektakulär anzusehen.

»Bleiben wir, oder fahren wir?«, fragte Chico.

Ich wollte eigentlich nicht weg, bevor ich wusste, dass den Molsons nichts passieren würde, aber genauso wenig wollte ich schon wieder in eine polizeiliche Vernehmung verwickelt werden und mir anhören müssen, ich hätte das Feuer gelegt.

Die Kavallerie erschien mit viel Getöse und Blaulicht, Feuerwehrleute sprangen aus dem Wagen und schlossen ihre Schläuche an die Hydranten an.

»Komm«, sagte Chico. »Hier gibt's nichts mehr zu tun. Sehen wir nach deinem Haus.«

»Gute Idee.«

Den Grabsteinen ausweichend, liefen wir über den Friedhof zurück zum Range Rover.

»Kein Licht«, sagte Chico, als ich den Motor anließ. »Zu viele Zeugen.« Er wies auf eine Reihe von Anwohnern in Bademantel und Pantoffeln, die aufgestanden waren, um zu sehen, wo der Krach herkam. »Wir wollen doch nicht, dass die sich zum Abschied unser Kennzeichen aufschreiben, oder?«

Durch das Feuer war es hell genug bis zur Hauptstraße, wo ich dann die Scheinwerfer einschaltete und Richtung Banbury und Nutwell abbog. Der Gedanke, die Insassen des Toyota könnten mit dem restlichen Inhalt des Kanisters zu mir fahren und dasselbe mit meinem Haus machen, ließ mich das Gaspedal durchtreten.

Ich verstieß wissentlich gegen meine Polizeiauflagen, indem ich mich Annabel Gaucin auf weniger als drei Kilometer näherte. Genau gesagt fuhr ich auf dem Weg zu meinem Haus direkt an ihrem vorbei.

»Halt vorher an«, befahl Chico. »Lass mich erst die Lage peilen.«

Ich schaltete das Licht aus und kam rund fünfzig Meter oberhalb meiner Einfahrt zum Stehen.

»Da vorne ist es«, erklärte ich Chico. »Das zweite Haus links. Das mit dem Tor an der Seite.«

»Gib mir fünf Minuten.« Leise öffnete er die Beifahrertür und verschwand in der Nacht. Besser, du überlässt ihm das, dachte ich. Chico hatte regelrechte Nachtsichtaugen, und von seiner Fähigkeit, sich unsichtbar zu machen, konnte ich nur träumen.

Dennoch war ich versucht, für alle Fälle noch einmal die Feuerwehr zu rufen. Sie hatten nach Chicos Anruf rund zehn Minuten bis zu den Molsons gebraucht, und angesichts der Heftigkeit des Feuers war es schon gut, dass sie neun Minuten Vorsprung vor dem tatsächlichen Brand gehabt hatten.

Ich stieg aus und horchte neben dem Range Rover stehend auf ungewöhnliche Geräusche. Es gab keine, und bald darauf kam Chico über die Straße zurück.

»Da ist niemand«, sagte er.

Ich stieß einen tiefen Seufzer der Erleichterung aus. »Und in Aynsford?«

»Schauen wir nach.«

Alles war ruhig bei Charles und in den Fenstern jetzt um ein Uhr früh auch kein Licht zu sehen.

Ich lenkte den Range Rover langsam in die Einfahrt und schaltete so schnell wie möglich Motor und Licht aus, um niemanden zu wecken.

Waren Chico und ich wirklich erst vor vierzehn Stunden von hier nach Uttoxeter aufgebrochen? Mir kam es eher wie eine Woche vor.

Ich knirschte vorsichtig über den Kies und versuchte, die Haustür zu öffnen. Sie war abgesperrt. So leise konnte ich also nicht gewesen sein. Ich war im Begriff zu klingeln, da sah ich eine geisterhafte Erscheinung schnurstracks auf mich zukommen.

Charles marschierte in gestreiftem Schlafanzug und Morgenmantel durch die verglaste Veranda, die Schrotflinte im Anschlag

»Charles«, rief ich schnell. »Wir sind's, Sid und Chico.«

»Seid ihr allein?«, rief er zurück.

»Ja.«

Die Flinte wackelte, und das beängstigende doppelte o ihrer Mündungen verschwand, als er sie zu Boden senkte.

Er schloss die Tür auf, und er zitterte.

»Komm, setz dich«, sagte ich und nahm ihm die Flinte aus den Händen.

»Ja«, antwortete er. »Entschuldige.«

Ich klappte die Flinte auf und nahm die Patronen heraus, froh, dass er mit seinen zittrigen Fingern nicht versehentlich abgedrückt hatte.

Ich hätte ihn vor unserer Ankunft anrufen sollen, hatte aber Angst gehabt, ihn zu wecken. Dabei hätte ich wissen müssen, dass er als Militär sich verpflichtet sehen würde, Posten zu stehen und über Marina, Saskia und sein Haus zu wachen. Und im Wachdienst zu schlafen war einst ein todeswürdiges Verbrechen.

Wir gingen in seine Küche, und ich legte die Schrotflinte auf den Tisch, um Charles ein Glas Wasser zu holen.

»Ich war so besorgt nach deinem Anruf«, begann Charles. »Marina habe ich nichts davon gesagt, sonst hätte sie darauf bestanden, dass wir zu eurem Haus fahren.«

»Da ist alles okay«, sagte ich. »Wir haben nachgesehen.«

Ich berichtete ihm schnell, was seit unserer Abfahrt passiert war, allerdings ohne den Brand bei den Molsons zu erwähnen. Irgendwie hielt ich es für besser, das wegzulassen. Charles war ohnehin nervös.

»Meinst du, sie sind zurück nach Manchester?«, fragte er.

»Ich hoff's.«

Mein Handy klingelte.

»Hallo«, meldete ich mich argwöhnisch.

»Ist dort William McCusker?«, fragte eine knistrige Frauenstimme.

»Wer spricht denn?«, fragte ich zurück.

»Ein William McCusker hat unter dieser Rufnummer einen Brand gemeldet«, kam die Antwort. »Einen Brand in Chipping Warden.«

Ich legte sofort auf und schaltete das Handy aus.

Chico hatte alles gehört.

»Nimm die SIM-Karte raus«, sagte er.

Ich öffnete die Rückseite des Handys, entfernte das kleine Rechteck und gab es ihm. Er nahm eine Schere aus dem Handschuhfach und schnitt die Karte dreimal durch.

»Morgen musst du dir eine neue kaufen«, sagte Chico. »Die hier hat das Zeitliche gesegnet. Hoffen wir mal, dass sie das Handy vor ihrem Anruf nicht geortet haben.«

»Das bezweifle ich. GPS-mäßig ist das Handy nicht gerade auf dem neuesten Stand.«

»Durch Triangulation lässt sich die Position auch bestimmen, aber das Verfahren ist hier nicht so verbreitet.«

»Was ist denn los?«, fragte Charles leicht verwirrt. »Was war das überhaupt für ein kleines Ding?«

»Eine sogenannte SIM-Karte«, antwortete ich. »Damit funktioniert das Handy und bekommt seine Nummer. Wir haben die Nummer nur unbrauchbar gemacht, damit McCusker sie nicht anrufen kann.«

Er gab sich mit der Erklärung zufrieden und ging etwas wacklig nach oben, um zu schlafen.

»Alles in Ordnung, Charles?«, fragte ich besorgt, als ich ihn so auf der Treppe sah.

»Bestens«, sagte er. »Bin nur müde. Es war ein langer Tag, und ich hatte vergessen, wie anstrengend ein sechsjähriges Kind sein kann. Ich bin heute auf der Suche nach ihr mindestens ein Dutzend Mal die Treppe rauf und runter.« Er schüttelte den Kopf.

Saskia und ihre Sardinenbüchse, dachte ich schmunzelnd.

»Gute Nacht«, sagte ich.

Er winkte als Antwort und verschwand in Richtung seines Schlafzimmers, begleitet vom Knarren des alten Fußbodens.

Ich hingegen hatte noch zu tun und setzte mich in Charles' Arbeitszimmer an seinen Computer, um zu sehen, was es Neues zum Brand bei den Molsons gab.

Ich kam zu dem Schluss, dass ein längerer Aufenthalt in Aynsford mich um den Verstand bringen würde. Entweder Charles' PC oder seine Internetverbindung oder beides waren so langsam, dass ich mir in der Zeit zwischen Eingabe der Webadresse und dem Aufbau der Seite auf dem Bildschirm fast einen Tee aufgießen konnte.

Die Langsamkeit änderte jedoch nichts daran, dass über einen Brand in Chipping Warden im ganzen weiten Netz nichts zu erfahren war. Vermutlich war es noch zu früh.

Wollte ich nicht bei den Molsons direkt anrufen und komplizierte Erklärungen abgeben müssen, falls früh um halb zwei wirklich jemand abnahm, musste ich mich wohl bis zum Morgen gedulden.

»Schieben wir Wache?«, fragte Chico, als ich ihm die Kunde von der Nachrichtenflaute brachte.

»Was denkst du?«

»Wenn sie was vorhätten, wären sie inzwischen hier. Ich denke, wir sind außer Gefahr.«

»Ich auch«, sagte ich und gähnte. »Ich geh ins Bett.«

»Ich bleib noch ein bisschen auf«, erwiderte er. »Nur um sicherzugehen.«

Während er sich in der Küche einen starken Kaffee machte, ging ich nach oben ins Gästezimmer, das mir doch viel lieber war, als mit Chico im Range Rover zu übernachten.

So leise wie bei den knarrenden Dielenbrettern möglich ging ich ins Bad, zog mich aus und wand den linken Unterarm aus der Prothese, eine immer wieder schmerzhafte Prozedur. Etwa so, als ob man einen engsitzenden Schuh auszieht, ohne vorher die Schnürsenkel zu öffnen. Immerhin hatte der Schläfenschlag in der Gasse die eingebaute Technik nicht beschädigt, wenn mir das auch ziemlich egal war. Ich glaubte fest daran, dass die Tage meiner Prothese gezählt waren. Bald würde ich eine richtige, empfindungsfähige Hand haben, die nicht jeden Abend vor dem Schlafengehen abgenommen werden musste.

Ich legte mich vorsichtig zu Marina, um sie nicht zu wecken, aber sie wurde doch wach, wandte sich schläfrig zu mir und umfasste mein Geschlecht mit ihren warmen Händen. Ein Schauer lief mir die Beine entlang.

»Hmmm«, murmelte sie, »wie schön.«

Das fand ich auch, und wir kuschelten uns aneinander. Bald konnte von Schlafen bei ihr keine Rede mehr sein, und bei mir dank ihr noch viel weniger.

Sex hatte in letzter Zeit wegen unserer Probleme weit unten auf der Agenda gestanden; eigentlich war er sogar ganz ausgefallen. Marina und ich hatten uns regelmäßig gestritten, und seit dem bewussten Besuch von Sir Richard hatte eine gewisse Feindseligkeit zwischen uns geschwelt.

Jetzt, mit der gegenseitigen Wiederentdeckung unserer Körper, der ebenso geschenkten wie empfangenen Lust und dem gleichzeitig erreichten, herzüberströmenden Höhepunkt war das alles vergessen.

»Wow«, sagte ich. »Das war gut.«

»Allerdings«, sagte Marina. »Und es hat mir gefehlt.« Sie schmiegte sich an mich. »Ich hatte dich heute Abend nicht zurückerwartet.«

»Hätte ich lieber wegbleiben sollen?«

»Sei nicht albern.« Sie lachte. »Natürlich nicht.«

Einer in den Armen des anderen, schliefen wir zufrieden ein.

Ich erwachte schlagartig, wie von einem Geräusch aufgeschreckt. Da es immer noch stockdunkel war, drehte ich mich um und tippte meinen Wecker an, dessen aufleuchtende Ziffern 5:27 Uhr anzeigten. Ich hatte noch keine vier Stunden geschlafen.

Im Dunkeln horchte ich auf ein unbekanntes oder unwillkommenes Geräusch. Da war nichts als das leise Atmen Marinas neben mir, weder unbekannt noch unwillkommen.

Hatte ich geträumt?

Ich glitt aus dem Bett, zog meinen Bademantel über und tappte, so leise ich konnte, barfuß durch den Flur und die Treppe hinunter. Obwohl es draußen noch fast völlig dunkel war, fand ich mich im Haus zurecht, da die Alarmtastatur neben der Haustür ebenso leuchtete wie die Basis des schnurlosen Telefons auf dem Dielentisch und die Digitalanzeige des Elektroherds in der Küche.

Rosie schlief fest auf ihrem Bett neben dem Herd. Ein bescheidener Wachhund, dachte ich.

Alles schien ruhig, als ich ein paar Augenblicke durchs Küchenfenster schaute, ob sich draußen etwas rührte. Da nichts zu sehen war, kehrte ich in den Flur zurück, und da kam der Angriff.

Ich wurde nach hinten gestoßen und zu Boden geworfen, so dass ich, Kreuz und Hüfte voran, mit einem atemraubenden Rums auf Charles' antikem Perserteppich landete.

Den Wurf kannte ich. Es war ein klassischer Judogriff.

»Chico«, sagte ich eindringlich mit meinem bisschen Restluft. »Ich bin's, Sid, Herrgott noch mal.«

»Mensch, dann sag doch was!«, kam es aus der Dunkelheit zurück. »Ich hab dich für'n Einbrecher gehalten. Du solltest oben in der Heia sein, Kumpel.«

»Ich dachte, ich hätte was gehört«, sagte ich und drehte mich auf die Seite, um aufzustehen.

»Hier.« Chico streckte die Hand aus. »Lass dir helfen.«

»Danke«, sagte ich. Du wirst wirklich alt, dachte ich, wenn du schon Hilfe beim Aufstehen brauchst. Mein Trost war, dass ich nur eine Hand hatte, um mich abzustützen.

»Hast du nichts gehört?«, fragte ich und rieb mir die voll erblühende Schwellung an der rechten Hüfte.

»Nur die scheiß Kaffeetasse, die mir runtergefallen ist«, sagte er kleinlaut, »als ich eingenickt bin.«

»Aha. Dann ist es ja gut. Komm, hauen wir uns in die Falle. Jetzt kreuzt keiner mehr auf. Und es wird bald hell.«

»Ja, da hast du wohl recht.«

Wir gingen zusammen nach oben, er aber noch eins

höher zu den Räumen in der Mansarde, wo einst die Dienerschaft gewohnt hatte, und ich schlüpfte wieder neben Marina unter die Decke.

Diesmal schlief sie weiter, ihr gleichmäßiger Atem unbeeindruckt von meinem nächtlichen Ausflug. Ich schmunzelte im Dunkeln, ignorierte, so gut es ging, meine schmerzende Hüfte und fiel bald wieder in Schlaf.

25

In den ersten Rundfunknachrichten kam rein gar nichts über einen Brand in Chipping Warden – weder über Todesopfer noch über Brandstiftung mittels Benzin.

Einerseits war ich mächtig erleichtert. Es wäre sicher groß herausgestellt worden, wenn einer der vielleicht zwanzig besten englischen Hindernisjockeys auf diese Weise den Tod gefunden hätte.

Ich zog mich an und ging hinunter ins Arbeitszimmer, um noch einmal den Computer zu bemühen, und fand lediglich eine Randnotiz auf einer Lokalnachrichten-Website. Da hieß es, die Feuerwehr habe kurz nach Mitternacht einen Notruf erhalten und einen kleinen Brand bei der Kirche von Chipping Warden gelöscht. Weitere Einzelheiten wurden nicht genannt, und weder von Brandstiftung noch von Schäden am Gebäude war die Rede.

Das war schon sehr merkwürdig. Das Feuer, das Chico und ich gesehen hatten, konnte man wahrhaftig nicht als kleinen Brand bezeichnen. Die Flammen waren so hoch geschlagen, dass ich trotz der eingetroffenen Feuerwehr um das Leben der Bewohner von Rose Cottage gefürchtet hatte.

Ich rief auf Charles' Telefon bei den Molsons an.

»Tony Molson«, meldete sich der Hausherr.

»Tony, hier ist Sid, Sid Halley.«

»Mit Ihnen rede ich nicht«, sagte er erbost. »Sie sind doch verrückt. Ihretwegen wären wir fast bei lebendigem Leib verbrannt. Ich hätte das Rennen niemals gewinnen dürfen. Hauen Sie ab, und lassen Sie mich in Ruhe.«

»Ich habe die Feuerwehr zu Ihnen gerufen«, sagte ich in der Hoffnung, dass mir dafür nicht gleich selbst die Flammen um die Ohren flogen. »Was meinen Sie, weshalb die so schnell da war?«

»Laut Polizei hat ein William McCusker sie verständigt. Ich hab mich zu Tode erschrocken, als ich das hörte. Sie wollten wissen, ob ich jemanden kenne, der so heißt, aber das habe ich natürlich verneint.«

»Er war's nicht, ich war's«, versicherte ich, obwohl es genau genommen Chico gewesen war. »William McCusker habe ich gesagt, um ihn da reinzuziehen.«

»Das heißt also, Sie wussten von dem Brand, bevor er losging. Das hat mir auch der Brandmeister gesagt. Der Anrufer sei wohl auch der Zündler gewesen. Wie hätte er sonst von dem Brand wissen können?« Er schwieg. »Haben Sie das Feuer gelegt, Sid?«

»Natürlich nicht«, antwortete ich. »Billy McCuskers Leute haben es gelegt, das muss Ihnen doch klar sein. Ich verstehe nur nicht, wieso Ihr Haus nicht abgebrannt ist, die Flammen sahen so gewaltig aus.«

»Sie waren also heute Nacht hier?«, fragte er anklagend.

»Ja. Ich bin drei McCusker-Schergen von Manchester bis nach Chipping Warden gefolgt. Und unterwegs habe ich gesehen, wie sie an einer Tankstelle einen Kanister mit Benzin gefüllt haben. Als mir klarwurde, was sie vorhatten, habe ich die Feuerwehr verständigt, und da brannte es zwar wirklich noch nicht, aber es war höchstens fünf oder zehn Minuten vorher. Und auch gut für sie, sonst wären Sie heute Morgen alle nicht mehr da.«

»Es war ein Feuerkreis, eine Feuerwand«, sagte Tony, »aber mit etwas Abstand zum Haus. Der Brandmeister meinte, so etwas habe er noch nie gesehen. Das sollte mir wohl eher Angst machen, als mich umbringen, und ich kann Ihnen sagen, das hat auch funktioniert. Margaret ist ganz außer sich.«

Das konnte ich mir vorstellen. Wäre ich auch gewesen.

»Wo in Manchester wohnt Margarets Schwester?«, fragte ich.

»Hm?«

»Margaret hat mir erzählt, dass ihre Schwester in Manchester lebt. In welchem Stadtteil?«

»Nennt sich Didsbury. Südlich vom Zentrum. Warum?«

»Nur so.«

Ich bezweifelte, dass Margarets Schwester McCusker bewusst auf die Molson-Zwillinge hingewiesen hatte. Wahrscheinlich war ihr das bei irgendeinem geselligen Anlass, nachdem sie zu tief ins Glas geschaut hatte, so rausgerutscht, weil es sich gut erzählen ließ. Aber Billy McCusker hatte die Information für seine Zwecke zu nutzen gewusst.

»Gehen Sie wegen uns zur Polizei?«, fragte Tony.

»Soll ich?«

Eine längere Pause entstand.

»Nein«, sagte er, als wäre er den Tränen nah. »Ich wünschte nur, ihr würdet alle verschwinden und mich in Frieden lassen.«

»Dann treten Sie zurück. Hören Sie als Jockey auf. Heute noch. Dann hat McCusker keine Verwendung mehr für Sie, und dann wär's auch egal, ob die BHA Ihnen die Jockeylizenz entzieht, weil Sie keine Rennen mehr reiten.«

»Ich will aber noch nicht aufhören«, erwiderte er unglücklich. »Ein paar gute Jahre habe ich noch drauf.«

»Dann verschwindet McCusker nicht. Es sei denn, Sie helfen mir, etwas gegen ihn zu unternehmen.«

»Und was?«, fragte er trocken. »Sie sehen doch, was für ein Mensch das ist. Glauben Sie mir, wenn ich noch mal ein Rennen für ihn verlieren soll, verliere ich es auch. Beim nächsten Mal fackelt er das Haus mit mir und meiner Familie ab.«

Dem konnte ich nicht widersprechen.

Ich glaubte es selbst. Ich war sogar überrascht, dass er es nicht schon getan hatte.

Chico war bereits in der Küche, als ich rüberkam, um mir einen Kaffee zu machen.

»Schläfst du niemals?«, fragte ich.

»Es ist neun. Da bin ich sonst auf der Arbeit.«

»Meinst du, du fehlst deinen jugendlichen Straftätern?«

»Nee, die kriegen das gar nicht mit. Gute alte Schotten-Omi.« Er grinste mich an. »Dank ihr hab ich die ganze Woche frei.«

»Na, ich hoffe, da kriegst du mehr Schlaf als letzte Nacht. Und lass in Zukunft die Flossen von mir, mir tut die Hüfte sagenhaft weh.«

Ich rieb mir die besagte Stelle.

»Dann solltest du hier nicht barfuß rumlaufen. Du hast

mich schwer erschreckt mit deinem Gespensterschwebegang.«

»Nicht so wie du mich.«

Er lachte. »Ich lauf mal ’ne Runde ums Dorf. Im Moment brauchst du mich nicht, oder?«

»Nein, lauf nur. Wir sehen weiter, wenn du wiederkommst.«

»Gut. So in vierzig Minuten.«

Er ging gerade, als Marina zurückkam, die Saskia zur Schule gebracht hatte.

»Alles okay?«, fragte ich sie.

»Geht so«, erwiderte sie und verzog das Gesicht. »Paula redet immer noch nicht mit mir.«

»Lass ihr Zeit«, sagte ich.

Rosie kam herüber und schmiegte sich begeistert wedelnd an Marinas Bein. Marina kraulte sie hinter den Ohren.

»Wann können wir alle nach Hause? Charles ist reizend, aber gestern hat er mich halb zum Wahnsinn getrieben. Und ich möchte meine eigenen Sachen, mein eigenes Bad, meine eigene Küche um mich haben.«

»Ich kümmere mich drum.«

Ich ging wieder ins Arbeitszimmer, wählte ohne viel Hoffnung, dass er sich melden würde, die Nummer von Chefinspektor Watkinson und wurde angenehm enttäuscht.

»Chefinspektor Watkinson.«

»Tag, Chefinspektor«, freute ich mich. »Hier ist Sid Halley.«

»Mit Ihnen dürfte ich nicht reden.«

»Das haben Sie schon mal gesagt, aber Sie tun's ja. Haben Sie den Bericht von dem Brand heute Nacht in Chipping Warden gesehen?«

»Nicht unser Bezirk. Chipping Warden gehört zu Northamptonshire. Wir sind das Themsetal.«

»Billy McCusker gibt nichts auf Polizeireviergrenzen, und Chipping Warden ist doch gleich um die Ecke.«

»Mag sein«, sagte er, »aber dazwischen ist die Bezirksgrenze.«

»Na, dann fordern Sie den Bericht von Ihren Kollegen in Northamptonshire an. Interessante Lektüre. Sagen Sie ihnen, dass Billy McCuskers Schläger die Jungs mit dem Benzin waren.«

»Woher wissen Sie das?«

»Weil ich ihnen von McCuskers Haus in Manchester aus gefolgt bin und gesehen habe, wie sie an der Tankstelle Hilton Park den Kanister mit Benzin gefüllt haben. Das kann ich mit Fotos beweisen.«

»Sie waren aber fleißig.«

»Was denn sonst?«, fragte ich. »Irgendjemand muss es machen, und Ihr Verein beschränkt sich darauf, Unschuldige einzubuchten. Da fällt mir ein, wer hat mich denn nun angezeigt?«

»Das kann ich Ihnen nicht sagen.«

»Können oder wollen Sie nicht?«, fragte ich ihn wie Sir Richard Stewart mich vor so langer Zeit.

»Ich kann nicht«, erwiderte der Chefinspektor. »Selbst wenn ich wüsste, wer es war. Solche Informationen sind zum Schutz der Identität eventuell betroffener Kinder vertraulich.«

»Und wie steht's mit dem Schutz der Identität zu Unrecht Verdächtigter?«, fragte ich. »Unsere Gesetze scheinen nur zu meinem Nachteil zu sein.«

»Unser beider Nachteil«, gab er zurück. »Haben Sie eine Ahnung, wie schwer es heutzutage ist, eine Verurteilung zu erreichen?«

»Soll mich das jetzt trösten? Tut's nämlich nicht. Wann kann ich wieder in mein Haus?«

»Wie meinen Sie das?«

»Ich bin frei mit der Auflage, dass ich mich Annabel Gaucin nicht wissentlich auf weniger als drei Kilometer nähern darf, aber mein Haus ist nur anderthalb Kilometer von dem ihrer Eltern entfernt. Wobei ich alles, was ich ihr aus anderthalb Kilometern Entfernung antun könnte, auch aus drei Kilometern hinbekäme.«

»Wo sind Sie denn jetzt?«

»Bei meinem Exschwiegervater. Der wohnt fünf Kilometer von den Gaucins entfernt.«

»Haben Sie bei Ihrer Freilassung nicht darauf hingewiesen?«

»Doch«, sagte ich, »aber der zuständige Sergeant meinte auf seine unnachahmliche Art, das sei aber Pech, da müsse ich wohl umziehen. Anscheinend mochte er mich nicht. Hat mich immer Dreckskerl genannt.«

»Gefängnisbeamte sind manchmal so«, antwortete er. »Ich rede mal mit Kommissar Ingram, ob man diese Auflage korrigieren kann.«

»Danke.«

»Sonst noch was?«, fragte er und sah das Gespräch offensichtlich als beendet an.

»Ja«, sagte ich. »Finden Sie heraus, was es mit dem Brand auf sich hat.«

Aber was würde das nützen? Wenn McCuskers Leute der Brandstiftung überführt werden konnten, was ich bezweifelte, dann würden sie deshalb wohl kaum für länger hinter Gitter kommen. Niemand war getötet oder verletzt worden, und es war kein nennenswerter Sachschaden entstanden.

Und selbst wenn McCusker der Verabredung zur Brandstiftung überführt werden könnte, würde man ihm dafür gerade mal auf die Finger klopfen. Er wiederum würde mich sicher nicht ins Herz schließen, wenn ich als Zeuge der Anklage auftrat.

Ich musste eine größere Schlacht schlagen, eine, die den Krieg beendete.

Die Telefonunterlagen von der Londoner Polizei oder besser gesagt Terry Glenn waren in der Post.

Dazu schrieb er, die Handynummer, die ich ihm gegeben hätte, verweise auf ein Handy mit Guthabenkarte und sei mit keiner bestimmten Person verknüpft, so dass er mir nur eine Liste der unter der Nummer getätigten Anrufe schicken könne.

Der Liste entnahm ich, dass jemand – vermutlich McCusker – das Handy in den letzten sechs Monaten ausgiebig genutzt hatte, denn sie verzeichnete mehrere Dutzend ausgehende Gespräche. Eingehende Anrufe waren leider nicht aufgeführt.

Da zumindest Robert Price ihn unter dieser Nummer auch angerufen hatte, lieferte mir die Liste nicht die erhoffte Aufstellung aller von ihm korrumpierten Jockeys.

Ich suchte nach einer mir bekannten Nummer, fand aber keine. Mit meinem eigenen, umfassenden Kontaktverzeichnis konnte ich sie leider nicht abgleichen; dazu musste mir die Polizei erst mein Handy und meinen Computer zurückgeben.

Auch die Anrufliste von McCuskers Festanschluss enthielt zig Nummern, aber keine, die mir als bekannt ins Auge sprang. Allerdings hielt ich es auch für unwahrscheinlich, dass er über seinen Festanschluss irgendwelche dubiosen Geschäfte abwickelte, die hätten sich viel zu leicht nachweisen lassen.

Bedauerlicherweise war McCusker kein Dummkopf, und ich ging davon aus, dass er für seine krummen Dinger das Handy benutzte, das sich nicht zurückverfolgen ließ, und Anrufe wahrscheinlich noch, wie in meinem Fall, über mehrere SIM-Karten umleitete.

Dabei fiel mir ein, dass ich Ersatz für meine am Abend zerschnittene SIM-Karte brauchte.

Ich steckte die Anruflisten ein und sah nach, ob Chico zurück war. Er saß in der Küche.

»Wie war es beim Laufen?«, fragte ich ihn.

»Klasse«, sagte er. »Endlich mal frische Luft statt Nordlondoner Dieselqualm. Was liegt heute an?«

»Banbury, neue SIM-Karten. Ich kauf mir für alle Fälle gleich mehrere.«

»Und dann?«

»Wenn ich das wüsste«, sagte ich. »Ohne Handy und Computer bin ich richtig aufgeschmissen.«

»Hast du mal über Charles' Telefon deine Mailbox abgehört?«

»Nein«, sagte ich langsam. »Gute Idee.«

Ich ging wieder ins Arbeitszimmer, und Chico kam mit.

Fünfzehn meist ältere Nachrichten waren auf der Mailbox, zum Glück aber keine vom Queen-Mary-Krankenhaus mit der Bitte, mich zur Operation einzufinden.

In fünf Nachrichten wurde ich als Perverser und Pädophiler beschimpft. Reizend, dachte ich und fragte mich, was das für Leute waren, die einem so etwas auf die Mailbox sprachen.

Sechs Nachrichten stammten von sogenannten Freunden oder Bekannten, die mir versicherten, kein Wort von dem zu glauben, was Presse und Fernsehen vermeldeten. Da sie aber auch Fragen stellten wie *Stimmt das?* oder *Geht's Saskia gut?*, zweifelten sie vielleicht doch nicht gänzlich an dem, was sie gelesen oder gehört hatten.

Am interessantesten waren die vier übrigen Nachrichten.

Die erste kam von unserem irischen Freund, und ich stellte Charles' Telefon auf Lautsprecher, damit auch Chico sie hörte.

»So, Mr. Halley, jetzt wissen Sie, wie es ist, im Knast zu sitzen.« Selbst aufgezeichnet jagte mir der Klang seiner Stimme Schauer über den Rücken. »Merken Sie sich das, und tun Sie in Zukunft, was ich sage.«

Der Anruf war von Donnerstagabend, halb sieben, dem Tag, an dem ich freigekommen war. Wahrscheinlich hatte er die Sechs-Uhr-Nachrichten im Fernsehen geschaut.

»Er hört sich in etwa so an, wie er aussieht«, meinte Chico. »Dicke Muckis, kein Hirn.«

»Unterschätz seine Intelligenz nicht«, sagte ich. »Wenn

er dumm wäre, säße er jetzt noch wegen des Mords an Darren Paisley.«

»Wer ist denn Darren Paisley?«, fragte Chico.

»Jemand, den McCusker in den neunziger Jahren in Belfast umgebracht hat. Er hat ihn am Fußboden festgenagelt und verdursten lassen.«

»Wie entzückend«, sagte Chico. »Erinnere mich daran, dass ich immer eine Zange einpacke.«

Eine Nachricht war von Peter Medicos, vom Sonntagnachmittag und wieder mit der Aufforderung, ihm zu sagen, mit wem ich über Sir Richards Verdacht gesprochen hatte. »Handelt es sich um Jockeys?«, fragte er in einem Ton, als hielte er von bloßen Jockeys nicht viel. »Das müssen Sie mir zum Wohl des Rennsports sagen, damit wir die Schuldigen rauswerfen und bestrafen können.«

Verdenken konnte ich ihm den Vorstoß zwar nicht, es war schließlich seine Aufgabe, aber sein Ton störte mich.

Zum Wohl des Rennsports.

Das hatte auch Sir Richard mir gegenüber mindestens zweimal beschworen. Vielleicht war es ein Mantra der BHA.

Was wäre denn wirklich gut für den Rennsport?

Wäre die Enthüllung, dass ein Dutzend oder mehr Spitzenjockeys Rennen abgesprochen hatten, das Beste? Oder wäre es besser, die ganze Geschichte geheim zu halten, damit das nichtsahnende Publikum dem Sport die Treue hielt?

Nur, wenn sich die Vorgänge nicht wiederholten.

Nur, wenn es keine Rennen mehr gab, die durch Angst und Schrecken, Zwang und Drohung, Terror und Einschüchterung entschieden wurden statt durch die Leistung der Pferde.

Nur, wenn Billy McCusker ein für allemal ausgeschaltet wurde.

Auch eine der letzten beiden Nachrichten stammte von ihm, hinterlassen am späten Abend, offensichtlich, nachdem ich auf der Straße hinter dem Fortune Cookie seinen Schlägern entkommen war.

»Hören Sie gut zu, Mr. Halley«, sagte er wütend. »Überlegen Sie sich, ob es wirklich klug ist, mir auf die Hacken zu treten. Sollte ich noch einmal hören, dass Sie mir nachschnüffeln, wird Ihr Töchterlein missbraucht, gekillt und an die Schweine verfüttert, haben Sie verstanden?« Er schrie beinah vor Wut.

»Vielleicht hat er dir das gerade draufgesprochen, als ich ihn in seinem Büro beobachtet habe«, sagte Chico. »Da war er nämlich schwer in Fahrt.«

Es konnte sein. Hätte ich den Toyota auf der M16 verfolgt, wenn mir die Nachricht bekannt gewesen wäre? Hätte ich Chefinspektor Watkinson gesagt, dass McCuskers Leute bei den Molsons Feuer gelegt hatten? Gab es irgendetwas, das es wert war, Saskia einer solchen Gefahr auszusetzen? Den Schweinen zum Fraß! Unerträglich.

Ich überlegte, ob ich dem Kommissar die Nachricht vorspielen sollte. Vielleicht würde er mir dann glauben, dass Billy McCusker hinter allem steckte.

Nun, vielleicht aber auch nicht.

Der Anrufer hatte keinen Namen genannt und seine Rufnummer unterdrückt. Die Nachricht war zwar eine unmissverständliche Drohung gegen Saskia, aber wie wollte ich konkret beweisen, dass McCusker sie ausgesprochen hatte? Er würde es leugnen, und selbst wenn er mittels

Stimmerkennungs-Software überführt werden konnte, würde eine geringe Strafe wegen bedrohlichen Verhaltens ihn uns nicht lange vom Hals halten.

Und der Kommissar hatte bestimmt noch das verflixte Foto von den Mädchen im Bad vor Augen.

Vielleicht war es am besten, daran nicht noch mal zu rühren.

Aber war Stillhalten eine realistische Alternative? Vom Wohl des Rennsports abgesehen, wie stand es mit dem Wohl der Familie? Würden wir es aushalten, immer einen irischen Terroristen im Nacken zu haben? Wäre es nicht besser, uns das Monster vom Hals zu schaffen? Ein für allemal?

Vielleicht, aber nicht um jeden Preis.

An einem Pyrrhussieg lag mir nichts.

Die letzte Nachricht auf der Mailbox war kurz und bündig und erst an diesem Morgen um zehn hinterlassen worden.

»Sid, hier ist Angus«, sagte die Stimme aus dem Lautsprecher. »Es ist wieder so weit. Freitag um zehn, der Hürdenausgleich über 3200 Meter, nach dem Topham Trophy. Kein Wort zu irgendwem.«

»Wer ist Angus?«, fragte Chico.

»Angus Drummond«, erwiderte ich. »Einer der zu Rennabsprachen gezwungenen Jockeys. McCusker hat einen Teil des Hofs seiner Eltern angezündet und ihm gedroht, alles abzufackeln, wenn er nicht mitspielte.«

»Und was soll da laufen?«

»Wahrscheinlich wieder so ein rundum abgekartetes Rennen mit einem vorab feststehenden Sieger, auf den

McCusker am Toto hohe Summen wettet. Nach dem bekannten Schema. Diese Rennen starten immer spätnachmittags an einem großen Renntag. Er braucht viele Wettlustige, damit es sich lohnt, und selten wird mehr gewettet als in Aintree am Tag vor dem Grand National. Die Liverpooler werfen sich in Schale und strömen unter Einsatz sämtlicher in Nordwestengland mietbaren Protzlimos zu Tausenden auf die Rennbahn. Sie trinken und sie wetten gern, in dieser Reihenfolge. Muss man gesehen haben.«

»Ich freu mich drauf«, sagte Chico. »Aber was machen wir vorher?«

»Druck ausüben, wenn's geht«, antwortete ich.

»Auf wen?«

»Auf die Jockeys.«

26

Ich wusste aus Erfahrung, dass es nicht ideal war, Jockeys auf der Rennbahn sprechen zu wollen. Einmal waren sie zum Arbeiten dort und hatten zwischen den Ritten keine Zeit, herumzustehen und zu plaudern. Außerdem gab es auf der Rennbahn kaum Ecken, wo man sich über Absprachen unterhalten konnte, ohne dass andere es mitbekamen.

Und am Telefon wollte ich so etwas auch nicht besprechen.

Daher beschlossen Chico und ich, sie abends zu Hause aufzusuchen, angefangen bei Robert Price am Montag um sieben.

»Bleib du am besten im Wagen«, sagte ich zu Chico. »Wenn ich dich brauche, rufe ich dich dazu, aber ich glaube, er redet offener, wenn ich allein bin.«

»Geht klar, Chef. Dann hol ich eine Runde Schlaf nach.« Er lehnte sich zurück und schloss die Augen.

Wie schon einmal kam Judy Hammond an die Tür des kleinen Bauernhauses außerhalb von Lambourn, nur war sie weniger erfreut als bei meinem ersten Besuch.

»O Gott«, sagte sie. »Was wollen Sie denn?«

»Ist Robert da?«, fragte ich.

»Er ist im Bad. Er ist heute Nachmittag in Huntingdon gestürzt, und das Pferd hat ihn getreten.«

Das kannte ich nur zu gut. Gestürzte Pferde treten oft aus, wenn sie sich wieder hochrappeln. Hat der Jockey das Pech, dann in Hufweite zu sein, wird er getroffen. Das geschieht zwar unabsichtlich, ist darum aber nicht weniger schmerzhaft.

»Ich muss ihn sprechen«, sagte ich. »Es ist dringend.«

»Immer ist alles dringend. Kommen Sie rein.«

Ich trat ins Haus und wartete in dem kleinen Flur, während Judy die schmale Treppe hinaufging.

»Er kommt gleich runter«, sagte sie, als sie wiederkam. »Möchten Sie eine Tasse Tee?«

»Nein, danke.« Es schien mir nicht richtig, ihre Gastfreundschaft in Anspruch zu nehmen, wenn ich vorhatte, die Daumenschrauben anzulegen.

Robert kam in einem dünnen blauen Bademantel mit Paisleymuster die Treppe herunter und fuhr jedes Mal zusammen, wenn er den linken Fuß aufsetzte.

»Schlimm?«, fragte ich.

»Der Scheißgaul hat mich getreten. Hab einen fetten Hufeisenabdruck innen am linken Oberschenkel. Aber es hätte schlimmer sein können. Wenigstens waren's nicht die Eier.«

»Nichts gebrochen?«

»Zum Glück nicht. Mein Knie wäre im Eimer gewesen.«

Ja, dachte ich, und Kniescheiben waren bekanntlich schwer wieder hinzukriegen. Das wusste ich von Billy McCusker.

»Wirst du rausgenommen?«, fragte ich.

»Hoffentlich nicht. Morgen in Exeter muss ich am Arzt

vorbei, aber bis dahin dürfte alles okay sein. Ein Schmerzmittel und genug Schlaf, dann kommt das wieder hin. Gehen wir nach draußen.«

Wir traten zur Tür hinaus und blieben auf dem Fußweg stehen. Es war nicht gerade kalt, aber doch etwas frisch für Bademantel und Pantoffeln. Ich nahm an, er wollte nicht, dass Judy mithörte.

»Also, was gibt's?«, fragte er. »Das ist ja sicher kein Freundschaftsbesuch.«

»Nein«, sagte ich. »Bist du diese Woche in Aintree?«

»Na, und ob. Ich reite zum Beispiel Summer Nights im National.«

»Und Maine Visit im Hürdenausgleich über 3200 Meter am Freitag?«

Er schwieg.

»Ich nehme an, er startet als Favorit.«

Er schwieg immer noch.

»Sollst du verlieren?«, fragte ich.

Wieder schwieg er.

»Komm schon, Robert«, sagte ich. »Ja oder nein?«

»Ja«, antwortete er leise.

»Wann hat man's dir gesagt?«

»Heute Morgen, bevor ich nach Huntingdon bin. Ein Anruf kam.«

»Und du hast vor zu verlieren?«, fragte ich unverblümt.

»Was glaubst du wohl? Solange McCusker das Video hat, in dem ich sein Geld annehme, kann ich nichts machen. Natürlich verlier ich da.«

»Und wenn ich dir drohe, dem Sicherheitsdienst der BHA zu stecken, dass du das Pferd zurückgehalten hast?«

»Das tust du nicht.«

»Wetten, dass?«

»Dann stürze ich am Donnerstag und breche mir was, damit ich am Freitag nicht reiten kann.«

»Dann verpasst du aber auch den Ritt auf Summer Nights, und die Gelegenheit, den Favoriten im Grand National zu reiten, bekommt man nicht allzu oft. In dem Rennen wolltest du ja wohl nichts tricksen, oder?«

»Du Scheißkerl«, sagte er erbittert.

»Das Video könntest du doch damit erklären, dass du was im Internet verkauft hast und es dir bar bezahlt wurde.«

»So ein Quatsch«, erwiderte Robert. »Meinst du, daran hätte ich noch nicht gedacht? McCusker würde einfach irgendwen aus dem Hut zaubern, den ein Rennbahnverbot nicht kratzt und der behauptet, er sei der Mann auf dem Video, er hätte mir das Geld für Tipps oder für eine Absprache übergeben. Der BHA muss man nichts zweifelsfrei beweisen, die gehen nach der Wahrscheinlichkeit.«

Er hatte recht, und wir wussten es beide.

»Informierst du sie?«, fragte er. Es war ein zaghafter Appell.

»Das kommt drauf an«, erwiderte ich. »Würdest du auf Sieg reiten, wenn alle anderen es auch tun?«

»Du träumst, wenn du meinst, dass du die anderen Jockeys dazu überreden kannst. Die wollen aus Angst vor den Folgen genauso wenig gewinnen wie ich.«

»Wenn ihr verliert, sind die Folgen aber auch nicht ohne. Die BHA entzieht euch die Lizenz, und euer Lebensunterhalt ist futsch.«

»Mag sein«, antwortete er, »aber McCusker kann uns

mehr nehmen als Lizenz und Lebensunterhalt. Er kann uns gleich das Leben nehmen.«

Wem sagte er das?

»Erfolg gehabt?«, fragte Chico, als ich zurück zum Range Rover kam.

»Eher nicht«, sagte ich. »Alle zittern vor Angst.«

»Sollten wir vielleicht auch«, meinte er matt lächelnd. »Wohin jetzt?«

»Zu David Potter nach Upper Lambourn.«

»Tag, Sid«, sagte David resigniert. »War mir irgendwie klar, dass du wiederkommst.«

»David, das ist Chico«, erwiderte ich. »Er arbeitet für mich. Dürfen wir reinkommen?«

»Es ist nicht aufgeräumt.«

»Saubere Tassen für einen Kaffee kannst du doch sicher auftreiben.«

Er sah mich mit einem Hauch von Panik an. »Ich schau mal.«

Nicht aufgeräumt war gewaltig untertrieben. Erst vor zweieinhalb Wochen hatte ich Davids Küche betreten, erkannte sie aber kaum wieder. In dem damals blitzsauberen Raum herrschte das Chaos – ein beispielloses Chaos. Sämtliche Ablagen waren vollgestellt mit ungewaschenem Geschirr, halbverzehrten Mitnehmmahlzeiten und leeren Bierdosen.

»Joyce hat mich verlassen«, sagte David zur Erklärung. »Kurz nach deinem vorigen Besuch.«

Ich wusste noch, wie seine Frau um uns herumgewirbelt war und die ganze Zeit gewischt und geputzt hatte. Jetzt dagegen Berge von schmutzigem Geschirr und vergammeltem Essen.

»Es tut mir leid«, sagte ich.

»Ja«, meinte er. »Mir eigentlich auch. Wir hatten uns wegen Geld gestritten. Geht ja immer ums Geld. Ich gebe zu viel aus – aber jetzt verdiene ich auch noch weniger, als ich ausgebe. Joyce findet, ich käme mit der Stütze besser weg, als wenn ich auf der Rennbahn warte, dass ein Start für mich abfällt. Wahrscheinlich hat sie recht, aber hinschmeißen könnte ich nicht. Es ist doch wie Rauschgift. Ich fühle mich nur lebendig, wenn ich Rennen reite.«

Das kannte ich. Bei mir war es genauso gewesen, aber ich hatte keine andere Wahl gehabt, als aufzuhören.

»Wie alt bist du jetzt, David?«

»Siebenunddreißig.«

»Dann wirst du bald aufhören müssen. Und der Imbissfraß tut deinem Reitgewicht bestimmt auch nicht gut. Vom Bier ganz abgesehen.«

Er betrachtete das Chaos. »Vielleicht hast du recht.«

»Fahren Sie diese Woche nach Aintree?«, fragte Chico, den das Drumherumgerede sichtlich langweilte.

»Aber sicher«, antwortete David begeistert. »Das National lasse ich mir nie entgehen. Für sieben Pferde bin ich schon gebucht, wenn sie alle starten. Der Rubel rollt.« Er grinste breit und rieb sich die Hände.

»Startest du auch am Freitag im Hürdenausgleich über 3200 Meter, nach dem Topham Chase?«, fragte ich.

Davids Grinsen verschwand prompt. Er schwieg.

»David?«, hakte ich nach.

»Kann schon sein.«

»Auf welchem Pferd?«

Er schüttelte stumm den Kopf.

»Und hat der Ire dir gesagt, du sollst verlieren?«

Wieder nichts.

»Möchtest du, dass mein Freund Chico dir ein bisschen den Arm verdreht?« Ich lächelte. »Nur gerade so viel, dass er aus dem Gelenk springt?« Ich schlug einen möglichst drohenden Ton an.

»Vor dir hab ich keine Angst, Sid Halley. Dafür kenne ich dich zu lange und zu gut. Du würdest mir nicht weh tun. Der Ire schon.« Er atmete ein paarmal tief durch, um sich zu beruhigen. »Jetzt wünschte ich, ich hätte dir nie was erzählt.«

»Wie geht's deiner Mutter?«, fragte ich.

»Gut«, sagte er. »Und ich möchte, dass das auch so bleibt.«

»Das heißt, du willst absichtlich das Rennen verlieren?«

Er sah mir direkt in die Augen und nickte kurz. »Es sei denn, mir wird gesagt, dass ich den Sieger reite.«

»Wann erfährst du das?«

»Am Tag davor.«

»Und du tust immer, was dir gesagt wird?«

»Ja.« Er seufzte. »Meiner alten Mama zuliebe.«

Ich sah ein, dass es keinen Zweck hatte, ihn umstimmen zu wollen. Er kannte mich ja doch zu gut.

»Wir fahren dann besser wieder«, sagte ich.

»Wollt ihr doch keinen Kaffee?«

Ich sah mich in dem Durcheinander um und landete bei einem halb aufgegessenen Zwiebel-Bhaji, der gelben und grünen Schimmel ansetzte.

»Nein, danke, David«, sagte ich. »Nicht nötig. Und ich hoffe, Joyce kommt bald wieder.«

»Ja«, erwiderte er mit einem Seufzer. »Das hoffe ich auch.«

»Wer ist der Nächste?«, fragte Chico, als wir wieder im Wagen saßen.

»Ich hatte daran gedacht, Tony Molson noch mal einen Besuch abzustatten«, sagte ich, »aber ich bezweifle, dass er mit mir spricht.«

»Müssen wir ihn überreden?«

»Ich glaube, das wäre Zeitverschwendung. Er hat mir praktisch gesagt, dass er alles macht, was McCusker verlangt. Komm, wir fahren nach Hause. Nach Angus Drummonds Mailbox-Nachricht und dem, was wir von David Potter und Robert Price gehört haben, können wir getrost davon ausgehen, dass der Wettcoup am Freitag steigen soll. Die Nennungen für das Rennen können wir auf der *Racing-Post*-Website nachsehen, aber welches Pferd wirklich und unter welchem Jockey antritt, erfahren wir erst aus den Starterangaben am Donnerstag. Dann entscheiden wir.«

»Und was machen wir bis dahin?«, fragte Chico.

»Uns in Acht nehmen.«

»Wir könnten auch noch mal in den Norden fahren«, schlug Chico vor. »Was hältst du davon?«

»Wozu?«

»Wozu schon? Natürlich, um McCusker im Auge zu behalten. Nur sollten wir diesmal die Kneipen meiden. Aber alles ist besser, als die ganze Woche beim Admiral zu hocken und Däumchen zu drehen. Wir könnten uns ja mal den Liverpooler Bookie vornehmen, den von der Rennbahn in Uttoxeter.«

»Barry Montagu«, sagte ich.

»Genau. Falls er den Wettern lebend entkommen ist.« In Erinnerung daran musste er lachen.

»Okay. Wie wär's, wenn wir am Mittwoch hochfahren, pünktlich zum Beginn des Dreitagemeetings in Aintree am Donnerstag? Und am Mittwochnachmittag nehmen wir uns Zeit für Barry Montagu.«

»Geht klar«, sagte Chico vergnügt.

»Aber weiß der Himmel, wo wir unterkommen«, sagte ich. »Bestimmt ist jetzt schon alles ausgebucht.«

»Das deichselst du schon«, meinte Chico zuversichtlich. »Du bist Sid Halley.«

»Hier bleib ich keinen Tag mehr«, sagte Marina, als wir nach Mitternacht zurückkamen. Sie stand im Bademantel vor unserem Zimmer, die Hände in die Hüften gestemmt, und sie war gereizt. »Wenn mich Charles nicht aufregt, regt mich Mrs. Cross auf.«

»Weswegen denn?«, fragte ich sanft, um die Lage etwas zu entschärfen.

»Sie treiben mich beide zum Wahnsinn. Charles, die Obernervensäge, lungert die ganze Zeit herum und guckt mir auf die Finger, als hätte er noch nie eine Frau arbeiten sehen, und Mrs. Cross redet ohne Punkt und Komma. Ich wollte einen Artikel redigieren, aber da es hier kein WLAN gibt, kann ich nur mit dem Kabel aus Charles' Arbeitszimmer ins Internet und störe dabei offensichtlich gewaltig seine Kreise, obwohl er ja eigentlich gar nichts macht. Und die Verbindung ist noch langsamer als bei uns zu Hause. Eine halbe Stunde hat's gedauert, einen Artikel über die Glykoproteinsynthese durch posttranslationale Modifikation runterzuladen. Also wirklich!«

Hm. Ich hätte wahrscheinlich über eine halbe Stunde gebraucht, um das zu buchstabieren.

»Möchtest du, dass ich mit Charles rede?«, fragte ich.

»Nein«, sagte sie verärgert. »Ich möchte nach Hause.«

»Ich auch, aber was soll ich machen? Ich habe die Polizei gebeten, ihre Auflagen zu ändern, aber bis das passiert, kann ich nicht nach Hause. Aber du könntest vielleicht tagsüber dort arbeiten.«

»Ja«, sagte sie. »Morgen mach ich das auch. Nicht mal die blöden Handys funktionieren hier richtig.«

Dummerweise versuchte ich, das zu erklären. »Der Empfang ist hier sehr unregelmäßig, weil wir auf der falschen Seite des Bergs sind. Du musst Geduld haben. Irgendwann klappt's.«

Ihr böser Blick sagte mir, dass ihre Geduld restlos erschöpft war und sie keine Entschuldigungen mehr gelten ließ.

Sie war offensichtlich nicht gut drauf, ihre Körpersprache mir gegenüber fast aggressiv ablehnend.

So gab es leider auch keine Sinnesfreuden wie in der Nacht zuvor. Marina drehte mir im Bett den Rücken zu und schlief gleich ein.

Was konnte ich denn für Charles und seine superlahme Internetverbindung?

Chico schlief auf einem Lehnstuhl in der Küche, als ich Dienstagfrüh um sieben nach unten kam, um Tee aufzusetzen. Er war vollständig angekleidet.

»Vergessen, ins Bett zu gehen?«, fragte ich, als er trotz meines Bemühens, die Tassen so leise wie möglich aus dem Schrank zu nehmen, aufwachte.

»Irgendwer muss schließlich Wache halten, während du oben deine Liebste vögelst«, sagte er mit einem verschmitzten Lachen. Er hatte ja keine Ahnung.

»Möchtest du Tee?«, fragte ich.

»Danke.« Er stand auf und streckte sich. »Komm, Rosie. Zeit, dass wir vor die Tür gehen.« Rosie schlug nur ein Auge auf und sah ihn an, ohne sich zu rühren. Ihr Bett vor dem Herd war offenbar viel zu gemütlich. »Und so was nennt sich Wachhund.«

Ich gab ihm seinen Tee und ging mit einer dampfenden Tasse zu Marina hinauf.

»Geht's dir heute Morgen besser?« Ich setzte mich auf die Bettkante.

»Ja, ja. Tut mir leid. Ich bin immer etwas verdreht, wenn ich meine Tage bekomme.«

Ich seufzte. Sie war also nicht schwanger. Bei dem Stress der letzten drei Wochen und dem allenfalls sporadischen Sex hatte ich das aber auch eigentlich nicht erwartet. Na ja, wir mussten es eben im nächsten Monat weiter probieren, wie die ganzen vergangenen sechs Jahre.

Ich nahm meinen Tee mit hinunter ins Arbeitszimmer und schaltete Charles' Computer ein. Zwar hatte ich versucht, ihm klarzumachen, dass man den PC abends nicht ausschalten müsse, aber er wusste es besser.

»Der braucht doch mal Pause«, hatte er gesagt. »Das viele Denken macht ihn bestimmt müde.«

Und das war kein Scherz.

Zu seiner Zeit bedeutete Technik Signallampen, die Morsezeichen von einem Kriegsschiff zum anderen blinkten, oder ein Kurzwellenradio mit Morsetaste, und obwohl er seit vielen Jahren einen Computer besaß, waren die Feinheiten der elektronischen Datenverarbeitung an ihm vorbeigegangen. Immer fragte er mich nach meiner E-Mail-*Nummer*, als wäre die Adresse vom Telefonnetz abhängig und ändere sich mit meinem Aufenthaltsort.

Irgendwann wurde Charles' Computer mit dem Hochfahren fertig, und ich konnte mir den für Freitag angesetzten Hürdenausgleich über 3200 Meter in Aintree auf der Website der *Racing Post* ansehen.

Achtundzwanzig Pferde waren für das Rennen gemeldet, aber mehr als die Hälfte davon würde mit ziemlicher Sicherheit nicht auf der Starterangabe auftauchen. Die meisten Pferde waren für mehr als ein Rennen innerhalb weniger Tage genannt und manche für zwei oder mehr Rennen am selben Tag auf verschiedenen Rennbahnen. Eins von den achtundzwanzig, Transfer Fee, war für insgesamt sechs Rennen genannt, eins am Donnerstag, drei am Freitag und zwei am Samstag, aber er würde, wenn überhaupt, nur in einem starten.

Bis zum Termin für die Starterangabe am Donnerstagmorgen würde hektischer Telefonverkehr zwischen den Trainern herrschen, während alle herauszufinden versuchten, welche Pferde tatsächlich antraten und in welchem Rennen. Jedem Trainer geht es um die beste Siegchance für seine Pferde, und wenn ein aussichtsreicher Konkurrent definitiv für ein bestimmtes Rennen genannt ist, meidet man es lieber.

Von den achtundzwanzig Nennungen für den Hürdenausgleich über 3200 Meter am Freitag in Aintree waren einundzwanzig noch für andere Rennen am Tag davor oder danach genannt, nur sieben also ausschließlich für dieses Rennen. Doch selbst das war keine Garantie dafür, dass die sieben auch wirklich antraten.

Für zehn der achtundzwanzig Pferde waren Jockeys angegeben, aber das war in diesem Stadium bekanntlich Spekulation. Die Agenten der Jockeys fügten oft einfach die Namen ein, um kundzutun, dass ihr Jockey an dem Tag auf der Rennbahn war.

Der tatsächliche Reiter eines jeden Pferdes musste bis dreizehn Uhr am Tag vor dem Rennen genannt werden, rechtzeitig für das gedruckte Rennprogramm und die Zeitungen, doch im Krankheits- oder Verletzungsfall waren Änderungen immer noch möglich.

Die endgültige Erklärung, wer welches Pferd ritt, gab der Trainer spätestens eine Dreiviertelstunde vor dem Start ab, aber wenn sich der genannte Jockey in einem vorausgehenden Rennen verletzte, ließ sich auch das noch ändern.

Im Grunde konnte man erst sicher sein, wer ein bestimmtes Pferd ritt, wenn der Jockey in den Farben des Besitzers aus der Waage kam, wobei die Rennordnung noch eine Ersetzung zuließ, falls etwas dazwischenkam, bevor der Jockey unter Starters Order stand.

Damit war es vollkommen unmöglich vorherzusagen,

welche Jockeys, oder auch nur wie viele, in drei Tagen bei dem Rennen in Aintree starten würden.

Zu den zehn bereits zugewiesenen Jockeys gehörte Robert Price auf Maine Visit, aber David Potter und Angus Drummond waren noch keinem Pferd zugeteilt.

Ein interessanter Name stand aber noch auf der Liste.

Jimmy Guernsey sollte ein Pferd namens Staplegun reiten.

27

Und wer ist dieser Jimmy Guernsey?«, fragte Chico, als ich die Einzelheiten mit ihm durchging.

»Ich glaube, er ist McCuskers Mann in der Jockey-Umkleide. Auf jeden Fall hängt er mit drin. Er kennt Billy McCusker mit Namen und wusste im Voraus, welches Pferd in Sandown in einem der abgesprochenen Rennen siegen sollte.«

»Und du meinst, er weiß auch, welches Pferd am Freitag gewinnt?«

»Wenn nicht, dann weiß er es spätestens bei Rennbeginn.«

»Dann könnten wir diesem Guernsey einen kleinen Besuch abstatten und mal ganz sanft fragen.«

»Dachte ich auch, aber wir müssen uns vorsehen. Damit Guernsey McCusker nicht vorjammert, dass wir bei ihm waren und Fragen gestellt haben.«

»Wie halten wir ihn denn davon ab?«, wollte Chico wissen.

»Er muss mehr Angst vor uns kriegen, als er vor McCusker hat.«

»Ja, und wie bewerkstelligen wir das?«

»Ich arbeite dran.«

Der Website des *Directory of the Turf* zufolge wohnte

Jimmy Guernsey im Dorf Blewbury im südlichen Oxfordshire, aber selbst mit der Satellitennavigation des Range Rovers brauchten Chico und ich fast eine halbe Stunde, um sein Haus zu finden, das außerhalb des Dorfs an der Straße nach Didcot lag, ein ganzes Stück entfernt von der auf der elektronischen Karte angegebenen Stelle.

Wir fuhren ein paarmal daran vorbei und sahen uns den großen weißen Bungalow mit dem roten Ziegeldach gut an. Er stand von der Straße zurückgesetzt hinter einer Hecke, an der sich gerade das erste frische Grün des Jahres zeigte.

Zwei Wagen standen in der Einfahrt, ein silberner Mercedes und ein kleiner roter Kombi.

»Was meinst du?«, fragte Chico.

»Ich meine, es ist jemand zu Hause.«

»Frontalangriff oder hintenrum?«

»Frontal, würde ich sagen, erst recht, wenn mehr als einer zu Hause ist.«

»Gebongt«, sagte Chico. »Vielleicht warte ich aber draußen, während du reingehst und Klartext redest.«

»Herzlichen Dank«, spöttelte ich. »Warum muss immer ich den schwierigen Part übernehmen?«

»Weil du der Chef bist«, sagte er und grinste.

Ich fuhr halb durch das Tor und hielt an, so dass die beiden Wagen nicht mehr rauskonnten.

»Sauber«, meinte Chico. »Rein kommt auch keiner mehr.«

Wir stiegen aus, und ich klingelte an der Haustür, während Chico lässig an der Haube des Range Rovers lehnte.

Jimmy Guernsey kam zur Tür und besah sich die Lage.

»Was wollen Sie denn hier?«, fragte er verärgert. »Und fahren Sie die Karre da weg. Die blockiert meine Einfahrt.«

»Wohl wahr«, erwiderte ich ruhig, machte aber keine Anstalten, den Wagen wegzufahren. »Darf ich reinkommen?«

»Nein.«

»Es wäre aber das Beste.«

»Ach ja? Na, ich fänd's am besten, Sie würden von meinem Grundstück verschwinden. Jetzt gleich, sonst rufe ich die Polizei.«

»Die Polizei«, wiederholte ich. »Das könnte interessant werden.«

Jetzt war er verunsichert. »Wieso interessant?«

»Sie hätten dann Gelegenheit, denen zu erklären, warum Sie betrügerische Absprachen bei Pferderennen treffen.«

»Ich weiß nicht, wovon Sie reden«, sagte er streitlustig, aber die Besorgnis war ihm anzuhören.

»Das glaube ich aber doch«, entgegnete ich. »Lassen Sie mich jetzt rein, und wir unterhalten uns drüber, oder soll ich gleich zur Rennsportbehörde gehen und denen meine Beweise vorlegen?«

Einen Moment lang dachte ich, er würde es darauf ankommen lassen und mir sagen, ich solle verschwinden, aber nach einem Zögern stieß er die Tür auf, um mich reinzulassen.

»Wer ist das?«, fragte er mit einer Kopfbewegung zu Chico hin.

»Mein Mitarbeiter.« Ich widerstand der Versuchung, ihm zu sagen, dass er auch mein Schläger war, wenn es sein musste.

Jimmy führte mich ins Haus, durch einen offenen Wohnbereich in ein Arbeitszimmer, wo er sich hinter den Schreibtisch setzte und mich bat, auf einem Stuhl an der Seite Platz zu nehmen.

»Also, was soll der Unsinn?«, fragte er mit neuem Selbstbewusstsein.

»Sind wir allein?«, fragte ich.

»Chrissie ist draußen bei den Pferden.« Er wies auf ein paar Stallgebäude, die vom Fenster aus zu sehen waren.

»Staplegun«, sagte ich.

»Was ist damit?« Schon klang die Besorgnis wieder durch.

»Gewinnt er am Freitag in Aintree den Hürdenausgleich über 3200 Meter?«

Er starrte mich völlig fassungslos an. Seine Atmung war deutlich flacher und schneller geworden. Er hatte Angst.

»Na los, Jimmy«, sagte ich. »Nur keine Scheu. Gewinnt Staplegun am Freitag?«

Er schwieg.

»Sie sind in Schwierigkeiten, Mr. Guernsey, und nicht zu knapp. Zwischen Baum und Borke sitzen, nennt man das wohl. Billy McCusker auf der einen Seite und BHA und Justiz auf der anderen. Grausamer Tod oder Rennverbot und Ruin. Trübe Aussichten.«

Er ließ ein wenig die Schultern hängen.

»Schönes Haus.« Ich schaute mich um. »Ställe und ein paar Morgen Land, was? Oder mehr?«

Keine Antwort.

»Hypothek drauf, oder? Ohne Arbeit ist die bestimmt nicht leicht zu bedienen. Und Lizenzentzug heißt keine

Arbeit. Gefängnis kommt vielleicht noch dazu. Meinen Sie, Sie bekämen je wieder Arbeit im Rennsport?«

Immer noch nichts.

»Was ist mit Chrissie? Weiß sie über die Rennen Bescheid?«

Jimmy stützte die Stirn in beide Hände und drückte sich die Schläfen, als drohte ihm der Kopf zu platzen.

Ich redete weiter. »Ich meine nicht bloß Red Rosette in Sandown und Martian Man in Newbury, sondern auch Fallacy Boy in Ascot und die anderen. Ich weiß über alle Bescheid. Ich habe Aussagen von den anderen Jockeys, und alle lauten gleich – Jimmy war eingeweiht, Jimmy hat uns auf Linie gehalten, Jimmy ist McCuskers Mann in der Umkleide.«

So ganz stimmte das nicht, ich hatte keine Aussagen, und niemand hatte von Jimmy gesprochen, aber es war genug Wahres daran, dass er es mir abnahm.

»Und jetzt Staplegun«, sagte ich. »Gewinnt er am Freitag?«

Jimmy schüttelte langsam den Kopf. »Wahrscheinlich nicht.«

»Wer gewinnt denn dann?«, fragte ich.

»Das weiß ich nicht.«

Ich sah ihn an und fragte mich, ob er die Wahrheit sagte.

»Wann erfahren Sie das?«

»Am Donnerstag, nach Nennungsschluss.«

»Wie erfahren Sie's?«

»Ich bekomme einen Anruf.«

»Von McCusker?«

Ein Nicken. »Er nennt nur den Namen des Pferdes, das siegen muss.«

Jetzt wusste ich mit Sicherheit, dass Jimmy Guernsey in alles eingeweiht war.

»Was mache ich denn jetzt?«, fragte er hilflos, den Kopf noch immer in die Hände gestützt. »So oder so bin ich erledigt.«

»Nicht unbedingt«, sagte ich.

Er hob den Kopf ein wenig an.

»Es gibt vielleicht einen Ausweg.«

»Welchen?« Es hörte sich nicht an, als ob er daran glaubte.

»Sagen Sie mir erst, warum.«

Er stieß einen schweren Seufzer aus, mit dem geballten Gewicht seiner Sorgen dahinter.

»Wegen des Geldes wahrscheinlich«, erwiderte er. »Vor drei Jahren fing es an. Ich hatte ein Rennen in Chepstow, und er ruft an und bietet mir einen Tausender, wenn ich verliere. Tausend Pfund! Das war fünfmal so viel, wie ich gekriegt hätte, wenn ich das Ding gewinne, noch dazu steuerfrei.«

»Sie haben zugesagt?«

»Nein. Eben nicht. Ich hab ihn zum Teufel gewünscht. Ich bin in dem Rennen gestartet und Zweiter geworden – Erster war nicht drin, aber ich hab's versucht. Prompt schickt er mir tausend Pfund in bar, einfach so.«

»Ohne Brief?«

»Ohne alles, nur zwanzig neue Fünfziger mit Alufolie drum herum in einem gepolsterten Umschlag.«

»Und wie ging's weiter?«, fragte ich.

»Er ruft mich wieder an und bietet mir einen Tausender, wenn ich in Newbury verliere.«

»Und Sie haben zugesagt?«

»Was glauben Sie wohl?« Er lächelte beinah. »Leicht verdientes Geld, zumal ich mir sowieso keine Chancen ausrechnete.«

»Und das Geld kam?«

»Wie gehabt. Aber dann wurde es ernst. Er rief wieder an und wollte, dass ich im Champion Hurdle auf Wine Society verliere. Der war Favorit, und ...« Er brach ab.

»Und?«, half ich nach.

»Solche Ritte bekommt man nicht oft. Das Champion Hurdle zu gewinnen ist der Traum aller Jockeys.«

Ich wusste das. Es gehörte zu den wenigen Rennen, die ich nie gewonnen hatte, und das bedauerte ich immer noch.

»Was haben Sie gemacht?«, fragte ich.

»Ich sagte ihm, auf Wine Society könne ich unmöglich verlieren. Er sei mit Abstand das beste Pferd im Feld. Darauf meinte er nur, dass er unser Gespräch vom letzten Mal aufgezeichnet hat und dass er die Aufnahme der Rennsportbehörde zuspielt, wenn ich siege.«

»Also haben Sie verloren?«

»Ja. Hab den armen Society am Bergabsprung einfach nicht zum Springen aufgefordert und es vermasselt, dann hab ich ihn gezügelt, und bergauf konnten wir dann keinen Boden mehr gutmachen. Kinderleicht.«

»Und er hat sie bezahlt?«

»Ja. Zwei Riesen diesmal. Aber es hat mich den Ritt auf dem besten Pferd gekostet, auf dem ich je gesessen habe.

Im Aintree Hurdle einen Monat darauf bekam ihn jemand anders.«

»War es das wert?«

»Eigentlich nicht. Ich hätte gern das Champion Hurdle gewonnen, aber es ist ja noch Zeit.«

Ich zog die Brauen hoch. Wenn ich damit zur BHA ginge, hätte er keine Zeit mehr, und das wusste er.

»Wieso sind Sie McCuskers Mann in der Umkleide geworden?«

»Weil er mich weiter bezahlt hat«, sagte Jimmy. »Ich hab noch ein paar für ihn zurückgehalten, eins im Monat oder so, aber dann kam er auf die Idee, das ganze Rennen abzusprechen. Das fand er witzig. Einen Riesenspaß. Ich sagte ihm, er sei übergeschnappt, und ich wollte nicht mehr, aber das ließ er nicht gelten. Es wäre ganz einfach, sagte er, jeder sei rumzukriegen, entweder mit Geld oder mit Drohungen. Und so war es auch. Stinkeinfach – mit meiner Hilfe.«

Jimmy grinste mich an.

Es sah ganz so aus, als wäre er stolz auf seine Leistung.

»Sie manipulieren also sämtliche Pferde im Feld außer dem, das gewinnen soll?«

»Alle nicht«, sagte er. »Das ist nicht nötig. Die sechs oder sieben am höchsten Gewetteten reichen normalerweise.«

»Und am Freitag haben Sie das auch wieder vor?«

Er nickte. »Vorausgesetzt, die richtigen Pferde treten an.«

»Gut«, sagte ich. »Wenn Sie aus dem Schlamassel rauskommen wollen, ohne Ihre Jockeylizenz zu verlieren, müssen Sie jetzt genau tun, was ich Ihnen sage.«

»Woher soll ich wissen, ob Sie nicht trotzdem zu den Behörden gehen?«

»Das können Sie nicht wissen, aber haben Sie eine andere Wahl? Und wenn Sie McCusker flüstern, dass ich hier war oder was ich von Ihnen will, ist der Spaß vorbei, und ich sage McCusker, das Ganze sei Ihre Idee gewesen. Ist das klar? Null Kontakt mit McCusker. Keine Anrufe, keine SMS, nichts außer seinem Anruf am Donnerstag mit dem Namen des vorgesehenen Siegers.«

Er nickte. »Und wenn er mich wegen was anderem anruft?«

»Sagen Sie ihm, alles sei bestens.«

Er nickte wieder.

Dann erklärte ich ihm genau, was er tun sollte.

Das gefiel ihm nicht.

»Sie sind ja verrückt. Der bringt uns beide um, verdammt noch mal.«

Nicht, wenn ich ihn verdammt noch mal zuerst umbringe, dachte ich.

»Also abgemacht?«, fragte ich.

»Von mir aus. Sie sagen ja selbst, mir bleibt nicht viel anderes übrig, aber warum tun Sie das alles?«

»Weil ich McCusker ein für allemal loswerden will und nicht weiß, wie ich ihn sonst aus der Reserve locken soll, damit er eine Dummheit macht.«

»Sie könnten dabei verletzt werden. Oder Schlimmeres.«

»Das ist mir durchaus bewusst.«

»Warum gehen Sie dann nicht mit Ihrem Zeug zur BHA und überlassen ihn denen?«

Die Frage war berechtigt, aber ich nahm an, McCusker würde sich dann trotzdem an mir schadlos halten, und vielleicht wollte ich den Zeitpunkt lieber selbst bestimmen.

Vielleicht hatte ich aber auch die verrückte Idee, die Enthüllung einer so weitreichenden Korruption im Sport der Könige verhindern zu wollen, damit sein Ruf beim wettenden Publikum keinen irreparablen Schaden litt.

Vielleicht lag mir am Wohl des Rennsports.

»Alles okay?«, fragte Chico, als ich wieder in den Range Rover stieg.

»Hoffentlich«, sagte ich und erzählte ihm in groben Zügen, was ich angeleiert hatte.

»Du bist wahnsinnig!«, meinte Chico begeistert. »So gefällt mir das.«

28

Chico und ich fuhren am späten Mittwochvormittag nach Liverpool. Diesmal nahmen wir Gepäck mit, da ich im Park Hotel unweit der Rennbahn dank einer Stornierung und überhöhten Preisen zwei Zimmer für uns aufgetan hatte.

Der Dienstagabend bei Charles war nicht gerade ein Vergnügen gewesen.

Marina hatte den Tag über bei uns zu Hause gearbeitet, sich aber allein dort auch nicht sonderlich wohl gefühlt in Gedanken an die noch frei herumlaufenden Brandstifter und McCusker selbst.

Saskia war quengelig, weil sie keinen guten Tag in der Schule erwischt hatte, und noch quengeliger, weil wir am Abend nicht Sardinenbüchse mit ihr spielen wollten. Selbst in einem großen Haus sind die Versteckmöglichkeiten begrenzt, und hier hatten wir inzwischen bestimmt alle durch.

Auch Charles war gereizt, unter anderem deshalb, weil er Chico am Morgen zuvor schlafend in der Küche angetroffen hatte.

»Wieso kann er nicht in dem Bett im alten Butlerzimmer schlafen, das Mrs. Cross für ihn hergerichtet hat?«, hatte er sich mir gegenüber beschwert.

»Er hält Wache«, hatte ich erklärt, aber das hatte Charles

keineswegs beruhigt, sondern ihn noch nervöser und schreckhafter gemacht.

Wir waren offensichtlich nicht mehr ganz so willkommen, aber ich konnte es nicht ändern.

»Wir verschwinden, sobald es geht«, hatte ich ihm versichert, ohne seine Laune damit wesentlich zu verbessern.

Auch für Mrs. Cross waren wir inzwischen ein Kreuz. Sie hatte Chico und mich empfangen, als wir von Jimmy Guernsey zurückgekommen waren. »Ihr verflixter Hund hat mein bestes Fleisch stibitzt. Ich hatte es nur ein paar Sekunden auf dem Küchentisch liegen lassen. Und es war als Abendessen für den Admiral gedacht.«

Der verflixte Hund wedelte mit dem Schwanz und schien das einzige zufriedene Mitglied des Haushalts zu sein. Kunststück, mit einem Filetsteak im Bauch.

»Nur ein paar Tage noch, versprochen«, sagte ich zu Marina. »Ich habe einen Plan, mit dem das Ganze noch diese Woche zum Abschluss kommen sollte.«

»Ist das gefährlich?«

»Nicht gefährlicher als ein schlechter Springer im Grand National.«

Besonders aufgeheitert hatte sie das nicht, und zwar mit gutem Grund – beides konnte einen umbringen.

Chico fuhr, während ich mit neuer SIM-Karte ein paar Anrufe tätigte. Ich holte McCuskers Handy-Unterlagen hervor und ging die Rufnummern durch.

Ich wusste nicht genau, was ich sagen sollte, wenn sich jemand meldete. Da ich als Anrufer nicht gut fragen konnte, mit wem ich sprach, fragte ich einfach nach Geoff. Wenn dann jemand sagte, er sei nicht Geoff und ich müsse mich verwählt haben – so mein Plan –, würde ich die korrekte Rufnummer vorlesen und fragen, wer denn am Apparat sei.

Der Plan ging aber nicht ganz auf.

Die ersten drei Nummern auf der Liste waren offensichtlich nicht mehr aktuell, da mir jeweils eine Computerstimme sagte, die Nummer sei unbekannt. Vielleicht handelte es sich um Prepaid-Handys, und die SIM-Karten waren inzwischen weggeworfen oder, wie in meinem Fall, zerschnitten worden.

Die nächste Rufnummer war immerhin noch aktuell, da ich ein Freizeichen zu hören bekam, doch eine neue Computerstimme teilte mir mit, zurzeit sei *niemand erreichbar, bitte versuchen Sie es später noch einmal.*

Die sechste Nummer führte mich wahrhaftig mit einem echten Menschen zusammen, der aber auflegte, sobald ich nach Geoff fragte. Ich wusste nicht mal, ob es ein Mann oder eine Frau gewesen war, denn er hatte kein Wort gesagt.

So erging es mir auch mit Anrufer Nummer sieben, acht und neun. Eine einzige menschliche Stimme meldete sich innerhalb meiner ersten fünfzehn Anrufe, aber ihren Namen sagte sie mir nach meinem Falsch-verbunden-Trick auch nicht.

Gelangweilt legte ich das Telefon weg. Ich würde es später noch mal versuchen.

»Kannst du noch fahren?«, fragte ich Chico, als wir auf der Fernstraße den Norden Birminghams umkurvten.

»Na klar, wieso?«

»Ich dachte nur, du wärst vielleicht müde nach deinen schlaflosen Nächten.«

»Mich beunruhigt, dass da heute Nacht keiner Wache hält.«

Ja, dachte ich, das beunruhigt mich auch ein wenig. Ich hatte sogar überlegt, ob wir Marina und Saskia nicht mitnehmen sollten, aber das wäre vielleicht noch gefährlicher gewesen, ganz abgesehen davon, dass Saskia drei Tage in der Schule versäumt hätte. Früher hätte sie bei Tim und Paula Gaucin bleiben können, aber unter den gegebenen Umständen war das keine Option.

Ich hatte Charles ans Herz gelegt, das Haus gut abzuschließen, und er hatte mich komisch von der Seite angesehen. Die Schrotflinte, dachte ich. Die würde er auf jeden Fall immer einsatzbereit haben. Ich hoffte nur, dass er nicht versehentlich jemanden erschoss.

Marina war auch nicht glücklich gewesen, als wir losfuhren. Sie hatte mich fest umarmt und mich gebeten, vorsichtig zu sein, ganz so wie meine erste Frau Jenny am Anfang unserer Ehe jedes Mal, wenn ich zur Rennbahn gefahren war.

Hätte ich mich aber beim Rennreiten zu sehr in Acht genommen, wäre ich nicht so ein guter Jockey gewesen. Es ging um den Sieg, und manchmal musste man etwas wagen, um zu gewinnen. Gab man dem Pferd die Hacken und forderte es früh zum Sprung auf, konnte man gegenüber einem Rivalen in der Luft Längen gutmachen; enge Zügel und ein Zwischenschritt waren zwar sicherer, aber auch viel langsamer.

Sicherheit und Sieg gingen selten zusammen.

Nicht dass ich für unnötige Risiken plädierte.

Leichtsinnige Jockeys gewinnen hin und wieder vielleicht Rennen, die kein anderer gewonnen hätte, aber sie legen auch lange verletzungsbedingte Zwangspausen ein, denen vorsichtigere Reiter entgehen.

In meinem Kampf mit McCusker musste ich die Risiken abwägen und entsprechend handeln. Hätte ich keine Verletzung riskieren wollen, wäre ich besser im Bett geblieben. Ich musste ihn aus der Reserve locken, durfte aber nicht so weit gehen, dass er die Vernunft völlig über Bord warf und für mich unberechenbar wurde.

Ich hatte nicht vor, mich auf den Fußboden nageln zu lassen und zu verdursten.

Chico und ich checkten im Park Hotel ein und machten uns dann auf die Suche nach Barry Montagu, dem Liverpooler Buchmacher, der am vorigen Sonntag in Uttoxeter unvorsichtig hohe Quoten für Black Peppercorn angeboten hatte.

Dem Internet zufolge unterhielt Barry Montagu auf mehreren nordenglischen Rennbahnen einen Stand und betrieb ein Wettbüro im Liverpooler Bezirk Bootle, nicht weit vom Hafen.

Wenn man am Strand Shopping Centre vorbei die Stanley Road entlangfuhr, konnte man sich nur schwer vorstellen, dass diese Stadtlandschaft Anfang des neunzehnten Jahrhunderts ein Badeort für wohlhabende Liverpooler Kaufleute gewesen war, die gerne ins heilsame Wasser des River Mersey eintauchten. Das war vor der Eisenbahn, dem Bau des Hafens und der Industrialisierung der ganzen Region.

Bootle gedieh, bis die Eröffnung der neuen Containerstation unmittelbar nördlich in Seaforth die Hafenanlagen weitgehend überflüssig machte, die Arbeitslosenzahlen in die Höhe trieb und den Abstieg des Viertels herbeiführte.

Barry Montagus Wettbüro war allerdings nicht das einzige in der Stanley Road. Es gab eine ganze Reihe, sowohl unabhängige wie auch Filialen der großen Ketten. Mehr Wettbüros als andere Geschäfte, wie es schien. Der wirtschaftliche Niedergang hatte die Einwohner Bootles offensichtlich nicht vom Wetten abgebracht.

Wir fanden einen Parkplatz um die Ecke.

»Allzu lange sollten wir nicht bleiben«, sagte Chico. »Sonst stellen sie uns den Wagen auf Ziegelsteine.« Er lachte über sein Witzchen, das für uns beide einen wahren Hintergrund hatte. »Was wollen wir eigentlich von Montagu?«

»Ich wüsste gern, ob Barry Montagu eine Fassade für McCusker ist oder zur Honest-Joe-Bullen-Kette gehört. Dem Mann, bei dem du in Uttoxeter gewettet hast, hatte offenbar jemand geflüstert, dass Black Peppercorn das Rennen verlieren sollte, aber das könnte ja von einer anderen Quelle gekommen sein.«

Über der Eingangstür brauchte der Name des Inhabers einer Wettlizenz neuerdings zwar nicht mehr zu stehen, aber die Lizenz musste von Rechts wegen noch an auffälliger Stelle im Laden zu sehen sein.

Für mittwochnachmittags um drei war erstaunlich viel los – sieben hoffnungsvolle Kunden standen herum und sahen sich Live-Übertragungen von der Pferde- oder Hunderennbahn an oder spielten an den Sportwetten-Automaten in der Ecke.

Chico ging geradewegs zur Theke und quatschte die junge Frau dahinter an, während ich umherlief und mir die

Rennsportseiten an den Wänden ansah. Die bevorstehenden Renntage im nur wenige Kilometer entfernten Aintree wurden groß herausgestellt, und Plakate lockten mit einer Zehn-Pfund-Gratiswette auf das Grand National, für die man lediglich ein Konto eröffnen und eine Einstandswette über fünfzig Pfund anlegen musste.

Eine wahrlich aggressive Verkaufstaktik.

Perverserweise hing da auch ein eselsohriges Poster der Anonymen Glücksspieler, versteckt hinter der Eingangstür, mit einer Telefonnummer für alle, die sich als spielsuchtgefährdet ansahen und Rat suchten. Es kam mir vor wie die Werbung eines vegetarischen Restaurants in einem Schlachthof.

Ich näherte mich langsam der gerahmten Lizenzurkunde an der Wand hinter den Bildschirmen, da drehte sich Chico plötzlich nach mir um, eilte in Richtung Tür und nickte mir heftig, ihm zu folgen. Eine zweite Aufforderung brauchte ich nicht.

Draußen liefen wir die Straße entlang und um die Ecke zum Range Rover, der erfreulicherweise noch die volle Bereifung aufwies.

»Was war denn los?«, fragte ich, als wir davonfuhren.

»Ich turtele da so mit der Kleinen, sag ihr, dass sie schöne Haare hat, dann frag ich, ob sie sich auf die Grand-National-Tage freut. Ja, sehr, sagt sie, weil sie am Freitag selbst zur Rennbahn fährt, um am Stand mitzuhelfen, da sie mit Rekordbetrieb rechnen.

Wieso Rekordbetrieb, frag ich, und sie sagt, das weiß sie nicht, aber sie hat's von Mr. Wilson. Wer ist Mr. Wilson, frag ich, und sie sagt, das ist der Chef, und zeigt hinter sich aufs Büro. Ich sehe da nur Spiegelglas, die Scheibe eines Einwegspiegels. Der Typ auf der anderen Seite muss aber geguckt haben, denn er macht die Tür auf und sagt, sie soll nicht quasseln, und ich soll entweder meine Wette anlegen oder von der Theke weggehen.«

Er unterbrach sich, um Luft zu holen.

»Aber warum sind wir so holterdiepolter da raus?«

»Weil noch ein Mann im schwarzen Anzug da im Büro war. Den hab ich gesehen, als die Tür offen stand, und das ist derselbe, den ich am Sonntagabend in McCuskers Arbeitszimmer gesehen habe, einer der drei Typen, die dich hinter dem Chinarestaurant vermöbeln wollten.«

»Hat er dich erkannt?«

»Glaub ich nicht, er hat nicht rausgeguckt, aber dich hätte er todsicher erkannt, deswegen wollte ich, dass wir da ruck, zuck verschwinden.«

»Gut geschaltet«, sagte ich. »Bis Freitag halten wir uns lieber bedeckt. Aber damit bestätigt sich immerhin unser Verdacht, dass auch die Firma Barry Montagu nur eine Fassade für Billy McCusker und seine Spießgesellen ist.«

Wir fuhren zurück zum Hotel, und während Chico das Mädchen am Empfang anbaggerte, probierte ich eine frustrierende Stunde lang weitere Rufnummern aus McCuskers Anrufliste durch. Meistens kam entweder kein Freizeichen und die Nummer war unbekannt, oder es meldete sich niemand. Die Handvoll Leute, die das Gespräch annahmen, waren von vornherein misstrauisch und dachten nicht daran, mir ihren Namen zu sagen.

Ich setzte mich mit Papier und Stift hin und schrieb die

Nummern heraus, die McCusker mehr als einmal angerufen hatte. Nach einer Weile verschwammen die Nummern miteinander, und ich verschrieb mich vor Müdigkeit. Allerdings zeichnete sich da schon ein Muster ab, nämlich dass jeweils ein paar Tage vor den abgesprochenen Rennen regelmäßig die gleichen Nummern zusammen auftauchten.

Es mussten Jockeys sein, dachte ich, aber wieso meldeten sie sich am Telefon nicht?

Ich suchte nach der mir bekannten Handynummer von Robert Price, fand sie aber nirgends auf der Liste. Also rief ich ihn an.

»Hallo, Robert, hier ist Sid.«

»Ach.« Er klang alles andere als begeistert. »Was willst du?«

»Entschuldige die Störung, aber als du mir am Montag sagtest, McCusker habe dich angerufen, damit du auf Maine Visit verlierst – auf welchem Apparat hat er dich da angerufen?«

»Wieso?«

»Es interessiert mich einfach.«

Er schwieg, und ich merkte, dass er es mir nicht sagen wollte.

»Komm schon, Robert«, sagte ich. »Auf welchem Apparat?«

Er seufzte. »Er hat mich auf einem Extratelefon angerufen. Wie immer in letzter Zeit.«

»Welches Extratelefon?«, fragte ich.

»Ein billiges altes Handy, das er mir vor ungefähr einem Jahr geschenkt hat. Nur für seine Anrufe bestimmt. Niemand sonst kennt die Nummer.«

»Was sagt er, wenn er dich anruft?«

»Nur den Namen eines Pferdes, für das ich gebucht bin.«

»Sonst nichts?«

»Nein. Nur den Namen. Dann weiß ich, dass ich es zurückhalten muss. Er sagt den Namen zweimal und legt auf.«

Kein Wunder, dass niemand mit mir sprechen wollte.

Der Donnerstagmorgen begann klar und sonnig, ein idealer Start für das Grand-National-Wochenende, an dem die ganze Welt des Hindernissports nach Aintree schaut. Diese drei Tage bilden zusammen mit dem viertägigen Cheltenham Festival im März den Höhepunkt der Hindernissaison in Großbritannien, und die Krönung ist das am Samstagnachmittag ausgetragene Grand National selbst.

Für den ersten Tag des Meetings wurden zwar nicht so viele Zuschauer erwartet wie für Freitag und Samstag, dennoch herrschte beim Frühstück im Speiseraum des Park Hotels schon einige Aufregung, und Wettlustige studierten mit gesenkten Köpfen die Formen in der *Racing Post*, um einem Nachmittagssieger auf die Spur zu kommen.

Chico und ich interessierten uns viel mehr für die 10-Uhr-Starterangabe zum Hürdenausgleich über 3200 Meter am nächsten Nachmittag, und ich hoffte mit dem Handy in der Hand auf eine SMS von Jimmy Guernsey.

Sie kam um zwanzig nach zehn und umfasste nur ein Wort.

Geophysicist.

29

Zwölf der achtundzwanzig Genannten waren zum Start gemeldet, und vom getragenen Gewicht her lag Geophysicist mit 157 kg in der Mitte, zweieinhalb Kilo unter Maine Visit, dem Pferd von Robert Price.

Staplegun war ebenfalls zum Start gemeldet, wie erwartet mit Jimmy Guernsey im Sattel. Tatsächlich waren alle Jockeys dabei, mit denen ich gesprochen hatte, auch David Potter auf Geophysicist.

David sollte also den vorbestimmten Sieger reiten, und er machte immer, was ihm gesagt wurde. Seiner armen Mama zuliebe.

»Meinst du, Jimmy kriegt das geregelt?«, fragte Chico.

»Keine Ahnung«, sagte ich. »Warten wir's ab.«

Chico und ich gingen die Straße zur Rennbahn entlang und zahlten am Drehkreuz unseren Eintritt wie tausend andere um uns herum.

Für mich hatte das Grand National Meeting etwas wirklich Magisches. Ursprünglich ist es Ende März abgehalten worden, jetzt aber findet es immer im April statt, mal eine Woche früher, mal eine Woche später, mit Rücksicht auf das Osterfest im christlichen Kalender.

In den letzten rund zwanzig Jahren waren die Preisgelder

für sämtliche Wettbewerbe durch Sponsoring beträchtlich gestiegen, und die Vorrennen zum Grand National lockten jetzt die Creme der britischen Steeplechaser an. Und an Zuschauern fehlte es wahrhaftig nicht.

Chico und ich bahnten uns getrennt einen Weg durch das Gewühl zu den Aussichtsstufen vor dem Waagegebäude.

»Tag, Sid«, sagte eine nordirische Stimme hinter mir.

Chico, ein paar Meter entfernt, runzelte die Stirn.

»Hallo, Paddy«, erwiderte ich grinsend. Chico entspannte sich.

»Es wundert mich, dich hier zu sehen, Sid«, sagte Paddy ernst. »Bei deinen ganzen Problemen.«

»Was meinst du damit?«

»Na, den Pädokram.«

»Das sind nichts als Lügen. Glaub mir, wenn da was dran wär, wäre ich nicht hier. Das hat unser Freund aus West-Belfast alles für mich angezettelt.«

»Er ist nicht mein Freund, verdammt.« Paddy vergewisserte sich mit einem raschen Blick, dass McCusker nicht neben uns stand und zuhörte. »Sag mir, dass du ihn nicht geärgert hast.«

»Nicht besonders«, sagte ich.

Längst nicht so, wie ich ihn am nächsten Nachmittag zu ärgern gedachte.

»Geh ihm aus dem Weg«, warnte mich Paddy noch einmal. »Er ist gefährlich.«

Aber der Gefahr aus dem Weg zu gehen fiel mir nicht leicht. Jetzt steuerte ich wieder mal direkt darauf zu, nicht um in das berühmte Wespennest zu stechen, sondern eher, um reinzufassen und es zu zerfetzen. Ich musste nur aufpassen, dass ich die Hand dazu benutzte, die gegen Stiche unempfindlich war.

Wobei mir einfiel, dass ich der Queen-Mary-Klinik meine neue Handynummer mitteilen sollte.

»Was meinst du, wer das Grand National gewinnt, Paddy?«, wechselte ich das Thema.

»Summer Nights hat gute Aussichten«, sagte er. »Sofern Bob Price, dieser Knallkopf, ihn nicht wie in Ascot abbremst. Also wirklich. Die Jockeys von heute sind nicht unser Kaliber – keine Ahnung, wie man ein Pferd zum Sprung führt. Wünschst du dir nicht auch, du wärst noch aktiv? Denen könnten wir noch was zeigen, hm?«

»Klar, Paddy«, stimmte ich grinsend bei.

Insgesamt siebenmal war ich im Grand National gestartet, einmal hatte ich es gewonnen, sechsmal war ich gestürzt, davon zweimal am ersten Hindernis. Aber nur an den Sieg erinnerte ich mich gern. Und wie! Das war einer der schönsten Tage meines Lebens gewesen, so schön wie die Geburt von Saskia.

»Ich geh mir jetzt ein Guinness holen«, sagte Paddy. »Willst du auch eins?«

»Nein, danke. Es ist noch ein bisschen früh, auch für dich.«

Er lachte und ging davon, um sich am Ausschank unter der Tribüne ein Glas schwarzen Gerstensaft zu bestellen.

Ich hingegen brauchte einen klaren Kopf.

»Wie kommst du mit den Telefonnummern voran?« Chico stand hinter mir auf der Treppe, während wir uns die Starter des ersten Rennens im Führring ansahen.

»Das ist zwecklos.« Ich drehte mich halb zu ihm.

»McCusker hat Robert Price ein altes Mobiltelefon gegeben, von dem nur er die Nummer kennt. Wenn er das bei den anderen auf der Liste auch so gemacht hat, reden die nicht mit uns.«

»Ich könnt's ja auch mal probieren«, sagte Chico mit breitem nordirischen Zungenschlag.

Ich grinste. »Bitte sehr.« Ich gab ihm die Rufnummernliste, die ich am Abend zusammengestellt und von denen ich die Hälfte schon erfolglos angerufen hatte.

Ich verfolgte das erste Rennen vom Dach des County Stand aus, gleich neben dem abgeteilten Bereich für die VIPs von der daruntergelegenen Sefton Suite. Chico stand links von mir und etwas weiter vorn.

In der VIP-Suite war ich als Lunchgast des Sponsors vor etlichen Jahren mal gewesen, aber jetzt zählte ich offensichtlich nicht mehr zur Prominenz. Im Gegenteil, ich fing mir eine Reihe missbilligender Blicke ein, nicht zuletzt von Peter Medicos.

Als das Rennen vorbei war und die meisten VIPs wieder nach unten gegangen waren, lehnte er sich über das Metallgeländer.

»Halley« rief er. »Ich will mit Ihnen reden.«

Ich biss mir auf die Zunge. Seit meiner Champion-Jockey-Zeit hatte mich niemand mehr einfach nur mit »Halley« angesprochen, wenn es auch früher üblich gewesen war, dass Rennbahnfunktionäre Jockeys so anredeten. Die Zeiten hatten sich erfreulicherweise geändert. Dachte ich jedenfalls.

»Hier?«, fragte ich und trat auf ihn zu.

»Nein«, antwortete er. »Neben dem Pressezentrum gibt es einen Besprechungsraum mit dem Schild ›Nur für Funktionäre‹ an der Tür. Kommen Sie nach dem nächsten Rennen dahin.« Abrupt drehte er sich um und ging hinunter in die Suite, wo ihn sicher Nachtisch und Kaffee erwarteten.

»Reizend«, meinte Chico. »Er hätte wenigstens bitte sagen können.«

»Peter Medicos war vierundzwanzig Jahre bei der Polizei, von daher ist er's nicht gewohnt, höflich zu fragen. Er befiehlt.« Ich seufzte. Nach wie vor war ich überzeugt, Peter Medicos als Verbündeten zu brauchen. »Kommst du mit runter?«

»Nee, ich bleib hier und lass mich bräunen.« Er drehte das Gesicht zur Sonne. »Die Hottehüs interessieren mich ehrlich gesagt nicht so. Ich bleib hier sitzen und probier noch ein paar Telefonnummern.«

»Okay«, sagte ich. »Zum dritten Rennen bin ich wieder hier.«

»Alles klar.«

Während Chico die Liste auf den Knien balancierte und Zahlen in sein Handy tippte, ging ich hinunter zur Waage.

Ich wusste, dass Jimmy Guernsey im zweiten Rennen antrat, und postierte mich so, dass er auf dem Weg zum Führring an mir vorbeimusste. Wir brauchten uns nicht zu unterhalten, aber er sollte wissen, dass ich da war, damit er nicht unnötig ins Flattern kam.

Er sah mich, sowie er aus der Waage trat, aber diesmal stockte er nicht, sondern lief einfach treppab auf mich zu.

»Die SMS bekommen?«, fragte er leise im Vorbeigehen.

»Ja«, antwortete ich ebenso leise.

Sein Gang war geradezu beschwingt, als wäre ihm eine schwere Last von den Schultern genommen worden. Vorbei ist es noch nicht, dachte ich, aber wir sind auf dem Weg dahin.

Ich blieb in der Nähe des Führrings und beobachtete den Kampf der fünfzehn Starter im Juvenile Hurdle über 4000 Meter auf dem Großbildschirm.

Jimmy wurde knapp Dritter, sehr zur Freude der Besitzerin, die ihr Pferd strahlend auf dem Absattelplatz empfing, als hätte es mit zehn Längen gesiegt.

Ihr Lächeln war ansteckend, und ich grinste unwillkürlich zurück, ehe mir die bevorstehende Verabredung mit Peter Medicos einfiel. Da kann es einem auch vergehen, dachte ich und begab mich auf die Suche nach der »Nur für Funktionäre«-Tür.

Peter war schon vor mir da.

Ich klopfte an und kam mir beim Reingehen wie ein missratener Schüler vor, der zum Rektor muss, weil er beim Mogeln erwischt worden ist.

Der Raum war ziemlich klein, drei mal vier Meter, in der Mitte ein Tisch mit sechs stapelbaren grauen 08/15-Plastikstühlen drum herum. Es erinnerte mich an den Vernehmungsraum bei der Polizei Oxford.

Peters verbeulter Filzhut lag auf dem Tisch.

»Da sind Sie ja, Halley«, sagte er, ohne mir einen der Stühle anzubieten.

»Mr. Halley bitte«, erwiderte ich betont. »Oder Sid.« Ich lächelte. »Also, Peter, was ist denn los?«

»Ich dachte, das wäre Ihnen klar«, sagte er erstaunt. »Sie

wurden wegen Kindesmissbrauch festgenommen. Uttoxeter mag noch angehen, aber ich halte es nicht für angebracht, dass Sie sich hier auf einem solchen Großereignis zeigen. Sie bringen unseren Sport in Verruf.«

»Ich bin vollkommen unschuldig«, sagte ich. »Ich stehe auch nicht unter Anklage. Ich habe genauso viel Recht, hier zu sein, wie Sie. Ich habe Eintritt bezahlt.«

Meine Widerrede passte ihm nicht.

»Das mag schon sein, trotzdem möchte ich, dass Sie die Rennbahn jetzt verlassen.«

Plötzlich öffnete sich die Tür, und Chico kam herein.

»Entschuldigen Sie«, sagte Peter über meine Schulter hinweg zu ihm. »Die Öffentlichkeit hat hier keinen Zutritt. Würden Sie bitte gehen?«

Chico beachtete ihn nicht und blieb, wo er war. In der Stille hörte ich ein Telefon klingeln.

»Gehen Sie dran«, sagte Chico.

»Ich muss doch sehr bitten«, entgegnete Peter, sichtlich verärgert. »Und jetzt raus hier, sonst rufe ich die Polizei.« Er schrie beinah, aber Chico rührte sich nicht vom Fleck.

Das Telefon klingelte weiter.

»Gehen Sie dran«, wiederholte Chico.

Peter griff in die Tasche und zog ein kleines graues Handy hervor. Das Klingeln war plötzlich viel lauter.

»Gehen Sie dran«, sagte Chico noch einmal und zog dabei sein eigenes Handy aus der Jackentasche.

Peter sah unsicher auf das Nummerndisplay, dann drückte er eine Taste, und das Klingeln hörte auf.

»Hallo«, sagte er in das kleine graue Handy.

»Hallo«, ertönte seine Stimme aus dem Lautsprecher von Chicos Handy den Bruchteil einer Sekunde später.

Alle drei standen wir schweigend da.

»Was hat das zu bedeuten?«, fragte ich.

»Dein Mr. Medicos«, sagte Chico, »hat ein Extratelefon von Billy McCusker. Die Nummer steht auf deiner Liste, und aus dem Anrufnachweis geht hervor, dass er jedes Mal, wenn ein Rennen abgesprochen wurde, einen Anruf bekommen hat.«

Peter Medicos wollte zur Tür, aber Chico trat dazwischen und versperrte ihm den Weg.

»Er hat den Schwarzen Gürtel im Judo«, warnte ich. »Darf ich vorschlagen, dass Sie sich hinsetzen, bevor er Sie hin*wirft*?«

Peter Medicos sah mich mit einer gewissen Abscheu an, rührte sich aber nicht.

»Hinsetzen!«, blaffte ich und sah, wie er zusammenschrak.

Langsam zog er einen Stuhl unter dem Tisch hervor und setzte sich.

»Kein Wunder, dass die Jockeybrut nie erwischt wird«, sagte Chico. »Der Wildhüter wildert mit.«

»Ich weiß nicht, wovon Sie reden«, entgegnete Peter mit wiedererlangter Fassung.

»Ich bin da also auf'm Dach und ruf die Nummern an, die du mir gegeben hast. Komisch, denk ich, da klingelt doch ein Telefon genau in dem Moment, wo ich gewählt hab. Also unterbrech ich die Verbindung, und das Klingeln hört auf. Ich versuch's noch mal, und es geht wieder genauso. Dreimal mach ich das zur Sicherheit. Das Klingeln kommt aus dem VIP-Bereich, also geh ich ein Stück rüber, damit ich den von oben sehen kann, und wähl die Nummer noch mal und lass es schön klingeln. Prompt seh ich, wie Mr. Medicos das Handy da aus der Tasche nimmt und sich meldet.«

»Ich muss gehen«, sagte Peter, stand auf und griff nach seinem Filzhut. »Ich habe zu tun.«

»Sie gehen nirgendwohin, Freundchen«, widersprach Chico und fegte den Filzhut vom Tisch. »Sie wandern höchstens in den Bau. Also setzen Sie sich, bevor ich nachhelfe.«

»Und nimm ihm das Handy ab«, sagte ich.

Chico trat hinter Peter und entwand ihm das Telefon, ehe er ihn wieder auf den Stuhl drückte.

»Sie können nichts beweisen«, sagte er.

»Meinen Sie?«, fragte ich. »Außerdem muss ich das auch gar nicht. Ich brauche McCusker nur zu sagen, die Information, dass Geophysicist den Hürdenausgleich über 3200 Meter gewinnt, weil keiner der anderen Starter es überhaupt erst versucht, hätte ich von Ihnen.«

Er wurde blass und ließ die Schultern hängen.

Entweder überraschte es ihn, dass ich so viel über die Absprache wusste, oder er malte sich aus, wie es ihm ergehen würde, wenn ich meine Drohung wahrmachte. Vielleicht war es von beidem etwas.

»Und jetzt?«, fragte Chico. »Wir können ihn wohl kaum den ganzen Nachmittag hier festhalten. Was ist das überhaupt für ein Raum?«

»Für Befragungen anscheinend«, sagte ich. »Vielleicht nutzt ihn die Polizei ab und zu, oder hier werden Streitigkeiten zwischen Buchmachern und Wettern beigelegt und dergleichen.«

Aber Chico hatte recht, wir konnten Peter Medicos nicht gut den ganzen Nachmittag, den ganzen Abend und bis zum Hürdenausgleich morgen Nachmittag hier festhalten. Freiheitsberaubung wird schwer bestraft.

Ich begriff nur nicht, wie der Sicherheitschef der Britischen Rennsportbehörde, ein pensionierter Oberkommissar, sich mit einem Mann wie Billy McCusker hatte einlassen können. Vielleicht steckte Geld dahinter, aber so schlecht zahlte die BHA gar nicht, und eine Pension von der Kripo bekam er sicher auch noch.

Oder gab es einen anderen Grund?

»Womit hat McCusker Sie in der Hand?«, fragte ich ihn.

Er sah mich zwar an, sagte aber nichts.

»Hat McCusker Sie bedroht?«

»Ich weiß nicht, wovon Sie reden«, sagte er. »Und jetzt entschuldigen Sie mich bitte.« Als hätte er den Schreck des Ertapptwerdens ganz abgeschüttelt, stand er wieder auf.

»Sie sollten doch sitzen bleiben«, sagte Chico, drehte Peter den linken Arm auf den Rücken und zwang ihn, sich wieder hinzusetzen.

»Was erlauben Sie sich?«, rief Peter mit kaum verhohlener Wut. »So können Sie mit mir nicht umspringen. Dafür bringe ich Sie vor Gericht.«

»Wenn Sie vor Gericht erscheinen, dann nur auf der Anklagebank«, konterte Chico. Aber hatte er recht?

»Sie können nichts beweisen«, sagte Peter erneut. »Da steht Aussage gegen Aussage, und wer glaubt einem wegen

Kindesmissbrauch Verhafteten eher als einem Oberkommissar?«

»Wir haben doch das Handy«, gab ich zurück, »und den Nachweis, dass McCusker Sie vor jedem abgesprochenen Rennen angerufen hat.«

»Ich werde bestreiten, den Apparat je gesehen zu haben. Ich werde behaupten, er gehöre Ihnen.« Mit jeder Sekunde wurde er selbstsicherer.

»Wussten Sie, dass DNA sich in Speichel nachweisen lässt?«, fragte ich. Mir selbst war das nur wegen eines meiner Fälle bekannt, in dem aus dem Speichel an einem zugeklebten Brief ein DNA-Profil erstellt wurde.

»Ja, und?«, fragte Peter.

»Beim Sprechen stoßen wir winzige Speicheltröpfchen aus. Ihre DNA dürfte auf dem Mikrophon dieses Handys zu finden sein.«

»Dann sage ich, Sie hätten mich gezwungen, einen Anruf darauf entgegenzunehmen.« Er war jetzt ganz obenauf. »Sie haben keinerlei Beweise, dass ich in irgendeiner Form in Rennmanipulationen verwickelt bin. Ich gehe.«

Er stand auf und schnappte sich den am Boden liegenden Filzhut.

Was sollte ich tun? Auf keinen Fall durfte er McCusker sagen, dass ich über die Absprache für morgen Bescheid wusste. Es war schon schlimm, dass Chico seine Entdeckung mit dem Handy preisgegeben hatte, und ich hatte es noch schlimmer gemacht, indem ich verriet, dass ich von der Absprache wusste. Aber es war eben passiert. Jetzt musste ich das Ganze so nehmen, wie es war, nicht, wie ich es gern gehabt hätte.

»Haben Sie Sir Richard Stewart umgebracht?«, fragte ich.

»Selbstverständlich nicht«, sagte er von oben herab.

»Aber es war Mord, oder?«

»Ich habe keine Ahnung, aber bei der gerichtlichen Untersuchung wird wohl auf Selbstmord erkannt werden.«

Möglich, aber an Selbstmord glaubte er so wenig wie ich.

Peter kam um den Tisch herum, und ich hatte keinen Schimmer, wie ich ihn aufhalten sollte.

»Wieso haben Sie mehr Angst vor McCusker als davor, dass ich zur Polizei oder zur BHA gehe? Aussage gegen Aussage mag ja sein, aber hier steht Ihre gegen unsere. Sind Sie sicher, dass uns niemand glaubt? Wollen Sie das riskieren?«

Er blieb stehen und sah mich an.

»Sie bringen mich nicht dazu, ein Fehlverhalten zuzugeben.«

»Dazu will ich Sie gar nicht bringen«, sagte ich. »Mir ist letztlich egal, ob man Ihnen auf die Schliche kommt. Aber mein Leben und meine Familie bedeuten mir alles, und ich habe es satt, von diesem Mann benutzt und missbraucht zu werden.«

»Das geht mir genauso«, sagte er.

»Und womit hat er Sie in der Hand?«

Er lachte beinah. »Das sag ich Ihnen doch nicht. Sonst hätten Sie mich auch in der Hand.« Das Lachen blieb ihm im Hals stecken.

Es gab also ein Druckmittel. Er war nicht aus freien Stücken McCuskers Mann.

Ein kleiner Trost.

»Das Handy bitte«, sagte er und streckte mir die rechte Hand hin.

Mir lag zwar nicht viel daran, es ihm zurückzugeben, aber wenn McCusker ihn anrief und Peter sich nicht meldete, würde McCusker aufgehen, dass etwas nicht stimmte.

Ich gab ihm das Telefon.

»Unternehmen Sie nichts«, sagte ich. »Sollte unser irischer Freund erfahren, dass ich über die Absprache für morgen informiert bin, werde ich ihm sagen, Sie hätten mir das gesteckt. Und er glaubt mir, verlassen Sie sich drauf.«

»Ich habe nicht die Absicht, dem Iren irgendetwas zu erzählen.«

Konnte ich ihm vertrauen?

Hatte ich eine andere Wahl?

30

Im Gegensatz zum klaren Himmel und den milden Temperaturen vom Donnerstag war der Freitag nass und unleidlich durch eine von Westen heraufziehende atlantische Wetterfront, und das Barometer fiel.

Das Wetter entsprach meiner eigenen Stimmung, tat aber der Begeisterung unzähliger junger Liverpoolerinnen keinen Abbruch, die ungeachtet des Regens und der Kälte in ihrem feinsten Staat erschienen, in dünnen Chiffonkleidern, die kaum etwas der Phantasie überließen.

Aintree am Tag vor dem Grand National ist vermutlich der einzige Ort auf der Welt, an dem »Ladies« zu Tausenden in extrem hochhackigen Sandalen von Pfütze zu Pfütze platschen, um von der Sektbar zur Tribüne und wieder zurück zu gelangen.

»Meine Fresse!«, sagte Chico wie vom Blitz getroffen, »hast du die gesehen?« Er wies auf eine junge Frau, die auf gut fünfzehn Zentimeter hohen Pfennigabsätzen einherstakste. »Die bricht sich doch die Knöchel.«

Aber sie kam unversehrt zum Rennbahneingang, begleitet von einem jungen Mann in einem glänzenden grauen Anzug, blankpolierten Schuhen und schmaler Krawatte.

Chico und ich rechneten immer noch damit, die Schöne stürzen zu sehen, da lehnte sie aber schon heil am Tresen des nächsten Ausschanks. Wir rissen uns vom Anblick ihres freizügigen Dekolletés los und begaben uns wieder zu den Stufen vor der Waage.

»Hältst du's für klug, hier rumzustehen?«, fragte Chico. »Die Schläger von voriger Woche dürften auch da sein, um auf Geophysicist zu wetten. Vielleicht sogar McCusker selbst. Jeder kann dich sehen.«

»Geh du zum Buchmacherring«, antwortete ich. »Schau mal, ob Barry Montagu und Mr. Wilson da sind und die Kleine, die du im Wettbüro angemacht hast. Ich muss hierbleiben, bis ich die endgültige Bestätigung von Jimmy Guernsey bekomme. Wir treffen uns vor dem Ersten auf dem Dach des County Stand.«

Chico verschwand, während ich nach mir bekannten Gesichtern Ausschau hielt, insbesondere solchen, die ich von der Straße hinter einem chinesischen Restaurant her kannte.

Ich sah Jimmy mit einer kleinen Reisetasche über der Schulter vom Jockeyparkplatz hereinkommen. Im selben Moment erblickte er auch mich und schlug auf dem Weg zur Waage einen kleinen Haken, um direkt an mir vorbeizukommen. Statt mich anzusprechen, reckte er im Vorbeigehen lediglich den linken Daumen.

Die Absprache war also hinfällig.

Jetzt brauchten wir nur die Folgen abzuwarten, vorausgesetzt, dass Peter Medicos oder ein Jockey McCusker nicht alles verbraten hatten.

Das würde ich früh genug merken.

»Es läuft«, teilte ich Chico mit, als ich bei leichtem Nieselregen auf dem Dach des County Stand zu ihm stieß.

»Gut«, sagte er. »Ich hab die Buchmacherbiene gesehen, hielt es aber für besser, wenn sie mich nicht sieht, und hab mich von ihrem Standplatz ferngehalten.«

»Kurz vor dem Hürdenausgleich musst du noch mal einen Blick riskieren, aber ändern können die dann nichts mehr.«

»Lohnt sich eine Wette bei dem Rennen?«

»Kann schon sein, nur auf Geophysicist würde ich nicht wetten.«

»Der verliert ganz bestimmt?«

»Wenn Jimmy Guernsey es so hingebogen hat, wie wir vereinbart haben.«

»Und das wäre?«

»McCusker glaubt, dass Geophysicist siegt, weil alle andern Jockeys Order haben zu verlieren. Wenn alles wie vorgesehen gelaufen ist, hat Jimmy jedem Jockey einzeln und im Vertrauen erklärt, der Plan sei geändert worden, und er reite jetzt den vorbestimmten Sieger. Nur David Potter, der Geophysicist reitet, hat gesagt bekommen, er müsse verlieren.«

»Finden sie das nicht raus?«

»Die haben alle solche Angst, erwischt zu werden, dass sie darüber nicht miteinander reden. Sie tun anstandslos, was McCusker oder Jimmy Guernsey ihnen sagt. Das heißt, alle werden wie verrückt auf Sieg reiten, bloß der nicht, den McCusker als Sieger erwartet.«

Er lachte. »Das nennt man dann einen Überraschungsverlierer. Aber hältst du's für klug, ihn so gegen dich aufzubringen?«

»Kommen dir etwa Bedenken?«, fragte ich.

»Ein bisschen«, erwiderte er. »Es ist keiner da, der deine Frau und dein Kind beschützt.«

Daran hatte ich auch gedacht.

»Im Augenblick sind sie vollkommen sicher«, sagte ich, »weil McCusker und seine Getreuen hier sind. Aber ich bin auch der Meinung, dass wir nach dem Rennen schleunigst zurück nach Oxfordshire sollten.«

»Warum willst du ihm denn unbedingt die Tour vermasseln?«

»Er soll begreifen, dass er Pferderennen nicht manipulieren kann, wie er lustig ist. Vielleicht ist es auch bloß ein Willenskampf zwischen uns. Er ist die unwiderstehliche Kraft, ich bin das unbewegliche Objekt. Einer von uns wird nachgeben müssen, und ich will, dass er nachgibt.«

»Ein gefährliches Spiel«, meinte Chico.

Ja, dachte ich, verdammt gefährlich.

Der Nachmittag schleppte sich hin, aber irgendwann war es dann Zeit für den Hürdenausgleich über 3200 Meter.

Ich stand im Erdgeschoss der Tribüne und beobachtete, wie sich die für jedes Pferd vorhergesagten Wettgewinne auf dem Bildschirm über der Tototheke änderten.

Maine Visit war der Favorit und stand bei drei Pfund, zehn Cent für ein Pfund Einsatz.

Geophysicist war vierter Favorit am Toto und stand bei sechs Pfund, entsprechend einer Eventualquote von 5:1.

Ich ging hinaus zu den Buchmacherständen, wo man fleißig das Geld der andrängenden Wettlustigen entgegennahm.

Ich überflog die nächsten Anzeigetafeln. Geophysicist zahlte vorwiegend 6:1 oder 13:2, doch sogar 7:1 wurde angeboten.

Ich lächelte. McCuskers Masche lief so, wie er sich das vorstellte – sein auserkorener Sieger zahlte am Toto weniger, als nach den Buchmacherquoten zu erwarten gewesen wäre. McCusker und seine Freunde wetteten dort also offenbar heftig und in bar auf Geophysicist, ohne lästige Spuren ihrer ungewöhnlichen Wettaktivität zu hinterlassen.

Peter Medicos hatte Wort gehalten. Niemand war gewarnt worden.

Mein Herz klopfte in der Erregung des Augenblicks etwas schneller, als ich zum Dach hinaufging, um mir das Rennen anzusehen.

Chico war vor mir da.

»Barry Montagu hat Hochbetrieb«, sagte er. »Sie bieten überdurchschnittliche Quoten auf alle Gäule außer, du hast's erraten, Geophysicist, der leicht unterm Schnitt liegt.«

Ich grinste.

»Bei Honest Joe Bullen war's genauso«, sagte er. »Da wimmelt's vor Wettlustigen.«

McCusker wollte alles auf einmal. Am Toto absahnen, indem er hohe Summen auf den »sicheren« Sieger setzte, und das auf die anderen Pferde gesetzte Geld einsacken, indem er (im Vertrauen darauf, nichts auszahlen zu müssen) etwas höhere Quoten als die anderen Buchmacher anbot.

Ich konnte nur hoffen, dass Jimmy Guernsey sich mit den anderen Jockeys wirklich geeinigt hatte und dass sich McCusker finanziell eine blutige Nase holte und einen Schock fürs Leben.

Unten am 3200-Meter-Start gingen die zwölf Pferde im Kreis, bekamen vom Starterassistenten die Gurte gestrafft und machten sich für das Rennen bereit. Nicht erkennen konnte ich, ob die Jockeys wie gewohnt miteinander frotzelten oder nur nervös darauf bedacht waren, ihre Anweisungen auszuführen.

Ich nahm an, dass sich neben David Potter auf Geophysicist auch Jimmy Guernsey nicht gerade überanstrengen würde. Da aber die anderen zehn alle glaubten, den designierten Sieger zu reiten, versprach ich mir ein sehenswertes Rennen.

Und so kam es auch.

Das Anfangstempo war langsam, und als die Pferde zum ersten Mal die Tribüne passierten, lag das Feld noch dicht zusammen. Aber das Tempo steigerte sich, als sie die drei Hürden auf der Gegengeraden in Angriff nahmen.

Am letzten Linksbogen war das Rennen dann in vollem Gang, die meisten der zwölf noch im Wettbewerb.

Die Einlaufgerade hat drei Hürden, und vor der ersten zog sich das Feld etwas auseinander, weil die schwächeren Pferde das halsbrecherische Tempo nicht mitgehen konnten.

Belustigt stellte ich mir vor, wie einigen Jockeys wohl zumute gewesen war, wenn sie doch erwartet hatten, dass die Konkurrenz zurückfiel, damit sie siegen konnten. Das roch nach Panik.

Sieben gingen gleichauf über die letzte Hürde, und das Publikum klatschte anerkennend, als der Favorit Maine Visit, geritten von Robert Price, in einem knappen Sechser-Einlauf, bei dem alle beteiligten Jockeys ein Reitverbot wegen übermäßigen Peitschengebrauchs riskierten, mit Kopf gewann.

Geophysicist kam nur drei Längen hinter dem Sieger ein, aber als Neunter. Jimmy Guernseys Pferd, noch mal zwei Längen dahinter, wurde Zehnter.

»Wahnsinn«, sagte Chico. »Und jetzt?«

»Nach Hause, James. Hier gibt es nichts mehr zu tun.«

Wir sausten die Treppe vom Tribünendach zum Rennbahnausgang hinunter und liefen prompt Billy McCusker und seinen drei Shankill Road Volunteers in die Arme.

Ich weiß nicht, wer von uns überraschter war, aber wer wütender war, stand fest, und ich war froh, dass rund zehn Meter entfernt zwei stattliche Merseyside-Polizisten in dem Gedränge nach Taschendieben Ausschau hielten.

»Halley«, sagte McCusker, diesmal ohne das von ihm herablassend gebrauchte »Mr.«. »Haben Sie das verzapft?«

»Was denn?«, fragte ich und verkniff mir ein Grinsen.

»Eins verspreche ich Ihnen«, sagte er unmissverständlich drohend, wobei die Augen unter dem Stirnwulst noch tiefer zu liegen schienen als auf den Fotos. »Wenn ich rausfinde, dass Sie dahinterstecken, grille ich Sie dafür.«

Es lief mir kalt den Rücken hinunter, und ich trat etwas näher zu den Polizisten hin.

McCusker drehte sich jedoch um und ging davon, die drei stämmigen Leibwächter im Schlepptau. Chico und ich schauten ihnen nach, bis sie in der Menge verschwanden.

»Wenn Jimmy Guernsey sein Leben lieb ist«, meinte ich lachend, »dann versteckt er sich bis morgen früh in der Waage.«

»Komm.« Chico zog mich am Jackenärmel. »Verschwinden wir, bevor die Freundlichen Vier auf Rückkehr sinnen.«

Wir eilten zum Hotel, wo noch der Range Rover stand, und fuhren in Richtung Oxfordshire nach Süden.

»Meinst du, die kommen uns gleich nach?«, fragte Chico, als wir auf der Fernstraße waren.

»Nachdem seine Jungs so schnell den Feuerring um Tony Molsons Haus gelegt haben, wäre ich nicht überrascht, wenn er schon hinter uns Gummi verbrennt.«

Ich stieg noch etwas mehr aufs Gas und überschritt die Höchstgeschwindigkeit auf der M6 bis nach Birmingham.

»Was haben wir vor?«, fragte Chico.

»Augen auf, Ohren auf«, sagte ich. »Alle Mann an Deck und Enterer zurückschlagen.«

Beim Verlassen des Park Hotels hatte ich Chefinspektor Watkinson angerufen und ihm die Nachricht hinterlassen, er möchte dringend zurückrufen, und das tat er, als wir uns Aynsford näherten.

»Was liegt an?«, fragte er.

»Es kann sein, dass ich das Wespennest angestochen habe«, sagte ich. »Und dass ich deshalb jetzt Ihre Hilfe brauche.«

»Handelt es sich um ein Wespennest Marke McCusker?«, fragte er.

»Haargenau.«

»Und an welche Art von Hilfe denken Sie?«

»Einen Polizeiposten vor meinem Haus.«

»Hmm«, sagte er. »Wann?«

»Heute Nacht«, antwortete ich, »und morgen vielleicht auch noch.«

»Dafür fehlt uns das Personal.«

»Nach meiner Verhaftung haben Sie da einen Posten hingestellt.«

»Der sollte verhindern, dass Sie Beweismaterial entfernen, bevor unsere Untersuchung abgeschlossen war.«

Und ich hatte die ganze Zeit gedacht, der Posten sei da, um mein Haus vor übereifrigen Pressevertretern zu schützen.

»Heute Nacht muss da ein Beamter postiert werden, denn ich bin fest überzeugt, dass McCusker oder seine Genossen versuchen werden, sich Einlass zu verschaffen oder gar das Haus anzuzünden. Das haben sie mir heute Nachmittag praktisch gesagt.«

»Haben Sie Zeugen für das Gespräch?«

»Ja«, sagte ich. »Chico Barnes war bei mir.«

Die Stille in der Leitung ließ mich befürchten, dem Chefinspektor wäre es vielleicht lieber, einer vollendeten Brandstiftung nachzugehen als nur einer Verabredung zur Brandstiftung.

»Auch für diese Unterhaltung habe ich einen Zeugen, und wenn Sie mein Haus abbrennen lassen, um ihn wegen Brandstiftung dranzukriegen, verklage ich die Polizei wegen fahrlässigen Verhaltens.«

»Mr. Halley, woher haben Sie die unheimliche Gabe, meine Gedanken zu erraten?«

»Sparen Sie sich doch die Gedanken, und stellen Sie mir einen Posten. Zumal ich von Rechts wegen da gar nicht sein darf. Haben Sie in der Hinsicht was erreicht?«

»Leider nicht«, sagte er. »Das wird warten müssen bis zu Ihrem Gerichtstermin nächste Woche in Oxford.«

»Nächste Woche habe ich vielleicht kein Haus mehr.«

»Okay, okay«, sagte er. »Hab verstanden. Ich seh mal, was sich machen lässt.«

»Dann bitte bald«, erwiderte ich. »Die sind vielleicht schon unterwegs.«

»Ich werde veranlassen, dass heute Abend und heute Nacht regelmäßig ein Streifenwagen da vorbeifährt, obwohl die freitagabends mit den Nachtschwärmern in Banburys Zentrum ziemlich ausgelastet sind.«

Das war zwar nicht viel, aber wohl besser als nichts.

Marina, Saskia und Rosie waren überglücklich, uns wieder heil in Aynsford zu haben, und auch Charles war ziemlich erleichtert. Er sah schrecklich müde aus, als hätte er zwei Nächte nicht geschlafen.

»Wie war es hier?«, fragte ich Marina leise.

»Alles gut so weit. Charles sorgt dafür, dass wirklich immer alle Türen zu sind, und unterhält uns mit Geschichten darüber, wie schlimm es erst war, auf dem Jangtse gegen die Chinesen zu kämpfen.« Sie verdrehte die Augen, und ich lachte. »Ich wünschte nur, er würde nicht mit der verflixten Schrotflinte unterm Arm durchs Haus laufen. Er macht Saskia Angst.«

»Ich rede mit ihm.«

»Und du?«, fragte Marina. »Hast du erreicht, was du wolltest?«

»Das kann man wohl sagen. Ich habe das Rennen, das McCusker manipuliert hatte, entmanipulieren können. Das hat ihn leider ziemlich in Rage gebracht.«

»Ist er jetzt hinter dir her?« Sie war beunruhigt.

»Ich nehme es an. Das war mit ein Grund, warum ich das gemacht hab. Ich muss ihn aus der Reserve locken, sehen, dass er aus seinem Loch kommt.«

»Damit Charles ihn erschießen kann?«

»Oder ich. Mir scheint, das ist die einzige Möglichkeit, das Ganze zu beenden. Sonst werden wir ihn nie los. Die Taktik ist nicht ungefährlich, aber hier dürftet ihr in Sicherheit sein, und ich habe mit der Polizei vereinbart, dass regelmäßig ein Streifenwagen an unserem Haus vorbeifährt.«

»Ich bin eher um uns als um das Haus besorgt«, antwortete sie und legte mir den Arm um die Taille.

»Alles wird gut«, sagte ich.

Ein blöder Spruch eigentlich.

31

Glaubst du wirklich, er kommt heute Abend?«, fragte Chico.

»Er könnte unser Haus in Nutwell beehren«, sagte ich, »aber dass wir in Aynsford sind, weiß er wohl nicht; zumindest hoffe ich das. Dass er impulsiv ist und sehr schnell handelt, hat er schon bewiesen. Saskias Entführung aus der Schule hat er innerhalb eines Tages organisiert, und das Haus der Molsons hat er sich noch am selben Abend vorgenommen, nachdem Tony gegen seine Anweisung Black Peppercorn auf Sieg geritten hat. Ja, ich halte es für sehr wahrscheinlich, dass er heute Abend kommt.«

»Dann sollten wir nicht hier sein. Wir sollten euer Haus bewachen und auf die Freilassungsauflagen pfeifen.«

»Seh ich auch so.«

Marina gefiel das gar nicht, und noch weniger, als ich ihr sagte, sie könne auf keinen Fall mitkommen.

»Du und Saskia müsst hierbleiben«, entschied ich. »Hier ist es viel sicherer für euch als zu Hause. Charles bleibt bei euch.«

Aber seine Flinte nehme ich vielleicht mit, dachte ich.

Gegen acht nahmen Chico und ich unseren Posten im Hundezwinger ein, oder besser gesagt, wir setzten uns in dem vergitterten Auslauf auf zwei Gartenstühle, ich mit Charles' geladener Schrotflinte auf den Knien.

Es wurde schon dunkel, aber da es nicht mehr regnete, konnten wir wenigstens draußen sitzen. Vom Zwinger aus überblickte man die Einfahrt Richtung Tor, die ganze Hausfront und einen Teil der Straße.

Mir genügte es, einfach abzuwarten, wie sich die Dinge entwickelten, aber Chico konnte nicht ruhig sitzen und bestand darauf, alle zehn, zwölf Minuten eine Runde ums Haus zu drehen und sich zu vergewissern, dass niemand von hinten über den Gartenzaun einstieg.

Nach anderthalb Stunden musste auch ich mir die Beine vertreten und machte einen Rundgang. Zum x-ten Mal prüfte ich die Ladung der Schrotflinte und klopfte meine Taschen nach der Reservemunition ab. Würde ich davon Gebrauch machen? Charles bekäme dann mit Sicherheit Schwierigkeiten, da die Waffe auf ihn und nicht auf mich lief. Aber in Notwehr war doch wohl jedes verfügbare Mittel erlaubt.

Ich kehrte zu meinem Platz im Hundezwinger zurück und sah zu, wie der Abend zur Nacht wurde.

Chico und ich hatten in den rund zehn Jahren unserer Zusammenarbeit eine Menge Observierungen durchgeführt, vorwiegend auf Rennbahnen, und oft und lange darauf gewartet, dass die Bösewichter auftauchten. Wir hatten gelernt, geduldig zu sein.

Nach einiger Zeit drehte ich wieder eine Runde um das Grundstück. So viel zur Polizei, dachte ich. Den ganzen Abend hatte ich nicht ein einziges Mal den versprochenen Streifenwagen vorbeifahren sehen.

Gegen halb zwölf klingelte Chicos Handy laut in der stillen Nachtluft.

»Ups.« Er zog es aus der Tasche. »Tut mir leid.«

Er meldete sich, und ich dachte, es wäre seine kleine Blonde oder sonst eine Verehrerin, doch stattdessen hielt er mir den Apparat hin.

»Hallo?«, sagte ich bang.

»Ist da Sid Halley?« Ich konnte die genuschelten Worte des Anrufers kaum verstehen.

»Ja. Sid Halley hier.«

»Ich habe ihnen gesagt, wo Sie sind«, kam die genuschelte Antwort.

»Entschuldigung«, sagte ich. »Wer spricht da bitte?«

»Peter«, sagte der Nuschler. »Peter Medicos.«

»Woher haben Sie die Nummer?«

»Sie war auf dem Display.« Er war immer noch kaum zu verstehen.

»Peter, ist alles in Ordnung?«, fragte ich.

»Das wird schon wieder«, nuschelte er. »Hoffe ich wenigstens. McCuskers Leute haben …« Er brach ab.

»… Sie zusammengeschlagen«, führte ich den Satz zu Ende.

»Ja. Er wollte wissen, wo Sie sind. Er habe mehrmals versucht, Sie anzurufen, aber Sie seien abgetaucht. Ich sagte ihm, ich hätte keine Ahnung, wo Sie sind, aber das ließ er nicht gelten. Schließlich habe ich ihm dann gesagt, dass Sie bei Admiral Roland in Aynsford sind.«

Ich spürte, wie die Panik in mir hochstieg.

»Wann haben Sie ihm das gesagt?«, fragte ich beklommen.

»Vor Stunden. Ich konnte mich eine Ewigkeit nicht rühren. Von meinem Gesicht ganz abgesehen befürchte ich, einer könnte mir einen Milzriss beigebracht haben.«

Ich erinnerte mich an die Prügel, die ich auf dem Rennbahnparkplatz in Towcester bezogen hatte. Da war ich auch erst einmal außer Gefecht gewesen. McCuskers Leute wussten offensichtlich genau, wo sie hinschlagen mussten.

»Vor wie vielen Stunden?«, fragte ich zunehmend beunruhigt.

»Da bin ich mir nicht sicher. Vor vielen. Tut mir leid.«

Von Aintree nach Aynsford waren es nur drei Autostunden.

»Peter, machen Sie, dass Sie ins Krankenhaus kommen«, sagte ich. »Und vielen Dank.«

Immerhin hatte er angerufen. Das hätte er nicht gemusst.

Ich legte auf. Und wählte sofort die Nummer von Charles, aber es kam nur ein durchgehender Ton. Nicht erreichbar.

O Gott!

»Komm«, rief ich Chico zu. »Wir sind hier verdammt noch mal falsch!«

Der Range Rover fraß förmlich den Asphalt zwischen Nutwell und Aynsford und machte bis zu hundertzwanzig Stundenkilometer auf der gewundenen, schmalen Fahrbahn.

»Frontal oder hintenrum?«, fragte Chico, als wir in Seitenlage um eine Kurve gingen.

»Für hintenrum bleibt uns keine Zeit, glaube ich.

Charles' Telefon ist ausgestöpselt. Sie müssen schon da sein. Ruf Polizei und Feuerwehr. Jetzt gleich.«

Er drückte die Tasten und klammerte sich eisern an die Haltegriffe, als ich in die nächste Kurve ging.

»Kein Empfang«, sagte er. »Mist, wir sind zu nah am Berg.«

»Versuch's weiter«, schrie ich ihn an. »Irgendwann klappt's schon.«

Der schwarze Toyota Land Cruiser stand vor Charles' Einfahrt an der Straße. Chico und ich sahen ihn gleichzeitig.

»Halt«, rief Chico. »Das erledige ich.«

Ich bremste scharf, und er klappte beim Aussteigen sein Taschenmesser auf.

Ich ließ ihn stehen, gab Gas und raste die lange Einfahrt zum Haus hoch.

Wahrscheinlich hätte ich wirklich auf Chico warten sollen. Zwei gegen vier war schon keine vernünftige Ausgangsposition. Einer gegen vier war glatter Leichtsinn. Aber ich hatte nur McCuskers Drohung im Kopf, Saskia zu vergewaltigen, zu ermorden und an Schweine zu verfüttern.

Er war kein Mann der leeren Worte. Ich wusste, er würde das wahr machen. Deshalb wollte ich so schnell wie möglich zu Saskia und vor Billy McCusker bei ihr sein.

Ich bog um die Ecke und hatte die Haustür und die verglaste Veranda im Blick, erhellt von den Scheinwerfern. Ein schwarzgekleideter Mann stand mitten auf der Einfahrt, und er zeigte auf mich.

Ein Stern erschien direkt über meinem Kopf auf der

Windschutzscheibe. Ein zweiter kam dazu, dann noch einer.

Es dauerte einen Moment, bis ich begriff, dass es Einschusslöcher waren. Der Mann zeigte nicht bloß auf mich, er zielte mit einer Handfeuerwaffe und schoss. Ich warf mich über die Mittelkonsole nach links, stieg aufs Gas und nahm ihn mit dem Range Rover aufs Korn.

Ich hörte den Schlag und spürte ihn.

Ich richtete mich auf und bremste scharf, doch die Räder fanden keinen Halt auf dem losen Kies, und ich rutschte weiter, frontal gegen die Wand von Charles' Garage.

Der Airbag öffnete sich mit einem Knall und bewahrte mich davor, gegen das Lenkrad zu krachen, doch wegen des geringen Tempos hatte ich mich bei dem Aufprall nicht verletzt.

Ich stieg auf der Fahrerseite aus und sah vorne nach. Der Mann in Schwarz war offenbar von der Stoßstange erfasst und mitgeschleift worden, da er jetzt eingeklemmt zwischen dem Wagen und der Garagenwand lag, sein blutiger Kopf angestrahlt vom linken Scheinwerfer, der das Ganze wundersamerweise heil überstanden hatte.

Der Mann hatte offenbar kein solches Glück gehabt.

Damit standen die Aussichten plötzlich besser. Jetzt hieß es einer gegen drei, und wenn Chico hinzukam, wären es zwei gegen drei.

Ich nahm die Schrotflinte vom Rücksitz und ging vorsichtig auf die Glasveranda und die Haustür zu, den Doppellauf auf meine offene Stahl-und-Plastik-Hand gestützt.

Im Haus war alles dunkel, alles still.

Charles ließ gewohnheitsmäßig das Licht in der hinteren Ecke der Veranda an, aber das brannte jetzt nicht.

Wo waren McCusker und seine beiden anderen Getreuen?

Sie hatten mich bestimmt kommen hören. Warteten sie jetzt also darauf, dass ich durch die Tür spazierte, direkt in einen Bleihagel hinein?

Und wo waren Marina, Saskia und Charles? Und Rosie? Wieso bellte sie nicht?

Und wo blieben Polizei und Feuerwehr? Hatte Chico sie überhaupt schon erreicht?

Zu viele Fragen jagten mir durch den Kopf, und zu viele Ängste.

Ich betrat die Veranda durch die offene Tür, hörte nur das sich beinah überschlagende Klopfen meines Herzen.

Mir war klar, dass ich reinmusste.

Mach hin, Chico.

Ich hätte auf die Polizei warten können, falls sie denn kam, aber ich musste da einfach rein.

Die Sache zwischen McCusker und mir musste geregelt werden, und zwar jetzt.

Die eigentliche Haustür aus massiver Eiche stand ebenfalls weit offen, dahinter war es pechschwarz: kein Licht von der Alarmtastatur neben der Tür, keins von der Telefonbasis auf dem Tisch in der Diele. Strom- und Telefonleitung waren gekappt.

Ich ging in Hockstellung durch die Tür, die Flinte auf dem Schoß, und zog leise die Beine unter mir durch wie ein Kosak.

Kein Bleihagel, nur Stille.

Wo waren sie?

Ich richtete mich auf und lief im Dunkeln rasch in Richtung Küche, kam aber nicht weit, da ich mitten im Flur über etwas am Boden Liegendes stolperte und der Länge nach hinschlug, wobei mir die Flinte aus den Händen flog und klappernd über die Fliesen schlitterte.

Mist, dachte ich. Von wegen heimlich und leise.

Im Knien griff ich hinter mich, um festzustellen, worüber ich gestolpert war.

Es war Charles. Er trug seine übliche Hausjacke aus Samt und Seide. Und er lag auf dem Rücken, ohne sich zu rühren.

O Gott!

Einhändig, fahrig tastete ich nach seinem Handgelenk.

Ein Puls war zum Glück da, aber er ging schwach und schnell.

Ich wälzte Charles herum und brachte ihn, so gut es ohne Licht zu machen war, in eine stabile Seitenlage.

Konzentriert lauschte ich auf Geräusche.

Da war nichts außer dem leisen Pfeifen von Charles' Atmung.

Wo steckte McCusker? War er im Haus, oder draußen?

Ich rutschte auf den Knien vor und suchte die Flinte. Von draußen drang gerade so viel Licht herein, dass ich sehen konnte, wo die Küchentür lag.

Nach einer gefühlten Ewigkeit fand ich die Flinte unter einem Konsolentisch und zog sie hervor.

»So, du Bastard, wo steckst du?«

Es war eher gedacht als ausgesprochen.

Ich stand auf, trat in die Küche und hielt nach Nuancen

in der Dunkelheit Ausschau, die auf ein Gesicht oder eine Hand hindeuten könnten.

Ich hatte Angst. Große Angst.

Die in die Frontscheibe des Range Rovers gefeuerten Schüsse hatten mich glücklicherweise verfehlt. Würde ich noch mal so ein Glück haben? Ich war schon einmal angeschossen worden. Bauchschuss. Die Verletzung hatte mich beinah umgebracht und machte mir auch mehr als vierzehn Jahre später noch zu schaffen.

Mir lag also wenig daran, das noch einmal zu erleben.

Ich ging von der Küche in die Wäschekammer, doch auch die war leer.

Hatten sie Marina und Saskia schon in ihre Gewalt gebracht und sich davongemacht? Warum hatte dann aber bei meiner Ankunft einer von ihnen in der Einfahrt gestanden? Und an der Straße vor dem Tor ihr Wagen? Den hatte ich gesehen.

Sie mussten noch hier sein. Ebenso Saskia und Marina. Aber wo?

Und wo war Chico, verdammt noch mal? Hatte er die Polizei verständigt?

Über mir knarrte es. Irgendjemand lief definitiv da oben herum. Waren es Marina und Saskia oder jemand weniger Willkommenes?

Ich kehrte durch die Küche in die Diele zurück, fand mich in der Dunkelheit jetzt besser zurecht.

Oben knarrte es weiter.

Was sollte ich tun? Die Treppe hochgehen oder hier unten warten?

Mein Mund war trocken, und mein Herz klopfte drauflos, als wollte es den Brustkorb sprengen. Mir war schlecht vor Angst, aber ich zwang mich, zur Treppe zu gehen.

Ich musste Marina und Saskia finden.

Das war meine Aufgabe. Sie zu beschützen.

Wie hatte ich sie nur so in Gefahr bringen können! Lief das alles auf eine Katastrophe hinaus?

Hör auf damit!, sagte ich mir. Reiß dich am Riemen. Fall jetzt nicht auseinander. Du hast noch zu tun.

Ich setzte den Fuß auf die unterste Stufe und ging hoch, immer nur auf den Stufenkanten, wo es nicht knarrte.

Oben legte ich mich hin, so dass nur mein Kopf über den Absatz schaute, und natürlich die mit einer Hand gehaltene Schrotflinte.

Im Flur war es sehr dunkel, und ich konzentrierte mich, um Bewegungen zu erkennen.

»Na los, ihr Dreckskerle«, fluchte ich im Stillen, »wo seid ihr?«

Tief geduckt, die Füße dicht an der Wand, um den knarrenden Fußbodenbrettern auszuweichen, ging ich langsam den Flur entlang zu dem Gästezimmer, in dem Marina und ich geschlafen hatten.

Einmal mehr, vielleicht zum hundertsten Mal, vergewisserte ich mich, dass die Flinte entsichert und sofort schussbereit war.

Auf verräterische Geräusche lauschend, schlich ich vorwärts.

Wo waren sie?

Meine Zunge fühlte sich riesengroß an und klebte am Gaumen. Mein Atem ging schnell und flach, mein Herz hämmerte.

Mit den beiden Flintenläufen stieß ich die Tür des Gästezimmers auf, die leise, in der Stille aber viel zu laut, in der Angel quietschte.

Den Finger am Abzug, trat ich ins Zimmer.

Nichts.

Ich ging weiter hinein und warf die Tür zu, um zu sehen, ob sich jemand dahinter versteckte.

Nein.

Wo waren sie?

Ich bückte mich und schaute unters Bett.

Nichts.

Plötzlich hörte ich Schritte auf dem Flur.

Mit einem Satz draußen, sah ich schattenhafte Gestalten zur Treppe laufen, drei Männer, deren Silhouetten sich deutlich gegen das hellere Fensterrechteck dahinter abzeichneten.

Ich ging auf ein Knie runter, legte die Flinte an und schoss aus beiden Läufen grelle Feuerblitze in die Dunkelheit.

Der Krach war unglaublich, als die Schüsse von den Wänden und der Decke widerhallten.

Ich hatte tief gezielt, wusste aber nicht, ob ich jemanden getroffen hatte. Das Trio war schon auf der Treppe gewesen. Vielleicht hatte ich zu lange gebraucht. Ich hörte keine Schmerzensschreie, aber das konnte ich bei dem schrecklichen Klingeln in meinen Ohren wohl auch gar nicht.

Schnell kramte ich die Reservepatronen aus der Jackentasche und ließ sie in meiner Hast beide fallen.

Verdammt. Warum hatte ich bloß eine Hand, wo ich so dringend zwei brauchte?

Ich musste die Flinte weglegen, um nach den Patronen zu tasten, wobei mir die ganze Zeit durch den Kopf ging, McCusker käme davon und würde vielleicht Saskia mitnehmen, obwohl ich sicher war, dass die Männer im Flur sie nicht bei sich gehabt hatten, sonst hätte ich nicht geschossen.

Schließlich fand ich die Patronen und fabrizierte sie einhändig in die Kammern. Ich klappte die Flinte zu und entsicherte sie.

Was jetzt?

Ich schlich zur Treppe.

Kein Verletzter, kein Sterbender lag da. Ich hatte wohl vorbeigeschossen.

Doch dann sah ich im kargen Licht von draußen ein paar Tropfen auf den Stufen glitzern.

Blutspritzer.

Ich schmunzelte. Hoffentlich kamen sie von McCusker.

Meine Freude war jedoch von kurzer Dauer.

Benzin! Es roch nach Benzin!

Ich stürzte die Treppe hinunter zur Haustür und sah mich kurz in der verglasten Veranda um.

Der ganze Fußboden war überschwemmt, und der Benzingestank war beinah unerträglich. Ich hörte ein Plätschern, irgendwo musste jemand noch mehr Benzin verschütten. Schießen konnte ich nicht, denn durch das Mündungsfeuer würden sich sicher die Dämpfe entzünden. Ich zog den Kopf zurück, warf die schwere Tür zu und trat rasch ans Fenster.

Im Licht der noch brennenden Scheinwerfer des Range Rovers sah ich eine Gestalt, die einen Kanister in die Höhe hielt, um das letzte Benzin in gerader Linie von der Kieseinfahrt zur Verandatür auszugießen. Dann stellte der Mann den Kanister ab, steckte mit dem Feuerzeug ein Tuch in Brand und hielt es in der ausgestreckten Hand.

Es war unschwer zu erraten, was er vorhatte. Ich schoss durch die Scheibe auf ihn, aus beiden Läufen

Er taumelte und fiel. Noch einer weniger.

Zu meinem Entsetzen trat ein zweiter Mann aus der Dunkelheit hervor. Er hob den brennenden Lappen auf, und ich sah im Feuerschein, dass es McCusker selbst war mit den vorstehenden Backenknochen und dem ausgeprägten Stirnwulst.

Ich klappte die Flinte auf und warf die Patronen aus, hatte aber keinen Nachschub mehr. In Charles' Schachtel waren nur vier Patronen gewesen, und die hatte ich alle verschossen.

Warum hatte ich aus beiden Läufen gefeuert?

Hilflos sah ich zu, wie McCusker ein paar Schritte näher an die Veranda herantrat und den Lappen auf den offenen Eingang zuwarf.

Was hatte Chico noch übers Feuerlegen mit Benzin gesagt? *Saublöd. Nur ein Vollidiot legt mit Benzin Feuer. Das explodiert viel zu leicht.*

Wie in Zeitlupe flog der brennende Lappen durch die Türöffnung und entzündete die Mischung aus Luft und Benzindunst lange, bevor sie den überschwemmten Boden erreichte.

Die Veranda explodierte.

Ich duckte mich instinktiv, als ein mächtiger Feuerball die Glasscheiben durchbrach, die Scherben nach allen Seiten flogen und die Druckwelle auch das Fenster über meinem Kopf bersten ließ.

Als ich mich aufrichtete, hatte ich ein Bild wie aus Satans Zauberkasten vor mir.

Alles stand in Flammen, war überzogen von brennendem, durch die Explosion herausgeschleudertem Benzin.

Auch Billy McCusker hüpfte in einem tödlichen Tanz herum, während die Flammen seine Kleider, sein Gesicht, seine Haare erfassten und er sie mit brennenden Händen auszuklopfen versuchte.

Plötzlich war die Szene vom Blaulicht eines Feuerwehrwagens überflutet, der hinter meinem brennenden Range Rover in der Einfahrt anhielt.

Ich stand wie gelähmt da und sah zu, wie ein stämmiger Feuerwehrmann mit großem gelben Helm eine Decke über McCusker warf, ihn nach Rugby-Art zu Boden stieß und ihn auf dem Kies hin- und herwälzte, bis die Flammen ganz erloschen waren.

Der Feuerwehrmann stand auf und ließ McCusker zusammengekrümmt unter der noch qualmenden Decke liegen. War er tot? Wahrscheinlich, dachte ich. Er hatte gebrannt wie eine menschliche Fackel. Wobei Stuntmen damit ihr täglich Brot verdienen. Aber Stuntmen tragen feuerfeste Ganzkörperanzüge, und McCuskers Kopf und Gesicht waren ungeschützt gewesen. Sollte er überleben, würde er schreckliche Verbrennungen davontragen.

Tot oder lebendig, es war vorbei.

Er hatte Wind gesät und Sturm geerntet.

Andere Feuerwehrleute hatten unterdessen Schläuche an

den Wagen angeschlossen und würden die Flammen bald gelöscht haben.

Ich wollte jetzt vor allem einen Krankenwagen für Charles und einen Suchtrupp, der Marina und Saskia fand.

32

Am darauffolgenden Montag landete ich wieder bei Kommissar Ingram im Vernehmungsraum der Polizei Oxford, gemeinsam mit Sergeant Fleet, Chefinspektor Watkinson und meiner Anwältin Maggie Jennings.

Allerdings war ich diesmal nicht verhaftet und hatte nicht erst stundenlang in Zelle fünf warten müssen. Eine Rechtsbelehrung hatte ich dennoch erhalten. Alles, was ich sagte, wurde schriftlich festgehalten und konnte gegen mich verwendet werden.

»Also, Mr. Halley«, begann der Kommissar, »erzählen Sie uns bitte, was vergangenen Freitagabend in Aynsford passiert ist.«

Auch diesmal wollte Maggie Jennings nicht, dass ich aussagte. Wäre es nach ihr gegangen, hätte ich auf alle Fragen »kein Kommentar« geantwortet. Aber davon hatte ich genug.

Es war Zeit, die Dinge richtigzustellen.

Also erzählte ich den Kriminalbeamten alles, woran ich mich erinnerte, nachdem Chico und ich von Aintree zurück nach Aynsford gekommen waren.

»Sie geben zu, dass Sie unter willentlicher Missachtung Ihrer richterlichen Auflagen zu Ihrem Haus gefahren sind?«, fragte der Kommissar.

»Ja«, antwortete ich.

Er machte sich eine Notiz, während Maggie Jennings die Lippen aufeinanderpresste.

»Und Sie haben Admiral Rolands Schrotflinte mitgenommen, obwohl Sie keinen Waffenschein dafür besitzen?«

»Ja«, sagte ich wieder, und er machte sich wieder eine Notiz, und Maggie Jennings schnaubte.

»Ist Ihnen bekannt, dass es eine sehr ernste Angelegenheit ist, mit einer Schrotflinte auf jemanden zu schießen?«

»Genauso, wie wenn man ein Haus anzündet, in dem sich Menschen aufhalten«, erwiderte ich. »Wie geht es übrigens McCusker und seinen Volunteers?«

»McCusker ist auf die Spezialabteilung für Verbrennungen im Stoke Mandeville Krankenhaus verlegt worden. Er lebt noch, aber die Aussichten, dass er durchkommt, sind nicht gut. Der Mann, den Sie mit dem Range Rover angefahren haben, Luke Walker, hatte wahrscheinlich mehr Glück. Er wurde durch den Zusammenprall sofort getötet und noch am Unfallort für tot erklärt.«

»Und die beiden anderen?«

»Die zwei Männer, die Sie angeschossen haben, kommen durch«, sagte er. »Der eine, Andrew Hebborn, könnte allerdings wegen der Schwere der Verletzung einen Arm verlieren.«

Einer für den Club.

»Und der andere?«

»Der zweite Mann, Shane Duffy, hat Schrot in Wade und Knie des linken Beins abbekommen, aber das war nur eine Gewebsverletzung mit geringem Blutverlust. Sicher sehr schmerzhaft, aber er wird vollständig genesen. Er ist jetzt in Gewahrsam. Mr. Barnes hat ihn gestellt, als er ihr Fahrzeug holen wollte.«

Ich nickte. Chico hatte mir später am Abend auf seine unnachahmliche Art davon erzählt.

»Lauf ich also die Einfahrt hoch, kommt mir der Typ entgegengehumpelt und schimpft wie ein Rohrspatz. Junge, den hättest du mal hören sollen, Scheiß hier, Dreck da, und nicht ein gutes Wort für dich, Sid, nicht eins. Aber der ist so mit sich selbst beschäftigt, dass er mich glatt übersieht, bis ich ihn über meine Schulter befördere und ihn in den Würgegriff nehme.«

»Warum hast du denn so lange gebraucht?«

»Erst musste ich die Reifen von ihrem Toyota zerstechen, ja, dann versuch ich anzurufen, aber mein Handy hat immer noch keinen Empfang. Fehlte nicht viel, und ich wär irgendwo eingebrochen, um Polizei und Feuerwehr verständigen zu können. Keiner hat mir aufgemacht.«

Das konnte ich niemandem verdenken. Ich hätte die Tür auch zugelassen.

»Möchten Sie uns sonst noch etwas mitteilen?«, holte mich der Kommissar in die Gegenwart zurück.

»Ja«, sagte ich. »Einiges.«

Gegen den Rat von Maggie Jennings ging ich in chronologischer Reihenfolge alles durch, was in den vergangenen vier Wochen passiert war.

Na gut, fast alles. Ich sagte nichts davon, dass Tony und Margaret Molson Entführer waren, die nicht nur Saskia aus der Schule entführt hatten, sondern auch Pierre Beaudins Zwillingssöhne aus der Klinik in Montparnasse.

Auf die feinen Details der Rennabsprachen wies ich

sie ebenfalls nicht hin, schon gar nicht auf die Namen der daran beteiligten Jockeys. Auch, dass Chico Peter Medicos als den Maulwurf innerhalb der BHA enttarnt hatte, sagte ich nicht. Ich hatte beschlossen, diese Information für mich zu behalten.

Zum Wohl des Rennsports.

Als ich um halb sieben aus der Polizeiwache kam, dachte ich an das zurück, was seit der Explosion passiert war.

Charles lag noch auf der Intensivstation, und die Ärzte äußerten sich beunruhigend vage zu seinen Überlebenschancen.

Er hatte schwere Schlagverletzungen an Gesicht und Kopf erlitten; der heftigste Schlag hatte zum Schädelbruch und zu einer Gehirnblutung geführt. Ein Chirurgenteam hatte ihn den ganzen Freitagabend hindurch operiert und einen Teil der Schädeldecke entfernt, um den Druck in seinem Kopf zu lindern.

Mit der Zeit waren die Ärzte zuversichtlicher geworden, und sein Zustand hatte sich nicht mehr verschlechtert, aber es war immer noch offen, ob er einen schwerwiegenden Gedächtnisverlust oder einen bleibenden Hirnschaden davontragen oder überhaupt erwachen würde.

Marina und Saskia hatten sich mit Rosie die ganze Zeit im Haus versteckt gehalten, und zwar in Saskias liebstem »Sardinenbüchsen«-Versteck hoch oben unterm Dach, das man durch ein abnehmbares Deckenpaneel in einem der alten Dienstbotenzimmer erreichte.

Ich hatte selbst mit Unterstützung eines Feuerwehrmanns und einer starken Taschenlampe lange umsonst nach ihnen gesucht. Immer wieder hatte ich ihre Namen gerufen, und irgendwann hatte sich Marina dann herausgetraut.

Sie klammerte sich wie eine Klette an mich und sagte mir, was für Ängste sie ausgestanden habe, zuerst, als der Strom wegging, und erst recht, als sie dann die Schüsse und die Explosion hörte. Sie hatte Hilfe herbeirufen wollen, aber die Telefonleitung war tot, und ihr Handy hatte keinen Empfang. Charles hatte sie mit Saskia nach oben ins Versteck geschickt und war zu ihrem Schutz unten geblieben. Rosie war offenbar zu ihnen hineingekrochen und hatte sich nicht mehr vom Fleck gerührt.

Ich war entschlossen gewesen, zwischen mir und McCusker eine Entscheidung herbeizuführen, hatte aber die dabei entstehenden Kollateralschäden nicht vorausgesehen. Ganz abgesehen von Charles' Verletzungen war ein Mensch gestorben, und McCusker selbst befand sich in kritischem Zustand: Bei Verbrennungen dritten Grades an mehr als vierzig Prozent seiner Haut war nicht damit zu rechnen, dass er durchkam.

Außerdem war das Haus in Aynsford durch die Explosion stark beschädigt worden, ganz zu schweigen von unserem Range Rover und Charles' altem Mercedes, die beide nicht mehr am Straßenverkehr teilnehmen würden.

Der Admiral kam vier Tage nach dem Angriff wieder zu Bewusstsein und verblüffte die Ärzteschaft mit dem Tempo seiner Genesung. Weit entfernt von einem Gedächtnisverlust, konnte sich Charles an jede Einzelheit erinnern bis zu dem Augenblick, als ihn McCuskers Baseballschläger am Kopf traf.

»Die blöden Ärzte lassen mich nicht aufstehen«, begrüßte er uns. »Angeblich könnte mir dabei schwindlig werden.«

Ich lachte. Kein bleibender Hirnschaden also, aber sein armes Gesicht war geschwollen und verfärbt, und er hatte zwei Riesenveilchen. Außerdem zog sich eine von den Chirurgen gelegte Naht über die halbe Kopfhaut.

»Du Armer«, sagte Marina und streichelte ihm den Handrücken.

»Kannst du uns erzählen, was passiert ist?«, fragte ich.

»Die unsäglichen Iren wollten wissen, wo Marina und die kleine Saskia versteckt waren«, antwortete er, »aber ich bin nicht damit rausgerückt. Sie wollten auch wissen, wo du warst, Sid. Sie waren außer sich. Zwei haben mich an den Armen festgehalten, die anderen haben mir ins Gesicht geschlagen und mich in den Magen geboxt.« Er rieb sich den Bauch. »Ganz schön fest übrigens. Aber denen hätte ich im Leben nichts gesagt.«

Er lächelte, und Marina drückte ihm die Hand und gab ihm einen Kuss auf die Wange. Charles war in ihren Augen offenkundig von der Obernervensäge zum strahlenden Helden avanciert, und das zu Recht.

Eine Woche nachdem Charles das Bewusstsein wiedererlangt hatte, meldete ich mich noch einmal bei der Polizei in Oxford, damit meine Auflagen offiziell aufgehoben wurden und ich meinen Laptop, mein Handy und meinen Pass in Empfang nehmen konnte. Der Beamte hielt es zwar nicht für nötig, sich zu entschuldigen, aber wenigstens titulierte er mich diesmal nicht als Dreckskerl.

Jetzt durfte ich von Rechts wegen nach Hause, auch wenn ich sowieso schon seit zehn Tagen wieder da wohnte.

Kein Auto zu haben war sehr lästig. Ich hatte bereits einen neuen Range Rover beim Händler bestellt, der würde aber erst in drei Wochen geliefert werden.

Meine Versicherung kam im Fall eines Totalschadens nicht für einen zwischenzeitlichen Mietwagen auf, hatte ich erfahren. »Ein Mietwagen käme nur für die Dauer der Reparatur in Frage«, teilte mir die Versicherungsangestellte sachlich mit. »Wenn Ihr Wagen nicht zu reparieren ist, greift das wohl nicht.«

Marina hatte in einer ihrer »grünen« Anwandlungen vorgeschlagen, wir sollten versuchen, mal drei Wochen ohne Wagen auszukommen. »Dann wissen wir ihn umso mehr zu schätzen, wenn er kommt«, erklärte sie selbstgerecht, um dann mit der Mutter einer Klassenkameradin für Saskia schnell eine Mitfahrgelegenheit zur Schule und zurück zu organisieren.

Ich persönlich hielt von der Idee herzlich wenig. Wusste Marina nicht, wie umständlich es war, mit Bus oder Bahn von Nutwell nach Oxford und zurück zu kommen? Noch dazu, wo es seit einer Woche pausenlos regnete.

Auch auf dem Weg durch die Innenstadt zum Bahnhof wich ich einem schweren Schauer aus.

Auf Regen hatte ich ja gehofft, aber nicht auf solche Mengen.

Chefinspektor Watkinson war der Erste, der mich auf meinem frisch ausgehändigten Handy anrief, als ich am Bahnsteig auf den verspäteten Hochwasserzug nach Banbury wartete.

»Ich habe vielleicht ein paar interessante Neuigkeiten für Sie«, sagte er. »Erstens, Billy McCusker ist heute Morgen gestorben. Ein zu großer Teil seiner Haut war verbrannt. Er hat offenbar erstaunlich lange durchgehalten, aber es war wohl unvermeidlich. Dem Arzt zufolge, mit dem ich gesprochen habe, dient die Haut als Schranke, die Flüssigkeiten im Körper hält, und McCusker hatte so viel Haut eingebüßt, dass die Flüssigkeiten einfach schneller verdunstet sind, als sie ersetzt werden konnten. Er ist an multiplem Organversagen infolge starker Dehydratation gestorben.«

Mit anderen Worten, er war verdurstet.

Genau wie der am Boden festgenagelte Darren Paisley in Belfast.

»Und was noch?«, fragte ich.

»Bei der Durchsuchung von McCuskers Haus hat die Polizei von Greater Manchester noch mehr obszöne Fotos gefunden. Selbst Kommissar Ingram ist jetzt überzeugt, dass Sie übel hereingelegt worden sind, und hat eine Pressemeldung dieses Inhalts herausgegeben.«

Das war schon mal gut, dachte ich, sofern die Leser es glaubten.

»Wer hat mich denn nun ursprünglich angezeigt?«, fragte ich.

»Bei der Polizei ist keine Anzeige eingegangen. Aber beim Sozialdienst gleich drei.«

»Von wem?«, fragte ich noch einmal.

»Die Anzeigen haben Sie gar nicht so sehr in Schwierigkeiten gebracht, das waren eher die Fotos aus dem Schuppen und das Bild auf Ihrem Handy.«

»Aber ohne die Anzeigen wären die Fotos nicht gefunden worden, deshalb wüsste ich schon gerne, von wem sie kamen.«

»Ist das so wichtig?«, fragte er.

War es das? Wahrscheinlich nicht. McCusker hatte die Betreffenden vermutlich gezwungen, Anzeige zu erstatten. Spielte es wirklich eine Rolle, wer sie waren?

»Kennen Sie den Namen?«, fragte ich.

»Ach was«, sagte er und lachte. »Um die zu erfahren, bräuchte ich einen Gerichtsbeschluss, und selbst dann würde man ihn mir wahrscheinlich nicht sagen. Das Sozialamt ist verschwiegener als der MI6. Die lassen nichts verlauten, wenn es nicht ganz im Interesse der Kinder ist.«

Ganz im Interesse der Kinder.

Saskia war beim Schlafengehen immer noch nervös und wollte, dass das Licht in ihrem Zimmer an blieb, bis sie einschlief. Aber alles in allem hatte sie das Erlebte unbeschadet überstanden und schmiedete jetzt große Pläne für die bevorstehende Ankunft ihres eigenen roten Setter-Welpen.

Marina und ich hatten unseren Frieden mit Tim und Paula Gaucin gemacht, wenn ich auch annahm, dass Annabel in absehbarer Zeit nicht wieder zum Übernachten zu uns kommen würde.

»Ach ja. Eins noch«, sagte der Chefinspektor. »Meiner Zeitung von heute entnehme ich, dass Peter Medicos als Chef der Rennsportsicherheit zurückgetreten ist.«

»Ja. Davon habe ich gehört.«

»Ein früherer Kollege von mir, der jetzt bei der Polizei von Greater Manchester ist, sagte mir, in einem Safe bei McCusker hätten sie kompromittierende Fotos von Medicos gefunden. Offenbar nackt im Bett mit einem anderen Mann. Könnte das etwas mit seinem Rücktritt zu tun haben?«

»Keine Ahnung«, log ich. »Hat er der Presse nicht gesagt, er wolle mehr Zeit mit seiner Frau verbringen?«

Er lachte. »Klar! So heißt es ja immer, wenn jemand nicht mehr zu halten ist. Gerade unter solchen Umständen. He-he, zwinker, zwinker, hab verstanden.«

Aber ich ging davon aus, dass er einem abgekarteten Spiel zum Opfer gefallen war und dass die Fotos einzig zum Zweck der Erpressung und Beherrschung aufgenommen worden waren. Ich hoffte für ihn, dass sie nicht veröffentlicht wurden.

Trotz allem hielt ich Peter Medicos für einen grundanständigen Menschen. Sonst hätte er nicht angerufen, und ich hätte noch in dem Hundezwinger in Nutwell gehockt, während McCusker drei Kilometer entfernt in Aynsford fürchterliche Rache an meiner Familie nahm.

»Vielleicht sollten Sie sich um sein Amt bewerben«, sagte ich. »Die BHA stellt offenbar gern ehemalige Kripoleute an die Spitze ihres Sicherheitsdienstes.«

»Nichts für mich«, meinte er. »Ich verstehe zu wenig von Pferden und Pferderennen. Aber was ist denn mit Ihnen? Mir scheint, Sie wären der ideale Kandidat.«

Darauf musste man erst mal kommen.

Das Handy summte an meinem Ohr.

»Entschuldigen Sie, ich bekomme gerade noch einen Anruf«, sagte ich.

»Okay. Gehen Sie ran. Wir unterhalten uns bald noch mal.«

Der Chefinspektor legte auf, und ich nahm den zweiten Anruf entgegen.

Es war Harold Bryant vom Queen-Mary-Krankenhaus.

»Sid«, sagte er aufgeregt. »Wir haben eine Hand für Sie.«